Conny

Sibel Hodge
Unantastbar

EDITION
M

Das Buch

Du glaubst zu wissen, wem du trauen kannst? Ein dramatischer Psychothriller basierend auf wahren Kriminalfällen.

Ungeduldig wartet Maya auf Jamie: Sie wollen heute ihren Jahrestag feiern. Doch stattdessen steht die Polizei mit der Nachricht vor der Tür, dass Jamie sich erhängt hat. Maya ist verzweifelt. Zu ihrer Trauer kommt tiefes Misstrauen, denn er hatte keinen Grund, sich umzubringen. Sie selbst fühlt sich beobachtet und verfolgt.

Als sie Nachforschungen anstellt, was Jamie vor seinem Tod getan hat, stößt sie auf einen albtraumhaften Ort – das »Große Haus«. Grausames geht dort vor sich, die Spur führt in höchste Kreise, zu Tätern, die sich für unantastbar halten. Maya kann nicht mehr zurück: Sie will Gerechtigkeit, damit Jamie nicht umsonst gestorben ist. Auch wenn der Preis ihr eigenes Leben sein könnte.

Die Autorin

Sibel Hodges Bestseller »Sei auf der Hut« wurde bis heute über 250.000 Mal verkauft. Ihre Romane sind internationale Bestseller in Deutschland, Großbritannien, USA, Australien und Frankreich. Sie ist in den verschiedensten Genres zu Hause und setzt sich leidenschaftlich für Menschen- und Tierrechte ein. Ihre Romane wurden bereits für viele Preise nominiert, darunter der Harry Bowling Prize und der Yeovil Literary Prize. Ihre Erzählung »Trafficked: Das Tagebuch einer Sex-Sklavin« wird von anerkannten Onlineschulen als eins der 40 besten Bücher zu Menschenrechten gelistet. Mehr über Sibel Hodges neueste Veröffentlichungen erfährt man unter: www.sibelhodge.com.

SIBEL HODGE

UN AN TAST BAR

THRILLER

Aus dem Englischen von Claudia Hahn

EDITION M

Die englische Ausgabe erschien 2016 unter dem Titel »Untouchable« im Selbstverlag.

Deutsche Erstveröffentlichung bei
Edition M, Amazon Media EU S.à r.l.
5 Rue Plaetis, L-2338, Luxembourg
Oktober 2018

Die Übersetzung dieses Buches wurde durch AmazonCrossing ermöglicht.

Umschlaggestaltung: semper smile, München, www.sempersmile.de
Umschlagmotiv: © John Nordell / Getty; © mexrix / Shutterstock;
© arigato / Shutterstock; © pashabo / Shutterstock
Lektorat: Media-Agentur Gaby Hoffmann, www.profi-lektorat.com
Gedruckt durch:
Amazon Distribution GmbH, Amazonstraße 1, 04347 Leipzig /
Canon Deutschland Business Services GmbH, Ferdinand-Jühlke-Str. 7,
99095 Erfurt /
CPI books GmbH, Birkstraße 10, 25917 Leck

ISBN: 978-2-919-80330-9

www.edition-m-verlag.de

Allen Überlebenden gewidmet …

Teil 1

Das grosse Haus

»Es ist etwas so furchtbar Schreckliches und Satanisches, jene Lebewesen zu quälen, die uns niemals einen Schaden zugefügt haben und die sich nicht verteidigen können, sodass niemand außer einigen hartgesottenen Individuen den Gedanken daran überhaupt ertragen kann.« – *Kardinal John Henry Newman*

Kapitel 1

Maya

Heute wird ein toller Tag.

Das war der erste Gedanke, der mir beim Aufwachen durch den Kopf schoss.

Ich streckte mich und lauschte auf die Geräusche von Jamie unten. Es war sechs Monate her, dass ich mit ihm zusammengezogen war, und die Freude darüber hatte noch immer nicht nachgelassen.

Heute war unser zweiter Jahrestag und Jamie hatte mir gestern erzählt, er hätte eine Überraschung für mich. Irgendetwas Wichtiges, das er mich fragen wollte. Tja, wir waren schon zusammengezogen, was könnte es also wohl sein? Er würde mir einen Antrag machen, da war ich sicher. Ich grinste albern vor mich hin, während ich mir die Szene vorstellte, die sich heute abspielen würde, nachdem ich ein romantisches Abendessen vorbereitet hatte. Kerzen. Wein. Sanfte Musik. Das ganze Programm. Würde er auf ein Knie gehen oder den Ring in einem Geschenk verstecken, kunstvoll als etwas anderes getarnt, damit er die ekstatische Überraschung in meinem Gesicht sehen konnte, wenn er glaubte, mich überrumpelt zu haben? Es war vielleicht völlig klischeebehaftet, aber das war mir egal.

Jamies Schritte erklangen auf der Treppe und setzten sich in Richtung Schlafzimmer fort. Er schob die Tür mit dem Ellbogen auf, in den Händen ein Tablett mit einer Tasse Tee und zwei Scheiben Toast. Auf zwei kleinen Tellern befanden sich Erdbeermarmelade und Butter. Mitten auf dem Tablett prangte eine prächtige rote Rose in einer Vase.

Mein ganzes Leben lang hatte ich mich in die falschen Beziehungen gestürzt, mich immer zu den bösen Jungs hingezogen gefühlt, die mich betrogen hatten oder nur auf das eine aus gewesen waren. Diesmal hatte ich den Jackpot gezogen und genoss die Romantik. Klischee hin oder her. Jamie war der Richtige. Lieb, sanft, fürsorglich, rücksichtsvoll. Ein neuer Schauer von Liebe und Glück durchströmte mich.

Ein Lächeln erhellte sein Gesicht, als er sah, dass ich wach war. »Hey, meine Schöne.« Er stellte das Tablett auf dem Nachttisch ab. »Frohen Jahrestag.« Er setzte sich auf den Bettrand und küsste mich. Langsam, sanft, sexy. Schon ein Kuss von Jamie ließ mich dahinschmelzen.

»Vielleicht sollten wir das Frühstück auslassen. Wie viel Zeit hast du noch, bis du bei der Arbeit sein musst?« Bedeutungsvoll zog ich eine Augenbraue hoch und klopfte auf seine Bettseite.

Er legte mir eine Hand auf die Wange und grinste leicht anzüglich. »Führ mich nicht in Versuchung. Ich bin schon jetzt spät dran für ein Meeting. Aber wir haben nach der Arbeit noch genug Zeit, um richtig zu feiern.« Er liebkoste meinen Nacken und hauchte einen Kuss hinter mein Ohr.

Schockwellen explodierten in mir. Ich stöhnte und zog ihn zu mir heran. Küsste ihn fester.

»Ich liebe dich, Maya«, flüsterte er.

»Ich liebe dich auch.«

Er entzog sich meiner Umarmung.

Ich stöhnte wieder, diesmal aus Frust. »Du kannst nicht mal zehn Minuten erübrigen?« Mit meinen Fingern strich ich über sein Hemd, weiter nach unten zu seiner Gürtelschnalle. »Schließlich ist das unser Jahrestag.«

Er lachte leise, nahm meine Hand in seine und küsste meine Handfläche. »Ganz ernsthaft, ich bin wirklich spät dran. Wir haben heute Abend noch alle Zeit der Welt.«

Für einen Augenblick täuschte ich ein Schmollen vor. »Wann bist du von der Arbeit zurück?«

»Gegen sechs. Was wirst du kochen?«

Ich schüttelte den Kopf. »Das verrate ich nicht. Es ist eine Überraschung. Aber du wirst garantiert begeistert sein.«

»Und du wirst begeistert über das sein, was nach dem Abendessen kommt.« Er grinste.

»Oh, werde ich das, tatsächlich?«, scherzte ich. »Warum verrätst du mir deine Überraschung nicht jetzt schon?« Das Kitzeln der Aufregung war wieder da. Ich würde Ja sagen. Natürlich würde ich das. Ich stellte mir vor, wie ich einen Schrei des Entzückens über den Ring ausstieß. Ihm in die Arme fiel. Wie wir gemeinsam den großen Tag planten.

»Netter Versuch. Bis später.« Er küsste mich auf die Wange und stand auf.

Ich sah ihm hinterher, als er ging, und fragte mich, ob wir heute Abend wirklich verlobt sein würden.

Während ich mein Frühstück zu mir nahm und mich für die Arbeit fertig machte, unterzog ich Jamies Nachnamen einem ersten Test: Mrs Maya Taylor. Maya Taylor. Mrs Jamie Taylor. Das alles klang in meinen Ohren wirklich gut.

Ich ging die fünfzehn Minuten zur Arbeit zu Fuß. Oder eigentlich hüpfte ich sie praktisch. Ich lächelte und begrüßte jeden, an dem ich vorbeikam, womit ich die spießige Etikette der morgendlichen britischen Rushhour durchbrach. Die Leute warfen mir verwunderte Blicke zu, vermutlich dachten sie, ich wäre verrückt. Aber was spielte das für eine Rolle? Ich war verliebt. Ich war so glücklich wie selten zuvor und wollte all den anderen mürrisch aussehenden Pendlern, die zur Arbeit oder zum Bahnhof unterwegs waren, etwas davon abgeben.

Als ich bei Customer Solutions ankam, betrat ich den Fahrstuhl zusammen mit einer Frau Anfang zwanzig, die ich schon mal gesehen hatte und die für ein Reisebüro im Stockwerk über uns arbeitete. Ich überlegte, ob ich sie nach den romantischsten Orten für die Flitterwochen fragen sollte.

»Mir gefällt Ihr Schal«, sprach ich sie lächelnd an.

Sie sah an sich herunter. »Danke.«

»Wo haben Sie ihn her?«

»Vom Markt. Es gibt da einen Stand ganz am Ende, der sie verkauft.«

»Steht Ihnen wirklich gut.« Ich lächelte, als sich die Tür auf meinem Stockwerk öffnete. »Einen schönen Tag!« Ich schwebte geradezu durch das Callcenter-Großraumbüro, in dem das Summen von Gesprächen und das Klappern der Tastaturen in der Luft lagen.

Ich arbeitete bereits seit acht Jahren hier. Das Unternehmen kümmerte sich um ausgelagerte Callcenter-Dienstleistungen für einige der erfolgreichsten britischen Firmen und Marken. Wenn man den Marketingbroschüren unserer Firma Glauben schenken konnte, boten wir preisgekrönte Lösungen an, die es unseren Kunden ermöglichten, hochklassigen Service zu leisten und ihren Kundenstamm zu vergrößern. Ich hatte mich von einer einfachen Callcenter-Mitarbeiterin bis zur Leiterin der Abteilung hochgearbeitet, die für einen unserer größten Versicherungskunden zuständig war. Inzwischen betreute ich ein Team von fünfundzwanzig Mitarbeitern. Ich begrüßte sämtliche Mitarbeiter, die nicht am Telefon waren, um Kunden Versicherungsangebote zu unterbreiten oder sich um Nachfragen zu Ansprüchen zu kümmern, und betrat mein Büro. Es war gerade die Zeit für Leistungsbeurteilungen und ich musste noch einige abschließen, also griff ich mir einen Stapel und machte mich an die Arbeit. Normalerweise liebte ich meinen Job, aber heute blickte ich alle zehn Minuten auf die Uhr. Ich wollte, dass der Tag vorbeiging, damit ich zu Hause sein konnte. Mit Jamie. Um unser gemeinsames Leben zu planen.

Das Telefon klingelte, während ich aus dem Fenster starrte und in Tagträumen darüber versank, wohin wir für unsere Flitterwochen fliegen könnten. Antigua oder Barbados? Prag oder Barcelona?

»Maya Morgan am Apparat«, sagte ich.

»Hallo Maya«, antwortete Rachel aus meinem Team. »Ich hab jemanden in der Leitung, der mit einem Vorgesetzten sprechen will.«

»Okay, welches Problem hat er?«

»Er hat einen Brief hinsichtlich seines Versicherungsanspruchs erhalten und will sich darüber beschweren.«

»In Ordnung, stell ihn durch.« Ich lachte. Schimpfende Kunden würden mir heute nicht den Tag verderben.

In der Leitung erklang Musik, während sie ihn durchstellte.

»Hallo, mein Name ist Maya Morgan. Wie kann ich Ihnen helfen?«

»Ich habe gerade einen Brief wegen des Unfalls erhalten, den ich hatte, und ich bin ganz und gar nicht zufrieden. Mein Auto war ordnungsgemäß eingeparkt, bevor ich rückwärts in das Auto hinter mir gefahren bin! Warum sollte ich dafür eine Strafe zahlen? Die Parkplätze dürfte es überhaupt nicht geben, wenn man dort nicht mal rückwärtsfahren kann! Daran trägt der Stadtrat die Schuld.«

Ich versuchte, nicht zu lachen, aber einige der Entschuldigungen, die Leute für Versicherungsansprüche vorbrachten, waren unbezahlbar. Zehn Minuten später hatte ich ihn beschwichtigt und aufgelegt. Krise abgewendet. Ein weiterer zufriedener Kunde.

Obwohl ich ständig auf die Uhr schaute, raste der Tag nur so vorbei, und gegen siebzehn Uhr begab ich mich in die Stadt, um die Einkäufe für das Abendessen zu tätigen. Ich würde ein bisschen mogeln und nicht alles selbst machen: Die knusprige Pekingente von Marks & Spencer war einfach zu göttlich. Ich musste sie nur noch in den Ofen stecken, die kleinen Pancake-Dinger in der Mikrowelle erwärmen und ein paar Frühlingszwiebeln und etwas Gurke schneiden. Bei Marks & Spencer wurde sogar so weit mitgedacht, dass gleich eine ordentliche Portion Hoisin-Soße dabei war. War das nicht praktisch? Und außerdem war das Jamies Lieblingsessen, von daher gab es auch keinen Grund für irgendwelche Zweifel. Ich packte noch ein paar Flaschen Prosecco in den Einkaufskorb – von dem Zeug konnte man gar nicht genug haben, wenn sich unsere Feier möglicherweise in die Länge ziehen würde – und ging zur Kasse. Danach machte ich mich direkt auf den Weg nach Hause.

Wir wohnten in einem kleinen Einfamilienhaus in einer ruhigen Sackgasse, in der noch acht andere Häuser standen, die alle auf der Rückseite an einen Park anschlossen. Drei auf einer Straßenseite, vier auf der anderen und unser Haus ganz am Ende. Eigentlich war es Jamies Haus. Es war absolut sinnvoll gewesen, dass ich aus meiner winzigen Wohnung in sein Haus gezogen war. Erstens hatte er mehr Platz. Zweitens war es wirklich gemütlich. Und als großen Bonus hatte Jamie sogar schon den Kredit dafür abbezahlt.

Zwanzig Minuten später, als ich den Schlüssel in das Türschloss steckte und die Vordertür öffnete, überkam mich ein seltsames Gefühl.

Im Haus war alles still. Jamie war noch nicht zurück, denn sein Jeep stand nicht in der Einfahrt. Aber da war etwas … Ich wusste nicht genau, was es war. Irgendetwas fühlte sich seltsam an, als ob sich die Luft irgendwie verändert hatte. Ich konnte etwas riechen, das anders war. Nicht hierher gehörte. Ich sog die Luft durch die Nase ein und erkannte den vagen Hauch von Zigaretten – dieser abgestandene Geruch, den ich an mir hatte, wenn ich Zeit in Gesellschaft anderer Raucher verbracht hatte und der Geruch noch an meiner Kleidung haftete. Weder Jamie noch ich rauchten, aber vielleicht war er tagsüber irgendwann mit einem Kollegen hier gewesen. Oder hatte einer der Nachbarn ein Lagerfeuer gemacht?

Ich schüttelte den Kopf, zog die Schuhe an der Tür aus und trug die Einkaufstüten in die Küche.

Nach einer kurzen Dusche zog ich mir ein geblümtes Kleid an. Es war tief ausgeschnitten, tailliert und ärmellos. Ich drehte die Heizung auf, um den Mangel an Kleidung zu kompensieren – immerhin hatten wir Januar –, aber ich wusste, dass Jamie dieses Outfit liebte, also, hey, das war diese kleine Unannehmlichkeit ja wohl wert? Es passierte schließlich nicht alle Tage, dass man einen Antrag bekam, und ich wollte mich noch in vielen Jahren daran erinnern, dass ich etwas Besonderes getragen hatte. Und wenn alles nach Plan verlief, würde ich es hoffentlich auch nicht allzu lange tragen.

Ich marschierte nach unten, um mit den Vorbereitungen fürs Abendessen zu beginnen. Ich konnte die Aufregung kaum unterdrücken. Bald würde er hier sein. Ich schaltete meinen iPod ein und wählte etwas Entspannendes und Romantisches. Es konnte nicht schaden, ein bisschen in Stimmung zu kommen, selbst wenn ich noch allein zu Hause war.

Während ich die Ente in den Ofen schob, spähte ich auf die Uhr. Es war bereits halb sieben. Er war spät dran.

Ich sang laut zur Musik, während ich Frühlingszwiebeln und die Gurke schnitt. Um sieben schenkte ich mir ein Glas gekühlten Prosecco ein und legte die Pancakes auf einen Teller, damit ich sie jederzeit in die Mikrowelle schieben konnte. Langsam nippte ich an meinem Getränk und starrte die Uhr an. Dann zwang ich mich, nicht mehr hinzusehen, und deckte stattdessen den Tisch in der Küche. Ich schrieb eine kurze Nachricht an Jamie: *Bist du bald zu Hause? Essen dauert nicht mehr lang! Ich liebe dich. XX*

Ich zündete Kerzen mit Erdbeerduft an und platzierte die Vase mit der Rose, die mir Jamie geschenkt hatte, in der Mitte des Küchentischs. Dann strich ich die Tischdecke glatt und richtete erneut das Besteck aus, obwohl ich beides schon mehrere Male getan hatte. Ich bemühte mich, dass alles hübsch und adrett aussah, was normalerweise nicht zu meinen Stärken gehörte. Ich war die Nachlässige, die Chaotische. Jamie war der Perfektionist. Er sagte immer, das wäre ihm in seinen acht Jahren in der Armee eingetrichtert worden. Ich konnte ihn mir überhaupt nicht in der Armee vorstellen. Er war nicht das, was ich mir vorstellte, wenn ich an riesige, muskelbepackte Kerle dachte, die mit auf den Rücken geschnallten Waffen durch die Schützengräben wateten. Er war als Sechzehnjähriger in das Militär, oder, genauer, in das Royal Corps of Signals, eingetreten und hatte dort zwei Jahre als Auszubildender verbracht, bis er in sein Regiment versetzt wurde, in dem er für Kommunikation und Informationstechnologie zuständig war. Er war also nicht die Art Soldat, die an der Front stehen und sich in den Kampf stürzen. Jamie war … nicht unbedingt ruhig, aber zufrieden, einfach von der Seitenlinie aus zuzuschauen, während ich die Aufgedrehte war, besonders, wenn ich betrunken war und Karaoke singen wollte. Er war gern ab und zu allein und schien sich nie einsam zu fühlen. Was ebenfalls auf seine Zeiten in der Armee zurückzuführen war, wie er mir erzählt hatte. Nachdem er so lange mit so vielen verschiedenen Männern einquartiert gewesen war, liebte er jetzt seinen Freiraum. Ich mochte lange

Gespräche mit meinen Freunden und das Zusammensein mit anderen Menschen. In vielen Dingen waren wir sehr verschieden. Aber hieß es nicht immer, Gegensätze würden sich anziehen?

Ich saß am Tisch, trank etwas Wein und blickte lächelnd in den kleinen Garten, während ich darüber nachdachte, wie wir uns kennengelernt hatten. Jamie war IT-Experte und die Firma, für die er arbeitete, hatte ein verbessertes Computersoftwaresystem für Kundendienste entwickelt. Er war damit beauftragt worden, mich und die anderen Bereichsleiterinnen zu schulen, damit wir danach unsere Mitarbeiter darin einweisen konnten. Als er am ersten Tag in unserem Schulungsraum aufgetaucht war, hatte ich in der ersten Reihe gesessen und mit einer der anderen Frauen über einen Kunden gelacht, der seinen Autounfall dem Busfahrer in die Schuhe schieben wollte, weil der Bus an jenem Morgen zehn Minuten zu früh gekommen war. Als ich Jamie den Raum betreten gesehen hatte, war ich buchstäblich sprachlos geworden. Und dabei konnte ich sonst *immer* reden. So stand es auch in all meinen alten Schulzeugnissen. *Maya ist intelligent, aber sie sollte weniger reden und mehr zuhören!* Ich konnte mich nicht daran erinnern, dass mich jemals irgendetwas davon abgehalten hatte, einen Satz zu beenden. Aber Jamie schaffte es.

Dabei war er nicht einmal jemand, den man hinreißend nennen würde. Er war kein Tom Hardy oder Channing Tatum. Nichts in der Art. Überhaupt nicht die Art des eindeutig gut aussehenden Typen, auf die ich üblicherweise stand. Allein das hätte meine Mum schon als positiv vermerkt. Ich hatte meinen Anteil an gebrochenen Herzen und untreuen Männern gehabt. Das Bad-Boy-Syndrom.

Jamie war groß. Nicht muskelbepackt, was ich üblicherweise attraktiv fand, aber drahtig und fest, mit breiten Schultern und einer definierten Körperform. Sein Haar war sandfarben.

Je nach Licht konnte es auch erdbeerblond wirken. Und er hatte grüne Augen mit hellen Wimpern. Aber vor allem hatte er *irgendetwas* an sich. Ich wusste nicht, was es war. Vielleicht die leicht angespannte Art. Das zögerliche Lächeln auf seinem Gesicht, als er die Frauen musterte, die bereits dasaßen und auf ihn warteten. Die Art, wie er einen Stapel Informationsblätter fallen ließ, die er auf einem Arm balanciert hatte, während er im anderen einen Laptop hielt. Oder vielleicht die Art, wie er tatsächlich *errötete*, als er die Unterlagen fallen ließ – auch wenn er Stein und Bein darauf *schwor*, dass er nicht rot geworden war, als ich es einmal ansprach, nachdem wir begonnen hatten, miteinander auszugehen.

Da ich in der ersten Reihe gesessen hatte, war ich natürlich aufgesprungen, um ihm beim Aufsammeln zu helfen, und hatte ihm ein breites Lächeln geschenkt. Es war ein flirtendes Lächeln gewesen, ich konnte einfach nicht anders. Doch sein Erröten hatte etwas in mir ausgelöst. Bis er sich geräuspert, seine Krawatte gerichtet – die auch vorher schon perfekt gewesen war – und sich vorgestellt hatte, dachte ich bereits, dass das langweilige Software-Upgrade gerade um einiges interessanter geworden war.

Ich war diejenige, die ihn fragte, ob er etwas mit mir trinken gehen würde. Ich war keine Anhängerin dieser altmodischen Vorstellung, dass Frauen darauf warten sollten, dass der Mann sie fragt. Wer nicht wagt, der nicht gewinnt, und ich hatte mir schon gedacht, dass er im Umgang mit Frauen eher schüchtern war und mich vermutlich nicht gefragt hätte. Am letzten Tag der Schulung würde er entweder wieder aus meinem Leben treten oder eben nicht. Und wie sich herausstellte, war es ein großes NICHT geworden.

Ich trank den Rest meines Weins aus und schaute wieder auf die Uhr. Wo blieb er nur? Er hatte auch nicht zurückgeschrieben.

Ich drehte die Temperatur im Ofen zurück. Die Ente sollte zwar knusprig werden, aber wenn das so weiterging, würde sie eher eingeäschert werden.

Ich rief auf seinem Handy an und lauschte dem Klingeln. Ich trommelte mit den Fingern auf den Tisch und schickte noch eine Nachricht: *Hey, mein Süßer! Bist du unterwegs? Ich koche das Abendessen gerade nackt! XOXO*

Ich schenkte mir noch etwas Wein nach, starrte mein Handy an und wartete auf eine Reaktion.

Aber nichts passierte.

Um acht hatte ich bereits noch zweimal angerufen und eine weitere Nachricht geschrieben. Normalerweise war ich nicht der neurotische Typ. Ich war sonst eigentlich ziemlich entspannt. Es war mir egal, wenn Jamie mit seinen Freunden ausgehen wollte oder Dinge ohne mich machte. Das galt schließlich für beide, oder? Jeder brauchte mal etwas Freiheit in der Beziehung. Aber die Sache war, dass Jamie nicht sonderlich viele Freunde hatte. Er unternahm nur wenig ohne mich und ging auch kaum aus. Die Ausnahme war das Freizeitzentrum, um Tausende von Bahnen zu schwimmen, oder am Wochenende in die Natur zum Wandern. Er war eben gern für sich. Und in all der Zeit, die wir zusammen waren, war er nie zu spät gekommen. Tatsächlich nahm er es mit der Pünktlichkeit sehr genau. Er wurde sogar eher leicht panisch beim Gedanken daran, sich zu verspäten.

In dem Augenblick kam mir zum ersten Mal der Gedanke, dass ihm etwas passiert sein musste. Er hatte einen Unfall gehabt. Oder – o Gott – vielleicht war er überfallen oder angegriffen worden!

Wieder rief ich bei ihm an, aber es klingelte und klingelte ohne Ergebnis. Unentschlossen kaute ich auf meiner Unterlippe herum. Sollte ich die Polizei anrufen? Fragen, ob sein Auto in einen Unfall verwickelt worden war? War es noch zu früh für so etwas?

Ich wartete eine weitere halbe Stunde, dann suchte ich die Nummer unserer regionalen Polizeiwache heraus. Es war einfach untypisch für Jamie, sich nicht bei mir zu melden. Ich lief in der Küche auf und ab und wartete eine gefühlte Ewigkeit darauf, dass jemand an den Apparat ging. Dann wurde ich zu jemand anderem durchgestellt. Und dann noch jemand anderem, der mir schließlich erklärte, dass es keine Berichte in der Gegend über einen Vorfall mit Jamies Auto gegeben hatte. Das hätte natürlich zumindest ein gutes Zeichen sein sollen, aber ich konnte das Gefühl einfach nicht abschütteln, dass irgendetwas nicht stimmte.

Wo hatte er heute gearbeitet? Hatte er mir das überhaupt gesagt? Er war nicht nur für die Entwicklung von Computersoftwaresystemen zuständig, sondern auch dafür, Firmenmitarbeiter im ganzen Südosten Londons darin zu schulen, sie zu benutzen. Er konnte überall gewesen sein.

Ich lief ins Wohnzimmer, um meinen Laptop zu holen. Ich könnte im Internet nachschauen, ob es irgendwelche Schlagzeilen gab, die darauf hindeuteten, dass er sich verspätete. Vielleicht gab es irgendwo einen Stau auf der Autobahn und er steckte fest. Aber das würde trotzdem nicht erklären, warum er nicht an sein Handy ging. Es sei denn, er hatte es irgendwo vergessen. Oder es verloren. Oder der Akku war alle. Aber er hatte ein Kfz-Ladegerät, warum benutzte er das nicht? Vielleicht hatte er eine Panne *und* der Akku war alle.

Im Wohnzimmer überkam mich erneut dieses seltsame Gefühl, das ich bereits gehabt hatte, als ich zur Vordertür hereingekommen war. Irgendetwas im Zimmer war anders, aber ich konnte nicht genau sagen, was. Alles stand am selben Ort. Der Fernseher war noch da. Die teure Stereoanlage.

Ich runzelte die Stirn, als ich Jamies Laptop auf dem Couchtisch neben meinem liegen sah. Er nahm ihn immer mit zur Arbeit – für Präsentationen und die Schulungen. Warum war er noch hier? Hatte er ihn vergessen?

Ich schaltete seinen Laptop an, nicht meinen, weil seiner viel schneller war. Als Erstes fiel mir auf, dass das Hintergrundbild fehlte. Er hatte ein Foto von uns eingestellt, aufgenommen in Schottland, wo wir sechs Monate nach unserem Kennenlernen ein romantisches Wochenende verbracht hatten. Dann wurde mir klar, dass es auch keine Symbole gab. Ich starrte nur auf einen leeren schwarzen Bildschirm. Wie seltsam.

Stirnrunzelnd fragte ich mich, ob sein Rechner abgestürzt war. Vielleicht hatte er sich einen Virus eingefangen. Da hörte ich Jamies Stimme in meinem Kopf, die mir erklärte, dass sich ein Computer keinen Virus *einfangen* könne, wie ich es ihm gegenüber einmal erwähnt hatte. Er hatte sich kaputtgelacht. Aber dennoch, die wahrscheinlichste Erklärung war, dass er ihn hiergelassen hatte, weil er aus irgendeinem Grund nicht mehr funktionierte.

Ich schaltete ihn aus, legte ihn wieder auf den Couchtisch, griff nach meinem und balancierte ihn auf einem Knie, während ich ungeduldig darauf wartete, dass er hochfuhr.

Ich suchte auf Google nach Verkehrsproblemen im Südosten von London, aber ich fand nichts, das erklärt hätte, warum Jamie so spät dran war.

Das Klingeln meines Handys in der Küche ließ mich zusammenzucken. Ich stellte den Laptop wieder auf dem Couchtisch ab und rannte hin, aber als ich es in die Hand nahm, wurde dort *Ava* angezeigt, der Name meiner Schwester.

»Hallo, Biene Maya!«, säuselte Ava ins Handy. Irgendwie war sie immer noch der Meinung, dass das witzig wäre. Als hätte ich das nicht schon millionenfach gehört. »Wie läuft's? Du wirst nie erraten, was mir passiert ist …«

»Hey, Schwesterherz. Hör mal, ich hab jetzt keine Zeit. Ich versuche, Jamie zu erreichen«, unterbrach ich sie. Ava und ich telefonierten fast jeden Tag miteinander, aber das würde jetzt bis morgen warten müssen.

»Oh, okay. Wo ist er denn?«

»Ich weiß es nicht. Er geht nicht ans Telefon und hätte schon vor Stunden zu Hause sein müssen.«

»Ach ja! Heute ist ja euer Jahrestag, stimmt's? Zwei Jahre. Tut mir leid, dass ich angerufen habe. Ich hab's total vergessen. Na gut, er kommt bestimmt gleich. Vielleicht steckt er nur im Verkehr fest oder so etwas.«

»Ja, das hoffe ich auch.« Ein verbrannter Geruch stieg mir in die Nase. Entsetzt starrte ich den Ofen an. »Verdammt! Jetzt hab ich das Abendessen anbrennen lassen! Sorry, ich muss auflegen.« Ich öffnete die Ofentür. Eine Wolke aus Qualm und Hitze traf mein Gesicht. Ich wedelte mit der Hand, um den Dunst aufzulösen.

»In Ordnung. Ich bin mir sicher, dass es ihm gut geht. Er taucht vermutlich jeden Augenblick auf. Wir hören uns bald, ja?«

Ich ließ mein Handy auf die Küchentheke fallen, holte die ruinierte Ente aus dem Ofen und spürte, wie sich meine Augen mit Tränen füllten. Verflucht! Ich stellte das nutzlose Gericht mit mehr Wucht als nötig auf dem Ofen ab und blickte wieder auf die Uhr: 20.30 Uhr.

Paul! Das ist die Idee. Ich rufe Jamies Chef an. Er wird wissen, wo Jamie heute gearbeitet hat.

Dummerweise hatte ich Pauls Handynummer nicht und das Büro war jetzt bereits geschlossen. Jamie hatte kein Adressbuch. Seine Nummern waren alle in seinem Handy gespeichert, wie sollte ich also …

Seine Handyrechnungen. Jamie ließ sich immer die Einzelabrechnungen schicken. Wenn ich die durchforstete, würde ich Pauls Handynummer finden.

Ich lief die Treppe nach oben ins Gästezimmer. Im Schrank hatte Jamie einen großen Karton, in dem er Ordner für alles Wichtige aufbewahrte. Kontoauszüge, Kreditkartenabrechnungen, Quittungen, Versicherungsunterlagen und Fahrzeugpapiere. Er versuchte ständig, mir gut zuzureden, auch etwas organisierter zu werden, aber meine Rechnungen landeten meistens direkt im Müll, sobald ich sie bezahlt hatte. Ich scherzte immer mit ihm, wie pedantisch er sei, was die Organisation anging, aber jetzt war ich froh darüber. Ich holte ein paar A4-Dokumentenmappen heraus und sah mir die erste auf dem Stapel an. Kreditkartenabrechnungen. In der nächsten waren Quittungen. In der dritten seine Handyrechnungen. Ich nahm die oberste Rechnung heraus und überflog sie. Es dauerte ein paar Minuten, bis ich bemerkte, dass sie von vor vier Monaten stammte, was seltsam war. Ich wusste, dass er die Woche zuvor eine neue Rechnung erhalten hatte, und er packte die neueste jedes Mal ganz oben auf den Stapel. Aber diese und die von mehreren vorherigen Monaten schienen zu fehlen. Ich hatte jedoch keine Zeit, weiter darüber nachzudenken, während ich die Nummern und Namen auf der Oktoberrechnung durchsah und nach Paul Porter suchte.

Ganz unten auf der Seite fand ich ihn. Hastig tippte ich seine Nummer ein und versuchte, ruhig zu atmen, während ich mir das Handy ans Ohr hielt.

Na los! Geh schon ran!

Beim zehnten Klingeln nahm Paul ab. Aus dem Hintergrund erklang laute Musik. Leute redeten miteinander und ein Spielautomat bimmelte. Das musste es sein. Paul war mit Jamie im Pub. Hatte Jamie unseren Jahrestag vergessen? Die Zeit aus den Augen verloren? Nein, das sah ihm nicht ähnlich.

»Hallo?«, antwortete Paul.

»Hallo, Maya Morgan hier. Ist Jamie bei Ihnen?«

Er schwieg eine Sekunde, musste vermutlich verarbeiten, wer ich war. Wir waren uns bisher nur ein paarmal auf Jamies Firmenpartys begegnet. »Oh, hallo, Maya. Äh … nein. Ist er nicht. Wieso?«

»Er ist noch nicht nach Hause gekommen. Er ist wirklich spät dran und geht nicht an sein Handy. Ich mache mir Sorgen, dass er einen Unfall hatte oder so etwas.«

»Ich habe ihn schon eine Woche nicht mehr gesehen. Nicht, seit er seinen Jahresurlaub angetreten hat.«

»Wie bitte?«, fragte ich nach, im Glauben, mich verhört zu haben. Jamie konnte nicht auf seinem Jahresurlaub sein. Er war jeden Tag wie üblich zur Arbeit gegangen. »Sie müssen ihn mit jemandem verwechseln. Er hat sich nicht freigenommen.«

Eine weitere Pause am anderen Ende der Leitung. »Ich verwechsle da nichts, Maya. Er hat sich zwei Wochen von der Arbeit freigenommen. Er ist seit einer Woche nicht im Büro gewesen und hat noch eine weitere Woche frei.«

Ich blinzelte und versuchte, einen Sinn darin zu finden. »Aber das verstehe ich nicht. Er ist … Er ist jeden Morgen zur Arbeit gegangen.«

»Ich kann Ihnen versichern, dass er das nicht ist. Er hat gesagt, er bräuchte eine Auszeit, wegen persönlicher Dinge.«

»Aber …« Ich verstummte und lauschte auf eine Frau, die im Hintergrund lachte.

»Wann haben Sie ihn denn das letzte Mal gesehen?«, fragte Paul verwirrt. »Ich bin mir sicher, dass er …«

Ein Schauer der Furcht jagte mir über den Rücken. »Er hätte schon vor Stunden hier sein sollen. Wir haben heute unseren Jahrestag.«

»Vielleicht steckt er im Verkehr fest. Er ist bestimmt bald da. Vermutlich ist das alles ein Missverständnis.«

Ich starrte auf den Teppich. »Warum sollte er so tun, als würde er zur Arbeit gehen?«

»Hat er Ihnen denn wirklich explizit *gesagt*, er würde zur Arbeit gehen?«

Ich dachte an das zurück, was Jamie heute Morgen geäußert hatte. Er wäre spät dran für ein *Meeting*. Aber wenn das kein auf die Arbeit bezogenes Meeting gewesen war, wovon hatte er dann gesprochen? »Na ja … nein, aber er ist jeden Tag mit Anzug und Krawatte morgens los, wie immer.«

Eine Frauenstimme rief Pauls Namen. »Okay, hören Sie, es tut mir leid, aber ich muss Schluss machen. Er ist wahrscheinlich nur spät dran.«

»Ja«, sagte ich und legte auf. Verwirrung machte sich in mir breit und ich betete, dass Paul recht hatte.

Ich hatte die Unterlagen gerade wieder in den Karton gepackt, als es an der Vordertür klopfte. Sämtliche Anspannung wich von mir und ich brach in ein breites Grinsen aus. Da war er. Ich hatte mir völlig grundlos Sorgen gemacht.

Ich riss die Tür auf. »Hast du deinen Schlüssel vergessen? Ich dachte schon …« Die Worte erstarben mir auf den Lippen, als ich zwei Polizeibeamte auf der Schwelle stehen sah. Eine Frau Ende zwanzig und ein älterer Mann. Beide hatten einen ernsten Blick aufgesetzt.

»Oh nein.« Ich schlug mir die Hände vor das Gesicht. »Jamie ist etwas zugestoßen, nicht wahr?«

»Sind Sie Mrs Taylor?«, fragte die Frau.

»Äh … nein. Geht es um Jamie?« Panisch sah ich von einem zum anderen. »Ich bin seine Freundin.«

»Dürfen wir reinkommen?«, erkundigte sich der Polizist.

»Ja.« Ich trat beiseite, um sie in den Flur zu lassen. »Bitte, sagen Sie mir einfach, was passiert ist. Geht es ihm gut? Ist er verletzt?«

»Ich glaube, Sie sollten sich setzen«, schlug die Beamtin vor. Am Gesichtsausdruck der beiden Polizisten konnte ich ablesen, dass es sich um etwas Schlimmes handelte. Etwas wirklich Schlimmes.

»Ich will mich nicht hinsetzen! Was ist passiert?«, schrie ich schon fast.

Sagt es mir einfach!

Der Polizist räusperte sich und fühlte sich sichtlich unwohl in seiner Haut. »Leider wurde uns vor ein paar Stunden der Fund einer Leiche in einem Wald in der Nähe von Tyttenhanger gemeldet.«

Ich keuchte auf. »Was hat das mit …« Mein Blick wanderte von einem zum anderen.

»Es tut mir leid, Ihnen das mitteilen zu müssen, aber als wir am Tatort angekommen sind, haben wir einen Mann vorgefunden, der sich selbst an einem der Bäume erhängt hat.«

»Nein.« Ich schüttelte den Kopf und blinzelte schnell. »Warum erzählen Sie mir das?«

»In seiner Tasche haben wir ein Portemonnaie mit Kreditkarten und einen Führerschein gefunden, ausgestellt auf einen James Taylor unter dieser Adresse.«

Kaltes Entsetzen machte sich in mir breit. Ich glaube, irgendein Geräusch entrang sich meiner Kehle, während sich die Welt drehte und dann plötzlich stoppte. Für gefühlte Jahre stand alles still, während ich den Mann anstarrte. Und dann drehte sie sich auf einmal wieder, viel zu schnell, sodass mir schwindlig wurde, während ich die Worte erfasste. »N-Nein. Das ist nicht möglich. Das muss jemand anderes sein. Wissen Sie, heute ist unser Jahrestag. Er ist einfach nur spät dran, oder?« Ich stierte die beiden an, als wären sie verrückt. Sie hatten einen riesigen Fehler gemacht. So musste es sein. »Er hätte sich nicht selbst erhängt, verstehen Sie? Das hätte er nicht getan. Es muss jemand anderes sein. Vielleicht hat diese Person Jamies Portemonnaie gestohlen und deshalb ist er spät dran. Vielleicht ist er irgendwo in einem Krankenhaus oder … oder er hatte einen Unfall. Haben Sie das überprüft? Haben Sie?« Ich wurde hysterisch. Ich lehnte mich gegen die Wand, um Halt zu finden.

»Ich weiß, dass das ein furchtbarer Schock für Sie sein muss«, sagte die Frau. »Möchten Sie sich hinsetzen?«

Ich blinzelte immer wieder und versuchte, einen Sinn in dem zu finden, was sie mir da erzählten.

Sie legte ihren Arm um mich, führte mich in die Küche und drückte mich sanft auf einen Stuhl.

»Es tut mir sehr leid, aber das Foto auf dem Führerschein passt zu dem Verstorbenen«, erklärte der Beamte. »Aber jemand muss die förmliche Identifizierung durchführen. Sind Sie Jamies nächste Angehörige?«

Meine Kehle fühlte sich wie zugeschnürt an.

Nein. Die irren sich! Das ist nicht Jamie. Er kann es nicht sein!

Ich schluckte und versuchte, durch den Aufruhr in meinem Kopf zu denken. »Äh … ja. Seine Eltern sind schon vor Jahren gestorben. Er hat keine Familie.«

»Gibt es jemanden, den wir für Sie anrufen können?«

Ich schüttelte den Kopf, als würde ich versuchen, das Bild von Jamie in der Leichenhalle abzuschütteln, das in meinem Kopf herumspukte. Ich öffnete den Mund, um etwas zu sagen, aber es kam nichts.

»Sind Sie sicher?«, hakte die Frau nach. »Eine Freundin oder ein Verwandter? Sie sollten im Augenblick lieber nicht allein sein.«

Das Zimmer verschwamm immer wieder vor meinen Augen. »Es kann nicht Jamie sein«, flüsterte ich. »Er würde nie …«

»Es tut uns sehr leid«, bedauerte der Mann, aber über das Rauschen in meinen Ohren konnte ich ihn kaum hören.

Ich schlang die Arme um meinen Körper und wiegte mich auf dem Stuhl vor und zurück. Ich spürte eine Hand auf meiner

Schulter. Mehr Worte, die ich nicht verstehen konnte. Tränen, die von irgendwoher kamen. Ein Glas Wasser, das vor mir auf den Tisch gestellt wurde. Zittrige Beine, als die Frau mir in den Mantel half. Kurze Zeit später saß ich zitternd auf dem Rücksitz des Streifenwagens und starrte aus dem Fenster, während die Welt wie in Zeitlupe an mir vorbeizog. Es fühlte sich an, als würde ich innerlich erfrieren.

Die Beamtin saß auf dem Beifahrersitz und drehte sich zu mir um. »Sind Sie sicher, dass Sie das jetzt tun möchten? Es kann auch noch morgen erledigt werden.«

Ich schüttelte den Kopf. Ich musste ihn sehen. Musste beweisen, dass es nicht Jamie war. Natürlich war er es nicht. Das war nur eine schreckliche Verwechslung.

Sie drehte sich wieder um und schweigend fuhren wir zum Krankenhaus, während ich mir die Fingernägel in die Handflächen bohrte, um das Zittern meiner Hände zu unterdrücken.

Wir betraten den hell erleuchteten Eingangsbereich und nahmen den Fahrstuhl in den Keller. Ihre Gummisohlen quietschten auf dem Linoleum, während wir einen langen Gang entlanggingen. Der Geruch von Desinfektionsmitteln und Krankheit drang mir in die Nase und mir drehte sich der Magen um.

Es ist nicht Jamie. Es ist nicht Jamie.

Als wir eine Tür erreichten, trat der Beamte ein. Die Frau blieb stehen und behielt mich verlegen im Blick. Ich wandte mich ab und spähte in den Gang, den wir gerade entlanggegangen waren. Ich wollte weglaufen. In den Aufzug steigen. Nach Hause verschwinden, wo Jamie mit einem verlegenen Lächeln auf mich warten würde. Er hatte sein Handy verloren und mich nicht anrufen können. Er hatte im Verkehr festgesteckt. Eine ganz einfache Erklärung. Aber ich konnte nicht weglaufen, denn meine Füße klebten am Boden fest.

Die Tür öffnete sich wieder und der Beamte stand da, die Lippen ernst zusammengepresst. Die Frau legte mir eine Hand auf den Rücken und führte mich in den Raum. Ein Mann in blauer Krankenhauskleidung stand neben einem Rollwagen in der Mitte. Ein Laken war darübergebreitet und unter dem Laken konnte man die Form eines Körpers ausmachen.

Es ist nicht Jamie. Das ist unmöglich.

»Er hat ein paar Halsverletzungen«, erläuterte der Mann im Kittel.

Ich nickte mit leerem Blick, dabei wollte ich nur, dass er sich beeilte, sodass ich das hier hinter mich bringen und nach Hause fahren konnte, um dort auf Jamie zu warten.

Langsam zog er das Laken zurück, um das Gesicht der Person zu enthüllen.

Ein stechender Schmerz durchzuckte mich. Ich konnte nicht atmen. Meine Beine zitterten.

Es war Jamie.

»Ich …« Ich streckte eine Hand aus, um Jamies Arm zu berühren, ihn aufzuwecken, stoppte mich dann aber.

Der Mann im Kittel sah mich mitfühlend an.

»Können Sie bestätigen, dass es sich um James Taylor handelt?«, fragte der Beamte.

Ich schluckte ein ersticktes Schluchzen herunter und nickte, dann schwankte ich, krümmte mich zusammen und keuchte nach Luft.

Die Beamtin hielt mich aufrecht, um zu verhindern, dass ich zusammenbrach.

Ich musste ein Formular unterschreiben. Informationen zum Gerichtsmediziner, der mich kontaktieren würde. Worte, die ich nicht registrieren konnte. Stummes Nicken. Die Fahrt nach Hause. Erneute Angebote, jemanden anzurufen, der bei mir bleiben könnte. Mehr Beileidsbezeugungen.

Ich konnte es nicht begreifen. Konnte das alles nicht verstehen, denn Jamie war tot.

Ich ging in die Küche und setzte mich an den Küchentisch, ohne wirklich etwas zu sehen. Ich wollte mit niemandem sprechen. Niemanden anrufen. Weder Ava noch meine Eltern oder Freunde. Dieses eine Mal wollte ich einfach allein sein. Musste es sein.

Ich weiß nicht, wie lange ich in dieser Position verharrte. Wie erstarrt. Trauer wechselte sich ab mit Abschnitten der Leugnung, dass es nicht wirklich er war. Meine Gedanken flatterten von einer Sache zur nächsten. *Warum hat er das getan? Er war glücklich. Er kann es nicht getan haben. Das ergibt keinen Sinn. War er depressiv? Habe ich irgendwelche Zeichen übersehen? Was war mit meiner Jahrestagsüberraschung? Eine Überraschung, die ich nun nie erfahren werde. Er liebt mich. Das weiß ich.*

Hat mich geliebt. Vergangenheit.

Vergangenheit. Vorbei. Tot.

»O Gott«, stöhnte ich und ließ den Kopf in die Hände sinken, während die Tränen, die ich so lange zurückgehalten hatte, sich endlich Bahn brachen und ich das Gefühl hatte, in der Dunkelheit zu versinken.

Irgendwann gelang es mir, mich nach oben zu schleppen. Ich stieg komplett angezogen ins Bett. Ich drückte Jamies Kissen an mein Gesicht, atmete seinen Geruch ein, schloss die Augen und stellte mir vor, dass er noch hier bei mir war.

Heute war absolut kein toller Tag. Es war der schlimmste Tag meines Lebens.

Kapitel 2

Jamie

Es war lange her gewesen, dass ich ihre Gesichter gesehen hatte. Ich hatte diese Erinnerungen erfolgreich in mir vergraben. So tief, dass sie nie wieder an die Oberfläche gelangen konnten. Eingesperrt in einem geheimen Unterschlupf in meinem Kopf, wo sie mir nicht mehr wehtun konnten. Zumindest hatte ich das gedacht.

Ich hatte nie über das gesprochen, was passiert war. Ich war stark geworden. Die Armee hatte dabei geholfen. Und ich hatte mich mental selbst darin trainiert zu vergessen. Meinen Körper trainiert, fit zu werden. Ich wurde geschickt darin, eine Fassade zu errichten. Und zu lügen. Natürlich auch, um andere zu belügen, aber hauptsächlich doch mich selbst.

Trotz alldem hatte ich Probleme, Beziehungen einzugehen. Ich konnte niemandem vertrauen. Manchmal fiel es mir schwer, Emotionen zu zeigen. Niemand sollte herausfinden, dass mit mir etwas nicht stimmte. Dass ich beschädigte Ware war. Und obwohl ich mich nach Liebe und Nähe sehnte, schob ich sie von mir und blieb nie länger als ein paar Monate mit einer Frau zusammen. Ich war ein Einzelgänger. Ich brauchte niemanden. Das hatte ich zumindest geglaubt, bis Maya in mein Leben getreten war. Ich fühlte mich sofort von ihr angezogen. Sie war so voller Leben. Energiegeladen, übersprudelnd. Die Art, wie sie jeden Raum zum Strahlen brachte. Ihre gewitzten Bemerkungen. Ihre Wärme und Freundlichkeit. Ihr ansteckendes Lachen. Und ihre immer starke und positive Art. Nichts konnte ihr etwas anhaben. Sie gab mir das Gefühl, dass das mit uns funktionieren könnte. Sie schenkte mir wieder Leben. Das Gefühl, normal zu sein. Also verliebte ich mich trotz allem, was ich mir antrainiert hatte, um es nicht zu tun. Oft wollte ich mich ihr anvertrauen, aber ich konnte den Gedanken nicht ertragen, dass sie mich verlassen würde. Ich stellte mir vor, wie sie mich voller Abscheu betrachten würde, und wusste, dass ich es ihr niemals erzählen konnte. Jedenfalls damals nicht.

Ich dachte, ich wäre sicher vor der Vergangenheit. Sicher in meinem neuen Leben mit Maya. Sicher in meiner Arbeit. Meinem Zuhause. Eingehüllt in einen Kokon des Glücks, von dem ich tatsächlich begonnen hatte zu glauben, dass ich es verdiente. Aber vor ein paar Monaten war einer von denen in mein Zuhause eingedrungen; plötzlich war ich nicht mehr sicher.

Maya war mit Becca und Lynn unterwegs. Ich schaute mir einen Dokumentarfilm im Fernsehen an. Kurz darauf liefen die Nachrichten, darin gab es einen Beitrag über einen Parlamentsabgeordneten, der zum neuen Familienminister ernannt worden war. Die Erinnerungen schlugen wie eine Lawine über mir zusammen und zwangen mich in die Knie. Bilder strömten in meinen Kopf. Ich zitterte am ganzen Körper. Meine Brust fühlte sich an, als würde jemand die Luft aus meiner Lunge quetschen. Ich rang nach Atem, plötzlich war ich wieder ein kleiner Junge. Dieser Minister, Eamonn Colby, war ein verkommener, bösartiger Mensch, der es auf die Schwachen abgesehen hatte. Und nicht nur das, er war außerdem ein Mörder. Und jetzt war *er* Familienminister und dafür zuständig, die Verletzlichen und Unschuldigen zu beschützen und alles zu tun, um für ihr Wohlergehen zu sorgen. Nichts könnte unerträglicher oder ungerechter sein.

Ich dachte lange darüber nach, was ich tun sollte. Ich wollte die Erinnerungen der Vergangenheit nicht wieder ans Tageslicht zerren. Ich wollte mir das nicht antun, wollte nicht noch einmal das durchleben, was passiert war. Ich hatte genug Zeit damit verbracht, es zu vergessen und wieder lebensfähig zu werden. Ich hatte im Laufe der Jahrzehnte gelernt, die Schatten und Dämonen sowie die Schande zu verbergen. Die Reise war lang gewesen, aber jetzt hatte ich ein schönes Leben. Ich wollte nichts tun, um es zu gefährden.

Das Problem war jedoch, dass mein Kopf es mich nicht vergessen ließ. Ich hatte ab und zu Flashbacks und Panikattacken. Ich hatte Mühe zu schlafen, mich zu konzentrieren, und es fiel mir schwer, den Anschein zu wahren, dass ich ein normaler Mensch war. Ich sah wieder das vor mir, was vor all diesen Jahren passiert war. Es ließ sich einfach nicht vertreiben. Wie ein Samen, der im Boden keimte, stieg die Wut als winziger Funke empor. Mit den Monaten wuchs sie zu Hass und Zorn heran. Ich wusste, dass es nur eins gab, was ich tun konnte. Mein Gewissen ließ mir keinen anderen Ausweg. Ich war nicht mehr der magere, furchtsame kleine Junge. Ich war ein Mann, der ums Überleben gekämpft hatte. Ich konnte nicht mehr davor davonlaufen. Und ich würde nicht mehr schweigen und sie damit durchkommen lassen. Als Erstes würde ich alles aufschreiben, um es in meinem Kopf zu sortieren.

Und dann würde ich endlich meine Geschichte erzählen.

Kapitel 3

Maya

Irgendwie schlief ich ein. Ich wusste nicht, wann oder wie, aber schlussendlich driftete ich in den Schlaf, nur um dann mit dem schlechten Gefühl zu erwachen, dass irgendetwas nicht stimmte, bis es mich plötzlich wieder traf wie eine schwere Stahlkugel.

Meine Augenlider waren geschwollen, verklebt von getrockneten Tränen. Ich brauchte einen Augenblick, um sie aufzubekommen und das Schlafzimmer zu sehen. Unser Schlafzimmer. Nur dass es jetzt nicht mehr *unser* Schlafzimmer war.

Ein erdrückender Schmerz legte sich auf meine Brust und machte das Atmen beinahe unerträglich. Ich zog Jamies Kissen noch näher an mich heran. Wie konnte er wirklich tot sein? Das war doch nicht möglich. Noch vor vierundzwanzig Stunden hatte er mir gesagt, dass er mich liebte. Hatte gelacht. Sich darauf gefreut, unseren Jahrestag mit mir zu feiern. Er war glücklich gewesen. Es hatte keinerlei Hinweise darauf gegeben, dass er kurz davorstand, sich umzubringen. Nichts. Wie konnte das sein? Wie war das nur möglich? Ich wollte für immer im Bett liegen bleiben und seinen Geruch nach Seife und Männlichkeit und … einfach Jamie einatmen. *Der Mann, den ich liebe. Den ich immer lieben werde.* Nicht *geliebt habe.* Ich wollte ins Vergessen eintauchen. Wenn ich dann aufwachte, würde das alles nur ein schrecklicher Traum gewesen sein.

Ich fühlte mich so ausgehöhlt und leer, dass ich keine Tränen mehr hatte, lediglich die Schmerzen von Tränen, die nicht mehr kommen wollten.

Warum hatte er das getan? Wie konnte er mir das antun?

Ich drehte mich zur Seite und starrte das Schwarz-Weiß-Foto von Jamie und mir auf dem Nachttisch an. Ich hatte es während eines Picknicks auf einem Feld in der Nähe von Codicote gemacht. Wir waren in der malerischen Gegend herumspaziert, dann hatte Jamie mich zu einem Fluss geführt, der sich durch ein Waldstück schlängelte. Er hatte geschwärmt, es wäre einer seiner Lieblingsorte, um sich hinzusetzen, nachzudenken und allem zu entfliehen. Es war ein sengend heißer Julitag auf einer verlassenen Lichtung mitten im Nirgendwo gewesen. Nach dem Essen hatten wir Liebe gemacht, mit der Hitze der Sonne auf unserer Haut.

Ich griff nach dem Foto und fuhr sein Gesicht mit den Fingerspitzen nach. Seine Augen funkelten. Waren lebendig und fröhlich. Die linke Seite seiner Lippe war weiter nach oben gebogen als die rechte, wie es stets der Fall war, wenn er lächelte.

Ein ersticktes Stöhnen entrang sich meinen Lippen.

Das würde er nicht tun. Nicht Jamie. Nein.

Und doch hatte er es getan.

»Warum?«, schrie ich, meine krächzende Stimme hallte in der Stille wider.

Was war so schlimm gewesen, dass er das Gefühl hatte, sich das Leben nehmen zu müssen? Wir hätten über alles reden können. Mögliche Probleme lösen können. Pläne machen können. Ich dachte, wir *hätten* bereits Pläne für unsere Zukunft geschmiedet.

Es hätte doch bestimmt irgendein Anzeichen geben müssen? Hatte ich es irgendwie übersehen? War es meine Schuld, weil mir nicht aufgefallen war, dass irgendetwas nicht stimmte?

Ich versuchte, an die letzten Wochen zurückzudenken. Er hatte sich verhalten wie immer. Was hatten wir letzte Woche gemacht? Am Mittwoch waren wir abends essen gegangen, weil keiner von uns noch Lust gehabt hatte, nach der Arbeit zu kochen. Freitagabend hatten wir uns mit meinen Freundinnen Becca und Lynn und ihren Partnern getroffen. Wir waren betrunken nach Hause getorkelt und hatten Sex auf dem Küchentisch gehabt. Jamie hatte sich nicht seltsam benommen. Er war vielleicht ein wenig ruhiger als üblich. Ein paarmal hatte ich mitbekommen, wie er mit einem gedankenverlorenen Blick ins Leere starrte, aber er hatte mir nur gesagt, er hätte viel bei der Arbeit zu tun und wäre etwas gestresst. Und er hatte in letzter Zeit ein paar Albträume gehabt, aber abgesehen davon schien alles okay gewesen zu sein.

Es ergab einfach keinen Sinn.

Ich erinnerte mich an das Telefonat mit Jamies Chef letzten Abend. Wenn Jamie nicht zur Arbeit gegangen war, wo war er dann wirklich gewesen? Welche *persönlichen Dinge* wollte er klären? Hatte das etwas damit zu tun gehabt, weswegen er sich umgebracht hatte?

Bei dem Gedanken an Paul fiel mir ein, dass ich viel zu tun hatte. Leute anrufen musste.

Aber noch nicht gleich. Ich konnte damit jetzt noch nicht umgehen. Ich brauchte Hilfe. Ich brauchte Ava.

Es war 6.30 Uhr, als ich sie anrief. Ich wusste, sie würde bereits aufgestanden sein, um Jackson zu stillen.

»Wow, du rufst aber früh an!«, sprudelte Avas Stimme munter durch das Telefon. »Du hast mir etwas Aufregendes zu erzählen, stimmt's? Er hat dir gestern Abend einen Antrag gemacht, wie du vermutet hast, oder? Oh mein Gott, ich bin ja so glücklich für …«

»Ava, Jamie ist tot.« Obwohl ich die Worte sprach, fühlten sie sich nicht echt an. Es war, als würde ich eine Rolle in einem Film spielen. Eine Schauspielerin, die steif ihre Zeilen aufsagte, die sie nicht geprobt hatte. Sie klangen fremd auf meiner Zunge. Fremd und Furcht einflößend.

»Was?«, keuchte sie.

»Er … gestern Abend … der … er hat sich erhängt. In einem Wald in der Nähe.« Ich hielt mir die Hand vor den Mund, als könnte ich die Worte irgendwie wieder zurückholen. Sie niemals aussprechen.

Noch ein Keuchen. »Nein! Wie bitte? Warum sollte er so etwas tun?«

»Ich weiß es nicht. Ich weiß gar nichts. Ich kann nicht mehr klar denken. Er war glücklich. Das *war* er. Warum hätte er das tun sollen? Warum? Ich verstehe es nicht.«

»Sich erhängt? Oh, Liebes, es tut mir so leid. So unglaublich leid.« Sie war eine Weile still, kämpfte vermutlich darum, etwas zu finden, das sie sagen konnte. Aber was sollte sie unter diesen Umständen schon sagen? »Ich … verdammt, ich bin völlig schockiert.«

»Ich weiß nicht, was ich tun soll.« Meine Stimme klang verloren, wie die eines Kindes. »Ich glaube, ich brauche deine Hilfe. Es gibt Leute, die es erfahren müssen. Dinge, die … ich will nicht …«

»Hör mal, mach dir darüber keine Gedanken, okay? Ich stille Jackson nur noch zu Ende, dann kommen wir vorbei. Ich kümmere mich darum. Tu du einfach, was du tun willst. Fühl das, was du fühlen musst.«

»Danke.«

»Soll ich dir irgendetwas mitbringen? Essen oder … irgendetwas anderes?«

»Nein. Wir haben noch Essen hier.« Ich dachte an das ruinierte Jahrestagsessen und ein Schluchzen stieg in meiner Kehle hoch. »Im Augenblick kann ich sowieso kein Essen sehen.«

»In Ordnung. Ich bin in ungefähr fünfundvierzig Minuten da. Hab dich lieb, Schwesterchen.«

»Ich hab dich auch lieb.«

Ich schlüpfte aus meinem zerknitterten Kleid und öffnete den Kleiderschrank, aus dem mich aus der linken Hälfte Jamies ordentliche Sachen anstarrten. Ich fuhr mit den Fingern über den Stoff und zuckte dann vor ihnen zurück, weil sie so leblos da hingen.

Leblos. Hängen.

Mein Mund wurde trocken. Schweiß brach auf meiner Stirn aus. Übelkeit stieg in mir auf.

Ich rannte in das angrenzende Bad und übergab mich heftig. Als der Anfall vorbei war, wischte ich mir den Mund mit Toilettenpapier ab, rollte mich nackt auf dem eiskalten Fliesenboden zusammen und schluchzte hemmungslos.

Ein Klopfen an der Tür irgendwann später riss mich aus meinen verzweifelten Gedanken. Ich griff mir Jamies Morgenmantel vom Haken hinter der Tür und zog ihn über. Er war mir viel zu lang, die Ärmel gingen mir weit über die Hände und der Saum schleifte auf dem Boden.

Wacklig ging ich die Stufen nach unten und fühlte mich, als ob ich eine schwere Grippe hätte. Zittrig. Desorientiert. Leer.

Wenn es doch nur die Grippe wäre. Wenn doch nur Jamie hier wäre. Wenn doch nur.

Durch die verschleierten Doppelglasfenster in der Vordertür war Avas Umriss sichtbar. Ich atmete einmal tief durch und öffnete.

Sie hatte ebenfalls geweint, ihre Augen waren ganz rot und glänzend. In der Armbeuge hielt sie den schlafenden Jackson in seinem Autositz.

»Oh, Maya.« Ihre Oberlippe zitterte. Sie stellte Jackson im Flur ab und zog mich an sich.

Ich fiel gegen sie und wir klammerten uns aneinander fest. Unsere Oberkörper hoben und senkten sich mit jedem Schluchzer.

»Ich kann es einfach nicht glauben.« Ich schniefte und versuchte, durch meine verstopfte Nase zu atmen.

»Ich auch nicht. Schaffst du es, mir zu erzählen, was passiert ist?«

Ich schloss die Augen und presste sie fest zusammen. Am liebsten hätte ich sie nie wieder geöffnet, um nicht eine Welt ohne ihn sehen zu müssen.

»Schon okay. Du musst nicht reden, wenn du nicht willst. Wie wär's, wenn ich dir eine Tasse Tee mache? Irgendetwas zu essen? Nimm dir Zeit.« Sie ließ mich los und legte sanft eine Hand auf meine Wange. Ihr Gesicht war von Kummer verzogen.

»Kaffee«, murmelte ich. »Kaffee. Mit einem Schuss Brandy.«

»Bekommst du.« Sie drückte kurz meinen Arm, nahm Jackson hoch und ging durch den Flur in die Küche.

Ich stolperte hinter ihr her und stützte mich dabei an der Wand ab. Nachdem ich mich an den Küchentisch gesetzt hatte, sah ich ihr dabei zu, wie sie herumwerkelte, zwei Tassen herausholte, Instantkaffeepulver hineinlöffelte und in meine Tasse eine ordentliche Dosis Brandy gab.

Ich versuchte, den Ansturm von Visionen zu unterdrücken, die in meinem Kopf explodierten. Jamie in der Leichenhalle. Jamie von einem Baum hängend. Ich wollte sie ausblenden, aber sie kamen immer wieder. Jamie, wie er vor drei Wochen an seinem vierzigsten Geburtstag im Pub gelacht hatte. Ich, wie ich den Weihnachtsbaum so furchtbar geschmückt hatte, dass Jamie sich kaputtgelacht, sämtlichen Schmuck abgenommen und ihn neu geschmückt hatte, nachdem ich weg war. Jamies Augen, die mich so intensiv anschauten, wenn wir Sex hatten.

Ich blinzelte. Konzentrierte mich auf Ava, die mir eine Tasse in die Hände drückte. Starrte den aufsteigenden Dampf an. Spürte, wie mein Herz in tausend Teile zersplitterte.

Sie setzte sich neben mich und schüttelte den Kopf. Wir schwiegen. Die einzigen Geräusche kamen von der Uhr an der Wand und Jacksons Grunzen und zufriedenem Seufzen in seinem Schlaf. Ich wischte mir mit einem Ärmelaufschlag von Jamies Morgenmantel über die Augen. Meine Nase fing seinen Geruch auf und wieder übermannte mich die Trauer.

»Er kommt nicht mehr wieder.« Ich schüttelte den Kopf. »Er kommt niemals wieder.«

Sie rieb mir beruhigend über den Rücken. »Was ist passiert?«

»Ich weiß es nicht.« Ich beugte mich vor und ließ den Kopf in die Hände sinken. »Ich verstehe es nicht.« Und je mehr ich darüber nachdachte, desto weniger Sinn ergab es, aber natürlich konnte ich trotzdem nicht damit aufhören.

Wir haben heute Abend noch alle Zeit der Welt.

Du wirst begeistert über das sein, was nach dem Abendessen kommt.

»Es ging ihm gut. Gestern früh habe ich ihn zuletzt gesehen. Er hat mir Frühstück ans Bett gebracht. Wir haben über den Abend und unser Jahrestagsessen geredet. Er hat von seiner Überraschung gesprochen. Er war glücklich, Ava. Ich habe gedacht, er würde mir einen Antrag machen, das habe ich wirklich. Da war nichts … überhaupt nichts. Er war nicht depressiv. Er hat mich geliebt, das weiß ich.«

»Natürlich hat er das. Das war ganz offensichtlich.«

»Er hat sein Leben geliebt. Er hat seinen Job geliebt. Ich hätte es gewusst, wenn ihn irgendetwas belastet hätte, oder? Ich hätte es gemerkt …« Ich beendete den Satz nicht und dachte an mein Gespräch mit Paul zurück. »Allerdings …«

»Was denn?«

Ich zuckte mit den Schultern. »Ich weiß auch nicht. Sein Chef hat behauptet, Jamie hätte sich zwei Wochen Urlaub genommen, um ein paar persönliche Dinge zu klären. Jamie hatte erst eine Woche davon genutzt, bevor … bevor … er das getan hat. Und ich habe nichts davon gewusst.« Wieder schniefte ich. »Jamie hat mir nichts davon erzählt.«

Ava stand auf und riss eine Handvoll Küchenpapier von der Rolle. Sie reichte es mir und ich schnäuzte mich. Atmete schaudernd tief durch.

»Persönliche Dinge? Was bedeutet das?«

»Ich habe keine Ahnung. Er ist jeden Morgen ganz normal zur Arbeit gegangen. Er hat mir nichts davon erzählt. Ich dachte nicht, dass wir Geheimnisse voreinander hätten. Aber es muss etwas gegeben haben, das ihn dazu gebracht hat. Irgendetwas, das in der letzten Woche vorgefallen ist, von dem ich nichts wusste. Das ist doch die einzige Erklärung, oder? Zwischen uns war alles gut. Alles andere war wie immer. Vielleicht hatte er ein persönliches Problem und es war …« Ich schüttelte den Kopf. »Ich weiß auch nicht. Ich kann mir nicht mal vorstellen, was es sein könnte. Seine Hypothek ist abgezahlt. Er hat keine Kredite laufen, von denen ich wüsste. Es kann also nichts Finanzielles sein. Aber was dann?« Ich flehte sie an, obwohl sie die Antwort nicht wissen konnte. »Was könnte das bedeuten?«, schluchzte ich.

»Ich habe keine Ahnung. Aber es muss für ihn ziemlich schlimm gewesen sein, dass er sich deswegen das Leben genommen und dich zurückgelassen hat.«

»Schlimm«, wiederholte ich.

»Hör mal, ich kümmere mich jetzt um alles. Wen soll ich zuerst anrufen? Mum und Dad?«

Ich stöhnte. »Mum wird garantiert herkommen wollen, aber sie hat im Augenblick zu viel damit zu tun, sich um Dad zu kümmern. Das ist nicht fair für die beiden. Sag ihr, dass es mir gut geht, okay? Und dass ich im Augenblick mit niemandem reden möchte.«

Mum und Dad hatten sich vor drei Jahren in Portugal zur Ruhe gesetzt und Dad war gerade erst nach einer Hüftoperation aus dem Krankenhaus entlassen worden. Er brauchte im Augenblick Vollzeitpflege. »Ich kann es einfach nicht ertragen, den Leuten zu erzählen, was passiert ist. Noch nicht. Nicht einmal Mum und Dad.«

»Natürlich. Was immer du willst. Und wen sonst noch? Deine Chefin? Ich kann ihr sagen, dass du eine Weile nicht kommen wirst. Und weiß Jamies Chef Bescheid?«

»Nein. Jamies Chef heißt Paul Porter. Ich hab seine Nummer in meinem Handy.« Ich nahm es vom Tisch und blätterte durch die Anrufe, die ich gestern Abend gemacht hatte. Auch Jamies Nummer war darunter und verhöhnte mich. Ich drückte mir den Handballen auf den Nasenrücken und zwang die Tränen zurück, während ich Ava das Handy reichte.

»Noch jemand?«

»Ich … äh … ich glaube nicht. Jedenfalls nicht im Augenblick. Ich weiß es nicht. Ich habe das noch nie gemacht.«

»Wir machen einfach einen Schritt nach dem anderen. Einen Tag nach dem anderen.« Sie schenkte mir ein ermutigendes kleines Lächeln und nahm meine Hände in ihre. »Du wirst das durchstehen, Liebes.«

»Werde ich das? Es fühlt sich so an, als … hätte jemand mein Innerstes aus mir herausgezerrt und in Brand gesteckt. Es fühlt sich an, als wäre das das Ende meines Lebens. Wie soll ich damit umgehen, dass ich ihn nie wiedersehen werde?« Meine Lippen bebten. Tränen füllten meine Augen. »Wie kann ich je aufhören, ihn zu vermissen? Aufhören, an ihn zu denken? Die ganze Zeit zu wissen, dass ich nie wieder sein Lachen hören, ihn berühren oder mit ihm reden werde? Wie, Ava? Wie stellt man das an?«

Sie schob ihren Stuhl näher an meinen, legte einen Arm um mich und zog mich zu sich, sodass mein Kopf auf ihrer Schulter ruhte. »Wie ich es gesagt habe, einen Tag nach dem anderen. Das ist normal. Es ist die Trauer. Nach und nach wird sie weniger durchdringend.«

Sie hielt mich eine Weile, bis ich mich wieder gerade hinsetzte und einen Schluck von meinem Kaffee nahm. Der Brandy brannte mir in der Kehle und der Magenschleimhaut, aber es war mir egal. Ich wollte mehr davon. Vielleicht konnte ich mich ja bewusstlos trinken. Den Schmerz betäuben. Zumindest eine Weile.

Ava ging ins Wohnzimmer, um die Anrufe zu erledigen. Leises Murmeln drang durch die geschlossene Tür, aber ich konnte nicht ausmachen, was sie sagte. Ich starrte den schlafenden Jackson an, der die Decke in seiner winzigen Faust umklammert hielt, und verspürte einen Stich der Eifersucht. Jamie hatte Kinder gewollt, und ich ebenso. Wir hatten bereits darüber gesprochen. Er wäre ein toller Vater geworden. *Wäre.* Jetzt gab es keine Möglichkeit mehr.

Ich zwang mich, den Blick von Jackson abzuwenden, zog meine Füße hoch und umklammerte die Knie. Als Ava wieder hereinkam, klingelte das Telefon in ihrer Hand.

Sie sah mich an. »Soll ich rangehen?«

Ich nickte.

»Hallo? Nein, hier ist ihre Schwester, Ava. Oh. Okay. Äh … Einen Augenblick bitte. Sie ist sehr aufgewühlt.« Sie legte eine Hand über die Sprechmuschel. »Jemand aus dem Büro der Gerichtsmedizin. Sie wollen noch heute vorbeikommen und mit dir sprechen. Fühlst du dich dem gewachsen?«

Ich fuhr mir mit den Händen über das Gesicht. »Ich schätze schon. Wenn ich es heute nicht tue, verschieben sie es nur auf morgen oder den Tag darauf. Vielleicht sollte ich es hinter mich bringen.«

»Sicher?«

»Nein, aber …« Ich verstummte, wusste nicht, wie ich den Satz zu Ende bringen sollte.

Ava nahm ihre Hand vom Telefon und redete hinein. »Ja, sie wird zu Hause sein. Um welche Zeit?« Sie sah mich an und nickte. »Okay. Dreizehn Uhr. Wiederhören.« Sie legte das Telefon auf dem Tisch ab. »Willst du, dass ich hier bin, wenn sie kommen?«

»Würdest du bleiben?«

»Natürlich.«

»Was haben Mum und Dad gesagt?«

»Mum hat geweint. Sie wollte herkommen, aber ich habe ihr klargemacht, dass du im Augenblick keine Kraft für Besuch hast. Und außerdem kann sie Dad nicht allein lassen. Er kann im Augenblick nichts allein tun. Ich soll dir sagen, wie lieb sie dich hat. Sie beide. Sie sind schockiert. Ich schätze, das sind wir alle. Und ich soll dir ausrichten, wie leid es ihnen tut und dass sie an dich denken. Ich hab auch mit deiner Chefin gesprochen. Sie hat gemeint, du sollst dir so viel Zeit nehmen, wie du brauchst, und dass du dich bei ihr melden kannst, wenn sie irgendetwas tun kann.«

»Wie hat Paul reagiert?«

»Er war ebenfalls völlig schockiert. Ich soll dir sein Beileid ausdrücken.«

»Hat er noch etwas darüber berichtet, was Jamie in seiner Abwesenheit getan haben könnte?«

»Nein. Er meinte, du sollst ihn anrufen, wenn du dich dazu bereit fühlst.«

Ich nickte vage.

»Möchtest du etwas essen?«

Beim Gedanken an Essen wurde mir wieder übel. »Nein, danke.«

»Noch einen Kaffee?«

»Vielleicht nur den Brandy.«

Sie biss sich kurz auf die Lippe und schenkte mir dann einen ordentlichen Schluck in die Tasse ein.

♦ ♦ ♦

Ich weiß nicht, wie ich es durch den Morgen schaffte, aber irgendwie lebte ich noch immer. Atmete noch. Mein Herz schlug weiter. Auch wenn das von Jamie es nicht mehr tat.

Um Punkt dreizehn Uhr klopfte es an der Tür.

Ich sah Ava an. Sie sah mich an.

»Bist du dazu bereit?«

Hilflos zuckte ich mit den Achseln.

»Ich mach die Tür auf.«

Wir setzten uns ins Wohnzimmer, ich auf das Ecksofa, mit Ava neben mir, die meine Hand festhielt. Der Beamte aus der Gerichtsmedizin stellte sich als Tony Williams vor. Er nahm in dem Sessel gegenüber Platz, stellte eine Aktentasche auf den Boden, öffnete sie und holte ein Klemmbrett mit einigen Unterlagen darauf und einen Stift heraus. Er war stämmig und rotgesichtig mit einem grauen Bart und buschigen grauen Haaren und Augenbrauen. Er hatte freundliche Augen. Wie die von Jamie. In Jamies Augen war immer Sanftmut zu sehen gewesen, wenn er mich anschaute.

»Das mit James tut mir sehr leid«, bedauerte Tony.

»Jamie«, korrigierte ich ihn. Niemand nannte ihn James. Es war einfach falsch. Diese ganze Sache hier war falsch. Konnte er das nicht erkennen?

»Jamie.« Er schenkte mir ein mitfühlendes Lächeln. »Wenn es zu solchen plötzlichen Todesfällen kommt, unterliegt es mir zu untersuchen, was mit demjenigen passiert ist. Um die Umstände zu ermitteln, die zu seinem Tod geführt haben, und wie dieser vonstattengegangen ist. Ich werde also bei mehreren

Leuten Befragungen vornehmen. Außerdem wird es eine amtliche Untersuchung geben.«

»Untersuchung«, wiederholte ich stumm.

»Ja. Heute Morgen wurde bereits eine Autopsie durchgeführt«, fuhr er fort.

Ein Bild von Jamie auf einer Totenbahre blitzte vor meinem inneren Auge auf. Ich hatte genug Krimiserien im Fernsehen angeschaut, *Silent Witness* und wie sie alle hießen. Ich wusste von dem Y-Schnitt, den sie gemacht hatten. Den Organen, die sie untersucht und gewogen hatten. Das war bereits mehr, als ich ertragen konnte. Ich presste mir die Fingerspitzen auf die Augen, um das auszublenden, bis schwarz-weiße Punkte in meinem Sichtfeld erschienen.

»Es tut mir sehr leid«, wiederholte Tony. »Leider sind diese Dinge notwendig.«

Ava drückte meine Hand.

»Ja«, stammelte ich, weil ich nicht wusste, was ich sonst erwidern sollte.

»Als Todesursache wurde Erstickung durch Hängen angegeben.«

Mein Magen verzog sich schmerzhaft, als würden sich scharfe Klauen in ihn bohren.

»Es wird ein vorläufiger Totenschein ausgestellt; der Leichnam wird vermutlich in wenigen Tagen zur Bestattung freigegeben. Haben Sie schon darüber nachgedacht, welchen Bestatter Sie nehmen wollen?«

Ich schüttelte den Kopf. Wie konnte ich denn an so etwas denken?

»Wir haben noch etwas Zeit, also machen Sie sich deshalb erst einmal keine Gedanken.« Er drückte auf den Kugelschreiber und richtete sein Klemmbrett aus. »Ich weiß, das ist sehr schwer für Sie, aber wie Sie wissen, haben wir Jamie gestern Abend in einem Gebiet namens Bluebell Wood gefunden. Ein

Hundeausführer hatte ihn bei der Polizei gemeldet, die daraufhin zum Tatort gekommen ist. Dann haben Sie ihn gestern Abend identifiziert. Ich möchte herausfinden, was vor seinem Tod vorgefallen ist.«

Mein Körper verspannte sich. Ava drückte wieder meine Hand.

»Würden Sie mit mir alles durchgehen, das gestern passiert ist? Ich werde mir währenddessen Notizen machen und am Ende bereite ich eine Zeugenaussage vor, die Sie unterschreiben können. In Ordnung?«

Nein. Es war nicht in Ordnung! Nichts davon war in Ordnung!

Er blickte mich erwartungsvoll an. Ich wollte nicht sprechen. Das würde es zu real machen.

»Nehmen Sie sich Zeit.« Er nickte mir aufmunternd zu.

»Also ... Jamie hat mir Frühstück ans Bett gebracht. Ich fange erst um neun mit der Arbeit an, also ist er immer vor mir aufgestanden. Danach ist er gegangen.«

»Und wo hat er gearbeitet?«

»Porterhouse Systems and Solutions. Sie entwickeln Software für Firmen. Jamie hat die Software entwickelt und die Mitarbeiter in der Benutzung geschult.«

»Wo hat die Firma ihren Sitz?«

»Im Gewerbepark.«

»Danke.« Das schrieb er auf. »Ist diese Arbeit sehr stressig?«

»Normalerweise nicht, nein. Er hat seinen Job geliebt. Aber in den letzten paar Wochen hatte er gemeint, er wäre etwas gestresst, was die Arbeit betrifft. Wirklich seltsam ist allerdings, dass mir sein Chef Paul Porter gestern Abend, als ich ihn angerufen habe, um Jamie zu finden, erzählt hat, Jamie habe Urlaub genommen. Er hätte sich wegen persönlicher Dinge zwei Wochen freigenommen und Paul hätte ihn die gesamte letzte Woche nicht gesehen.«

Tony machte sich weitere Notizen. »Und er hat Ihnen nichts von diesem Urlaub mitgeteilt?«

»Nein.«

»Wissen Sie, worum es sich bei diesen persönlichen Dingen gehandelt haben könnte? Hatte er finanzielle Schwierigkeiten?«

»Nein. Jamie hat niemals etwas Derartiges vor mir erwähnt. Er ist wie üblich morgens losgegangen, ganz normal gekleidet. Ist zur selben Zeit nach Hause gekommen. Ich habe ihn auch meist abends gefragt, wie sein Tag war. Er hat ein Softwaresystem erwähnt, das er entwickelte, und eine Schulung, die er durchführte, sowie ein paar Meetings, die er hatte.«

»Er war also gestresst wegen der Arbeit … Schien er sich in letzter Zeit wegen sonst noch etwas Sorgen zu machen?«

»Nein. Ich meine, letzte Woche wirkte er ein wenig ruhig und abgelenkt. Er schob das auf etwas, an dem er arbeitete, er war allerdings nicht aufgebracht oder so etwas. Aber es kann doch auch nichts mit der Arbeit zu tun gehabt haben, oder? Wenn er nicht einmal dort war?«

Tony schrieb weiter.

»Gestern war unser Jahrestag. Wir waren seit zwei Jahren ein Paar. Vor sechs Monaten bin ich hier bei ihm eingezogen.« Ich spielte mit der Kapuzenkordel des Sweatshirts, das ich angezogen hatte, rollte das Ende zu einem Ball auf und entrollte es dann wieder. »Er hat versprochen, er hätte eine große Überraschung für mich. Ich dachte …« Ich sah Ava an. »Ich dachte, er würde mir einen Antrag machen.« Meine Stimme brach und ich starrte hoch zur Decke und blinzelte die Tränen zurück.

»In welcher Stimmung war er, als er gegangen ist?«

Wir haben heute Abend noch alle Zeit der Welt.

Du wirst begeistert über das sein, was nach dem Abendessen kommt.

»Er war glücklich. Deshalb verstehe ich auch nicht, wie er das tun konnte. Er war aufgeregt. Hat sich auf den Abend gefreut, an dem wir feiern wollten. Ich wollte Abendessen für ihn machen und er hätte um achtzehn Uhr hier sein müssen.«

»Was hat er gesagt, bevor er das Haus verlassen hat?«

»Er … wäre spät dran für ein Meeting. Ich dachte, es hätte etwas mit der Arbeit zu tun. Und dann hat er gesagt … er hat gesagt, dass er mich liebt.« Ich wischte mir mit dem Handrücken über die Augen.

»Abgesehen davon, gab es noch irgendetwas anderes, das in den letzten Tagen ungewöhnlich erschien?«

»Nein. Nichts.«

»Keine Streitigkeiten?«

»Nein.«

»Und Sie sind sicher, dass keine finanziellen Probleme existieren?«

»So sicher, wie ich mir sein kann.«

»Hatte er in der Vergangenheit mit Depressionen zu kämpfen?«

»Nein.« Nachdrücklich schüttelte ich den Kopf.

»Wer war sein Hausarzt?«

»Dr. Lattimer. Grove House Surgery.«

»Hat er Dr. Lattimer in letzter Zeit aufgesucht?«

»Äh … Er hatte vor sechs Monaten eine Mandelentzündung und hat dagegen Antibiotika bekommen.«

»Und wegen etwas anderem war er nicht dort?«

»Nicht, dass ich wüsste.«

»Sie haben gestern den Beamten gegenüber erwähnt, dass Jamie keine weitere Familie hat, ist das richtig?«

»Ja. Seine Eltern sind bei einem Autounfall gestorben, als er sechzehn war. Sonst gibt es niemanden.«

»Wie würden Sie seine Persönlichkeit und seine Gemütsverfassung beschreiben?«

»Ähm … Er war ein eher häuslicher Typ. Er hat gern viel im Haus gemacht, heimwerken, lesen. Er war nicht unbedingt der Mittelpunkt jeder Party, aber er hatte Humor. Er neigte eher dazu, im Hintergrund zu bleiben und zuzuschauen, als sich in den Trubel zu stürzen. Wenn wir beispielsweise mit Freunden unterwegs waren, hat er sich immer wohler mit einigen wenigen Leuten gefühlt als in einer großen Gruppe. Es gab Zeiten, in denen er sich zurückzog, wie es vermutlich jedem mal ergeht. Aber er war nicht launisch oder so etwas. Er war zufrieden. Er hat hart gearbeitet. Er war freundlich und einfühlsam. Großzügig. Er war organisiert und verlässlich und konzentriert. Er hatte einen trockenen Humor. Er war gern schwimmen und wandern. Manchmal sind wir am Wochenende aufs Land gefahren, ein paar Stunden gewandert und dann zum Essen in einem Pub eingekehrt. Er war einfach Jamie.« Ich stoppte und fragte mich, was er wohl sonst noch hören wollte.

»War er in letzter Zeit mit Freunden unterwegs? Vielleicht hat er ihnen gegenüber irgendwelche Sorgen erwähnt.«

»Wir sind normalerweise jeden Freitagabend mit meinen Freundinnen Becca und Lynn und deren Partnern ausgegangen.«

»Könnten Sie mir bitte ihre Kontaktdaten geben?«

Ich diktierte sie ihm und Tony schrieb sich alles auf.

»Aber Jamie hatte nicht viele enge Freunde. Nur Bekanntschaften, denke ich. Kollegen, mit denen er zusammengearbeitet hat. Manchmal hat er sich allerdings mit seinen alten Kumpels von der Armee getroffen.«

»Kennen Sie die auch?«

»Nein, ich bin nie mit. Das war so ein Männerding. Das letzte Mal muss vor ungefähr einem Jahr gewesen sein, da ist er zu einem Treffen gegangen, das von jemandem namens Lee organisiert wurde, mit dem Jamie zusammen gedient hatte. Seinen Nachnamen weiß ich allerdings nicht.«

»Haben Sie eine Nummer, unter der ich ihn erreichen könnte?«

»Äh … Moment, ich muss Jamies Telefonrechnungen durchsehen.« Ich lief nach oben, wobei ich das Gefühl hatte, als würde mich ein dichter Nebel unter Wasser halten. Ich zog Jamies sortierte Rechnungen heraus und suchte nach Lees Namen, fand ihn aber nicht. Ich trottete wieder nach unten. »Er ist nirgends aufgeführt. Vielleicht hat Jamie bei der Arbeit mit Lee gesprochen, oder vielleicht haben sie sich per E-Mail verabredet.« Ich reichte Tony den Ordner mit den Rechnungen. »Möchten Sie die durchschauen? Ich weiß nicht, wie sehr die von Nutzen sind, da die letzten Monate fehlen.«

»Nein, das ist für den Augenblick okay. Falls ich sie brauche, melde ich mich noch einmal. Sie haben erwähnt, dass Sie mit Jamie wandern gegangen sind. Waren Sie je gemeinsam im Bluebell Wood?«

»Ja«, flüsterte ich. »Einmal. Wir waren bei den Tyttenhanger Gravel Pits, sind um den See spaziert, haben die Vögel beobachtet und sind dann in den Wald gegangen.«

»Schien er für ihn irgendeine besondere Bedeutung zu haben?«

Ich schluckte schwer. »Nicht, dass ich wüsste.«

Tony machte sich weitere Notizen. »Okay. Sie haben berichtet, er wirkte gestern glücklich, als er Ihnen gesagt hat, er müsste zu einem Meeting, von dem Sie angenommen haben, es hätte mit der Arbeit zu tun. Wissen Sie, wohin er gefahren sein könnte? Der Autopsie zufolge muss der Todeszeitpunkt ungefähr halb sechs abends gewesen sein.«

»Ich habe keine Ahnung.« Ich spielte mit meiner Halskette, einem silbernen Tiffanyherz, das Jamie mir aus dem Nichts heraus eines Tages mitgebracht hatte. Solche Dinge hatte er ständig getan. Kleine romantische Gesten, die mir zeigten, dass er an mich dachte. Dass ich etwas Besonderes war.

»Sein Auto war in einer Seitenstraße in der Nähe geparkt. Sein Portemonnaie und die Schlüssel befanden sich in seiner Tasche. Man darf annehmen, dass er es dort abgestellt hatte, nachdem es dunkel geworden ist, ein Stück Seil mitgenommen hat, das er im Auto hatte, und sich dann das Leben genommen hat. Das Seil ist ein ganz gewöhnliches Seil, das es in jedem Baumarkt zu kaufen gibt. Wissen Sie, ob er irgendwelche Seile im Haus aufbewahrt hat?«

Instinktiv fuhr meine Hand zu meiner Kehle. »Äh … Ich glaube nicht, aber falls ja, würde man die im Schuppen finden.«

»Darf ich mich darin umsehen?«

»Ja.« Schwankend stand ich auf und hielt mich an Avas Schulter fest, um nicht umzukippen.

»Soll ich ihm den Weg zeigen?«, bot Ava an.

»Nein, schon gut«, sagte ich ihr und dann zu Tony: »Folgen Sie mir. Ich hole den Schlüssel.«

Ich nahm den Schlüssel aus einer Küchenschublade und wir traten durch die Hintertür in den kleinen Garten, Tony mit seiner Aktentasche in der Hand. Wir liefen einen Weg aus Schieferplatten entlang, den Jamie angelegt hatte, als er vor zwölf Jahren in das Haus gezogen war. Er führte zu einem Holzschuppen am anderen Ende, den er gebaut hatte. Ich griff nach dem Vorhängeschloss und öffnete es.

Ich trat zurück, um Tony hineinzulassen. Beobachtete, wie er Dinge inspizierte und sich umschaute. An einer Wand des Schuppens waren Haken angebracht, an denen sorgfältig aufgereiht verschiedene Werkzeuge hingen. Am letzten Haken baumelte ein Strick.

Ich drehte mich weg, konnte diesen Anblick nicht ertragen. Ich starrte den Zaun zum Haus der Nachbarn an, bis meine Augen brannten. Hinter mir hörte ich, wie Tony seine Aktentasche mit einem Schnappen öffnete. Hörte Plastik rascheln. Dann seine Fußschritte, die auf dem Holzboden des Schuppens knirschten, als er darin herumlief.

»Ich muss das Seil mitnehmen«, rief er.

Wieder das Geräusch von Plastik. Ich starrte ein Rotkehlchen an, das nach einem Wurm pickte, und fragte mich zum hundertsten Mal: *Warum? Was kann so schlimm gewesen sein, Jamie? War es meinetwegen? Habe ich irgendetwas getan? Irgendetwas nicht getan? War es unseretwegen*?

Als ich mich umdrehte, hielt Tony eine Plastiktüte in der Hand, die mit einem Kabelbinder verschlossen war. Darin befand sich das Seil.

»Sieht es … Sieht es aus wie das, das er …?«, fragte Ava.

Er nickte ernst. »Sieht so aus, ja.«

»Was passiert jetzt?«

»Ich schreibe die Zeugenaussage auf, die Sie dann unterschreiben können. Im Anschluss führe ich weitere Befragungen durch. Mit seinen Kollegen, dem Arzt und so weiter. Ich habe ein paar Broschüren über Trauer und Trauerberatung dabei, die ich Ihnen dalassen kann. Vielleicht hilft es Ihnen, mit jemandem zu reden, wenn Sie so weit sind. Ich melde mich bei Ihnen, wenn wir den Leichnam freigeben, damit Sie entscheiden können, mit welchem Bestatter Sie arbeiten möchten. Und ich schicke Ihnen den Totenschein per Post, damit Sie weitere Vorkehrungen treffen können.«

Ich stellte mir vor, wie Jamies Sarg in den Boden gelassen wurde. Wie seine Leiche von Insekten gefressen wurde. Wollte er beerdigt oder eingeäschert werden? Wie zum Teufel sollte ich diese Dinge wissen? Wir hatten nicht über den Tod gesprochen. Wir waren noch in der Flitterwochenphase unserer Beziehung gewesen.

Es war nicht richtig. Nichts daran war richtig.

Kapitel 4

Jamie

Ich war sechs Jahre alt, als sie kamen und mich holten. In der einen Minute war meine Mum noch da, lebendig und strahlend. In der nächsten war sie an einem geplatzten Hirnaneurysma gestorben. Sie hatte keine weitere Familie, die mich hätte aufnehmen können, und mein Dad war gestorben, als ich zwei war. Noch bevor ihr Leichnam aus der winzigen Sozialwohnung geholt werden konnte, in der wir gelebt hatten, wurde ich bereits in ein Auto verfrachtet und von einer Sozialarbeiterin ins Kinderheim Denby Hall gebracht.

Ich war allein und ängstlich, war verwirrt und trauerte um meine Mum, um ein Leben, das es so jetzt nicht mehr für mich gab. Und obwohl die anderen Kinder in derselben Situation waren, fand ich keine Freunde. Das Heim war völlig überfüllt und personell unterbesetzt, Kinder kamen und gingen. Es war besser, sich an niemanden zu sehr zu gewöhnen. Ich konnte ihnen nicht helfen. Sie konnten mir nicht helfen.

Mir war eine Sozialarbeiterin zugewiesen, eine junge Frau namens Mary. Anfangs gab sie ihr Bestes, um eine Pflegefamilie für mich zu finden, aber es waren zu viele Kinder und nicht genug Familien. Obwohl sie freundlich war und mir zu versichern versuchte, dass alles in Ordnung kommen würde, tat es das nicht. Niemand wollte mich. Mit der Zeit kam Mary immer seltener vorbei und ich wurde wie der Rest, ein vernachlässigtes, vergessenes Kind, nur ein weiteres Gesicht unter Hunderten anderer Gesichter. Wenig mehr als eine Nummer, verloren im System.

Ich hatte vier Jahre in Denby Hall verbracht, als uns mitgeteilt wurde, dass das Heim schließen würde. Aufgeregtes Flüstern hallte durch die Gänge, alle fragten sich, wohin wir stattdessen geschickt werden würden. Ich fantasierte über meine Zukunft. Wie ich in dem neuen Heim gefunden und adoptiert werden würde. Wie ich endlich ein Zuhause bekommen würde, mit Eltern, die mich, ihren neuen Sohn, lieb haben würden, weil sie selbst keine Kinder bekommen konnten und einen Jungen suchten, dem sie all ihre Liebe schenken konnten.

Ich ahnte nicht, dass ich stattdessen direkt in die Hölle geschickt wurde.

Das Crossfield-Kinderheim war ein großes, imposantes, viktorianisches Gebäude, das beklemmend wirkte. Das Erste, was mir auffiel, waren die hohe, mit Metallspitzen versehene Steinmauer und die großen Eisentore, die es von der Welt dahinter abtrennten. Im Inneren gab es überall lange, dunkle Gänge und Holzböden. Bei meiner Ankunft wurde ich von einer neuen Sozialarbeiterin sofort in das Büro des Heimleiters geführt.

»Das ist James Taylor.« Die Sozialarbeiterin stellte mich einem kräftig gebauten Mann vor, der hinter seinem Schreibtisch in einem großen Büro saß, von dessen Fenster aus man das Gelände überblicken konnte.

Die Lippen des Mannes verzogen sich zu einem freundlichen Lächeln. »Schön, dich kennenzulernen, James. Ich bin

Mr Barker. Ich bin mir sicher, dass es dir in Crossfield gefallen wird.«

Die Sozialarbeiterin überreichte Barker ein paar Unterlagen. Ich musterte ihn, während er sie las. Er hatte Geheimratsecken in seinen roten Haaren, die er an den Seiten kurz trug, eine Adlernase und wässrig blaue Augen.

Barker kritzelte seine Unterschrift auf die Unterlagen und reichte sie der Sozialarbeiterin, die kurz darauf verschwunden war.

»Also.« Barker lehnte sich in seinem Sessel zurück, verschränkte die Hände und musterte mich genauer. »Ich führe hier ein strenges Regiment. Es gibt keinen Blödsinn. Keine Widerworte. Du tust, was man dir sagt. Verstanden?«

Ich sah auf meine Schuhe. »Ja.«

»Sieh mich an, wenn ich mit dir rede.« Er sagte die Worte sanft. »Ja, was?«

»Ja, Sir.«

Er lächelte wieder. »Gut. Wenn du meine Regeln befolgst, werden wir gut miteinander auskommen. Ich führe dich jetzt herum.« Er stand auf und kam auf mich zu. Im Vergleich zu meiner schmalen Statur wirkte er wie ein Riese. Er legte einen Arm um meine Schulter und führte mich durch einen leeren Gang. »Die anderen Jungs sind im Augenblick in der Schule, aber du wirst sie zum Tee kennenlernen.«

Er zeigte mir den Speisesaal mit drei langen Tischen, in dem die Mahlzeiten eingenommen wurden. Die Küche, wo ich abwaschen und beim Zubereiten des Gemüses helfen würde. Es gab einen Gemeinschaftsraum, in dem nur wenige Spiele vorhanden waren, hauptsächlich eine Menge Bücherregale. Oben befanden sich drei Schlafsäle, die jeweils aus zwei Reihen mit fünfzehn Betten auf jeder Seite bestanden. Abgesehen von den Betten waren die Schlafsäle beinahe komplett leer, lediglich mit einem wackligen Stuhl neben jedem Bett. Keine

Schränke oder Nachttische. Nichts, um irgendwelche persönlichen Habseligkeiten zu verstauen. Ich hatte gelernt, dass wir im Heim nichts je wirklich besaßen. Kleidung wurde weitergereicht. Nichts gehörte tatsächlich uns.

Barker zeigte auf ein Bett direkt neben der Tür, auf dem ein Stapel Kleidung lag. »Das ist deins.« Er musterte mich von oben bis unten. »Dort hast du saubere Sachen, aber zuerst musst du unter die Dusche. Wir wollen doch keinen schmutzigen Jungen in sauberer Wäsche, oder?«

»Nein, Sir«, murmelte ich.

Er führte mich durch eine Öffnung am entgegengesetzten Ende des Schlafsaals, wo sich Waschbecken, Pissoirs, Toilettenkabinen und eine lange Holzbank mit Haken in der Wand darüber befanden. Hinter den Toiletten war eine Reihe offener Gemeinschaftsduschen angebracht.

Ich schaute mich um, versuchte, mich zu orientieren und alles zu erfassen.

»Na los. Ab unter die Dusche!« Er machte eine sanfte scheuchende Geste mit den Händen, setzte sich auf die Bank und schlug die Beine übereinander.

Für einen Augenblick erstarrte ich. In Denby Hall hatten wir uns niemals vor dem Personal ausziehen müssen. Sie hatten uns dabei immer uns selbst überlassen. Irgendetwas an der Art, wie mich Barker beobachtete, gab mir ein ungutes Gefühl.

»Zieh dich aus, Junge. Die Seife liegt schon da.« Seine dünnen Lippen verzogen sich zu einem Lächeln, aber in seiner Stimme schwang Autorität mit. Etwas, das ich nicht herausfordern wollte.

Keine Panik. Gib keine Widerworte. Tu, was er will.

Ungeschickt nestelte ich an den Knöpfen meines Hemds, zog es aus und legte es sorgfältig zusammen, wie ich es in meinem vorherigen Heim gelernt hatte. Ich legte es auf der Bank ab. Die ganze Zeit spürte ich Barkers Blick auf mir. Als Nächstes kamen meine Hose und Unterhose. Ich wagte es nicht, ihn anzusehen, als ich unter die Dusche trat. Ich drehte das Wasser auf und es war kalt. Das war nichts Neues. An uns wurde nur ungern warmes Wasser verschwendet. Auf dem Boden lag ein Stück Karbolseife. Die hatten wir auch in Denby Hall benutzt. Sie ließ die Haut brennen. Schnell seifte ich mich ein und begann mich zu waschen, den Rücken Barker zugewandt.

»Dreh dich um«, wies er mich an. In seinen Augen glitzerte so etwas wie Aufregung. »Ich will sichergehen, dass du dich richtig wäschst.«

Ich tat, was er sagte, den Kopf gesenkt, und versuchte, die Aufgabe so schnell wie möglich hinter mich zu bringen, damit er gehen würde. Ich spülte die wie Feuer brennende Seife ab und drehte den Hahn ab.

»Hier.« Er hielt mir ein Handtuch hin, das an einem der Haken gehangen hatte. Er hatte den Arm nur leicht ausgestreckt, sodass ich nahe an ihn herantreten musste. So nahe, dass ich seinen schalen Atem vermischt mit Zigarettenrauch riechen und weiße Schuppen auf den Schultern seines Pullovers erkennen konnte.

Ich nahm das Handtuch und trocknete mich ab, während er zuschaute. Die ganze Zeit über sang ich in meinem Kopf ein Lied, um mich von der Scham abzulenken, die sein unbeirrter Blick in mir auslöste.

»Häng das Handtuch wieder an den Haken und zieh dich an.« Er stand auf, wartete, bis ich meine Sachen angezogen hatte, legte dann seine Hand in meinen Nacken und führte mich zurück in den Schlafsaal, während er mir mit den Fingern über die Haare strich.

Mich fröstelte plötzlich und ich bekam Gänsehaut an Armen und Beinen. In Denby Hall hatte mich niemand vom Personal jemals berührt. Es gab keine Umarmungen oder Küsse, wie Mum sie mir immer gegeben hatte, und ich vermisste es, in den Arm genommen zu werden. Vermisste die Wärme von jemandem, der mich festhielt und mir zuflüsterte, dass ich mir keine Sorgen machen müsste, dass ich keine Angst zu haben bräuchte, dass ich geliebt würde. Und deshalb, obwohl ich Angst hatte und verwirrt war, fühlte es sich irgendwie auch gut an, sogar beruhigend. Fürsorglich. Vielleicht würde dieses Heim ja doch besser sein als Denby Hall.

»Gut. Und jetzt kannst du hier warten, bis die anderen von der Schule zurück sind.«

Nachdem er gegangen war, setzte ich mich auf das Bett und blickte mich in dem spartanischen, wenig einladenden Schlafsaal mit den grauen Wänden um. Das Fenster, das meinem Bett am nächsten war, hatte einen Sims, der breit genug war, um darauf zu sitzen, und ich verbrachte die einsamen Stunden damit, aus dem Fenster zu schauen und mir darüber Gedanken zu machen, wie es hier wohl sein würde. Wie die anderen Kinder waren. Ob mich jemand adoptieren würde. Wie ich weitere sechs Jahre überleben sollte, bis sie mich aus dem Pflegesystem entlassen würden.

Es wurde bereits dunkel, als ich Schritte auf der Treppe vor dem Schlafsaal hörte. Dann hörte ich einen Erwachsenen rufen: »Hey, du! Hör auf zu rennen! Wie oft hab ich dir das schon gesagt?«

Ich hörte einen Aufschrei und dann etwas Hartes auf dem Boden oder der Wand aufschlagen.

»Bitte nicht!«, weinte eine dünne, verängstigte Stimme.

Mit einem Krachen flog die Tür auf und ein großer, drahtiger Mann mit fettigen schwarzen Haaren, geröteten Wangen und boshaften Augen zerrte einen Jungen am Ohr in den Saal, wobei die Füße des Jungen kaum den Boden berührten. Schweiß lief dem Mann über das Gesicht, während er den Jungen in Richtung eines Betts mitten im Saal schob.

»Dein Abendessen ist gestrichen. Zieh deinen Schlafanzug an, du bleibst für den Rest des Tages hier drin. Ich dulde kein Rennen oder Widerworte«, sprach der Mann, keuchend von der Anstrengung.

Ein paar andere Jungen kamen hintereinander hereinmarschiert, stellten sich schweigend neben ihre Betten und tauschten ihre Schuluniformen gegen die Kleidung, die säuberlich zusammengelegt auf der dünnen, schäbigen Decke lag. Sie wagten es nicht, den Jungen anzusehen, der verzweifelt versuchte, die Tränen zu unterdrücken.

Ich machte mich auf dem Fensterbrett so klein wie möglich und hoffte, der Mann würde mich dort nicht bemerken. Ich wollte wegsehen, konnte mich aber nicht dazu bringen.

Der Mann verschränkte die Arme, seine Augen blitzten dunkel, als er den Jungen anwies, sich komplett auszuziehen. »Leg die Hände auf den Kopf und spring auf und ab«, befahl er.

Der Junge schloss die Augen. Tränen und Schnodder strömten ihm über das Gesicht. Er legte die Hände auf den Kopf und sprang.

»Schaut euch alle Billy an!« Der Mann blickte sich im Saal um, ein böses Grinsen auf den Lippen. »Was für ein erbärmlicher Junge!«, höhnte er. Dann fand sein Blick mich und er funkelte mich böse an. »Wer bist du?«

»J-Jamie, Sir«, flüsterte ich.

Er legte eine Hand hinter sein Ohr. »Wie bitte? Ich kann dich nicht hören. Sprich lauter.«

»Jamie, Sir«, sagte ich lauter.

»Nun, Jamie, was hältst du von Billy hier?«

Ich verstand die Frage nicht. Ich war Billy noch nie zuvor begegnet, was sollte ich darauf also antworten? Und ich war mir ziemlich sicher, dass er nicht von mir hören wollte, dass ich dachte, Billy hätte Schmerzen und war beschämt und aufgebracht. Das sah er selbst.

»Antworte, wenn ich mit dir spreche!«, brüllte der Mann durch den Saal. Einer der anderen Jungen zuckte zusammen, während er seine Hose anzog.

Ich biss mir auf die Lippe. Wenn ich die falsche Antwort gab, würde ich wie Billy enden. »Äh …«

»Na los. Spuck's schon aus!«

Billy sprang weiter nackt auf und ab, die Augen fest zusammengepresst.

»Ich … ich weiß nicht, Sir.«

»Ihr alle, seht euch Billy an«, befahl der Mann langsam. »Du taugst nicht viel, oder, Billy?« Billy antwortete nicht. Ich wusste nicht, ob der Mann eine Antwort erwartete. »Oder?«, brüllte er Billy ins Ohr.

»N-Nein, Sir«, stammelte Billy.

»Ich kann dich nicht hören!«, sagte der Mann in einem Singsangton.

»Nein, Sir«, antwortete Billy.

»Dann sag es!«

»Ich … ich tauge nicht v-v-viel«, stotterte Billy.

Der Mann blickte böse drein. »Idioten! Ihr alle. Was habe ich bloß getan, um solch eine Bande an Versagern zu verdienen?« Er befahl Billy, mit dem Springen aufzuhören, und wies ihn an, den Schlafanzug anzuziehen und ins Bett zu gehen. Dann warf er mir einen letzten Blick zu, während er auf die Tür zuschritt, und zeigte mit dem Finger in meine Richtung. »Ich behalte dich im Auge, Junge. Du bist jetzt in meinem Haus, benimm dich also.«

Ich nickte krampfhaft.

Als er die Tür mit einem lauten Knall hinter sich geschlossen hatte, atmeten die anderen Kinder erleichtert aus.

»Billy, geht's dir gut?«, flüsterte ein großer, dünner Junge von seinem Platz am Bett neben dem von Billy.

Billy schnappte sich seine Schlafanzughose und zog sie eilig an, dann ließ er seinen blonden Kopf in die Hände fallen. Seine Schultern hoben und senkten sich.

»Billy?«, forschte der magere Junge erneut.

»Lass mich in Ruhe!« Billy schlüpfte unter die dünne Decke und drehte sich zur Seite, die Augen fest geschlossen, die Hände noch immer am Kopf.

Ein Junge näherte sich mir an meinem Fensterplatz. Er war ebenfalls blond, mit großen braunen Augen und sehr langen Wimpern. »Hallo. Ich bin Dave.«

»Jamie«, stellte ich mich vor.

»Woher kommst du?«

»Denby Hall.«

Er drehte sich zu ein paar der anderen Jungen um. Der hagere Junge, der Billy gefragt hatte, ob es ihm gut gehe, hieß Trevor. Der andere Junge mit einem Schopf lockiger hellbrauner Haare war Sean.

»Wie ist es hier so?«, fragte ich.

Sean antwortete nicht. Stattdessen stellte er selbst eine Frage. »Leben deine Mum und dein Dad noch? Hast du noch Familie?«

»Nein«, erwiderte ich und bemerkte, wie sie sich einen flüchtigen Blick zuwarfen.

»Sie sind schlimmer zu denen, die keine Familie mehr haben. Sie wissen, dass wir uns bei niemandem beschweren können«, meinte Dave.

»Wer war dieser Mann?«, wollte ich wissen.

»Mr Scholes. Er ist hier der Stellvertreter. Du solltest es dir mit ihm oder Barker nicht verscherzen. Die sind übel«, warnte mich Dave.

Die anderen stimmten zu.

Ein paar weitere Jungen kamen herein und zogen sich um, dann ertönte eine Glocke.

»Abendessen«, sagte Trevor zu mir. »Na ja, sie nennen es Abendessen, aber es ist widerlich.«

Sie verließen den Saal und ich folgte ihnen. Im Speisesaal machte ich nach, was sie taten, nahm mir einen Teller aus einer Durchreiche am Ende des Saals und hielt ihn dem Koch hin, einem sauertöpfisch dreinblickenden Mann mit einer Adlertätowierung auf dem Unterarm. Er schaufelte eine Art von Eintopf darauf und ich zwängte mich zwischen Dave und Trevor an einen der langen Tische. Sean setzte sich uns gegenüber. Ich starrte die wässrig braune Masse auf meinem Teller an. Kartoffeln, Möhren, Kohl und irgendein knorpelig aussehendes Knochenfleisch.

»Wenn du es nicht isst, bekommst du es einfach zum Frühstück noch mal vorgesetzt«, flüsterte Dave.

Ich nahm mir eine Gabel und aß, versuchte, das Knorpelfleisch zu kauen und es herunterzuschlucken, ohne zu atmen. Scholes kam herein und wanderte mit hinter dem Rücken verschränkten Händen an den Tischen auf und ab, überwachte uns mit seinen kalten Augen.

Ich hielt den Kopf gesenkt. Ich hörte etwas klappernd auf dem Holzboden aufkommen und Scholes schritt geradewegs auf Sean zu, der seine Gabel fallen gelassen hatte.

»Aufheben!«, brüllte Scholes.

Schnell beugte sich Sean nach unten und hob die Gabel auf. »Tut mir leid, Sir.«

»Wenn du unbedingt vom Fußboden essen willst, können wir das gern arrangieren.« Scholes kippte Seans Essen auf den Boden und zeigte darauf. »Na los.« Er grinste höhnisch.

Sean sah das Essen an. Dann sah er wieder hoch zu Scholes, die Augen weit aufgerissen, und blinzelte.

»Ich muss mich doch wohl nicht wiederholen!«

Sean nahm ein Stück Kartoffel und steckte es sich in den Mund, wobei er das Gesicht verzog.

»Nicht mit deinen Händen. Leck es auf!«

Ich starrte wieder nach unten auf meinen Teller und konzentrierte mich mit aller Macht darauf, mein eigenes Essen herunterzuschlucken. Kurze Zeit später riskierte ich einen weiteren Blick auf Sean, der gezwungen war, den Boden abzulecken wie ein Hund.

»Was schaust du denn so?«, fragte mich Scholes. »Willst du auch was davon?«

»Nein, Sir.« Ich wandte den Blick ab und schaufelte mir das Essen in den Mund, bevor er es auch auf den Boden kippen konnte.

Er zwang Sean, jedes dreckige Bisschen aufzuessen, und wies ihn dann an, Mopp und Eimer zu holen und aufzuwischen. Der Rest von uns wurde für die freie Zeit nach draußen aufs Gelände geschickt. Ich blieb bei Trevor und Dave, die mir die Regeln des Heims eintrichterten. Kein Reden, kein Lachen, kein Rennen, keine Widerworte. Versuche, niemals irgendwo allein zu sein. Versuche, keine Aufmerksamkeit auf dich zu ziehen.

Nach unserer Freizeit ertönte eine weitere Glocke und es war Schlafenszeit. Ich zog mich aus und legte meine Sachen auf den Stuhl neben meinem Bett. Unter meinem Bett lag ein zerschlissener dünner Schlafanzug, den ich mir schnell überzog, bevor ich mir unter den wachsamen Augen von Barker die Zähne putzte. Dann wurden wir ins Bett beordert.

»Ich will kein Gerede hören, ihr geht sofort schlafen«, kommandierte Barker, dann löschte er das Licht und schloss die Tür hinter sich.

Ich lag da, frierend, der Magen verkrampft vor Nervosität. Ich lauschte dem leisen Schnarchen der anderen, dem Quietschen der Metallbetten, während sich die Jungen im Schlaf umdrehten, nicht in der Lage, meinen Sorgen zu entkommen und in das Vergessen abzudriften. Es mussten bereits

Stunden vergangen sein, als ich hörte, wie sich die Tür öffnete. Meine Augen hatten sich an die Dunkelheit gewöhnt. Ich sah eine Figur durch den Saal schleichen. Es war Scholes. Ich behielt meine Augen halb geschlossen und beobachtete nur durch die Lider hinweg, damit es so wirkte, als würde ich schlafen.

Er stahl sich zu einem der Betten mir gegenüber, legte eine Hand auf den Mund eines Jungen, den ich bisher nur flüchtig kennengelernt hatte, und drückte den Kopf des Jungen mit seinem Ellbogen ins Kissen. Ich hörte ein ersticktes Aufschluchzen, als der Junge aus dem Bett gezogen und über den Boden geschleift wurde, während seine Fersen über die Holzbretter scharrten. Und dann waren sie fort.

Am nächsten Morgen war das Bett leer. Ich sah den Jungen nie wieder.

Kapitel 5

Maya

Es bedurfte all meiner Willenskraft, die Sekunden durchzustehen. Irgendwie verschmolzen sie zu Minuten und Stunden und Tagen. Um mich herum ging das Leben weiter – die Vögel zwitscherten, die Nachbarn verließen ihre Häuser, die Hunde bellten, aber ich war innerlich wie erfroren. Spät nachts wanderte ich ruhelos durch das Haus, niemals in der Lage, mich an einer Stelle niederzulassen. Ich nahm Jamies Sachen oder Erinnerungen an unsere gemeinsame Zeit in die Hand. Dinge, die wir einander gekauft hatten. Bruchstücke aus unserem Leben blitzten in meinem Kopf auf, allesamt schmerzvolle Erinnerungen daran, dass unser Heim jetzt mit quälender Stille erfüllt war, wo sonst Lachen und Liebe vorgeherrscht hatten.

Der Alkohol wurde mein Freund und Peiniger. Ich trank, um den Kummer zu betäuben, um zu schlafen, um die Welt auszusperren. Aber dann wurde ich ein paar Stunden später aus einem unruhigen Schlaf gerissen und der Schmerz darüber, dass er aus meinem Leben verschwunden war, traf mich erneut wie eine eiserne Faust.

Jamie war fort. Für immer.

Das Telefon klingelte, ich konnte den Hörer jedoch nicht in die Hand nehmen. Leute hinterließen Nachrichten, die anzuhören ich nicht ertragen konnte. Ava bot mir an, bei ihr zu wohnen, aber ich wollte hier sein, nah bei ihm. Ich trug seine Kleidung, benutzte sein Deodorant, sein Aftershave und seine Zahnbürste, als würde ihn das irgendwie wieder zum Leben erwecken. Schon bald würde ich ihn nicht mehr riechen oder seine Anwesenheit spüren können. Ich wollte so lange daran festhalten, wie es mir möglich war. Stattdessen verbrachte Ava viel Zeit in meinem Haus. Jamies Haus. Versuchte, mich zum Essen, zum Schlafen, zum Reden zu bringen.

Nachdem Ava das Haus an einem Nachmittag wegen eines Arzttermins mit Jackson verlassen hatte, war wieder alles still. Ich war allein. Ich würde mich daran gewöhnen müssen, allein zu sein.

Das Telefon klingelte. Ich wartete, bis es wieder still war, und nahm dann den Hörer ab. Eine weibliche Computerstimme informierte mich darüber, dass ich siebenundfünfzig Nachrichten hatte. Ich löschte sie alle, dann hielt ich meine Finger eine Weile unentschlossen über dem Nummernblock, bevor ich schließlich meine Eltern anrief.

»Hallo, ich bin's«, begrüßte ich meine Mum mit rauer Stimme, als sie abnahm.

Sie stieß ein Geräusch aus, das wie eine Mischung aus Klageschrei und Keuchen klang. »Oh, mein Schatz, es tut mir ja so leid. Das ist so schrecklich. Ich habe bei dir angerufen. Ich habe dir auf den Anrufbeantworter gesprochen. Wie geht es dir?«

»Ich weiß es nicht.« Ich setzte mich auf den kalten Fußboden und zog die Knie hoch bis zur Brust. »Ich …« Tränen brannten mir in den Augen. »Es ist einfach so schwer. Ich versuche, herauszufinden, wie ich das durchstehen soll.«

»Möchtest du, dass ich komme? Ich könnte eine Weile bei dir bleiben. Ich fühle mich hier so nutzlos.«

»Nein. Ist schon okay. Ich muss im Augenblick allein sein. Und außerdem braucht Dad dich.«

»Ich könnte dafür sorgen, dass sich eine Freundin um ihn kümmert. Ihm das Essen macht und so weiter.«

»Nein, wirklich, schon gut. Mach dir keine Gedanken um mich.«

»Wie stellst du dir das vor?«

»Ava hilft mir.«

»Ja, ich weiß. Sie hat mich auf dem Laufenden gehalten.«

»Aber sie hat mit Jackson genug zu tun. Besonders, da Craig erst in einem Monat wiederkommt.« Avas Mann arbeitete auf Bohrinseln und war immer einen Monat dort und hatte dann einen Monat frei. Ich hatte Ava stets dafür bewundert, wie sie damit zurechtkam. Es war fast so, als würde man eine Teilzeitbeziehung führen. Ich hätte Jamie zu sehr vermisst, wenn er noch in der Armee gewesen wäre. Ein Stich irrationaler Eifersucht durchfuhr mich. Jetzt würde ich mich auch mit einer Teilzeitbeziehung zufriedengeben.

Mum schluchzte am anderen Ende der Leitung. »Es ist einfach schrecklich. Ich kann es kaum glauben. Wusstest du, dass er depressiv war?«

»Er war nicht depressiv!«, fauchte ich.

»Oh, aber, Schatz, das muss er gewesen sein. Welchen anderen Grund könnte es geben, sich zu erh…, das zu tun?« Sie konnte das Wort nicht aussprechen. Ich wollte es auch nicht sagen.

»Das war er nicht«, entgegnete ich nachdrücklich und wischte mir die Tränen weg, die mir über die Wangen strömten. »Ich hab ihn gekannt. Er war glücklich. Er war nicht depressiv.«

Sie schnäuzte sich. »Aber letztendlich kennen wir den anderen nicht wirklich vollständig, oder? Wir wissen nicht, was im Kopf eines anderen vorgeht. Manche Menschen können das gut verbergen.«

»Ich will einfach wissen, warum, Mum. Warum hat er das getan? Ich denke die ganze Zeit, ich hätte es kommen sehen müssen. Ich hätte *irgendetwas* sehen müssen. Irgendein Indiz. Aber da war nichts. Wir haben uns geliebt. Er hatte alles, für das es sich zu leben lohnt.«

Einen Augenblick lang schwieg sie. »Ich glaube nicht, dass man Depression hinterfragen kann. Manchmal tun die Menschen verzweifelte Dinge.«

»Aber er war nicht depressiv!«, schrie ich und wischte mir die Nase am Ärmel von Jamies Kapuzenpullover ab, den ich trug. »Glaubst du nicht, das wäre mir aufgefallen?«

»Schon gut, beruhige dich, Schatz. Ich weiß, es ist schwer, damit umzugehen.« Wieder eine Pause. »Wann ist die Beerdigung?«

»In ein paar Tagen. Ava hat das für mich arrangiert. Ich kann nicht … Ich konnte nicht …«

»Ich komme dafür nach London.«

»Wie willst du das anstellen? Du hast Angst vorm Fliegen und du kannst nicht fahren. Und Dad kann im Augenblick ganz sicher nicht fahren.« Ich spie die Worte aus, dann atmete ich tief durch und raufte mir die Haare. Ich fühlte mich schuldig. Es war nicht ihre Schuld.

Sie ignorierte meinen Ausbruch und sagte sanft: »Ich weiß es nicht. Mir fällt schon etwas ein.«

»Zum Beispiel?«

»Ich will für dich da sein. Ich fühle mich hier so hilflos, wenn ich weiß, dass du so etwas durchmachst.«

»Ich weiß. Tut mir leid.«

»Es ist normal, wütend zu werden.«

»Es ist allerdings nicht normal, dass sich der Freund selbst umbringt, oder?«

»Vielleicht finde ich nicht die richtigen Worte. Es ist schwer zu wissen, *was* ich sagen kann.«

»Es gibt nichts Richtiges zu sagen«, erwiderte ich und eine überwältigende Müdigkeit fuhr mir in die Knochen, als würden sie sich gleich auflösen. »Ich muss los. Ich habe einen Termin mit Jamies Anwalt wegen seines Testaments. Ich ruf wieder an.« Ich legte auf, bevor sie noch etwas äußern konnte. Ich fühlte mich schrecklich dafür, so bitter zu sein, aber ich konnte meine Emotionen nicht kontrollieren.

Ich wickelte mich in meinen Parka und zerrte so heftig an den Knöpfen, dass ich einen aus dem Stoff herausriss. Er fiel ab und purzelte zu Boden. Ich ignorierte ihn und ging nach draußen, um die dringend benötigte frische Luft zu schnappen.

Es war nicht weit bis zum Büro von Jamies Anwalt. Meine Beine fühlten sich an, als hingen schwere Gewichte an ihnen. Ich schleppte meinen widerwilligen Körper den Hügel hoch. Der Wind peitschte mir meine ungewaschenen, fettigen Haare ins Gesicht. Sie stachen mir in die Augen und brachten sie zum Brennen. Oder vielleicht waren das ja wieder Tränen. Ava hatte mir angeboten mitzukommen, aber ich hatte abgelehnt. Sie tat bereits so viel für mich. Ich musste mich daran gewöhnen, ein paar Dinge auch selbst zu regeln. Ich musste versuchen, wieder stark zu werden.

Auf der St Peter's Street war Markttag und es war viel los. Ganze Menschentrauben, die sich umsahen oder von einem Stand zum nächsten schlenderten, gerieten mir in den Weg und stießen mich an. Ich wäre am liebsten auf sie eingestürmt. Hätte sie am liebsten dafür angeschrien, so rücksichtslos zu sein. Wie konnten sie es wagen, hier einzukaufen, wenn Jamie tot war! Wie zum Teufel konnten sie es wagen!

Vor dem Anwaltsbüro legte ich eine Hand auf die Ziegelfassade des Gebäudes, um wieder Halt zu finden. Nach einem letzten Blick zurück in die Richtung, aus der ich gekommen war, betrat ich das Haus.

Ich wurde in das Büro von Graham Dunn geführt, der jünger war, als ich erwartet hatte. Vermutlich erst fünfunddreißig. Dann fragte ich mich, warum ich überhaupt über sein Alter nachdachte. Was spielte das schon für eine Rolle?

»Ihr Verlust tut mir sehr leid.« Nachdem er meine Hand geschüttelt hatte, nahm er hinter seinem ordentlich aufgeräumten Schreibtisch Platz.

Ich hätte am liebsten gelacht. Ihm an den Kopf geworfen, dass er Jamie nicht so *gekannt* hatte wie ich, was genau sollte ihm also leidtun, aber stattdessen murmelte ich nur standardmäßig »Danke« und wischte mir die klammen Handflächen an meiner Jeans ab.

»Ich weiß, dass das alles sehr schwer für Sie sein muss, aber diese Angelegenheiten müssen geregelt werden.« Ohne meine Antwort abzuwarten, griff er nach einem schmalen grünen Ordner und nahm ein paar Unterlagen heraus. »Sind Sie bereit dafür, dass ich das Testament jetzt verlese?«

Bereit? Machen Sie Witze? Ich nickte, ballte meine Hände zu Fäusten und biss mir fest auf die Unterlippe.

Er sagte Worte her, Fachchinesisch, das mir Wunden wie mit einem Skalpell zufügte. *Vollstrecker. Testamentsabschrift. Verstorbener. Hinterlassen.* Am Ende fasste er noch einmal alles sauber für mich zusammen.

»Im Grunde besagt das also, dass Jamie Ihnen sein Haus vermacht hat, das nicht belastet ist, zusammen mit all seinen Besitztümern, einschließlich dem Inhalt seiner Bankkonten. Es scheint alles ziemlich unkompliziert zu sein. Es dürfte nicht allzu lange dauern, das zu regeln. Ich habe einen Brief für Sie aufgesetzt, in dem Ihre Rechtsposition als seine nächste Angehörige aufgeführt ist, falls Sie das benötigen, wenn Sie sich um seine Angelegenheiten kümmern. Haben Sie noch irgendwelche Fragen an mich?«

Ich konnte nicht vernünftig denken. Zu viele Dinge schwirrten mir im Kopf herum. Zu viele Emotionen drohten, mich zu ersticken. Jamie hatte das Testament vor sechs Monaten aufgesetzt, ungefähr zu dem Zeitpunkt, als ich bei ihm eingezogen war. Hatte er da schon gewusst, dass er sich umbringen würde? Hatte er gedacht, so organisiert vorzugehen, würde die Sache für mich *unkomplizierter* machen? Und falls ja, warum hatte er dann überhaupt vorgeschlagen, dass wir zusammenleben?

Ich stopfte den Brief in meine Tasche, dankte ihm für seine Zeit. Er sagte, er würde sich bald wieder melden. Wieder auf der Straße fiel mir auf, dass die Menschenmenge noch größer geworden war. Jemand rempelte mich mit der Schulter an, während ich mir einen Weg durch die Leute bahnte, wodurch ich ins Stolpern geriet. Ich stürzte auf die Knie. Ein sengender Schmerz schoss durch meine Kniescheiben. Tränen flossen mir aus den Augen.

»He, alles okay, meine Liebe?« Ein älterer Mann, der den Stand inspiziert hatte, neben dem ich gestürzt war, ergriff mich am Ellbogen und half mir auf.

Ich blinzelte die Tränen zurück und sah auf meine abgewetzte Jeans hinunter. »Es geht mir gut. Danke«, erwiderte ich, hin- und hergerissen zwischen dem Wunsch zu weinen und dem zu schreien.

Ich eilte die St Peter's Street entlang und hatte beinahe ihr Ende erreicht, als ich ihn sah.

Er war groß, mit sandfarbenem Haar, die vertrauten breiten Schultern unter der Jacke, die er trug. Schultern eines Schwimmers.

Jamie.

Mein Herz setzte für einen Augenblick aus; wie angewurzelt stand ich da, während die Leute um mich herumwirbelten. Mich anrempelten.

Dann rannte ich hinter ihm her.

Ich wusste es. Wusste, dass das alles nur ein schreckliches Versehen gewesen war. Ich würde ihn einholen, dann würde es für alles eine rationale Erklärung geben.

»Jamie! Warte!«, schrie ich, als ich ihn in der Menge aus den Augen verlor.

Ich hielt an. Drehte mich einmal im Kreis. *Wo bist du hin?*

Wieder sah ich ihn, auf dem Weg den Hügel hinunter in Richtung Kathedrale. »Jamie!« Was stimmte denn nicht mit ihm? Konnte er mich nicht hören? Ich rannte weiter, vorbei an verschwommenen Gesichtern.

Und dann war ich ihm so nah, dass ich ihn berühren konnte.

Ich streckte die Hand aus und ergriff seinen Jackenärmel. »Jamie! Oh mein Gott! Hast du mich nicht gehört?«

Überrascht schwang er herum.

Aber er war es nicht. Es war überhaupt nicht Jamie. Natürlich nicht.

Sämtliches Blut schien aus meinem Körper zu weichen. Ich starrte ihn mit leicht geöffnetem Mund an.

»Kennen wir uns?« Der Mann runzelte die Stirn und entzog mir seinen Arm.

»Tut mir leid«, gelang es mir zu murmeln. »Ich dachte, Sie wären jemand … Ich dachte …«

»Schon gut.« Er zuckte mit den Achseln und setzte seinen Weg fort.

Ich weiß nicht, wie lang ich danach noch dort stand und dem Mann, der nicht Jamie war, hinterherschaute, bis er verschwunden war. Irgendwie, vermutlich auf Autopilot, landete ich wieder zu Hause, stampfte in der Küche herum, griff mir eine Tasse und ließ die Schranktüren knallen. Ich versuchte, die Kaffeedose aufzuschrauben, was mit meinen zitternden Händen jedoch ein fruchtloses Unterfangen war. Ich ließ den

Schrei fahren, den ich tief in mir zurückgehalten hatte, und schleuderte das Glas quer durch das Zimmer, sodass es auf dem Fliesenboden in tausend Scherben zerbrach. Ich starrte das Glas und die braunen Körner auf dem Boden an, ließ mich dann an den Küchenschränken entlang auf den Boden sinken und schluchzte in meine Hände.

Irgendwann riss ich mich wieder zusammen und räumte alles auf. Ich machte mir eine Tasse Tee und ignorierte das Knurren meines Magens. Seit ich von seinem Tod erfahren hatte, hatte ich nichts Vernünftiges mehr gegessen, aber das wollte ich auch nicht. Essen würde nur die Qual des Lebens verlängern.

Ich ging mit meinem Tee ins Wohnzimmer und rollte mich auf dem Sofa zusammen, während mein Blick auf einem Foto von mir und Jamie auf dem hölzernen Bücherregal ruhte. Es war bei Jamies Weihnachtsfeier letztes Jahr aufgenommen worden. Wir hatten uns dafür beide schick gemacht. Mein Kopf ruhte an seiner Schulter und ich lächelte vor trunkener Glückseligkeit. Er sah auf mich herab, kleine Lachfältchen im Gesicht. Ich starrte das Bild an, bis ich es nicht mehr ertragen konnte. Danach wanderte mein Blick zu den Regalen darunter. Drei Reihen voller Bücher. Alle von Jamie. Er war der Leser. Ich war diejenige, die Filme schaute und Musik hörte. Er konnte sich stundenlang in Sachliteratur verlieren. Vielleicht sollte ich auch versuchen, etwas zu lesen. Versuchen, meine Gedanken abzulenken. Mich eine Weile zu verlieren. Alles war besser als diese beständige Qual an Gedanken und Fragen ohne Antworten.

Ich stellte meine Tasse auf dem Couchtisch neben Jamies Laptop ab, trat zu den Büchern und durchforstete das obere Regal. Er sortierte immer alles alphabetisch. Nein, nicht nur alphabetisch. Auch nach Genre. Auf der linken

Seite standen politische Bücher – Nelson Mandela, Winston Churchill, Gandhi, Martin Luther King –, dann kamen die Bücher über das Militär – Damien Lewis, Chris Ryan, Mark Urban. Seine Biografien und Memoiren waren ebenfalls alphabetisch im Regal darunter einsortiert und noch einmal darunter Selbsthilfebücher. Ich hatte mit Jamie immer deswegen gescherzt. Meine CDs und DVDs waren ohne jegliche Ordnung in die Schublade unter dem Fernseher gestopft. Manchmal passten Inhalt und Cover nicht einmal zueinander. Aber Jamie hatte Ordnung gemocht.

Ich ging die Bücher durch. Ich wollte nichts über Krieg oder Tod lesen. Wo war die romantische Komödie, wenn man sie brauchte? Ich war gerade bei den Autobiografien, als mein Blick wieder zum vorherigen Regal wanderte. Die Bücher standen nicht in ihrer üblichen alphabetischen Sortierung. Das Mandela-Buch hätte am Ende stehen müssen, nicht am Anfang. Ich nahm es in die Hand, blätterte es durch und stellte es dann wieder dorthin, so, wie Jamie es gewollt hätte. Schließlich entschied ich mich für eins der Selbsthilfebücher, *Die heilende Kraft* von Deepak Chopra, und ging damit zurück zum Sofa. Ich versuchte, mich auf die Worte zu konzentrieren, aber sie schienen auf der Seite zusammenzulaufen und ergaben keinen Sinn. Ich rieb mir die Augen, um wieder richtig sehen zu können, und versuchte es erneut. Diesmal las ich immer wieder den gleichen Satz, bis ich es schließlich aufgab.

Ich stellte das Buch zurück ins Regal, wobei mir auffiel, dass das Foto von uns ebenfalls nicht an der richtigen Stelle stand. Normalerweise hatte es seinen Platz in der Mitte, jetzt war es jedoch rechts.

Ich dachte zurück an den Abend, an dem Jamie gestorben war. Dieses seltsame Gefühl, als ich ins Haus gekommen war. Der vage Hauch von Zigarettenrauch. War jemand hier gewesen?

Hatte Sachen bewegt? Der Fernseher war noch hier. Ebenfalls Jamies teurer Laptop und die hochmoderne Stereoanlage. Es gab keine Anzeichen für einen Einbruch.

Nein, das war albern. Vielleicht hatte Jamie diese Dinge verschoben. Es sah ihm nicht ähnlich, aber er hatte ja garantiert nicht mehr klar gedacht, oder? Normalerweise war ich diejenige, die Staub wischte, und ich hatte definitiv nichts sauber gemacht, seit Jamie tot war. Aber hatte ich vielleicht gedankenverloren Dinge bewegt und an den falschen Platz zurückgestellt, als ich spät nachts betrunken und voller Trauer durchs Haus gewandert war?

Ich schnappte mir Jamies Laptop und schaltete ihn ein, runzelte dann aber die Stirn, als mich anstelle seines Bildschirmschoners wieder die schwarze leere Seite begrüßte. Ich klickte auf *Start* und dann *Dokumente*, um nachzuschauen, ob seine Dateien noch da waren, aber da war nichts. Keine Ordner, keine Dateien, keine Fotos, keine Arbeitspräsentationen, von denen ich wusste, dass sie auf dem Laptop gespeichert gewesen waren. Ich versuchte, nach Word zu suchen, aber das Programm war nicht vorhanden. Versuchte es mit Excel, aber dasselbe Ergebnis. Am Tag, an dem Jamie gestorben war, hatte ich noch geglaubt, der Laptop wäre möglicherweise abgestürzt, er schien jedoch zu funktionieren. Es war lediglich so, dass die Sachen gelöscht waren. Alles Wichtige war verschwunden.

Warum? Hatte es darauf etwas gegeben, von dem er nicht wollte, dass ich es finde?

Persönliche Dinge.

»Welche verfluchten persönlichen Dinge?«, schrie ich. »Was hast du gemacht, Jamie? Warum warst du nicht bei der Arbeit? Warum hast du nicht einfach mit mir geredet?«

Ich kaute auf meiner Lippe, bis ich das metallische Aroma von Blut schmeckte.

Ganz offensichtlich hatte Jamie etwas vor mir verborgen und das musste schlimm genug gewesen sein, dass er sich deswegen das Leben genommen hatte.

Ich musste wissen, was das war. Ich musste einfach.

In dem Augenblick beschloss ich, dass ich nicht herumsitzen und jammern und weinen und mich ins Vergessen trinken würde. Ich würde herausfinden, was genau Jamie getan hatte, als er das Haus verlassen und so getan hatte, als würde er zur Arbeit gehen.

Ich würde herausfinden, was zu seinem Tod geführt hatte.

Kapitel 6

Jamie

Es dauerte nicht lange, sich in die reglementierte und disziplinierte Art des Lebens einzugliedern, die sich so von Denby Hall unterschied. Aufgeweckt von einer laut scheppernden Glocke um sechs Uhr morgens. Waschen und Zähneputzen zehn nach sechs. Frühstück halb sieben. Miteinander reden durften wir nur auf dem Weg zur Schule oder nach dem Abendessen, wenn wir ein paar Stunden Freizeit hatten. Schweinefraß zum Essen. Putz- und Wäschedienst. Tritte, Schläge, Hiebe, gezwungen, Seife zu essen, und weitere Bestrafungen, wenn wir unsere Arbeiten nicht gut genug erledigten, oder auch für jedes Fehlverhalten, das den Aufsehern so einfiel. Nicht schnell genug geantwortet, zu schnell geantwortet. Das Essen nicht gegessen, zu schnell gegessen. Nicht schnell genug gewischt oder poliert oder Staubkörner übersehen. Es war schwierig, mit allen Regeln mitzuhalten, da sie sich beständig änderten. Manchmal wurden wir einfach nur dafür bestraft, am Leben zu sein. Ich lernte schnell, nicht zu weinen. Es kümmerte niemanden und manchmal schien es die Aufpasser nur noch wütender zu machen, sodass sie eher auf mich konzentriert waren.

Stattdessen beobachtete ich und hörte zu, versuchte, die Situation zu analysieren, bevor ich bestraft werden konnte. Ich versuchte, die Aufseher zu verstehen, um zu wissen, wer schlimmer war als die anderen, zu spüren, in welcher Stimmung sie waren und wann sie zuschlagen würden. Ich hielt meinen Mund und versuchte, unsichtbar zu bleiben, was eine Zeit lang funktionierte.

Anfangs liebte ich die neue Schule, auf die wir gingen. Crossfield jeden Tag verlassen zu können und dorthin zu kommen, war meine einzige Flucht, und egal, wie schlimm alles war, jeden Tag entfloh ich dem Horror für sechs Stunden und konnte mich in aufregende neue Welten voller Geschichte und Englisch und Geografie, Mathegleichungen und Summen vertiefen, die mich davon abhielten, über mein Leben nachzudenken. Obwohl uns die anderen Schüler schikanierten, weil sie der Meinung waren, wir Crossfield-Kinder wären dreckig oder Störenfriede oder dumm, und uns als *Bastarde* bezeichneten, war es hier weitaus besser als im Heim. Meine Klassenlehrerin, Miss Percival, war immer herzlich. Ich freute mich jeden Tag darauf, sie zu sehen. Ihr Lächeln oder ihre ermutigenden Worte waren der Höhepunkt meiner Tage. Aber im Laufe der Monate zog ich aus irgendeinem Grund beständig den Zorn von Scholes auf mich. Was ich auch tat, er schien mich zu hassen, doch ich wusste nicht, was ich falsch machte oder wie ich ihn dazu bringen konnte, mich in Ruhe zu lassen. Ich dachte so sehr über das Problem nach, dass meine Schulleistungen darunter litten und ich das Interesse an allem verlor. Ich war dermaßen damit beschäftigt, mich in Crossfield von Ärger fernzuhalten, dass ich mich auf nichts anderes konzentrieren konnte. Miss Percival bemerkte, dass etwas nicht stimmte, und rief mich eines Tages in der Mittagspause zu sich ins Klassenzimmer.

Sie ließ mich in einer Ecke des Zimmers Platz nehmen und schenkte mir ein Lächeln. Ich konnte jedoch nicht zurücklächeln. Es gab nicht viel zu lächeln.

»Wie läuft es so, Jamie?«, fragte sie.

Ich senkte die Augen, zwängte die Tränen zurück und murmelte etwas Unverständliches.

Sie legte mir eine Hand auf die Schulter. »Jamie?«

Ich sah nicht auf. Starrte nur meine Hände an.

»Als du hier angefangen hast, warst du sehr enthusiastisch. Aber in letzter Zeit bist du niedergeschlagen, darunter leidet deine Arbeit. Gibt es etwas, worüber du mit mir reden willst? Bist du in Crossfield nicht glücklich?«

Ich spürte die Tränen hinter meinen Augen brennen.

»Du kannst mir alles erzählen, was dich bekümmert. Vielleicht kann ich dir helfen.« Sie senkte ihren Kopf, sodass er auf einer Höhe mit meinem war und ich keine andere Wahl hatte, als sie anzusehen.

Es war ihre Freundlichkeit, die es bewirkte. Die die Tränen durch den dicken Panzer brechen ließen, hinter dem ich sie zu verbergen versucht hatte. Und als sie kamen, ließen sie sich nicht mehr aufhalten, bis alles aus mir herausschoss, ein Wirbelsturm der Traurigkeit über das Leben in Crossfield. Dass Scholes mich und die anderen Kinder drangsalierte. Wie viel Angst ich hatte und wie schrecklich allein ich mich fühlte. Dass ich nicht mehr wusste, wie ich ich selbst sein konnte, wenn mich niemand so wollte, wie ich war, und mich auch niemand vom Personal zu mögen schien. Dass ich nicht wusste, was ich tun sollte.

Sie hörte mir aufmerksam zu, drückte meine Hand, gab mir Taschentücher, um die Tränen abzuwischen. Sie umarmte mich und ich klammerte mich so an ihr fest, dass sie schließlich meine Finger von ihrer Strickjacke lösen musste.

»Okay, ich werde Folgendes tun.« Sie lehnte sich zurück und lächelte mich ermutigend an. »Ich werde mit dem Leiter von Crossfield reden und herausfinden, was los ist, in Ordnung? Ich möchte nicht, dass du dir weiterhin Sorgen machen musst. Wir bekommen das hin.«

Ich unterdrückte ein weiteres Schluchzen und nickte. »Danke.«

Sie zerzauste mir das Haar und wies mich an, zum Mittagessen zu laufen. Während der Rest des Tages verstrich, löste sich ein schreckliches Gewicht von meinem Herzen. Miss Percival würde der Schikane in Crossfield ein Ende bereiten, da war ich mir sicher.

Der nächste Tag war ein Samstag, da wir keine Schule hatten, mussten wir am Morgen arbeiten. Ich war zusammen mit Trevor dazu abgeordnet worden, den Speisesaal zu fegen und zu wischen. Wir waren seit einer Stunde bei der Arbeit, als Scholes auftauchte, sich mit verschränkten Armen gegen den Türrahmen lehnte und uns mit einem hasserfüllten Blick beobachtete. Ich spürte ihn dort, noch bevor ich ihn sah, drehte kurz den Kopf in seine Richtung und fixierte meinen Blick dann fest auf meinen Mopp, mit dem ich über den kalten Holzboden wischte.

Bitte geh weg. Bitte geh weg. Lass mich in Ruhe.

»Taylor!«, bellte er. »Mitkommen!«

Trevor warf mir einen mitleidigen Blick zu, während ich schweigend zu Scholes ging. Ich hatte nichts Falsches getan, von dem ich wusste, also konnte ich mir nicht vorstellen, was er von mir wollte. Aber das spielte auch keine Rolle. Für ihn war es schon falsch, dass ich am Leben war. Er legte mir einen Arm um die Schultern und seine Finger bohrten sich schmerzhaft in meine Haut. Ich wollte ihn fragen, wohin wir gingen, als er mich durch ein Labyrinth aus düsteren Gängen führte, die alle gleich aussahen, aber ich wusste, dass ich für Sprechen bestraft werden würde. Am Ende eines Ganges marschierten wir eine Treppe nach unten. Es gab keine Fenster und es war dunkel. Am Ende der Treppe befand sich eine Holztür. Er zog ein Schlüsselbund aus seiner Tasche und schloss sie auf. Eine weitere Treppe verlief noch weiter nach unten, dann gelangten wir in einen Keller. Darin war verschiedenes Gerümpel gelagert und in einer Ecke stand ein riesiger Heizkessel. An der Rückwand lehnte neben einem schmutzigen Waschbecken eine antik aussehende rostige Badewanne, die mit Wasser gefüllt war.

Beklommen betrachtete ich die Badewanne, mein Magen verkrampfte sich vor Furcht. »Was habe ich getan, Sir?«, fragte ich leise.

Klatsch! Sein Handrücken traf meine Wange und ließ mich rückwärts stolpern.

»Sprich nur, wenn du dazu aufgefordert wirst!«

Ich berührte meine brennende Wange mit der Hand, starrte die kaputten Kacheln auf dem Boden an und wünschte mir, der Boden würde mich verschlingen. Alles war besser, als hier zu sein. Tränen schossen mir in die Augen, aber ich würde nicht weinen. Würde ihm diese Genugtuung nicht schenken. Nur nachts, allein in der Dunkelheit, ließ ich ihnen freien Lauf. Ich würde keine Schwäche zeigen.

Ich konnte ihn nicht ansehen, aber ich hörte seinen Atem in kurzen, rasselnden Stößen kommen. Ich spürte etwas Animalisches und Gewalttätiges von ihm ausgehen. Ein Löwe, der seiner Beute geduldig auflauert, bis er zum Todessprung ansetzt.

»Du erzählst gern Märchen, nicht wahr, Junge?« Er umkreiste mich. »Du reißt gern das Maul auf vor verzärtelten Lehrerinnen, die keine Ahnung davon haben, wie man verkommene Kreaturen wie dich unter Kontrolle hält.«

»Ich … Ich wollte nicht …«

»Halt die Klappe!«, brüllte er mir ins Gesicht.

Ich zuckte zusammen.

»Stell dir mal vor, die hundert Jungs hier drin würden alle einfach nur wild herumtoben und tun, was ihnen gerade in den Kopf kommt. Das würde zu Chaos und Anarchie führen, das können wir in Crossfield nicht zulassen. Keineswegs. Jungen *brauchen* Disziplin, damit sie auf dem rechten Weg bleiben! Sie brauchen sie, um verantwortungsvolle junge Männer zu werden. Um vor sich selbst gerettet zu werden.« Er hielt an und blieb vor mir stehen. »Richtig?«

Ich hatte zu viel Angst, um zu antworten.

»Richtig?«, keifte er.

»J-Ja.«

»Ja, was?«

»Ja, Sir.«

»Knie dich vor die Badewanne!«

Ich wagte nicht zu widersprechen. Ich wusste, die Strafe würde noch schlimmer ausfallen.

Ich tat, wie mir geheißen, und meine knochigen Knie pressten sich schmerzhaft gegen die unebene, harte Oberfläche. Ich biss mir auf die Lippen und drückte die Augen fest zu, als könnte mich das irgendwie unsichtbar machen und mich weit von hier fortbringen.

Er keuchte mir ins Ohr, während er mich mit einer Hand an meinem Nacken gegen die Wanne quetschte. »Weißt du, was mit Jungen passiert, die Märchen erzählen?«

Ich murmelte etwas, aber nur ein erschrockenes Geräusch entrang sich meiner Kehle.

»Niemandem würde es auffallen, wenn du verschwindest, nicht wahr? Du bist niemandem wichtig. Niemand kommt dich holen. Was bedeutet, dass du mir gehörst. Du bist mein Eigentum. Verstanden? Du tust, was *ich* dir sage.«

Mein gesamter Körper hob und senkte sich, während ich versuchte, genug Luft in meine Lunge zu bekommen, um die Panik, das Keuchen und Prusten zu unterdrücken.

»Wirst du ab jetzt ein braver Junge sein? Wirst du aufhören, Märchen zu erfinden?«

Ich nickte heftig.

»Sag es.«

»Ich … ich … werde brav sein«, stieß ich aus. »Ich werde nichts sagen, zu niemandem!«

Er zog die Hand zurück, als wollte er mich schlagen, und ich drängte verzweifelt meinen kleinen Körper gegen die Wanne. »Gute Entscheidung, Taylor. Du hältst die Klappe, dann kommen du und ich bestimmt gut miteinander aus, denkst du nicht?«

Ich nickte heftig, aber das hielt ihn nicht davon ab, mit seiner Hand meinen Kopf unter Wasser zu drücken.

♦ ♦ ♦

Nachdem er endlich den Raum verlassen und die Tür mit einem Übelkeit erregenden Drehen des Schlüssels verschlossen hatte, rollte ich mich zu einem zitternden Ball zusammen und ließ die Tränen fließen. Ich hatte eine Menge Zeit, um nachzudenken, in diesem finsteren Loch, das nach Schimmel und Scheiße und Angst stank, mit nur Ratten als Gesellschaft, während ich in meinem Kopf mit meiner Mum redete und sie anflehte, mich holen zu kommen, auch wenn ich wusste, dass sie das niemals würde tun können. Ich zwang mich, mir die schönen Zeiten mit ihr vorzustellen, bevor sie gestorben war. Wie sie jedes Wochenende einen anderen Ausflugsort ausgesucht hatte, und Stunden mit dem Backen von Kuchen und Scones zugebracht hatte, die sie dann für unser Picknick einpackte. Danach stiegen wir ins Auto und verließen London, um aufs Land zu fahren. *Nur weil wir nicht viel Geld haben, heißt das nicht, dass wir nicht die Welt entdecken können*, sagte sie mir immer. Sie hatte die Natur geliebt – ihre Einfachheit und gleichzeitige Komplexität.

Im Geiste sah ich ein Lavendelfeld vor mir, das wir an einem Wochenende in Norfolk besucht hatten, und die Explosion an lila Farben ersetzte in meinem Kopf für einen Augenblick die schroffe Schwärze.

Scholes ließ mich in der Kammer, kam dann und wann mit Wasser und ein paar Scheiben altbackenem Brot wieder, auf das dünn etwas Margarine gekratzt war. Er sah mir dabei zu, wie ich das Essen meine geschwollene Kehle hinunterzwang, und sagte dabei Dinge wie: »Denk erst gar nicht darüber nach, jemandem davon zu erzählen. Man wird dir niemals glauben. Niemand kümmert sich um Abschaum wie dich.«

Am zweiten Tag kehrte Scholes wieder zurück. Mir war kalt und ich hatte Schmerzen vom Schlafen auf dem Boden und dort, wo er mich in die Wanne getaucht und meinen Kopf so lange unter Wasser gehalten hatte, bis ich mit den Armen gezappelt und die Panik eingesetzt hatte, sodass ich verzweifelt Wasser durch Nase und Mund geatmet hatte, bis ich glaubte, sterben zu müssen.

Meine Beine kribbelten und mein Körper gehorchte mir nicht, als ich aufzustehen versuchte. Als ich nicht schnell genug hochkam, riss er mich auf die Beine und marschierte mit mir aus dem Keller in Barkers Büro. Er öffnete die Tür, stellte mich vor Barker ab und ging.

Zitternd stand ich da, während Barker seine Schreibarbeit beendete, sich in seinem Sessel zurücklehnte und lächelte. Aber es war kein warmes Lächeln wie bei Miss Percival. In ihm verbarg sich etwas Kaltes und Emotionsloses.

»Ich bin äußerst betrübt, von einem unerfreulichen Vorfall zu hören, durch den sich deine Lehrerin genötigt gefühlt hat, uns wegen deiner Lügenmärchen zu kontaktieren, James.« Er verschränkte die Arme. »Natürlich habe ich ihr von deiner Tendenz erzählt, Geschichten zu erfinden und zu übertreiben, um mehr Aufmerksamkeit zu erhalten. Und dass deine besonderen Verhaltensauffälligkeiten nicht leicht zu beheben sind, besonders nicht deine Schwierigkeit, Autoritäten zu akzeptieren. Ich habe ihr außerdem erklärt, dass die Leitung eines Heimes für Jungen eine äußerst anspruchsvolle Aufgabe ist, die ein gewisses Maß an Disziplin und Kontrolle erforderlich macht; ansonsten hätten wir es ständig mit Aufständen zu tun. Wir müssen euch vor euch selbst beschützen. Ich denke, das hat Mr Scholes dir bereits erklärt, nicht wahr?«

Betäubt nickte ich.

»Und dir muss klar sein, James, dass das Disziplinieren unserer Schutzbefohlenen uns mehr Schmerzen bereitet als ihnen. Wir müssen einen strengen Regelkatalog befolgen und würden unsere Arbeit nicht richtig machen, wenn wir uns selbst nicht an diese Regeln hielten.«

Ich versuchte, den Kloß in meiner Kehle herunterzuschlucken.

Er stützte sich auf die Ellbogen und beugte sich vor. »Ich bin mir sicher, dass du gern eines Tages adoptiert werden würdest, nicht wahr?«

»J-Ja, Sir.«

»Tja, was denkst du, wen potenzielle Adoptiveltern wohl auswählen würden, hm? Einen braven Jungen, der den Kopf gesenkt hält und Regeln befolgt, oder einen, der ungezogen und undiszipliniert ist und häufig Lügen erzählt?«

»Den braven Jungen«, flüsterte ich.

Er nickte erfreut. »Ganz genau. Und was glaubst du, wer entscheidet, wen diese potenziellen Eltern zu sehen bekommen?«

»Ich weiß es nicht, Sir.«

»Ich.« Er hielt einen Augenblick inne. »Du verstehst doch, worauf ich hinauswill, oder?« Er fuhr fort, ohne eine Antwort abzuwarten. »Brave Jungen bekommen in Crossfield nicht nur die Gelegenheit, potenzielle neue Eltern kennenzulernen, ich belohne gutes Verhalten auch mit besonderen Privilegien wie Tagesausflügen.« Er schenkte mir ein weiteres Lächeln. »Nächste Woche nehme ich eine Gruppe folgsamer Jungen mit zu einem Ausflug aufs Land. Wir werden im Fluss schwimmen und Spiele spielen und Lunchpakete dabeihaben. Wenn du die Regeln hier befolgst, wenn du brav bist, kannst auch du solche Dinge bekommen.« Er machte wieder eine Pause. »Habe ich mich klar ausgedrückt?«

Ich konnte nur stumm nicken, während das Gewicht seiner Worte mich erdrückte.

»Gut. Dann geh jetzt zurück in den Schlafsaal und denk über dein Verhalten nach.« Er nahm seinen Stift in die Hand und widmete sich wieder seinen Unterlagen.

So schnell ich konnte, lief ich nach oben. Der Schlafsaal war leer, als ich ankam. Ich setzte mich auf das Fensterbrett, beobachtete die anderen Jungen draußen und schlang mir zum Trost die Arme um die Knie.

Ich dachte daran, wegzulaufen, aber wohin sollte ich gehen? Ich war zehn Jahre alt, ohne Familie und Geld. Trevor war vor ein paar Wochen weggelaufen und von der Polizei zurückgebracht worden, als sie ihn dabei erwischt hatten, wie er Äpfel von einem Obsthändler stahl. Billy hatte beobachtet, wie er in Barkers Büro gezerrt wurde, aber dann wurde er zwei Tage nicht mehr gesehen. Es wurde gemunkelt, dass er mit Scholes unten im Keller war. Als Trevor schließlich zum Abendessen wieder auftauchte, ging er wie ein gekrümmter, gebrochener Mann und konnte eine Woche lang nicht richtig sitzen. Er sprach tagelang mit niemandem ein Wort. Als er endlich wieder redete, verriet er nie, was passiert war.

Ich war so in meine Sorgen vertieft, dass ich Billy, der den Schlafsaal betreten hatte, erst bemerkte, als er direkt neben mir stand.

»Geht's dir gut?«, fragte er, ohne mich direkt anzusehen.

Ich presste meine Finger in die Handflächen, um die Tränen zurückzuhalten.

»Hat Scholes dich in den Keller gesteckt?«

Ich nickte. »Er hat mich in die Badewanne getaucht. Ich dachte, er würde ... mich umbringen.«

Er starrte aus dem Fenster, seine Stimme ein zittriges Flüstern. »Du hast Glück, dass er nicht mehr getan hat. Wenn er die anderen Dinge tut, würdest du dir wünschen, du wärst bereits tot.«

Ich wollte ihn fragen, was er damit meinte, aber es war zu spät. Er hatte sich bereits umgedreht und schlich mit gesenktem Kopf und hängenden Schultern davon.

Als ich am Montagmorgen in der Schule ankam, rief mich Miss Percival noch vor dem Unterricht ins Klassenzimmer.

»Ich hatte ein sehr langes Gespräch mit Mr Barker. Er hat mir versichert, dass es ein paar Missverständnisse gegeben hat«, sagte sie. »Ich wollte sicherstellen, dass das, was er sagt, richtig ist. Hast du dir Dinge ausgedacht, um Aufmerksamkeit zu erregen? Oder als Entschuldigung, um deine Hausaufgaben nicht zu machen?« Sie blickte auf mich herunter und ich konnte ihr nicht in die Augen sehen.

»Ja«, sagte ich, weil ich wusste, dass Scholes und Barker alles kontrollierten. Niemand würde mich adoptieren, wenn ich nicht stillhielt und das tat, was sie wollten. Niemand würde mich von dort fortholen. Egal, wie nett jemand schien, ich konnte niemandem vertrauen, mir zu helfen. Wenn Scholes oder Barker herausfanden, dass ich über das gesprochen hatte, was dort passierte, würde alles noch viel schlimmer für mich werden.

Also war ich gefangen, ohne jemanden, mit dem ich reden konnte, und ohne einen Ort, an den ich fliehen konnte. Das hier war mein Leben. Mein Gefängnis. Und der einzige Fehler, den ich begangen hatte, war, geboren zu werden.

Kapitel 7

Maya

Ich holte Jamies Karton mit den Unterlagen aus dem Gästezimmer. Wenn er irgendwelche *persönlichen* Probleme gehabt hatte, konnte das doch nur wenige Dinge betreffen. Finanzielle. Emotionale. Beziehungsprobleme. Arbeit. Also, er war nicht depressiv gewesen und wir hatten keine Beziehungsprobleme gehabt, es sei denn … Hatte Jamie eine Affäre gehabt? War er deswegen so geheimniskrämerisch gewesen?

Nein. Ich schob den Gedanken von mir. Das würde er mir nicht antun. Da war ich mir sicher. Blieben also noch die Arbeit und irgendetwas Finanzielles.

Ich blätterte die A4-Ordner durch und las die Etiketten, die er in seiner präzisen Handschrift beschrieben hatte: *Handy, Kreditkarte, Quittungen, Versicherung, Fahrzeugunterlagen, Bankunterlagen*.

Aber irgendetwas stimmte damit nicht. Die Handyrechnungen waren ganz oben, weil ich sie herausgeholt hatte, um sie mir anzuschauen, aber als Nächstes kamen die Kreditkartenrechnungen, an genau demselben Ort, an dem ich sie an dem Abend gefunden hatte, als ich nach Pauls Nummer gesucht hatte. Tatsächlich war nichts mehr in alphabetischer Reihenfolge, wie Jamie es sonst immer aufbewahrt hatte.

Was bedeutete das? Irgendetwas? Nichts?

Und warum fehlten die Handyrechnungen der letzten drei Monate, obwohl ich wusste, dass sie mit der Post gekommen waren? Hatte er sie weggeworfen? Stand darauf irgendetwas, das er mich nicht hatte sehen lassen wollen? Hatte jemand angerufen, von dem ich nichts wissen sollte? Gab es doch eine andere Frau?

Wieder verwarf ich diese Möglichkeit.

Ich blätterte durch den Rest der monatlichen Handyrechnungen. Alle anderen Monatsrechnungen waren da und reichten zwei Jahre zurück. Ich hatte sie bereits durchgesehen, als ich nach Lees Nummer gesucht hatte, überprüfte jetzt aber noch einmal die Nummern und Namen. Ich fand nichts Seltsames. Es gab viele Anrufe zwischen Jamie und mir und Jamie und Paul. Er hatte mit dem Freizeitzentrum gesprochen, seiner Bank, seiner Versicherungsfirma, dem Energieversorger und einem Callcenter, das vermutlich irgendetwas verkaufte. Einfach nur normale, alltägliche Anrufe. Es waren keine seltsamen Namen oder Nummern aufgelistet, für die ich keine Erklärung hatte – aber vielleicht auf den Rechnungen, die jetzt fehlten?

Als Nächstes ging ich seine Bankunterlagen und Kreditkartenrechnungen durch. Bevor ich bei ihm eingezogen war, hatten wir vereinbart, dass ich die Hälfte der Rechnungen bezahlen würde, und genau das zeigten sie auch. Kreditkartenzahlungen für Benzin, Amazon für seine Bücher, seine Gemeindesteuer. Andere Kleinigkeiten, die zum Alltag gehörten. Er hatte keine großen Entnahmen getätigt und hatte keine Schulden. Tatsächlich hatte er zwanzigtausend Pfund Ersparnisse.

Ich ging ins Schlafzimmer und öffnete den Wandschrank. Der Anblick seiner Kleidung versetzte mir einen Stich, aber ich musste weitersuchen. Musste eine Antwort finden.

Ich wühlte seine Taschen durch, fand darin aber nichts außer ein paar Staubflusen. Mein Blick wanderte über seine Arbeitsschuhe, seine Turnschuhe und seine Wanderstiefel, die mit getrocknetem Lehm überkrustet waren.

Ich setzte mich auf Jamies Bettseite und kramte in den Schubladen seines Nachttischs. In der ersten waren nur Socken und Unterhosen, aber ich holte alles heraus und breitete es auf dem Bett aus. Seine Socken waren paarweise ordentlich zusammengerollt. Ich rollte jedes Paar aus, auf der Suche nach ... ich wusste nicht wonach, aber es war auch nichts darin versteckt. In der zweiten Schublade lagen ordentlich zusammengelegte T-Shirts.

Ich versuchte es mit der untersten Schublade.

Das Erste, auf das mein Blick fiel, war ein kleines Schmuckkästchen. Es war dunkelgrün und hatte die Aufschrift *Freyer Jewellers*. Meine Hand schwebte darüber, bis ich den Mut aufbrachte, hineinzuschauen.

Ich klappte es auf. Es war steif. Neu. Und darin befand sich ein Weißgoldring mit einer Reihe Edelsteinen, abwechselnd blauer Topas und Amethyst.

Mir stockte der Atem.

Kurz bevor ich vor sechs Monaten mit Jamie zusammengezogen war, waren wir an einem gemütlichen Samstag, die Arme umeinandergelegt, in der Stadt herumspaziert. Er hatte vor diesem Juwelier angehalten. So getan, als würde er sich die Herrenuhren anschauen, während ich die Damenringe studierte. Ich sah, wie er mich aus dem Augenwinkel beobachtete, dann stellte er sich hinter mich, schlang seine Arme um meine Hüfte, legte sein Kinn auf meine Schulter und betrachtete das Schaufenster.

»Welche Edelsteine gefallen dir?«, fragte er und ich erkannte in seiner Stimme genau, warum er fragte.

Mein Herz flatterte aufgeregt. Ich fing seinen Blick in der Reflexion der Schaufensterscheibe auf und mein Gesicht erstrahlte in einem Lächeln, das seinem gleichkam.

»Diamanten? Mag die nicht jede Frau?«

Ich lachte. »Ich bin nicht jede Frau.«

»Welche hast du dann am liebsten?« Er drückte mich fester.

Ich zeigte auf einen Ring. »Der da. Der ist wunderschön.«

Jetzt starrte ich das Kästchen in meiner Hand an, während Verzweiflung und Einsamkeit in jede Faser meines Körpers strömten. Er hatte ihn für mich gekauft. Das war die Überraschung, von der er geredet hatte. Ich hatte mir das also nicht nur eingebildet, oder? Er hatte wirklich vorgehabt, mir einen Antrag zu machen.

Du wirst begeistert über das sein, was nach dem Abendessen kommt.

Aber … So etwas tut man doch nicht, oder? Den Ring kaufen. Am Jahrestag von einer Überraschung sprechen. Man tut doch nicht so etwas und bringt sich dann acht Stunden später um. Man plant doch nicht eine Zukunft mit jemandem, wenn man gleichzeitig plant, überhaupt keine Zukunft zu haben.

Wieder dachte ich an den ungewöhnlichen Geruch in unserem Haus an dem Tag, als ich nach Hause gekommen war. Die Dinge, die nicht an ihrem üblichen Platz standen. Es gab dezente Veränderungen. Dinge, die vermutlich sonst niemandem aufgefallen wären. Mir war es bloß aufgefallen, weil Jamie mit allem so korrekt war. Was, wenn jemand hier drin gewesen war, die Sachen durchsucht und ein paar Dinge falsch zurückgestellt hatte? Aber warum? Hatte derjenige nach etwas gesucht, das Jamie hatte?

Ich dachte an den Laptop. Was, wenn er nicht abgestürzt war oder einen Virus hatte? Was, wenn er aus irgendeinem Grund gelöscht worden war? Hatte Jamie alles darauf gelöscht oder war es jemand anderes gewesen?

Oder war ich nur paranoid?

Kapitel 8

Jamie

An einem Wochenende aßen wir gerade zu Mittag, während Scholes mit wütendem Stirnrunzeln auf und ab patrouillierte, als Barker hereinkam. Er stellte sich mitten in den Saal und klatschte laut in die Hände, um über das Lärmen kratzender Teller gehört zu werden.

Er sah sich mit diesem für ihn typischen Lächeln im Saal um und stellte sicher, dass er unsere Aufmerksamkeit hatte, bevor er sprach. »Nach dem Mittagessen werdet ihr euren Putzpflichten so schnell wie möglich nachkommen und danach in den Gemeinschaftsraum kommen.« Nach diesen Worten verschwand er, ohne uns weitere Informationen zu geben.

»Was, glaubst du, geht da vor sich?«, flüsterte Trevor mir zu, während wir das Geschirr abtrockneten.

»Ich weiß es nicht. Es wird kaum etwas Gutes sein, oder?«, fauchte ich. Ich hatte die Hoffnungen auf gute Nachrichten jeglicher Art aufgegeben. Hoffnung tat einfach zu sehr weh.

Schließlich betraten wir den Gemeinschaftsraum, in dem bereits andere Jungen warteten. Angespanntes Flüstern erfüllte die Luft, während wir uns vorn aufstellten. Nach einer Weile kam Barker, dicht gefolgt von Scholes, der ein Klemmbrett bei sich hatte.

»Heute Nachmittag kommt ein Paar vorbei, das einen Jungen adoptieren möchte.« Barker lief vor uns auf und ab, die Hände hinter dem Rücken verschränkt, ohne jemanden anzusehen. »Es obliegt mir, diese potenziellen Eltern jenen von euch zuzuführen, die die Regeln befolgt und ein beispielhaftes Verhalten an den Tag gelegt haben.« Er blieb stehen und ließ den Blick über uns schwenken. »Ich werde die Namen von zehn Jungen aufrufen, von denen ich denke, dass sie für dieses Paar von Interesse sein könnten. Wenn ihr euren Namen hört, stellt euch zu Mr Scholes, dann werdet ihr zu ihnen gebracht, um sie kennenzulernen. Sie werden etwas Zeit mit euch verbringen, mit euch reden und euch ein bisschen kennenlernen, bevor sie sich entscheiden, wem sie mehr Zeit widmen möchten, bevor der Adoptionsprozess in Gang gesetzt wird.«

Die Aufregung in der Luft war greifbar. Mein Herz pochte wild in meiner Brust. Der Gedanke daran, potenzielle Adoptiveltern kennenzulernen – die Möglichkeit, gewählt zu werden, hier wegzukommen – war beinahe zu viel. Zum ersten Mal seit langer Zeit gab es Hoffnung. Ich stupste Sean und Trevor an, die neben mir standen. Ihr Lächeln und ihre funkelnden Augen spiegelten meinen Gesichtsausdruck wider.

Barker nahm das Klemmbrett von Scholes entgegen und verlas die Namen, wobei er zwischen jedem eine Pause einlegte. Mein Magen schlug Purzelbäume, während ich darauf hoffte, dass mein Name der nächste wäre, oder der nächste, oder der nächste. Einer nach dem anderen lösten sich die aufgerufenen Jungen mit euphorischem Lächeln von der Gruppe.

Als neun Jungen genannt worden waren, lief Barker wieder langsam vor uns auf und ab. Grinsend blieb er vor mir stehen.

Mein Puls dröhnte in meinen Ohren und Schweiß brach auf meinen Handflächen aus.

Sag, dass ich es bin! Sag meinen Namen! Ich muss es sein!

Ich schluckte schwer, als sich Barkers Augen in meine bohrten.

Ich hörte auf zu atmen. Mein Herz drohte, in meiner Brust zu explodieren.

Da sah er den Jungen hinter mir an und nannte seinen Namen.

In meinem Magen drehte sich alles. Ich schluckte, um mein Essen bei mir zu behalten, und ein plötzlich aufkommender Schwindel ließ mich schwanken.

»Was diejenigen angeht, die nicht ausgewählt wurden, vielleicht klappt es ja nächstes Mal, nicht wahr?«, verhöhnte uns Barker. Anschließend führte er die wenigen Glücklichen aus dem Raum, blind gegenüber dem vernichtenden Schmerz in meiner Brust, der Verzweiflung, die mich so heftig traf und von innen heraus zerstörte.

Ich hasste diese anderen Jungen. Hasste sie dafür, eine Chance in diesem Russisch Roulette bekommen zu haben. Hasste ihr glückliches Lächeln und ihre armselige Hoffnung. Hasste mich ebenfalls dafür, ich zu sein und nicht sie.

♦ ♦ ♦

Eine Woche später kam Barker, um mich zu holen. Ich war während unserer freien Zeit mit Billy, Sean, Trevor und Dave draußen im Gelände. Sie schwafelten von Superhelden und welcher der beste wäre. Würde Superman Batman in einem Kampf besiegen? Wer hatte die besten Superkräfte? Ich saß am Rand, nicht willens, mitzureden. Es war eine dumme, sinnlose Unterhaltung. Ich war während meiner Zeit in Crossfield noch ruhiger geworden, hatte mich stark in mich selbst zurückgezogen und sprach nur wenig. Stattdessen vergrub ich mich in den Büchern, die im Gemeinschaftsraum standen. Das gehörte zu den wenigen Augenblicken, in denen ich meinem Leben entkommen konnte. Dem entfliehen, der ich war. Und ich träumte viel davon, wegzulaufen. Obwohl ich wusste, dass es sinnlos war, war es doch das einzige Fünkchen Hoffnung, an das ich mich noch klammern konnte. Aber ich mochte unsere kleine Freundesgruppe und wollte nicht allein sein. Ich hoffte, zu mehreren wären wir sicherer, aber das war nur Wunschdenken.

»Barker kommt«, flüsterte Dave, während ich mit einem Stock das Bild eines Vogels auf die Erde malte.

Ich sah nicht auf. Es war besser, keine Aufmerksamkeit auf sich zu ziehen. Stattdessen fuhr ich damit fort, die Flügel des Vogels zu perfektionieren. Ich wusste nicht, um welche Art es sich handelte. Es spielte auch keine Rolle. Ich wollte einfach nur dieser Vogel sein. Weit von hier fortfliegen und niemals zurückkommen.

»Ah, Taylor.« Barkers Füße erschienen in meinem Blickfeld. »Ich will dir etwas zeigen. Komm mit.« Er klang sanft.

Ich versuchte, seine Stimme auszublenden, und setzte meine Kreation fort. Vielleicht würde er wieder gehen, wenn ich ihn ignorierte. Ich wollte mir die Hände auf die Ohren pressen und die Augen schließen, damit es nicht passieren würde. »Schon okay, Sir. Ich will nichts sehen«, murmelte ich.

Er lachte. »Ich glaube, du verstehst mich nicht, Taylor. Das war keine Bitte.« Er hielt mir die Hand hin. »Komm schon. Das wird dir gefallen.«

Aber das würde es nicht. Das wusste ich genau.

Ich nahm seine Hand und er zog mich hoch. Eisige Furcht kribbelte in mir. Er legte eine Hand in meinen Nacken und führte mich zu seiner Unterkunft, ein kleines rotes Backsteinhaus links vom Hauptgebäude. Die ganze Zeit über strich er mir mit dem Daumen über die Haut.

Drinnen war es dunkel. Schwere braune Vorhänge am Fenster, ein brauner Teppich, bedrückende grün gestrichene

Wände. Das grüne Cordsofa war in der Mitte bereits durchgesessen. Die Holzmöbel glänzten vor Alter. Der Gestank nach Zigaretten und muffigem Schweiß war erstickend.

»Ich wette, du würdest dir gern einen Film anschauen, richtig?« Er lächelte mich an.

Unsicher blickte ich zurück. Wir durften immer nur am Sonntagnachmittag einen Film im Gemeinschaftsraum anschauen. Eine Weile lang konnte ich mich in ihnen verlieren, so tun, als wäre ich einer der Charaktere – ein Cowboy, ein Detektiv, ein Junge mit einem Hund namens Lassie. Jeder, nur nicht ich. Für einen Augenblick glaubte ich also tatsächlich, Barker wollte vielleicht nur nett sein, und ich entspannte mich und nickte.

»Gut.« Er lächelte auf mich herab. »Wie wär's mit etwas zu trinken?«

»Danke, Sir.«

Er ließ mich im Wohnzimmer allein und meine Augen wanderten zur Vordertür. Ich wollte flüchten, in dem Wissen, dass irgendetwas passieren würde, auch wenn ich nicht sicher war, was genau.

Als er zurückkehrte, hielt er zwei Gläser mit einer bernsteinfarbenen Flüssigkeit in den Händen. Er setzte sich aufs Sofa und klopfte auf den Stoff neben sich. »Na, komm. Setz dich.« Er drückte auf eine Fernbedienung und der Fernseher ging an.

Ich setzte mich und er reichte mir ein Glas. Er rückte näher an mich heran und beobachtete mich eingehend. Ich nahm einen Schluck und rutschte ein Stückchen von ihm ab.

Es schmeckte bitter und ich verzog das Gesicht. So etwas hatte ich noch nie zuvor getrunken.

»Das ist Bier.« Er beugte sich vor und flüsterte mir gut gelaunt ins Ohr. »Du hast bestimmt noch nie Bier getrunken, oder, Junge?«

»Nein, Sir.«

»Na dann, trink aus. Es wird dir schmecken.« Er tätschelte meinen Schenkel. »Also, wie kommst du zurecht nach diesem Unsinn mit deiner Lehrerin?«

Ich will sterben. Ich hasse es hier. Bitte, lass mich in Ruhe.

»Antworte mir.« Seine Hand rückte über die Sofalehne auf mich zu. Ich starrte sie an. Stellte mir vor, das Glas zu zerbrechen, das ich hielt, und damit auf ihn einzustechen. Stellte mir vor, wie das Blut aus ihm schießen und ich darauf hoffen würde, dass er verblutete.

»Es ist … nett hier.« Ich erstickte fast an den Worten und schluckte noch mehr von dem Bier, während er mir weitere Fragen stellte. Ich mochte den Geschmack nicht, aber mir gefiel, was es in mir bewirkte. Ich fühlte mich ruhiger, entspannter, nahm alles leicht verschwommen wahr.

Er wickelte einen Schokoriegel aus. Mir lief das Wasser im Mund zusammen. Seit ich mein richtiges Zuhause hatte verlassen müssen, hatte ich keine Schokolade oder Süßigkeiten mehr gehabt. Ich sehnte mich nach dem Geschmack von Zucker auf meiner Zunge.

»Möchtest du etwas davon?«

»Ja, Sir.«

Er brach ein Stückchen ab und steckte es mir in den Mund. Ich saugte gierig daran.

Er brachte mir noch ein Bier, während der Film lief, ich konnte allerdings nicht sagen, was ich mir da anschaute. Ich konnte mich nicht konzentrieren. Das nächste Bier trank ich schneller. Das Zimmer verschwamm vor meinen Augen und plötzlich wollte ich nur noch schlafen. Er sagte mir, wie sehr er mich mochte. Dass er mich bevorzugen und für eine Sonderbehandlung auserwählen könnte. Dass ich schöne Dinge bekommen könnte, wenn ich mich weiter gut betrug. Dass ich ausgewählt werden könnte, um die nächsten Adoptiveltern kennenzulernen.

Dann drehte sich das Zimmer noch stärker. Barker stand auf und ging zur Vordertür. Er schloss zu und kam dann langsam auf mich zu. »Also, James, ich denke, du solltest mir jetzt zeigen, was für ein braver Junge du wirklich sein kannst.« Er setzte sich neben mich und rutschte näher heran.

Ich widersetzte mich nicht. Welchen Sinn hätte das auch gehabt? Ich musste so oder so tun, was sie wollten und wann sie es wollten, denn es gab keinen Ausweg. Und falls ich versuchte, mich zu wehren, würde es nur noch schmerzhafter für mich werden. Ich war völlig machtlos.

Als er mich endlich gehen ließ, humpelte ich fort von seinem Haus, noch gebrochener als zuvor. Im Schlafsaal zogen sich Sean, Billy, Trevor und Dave gerade ihre Schlafanzüge an. Sie sahen mich nicht an. Ich wusste nicht, wie ich die widerlichen Dinge, die er mir angetan hatte, in Worte hätte fassen können. Ich hatte nicht das passende Vokabular dafür. Ich verstand es selbst nicht wirklich. Ich wusste nur, dass es falsch war. Und dass es wehtat. An die physischen Schikanen hatte ich mich mittlerweile gewöhnt. Ich konnte den Schmerz ertragen. Aber ich wusste nicht, ob ich diese neue Form der Misshandlung aushalten konnte.

Ich schwieg, genau wie es all meine Freunde taten, aber ich glaube, sie wussten es so oder so.

Ich glaube, sie wussten es alle.

Kapitel 9

Maya

Es gab noch einen weiteren Ort, an dem Jamie möglicherweise irgendeinen Hinweis darüber hinterlassen hatte, was er in der Woche vor seinem Tod getan hatte und wohin er gegangen war, und das war ein Ort, an den vermutlich niemand sonst denken würde.

Im Garten gab es eine von Kies bedeckte Rabatte. Darauf verteilt standen Pflanztöpfe mit Lavendel, Rosmarin und ein Olivenbaum in Miniaturausgabe. Inmitten der Rabatte thronte eine Buddhastatue. Sie war riesig, über einen Meter hoch, ein schweres Objekt, das solide aussah, es aber nicht war. Und unter dem hohlen Buddha, verborgen unter dem Kies, befand sich eine Metalldose, in der Jamie Geld versteckte, anstatt es im Haus aufzubewahren, nur für den Fall, dass jemand bei uns einbrechen würde.

Ich betrat den Garten. Der Goldring an meinem Finger fühlte sich gleichzeitig fremd und beruhigend an. Er funkelte im Sonnenlicht und ein Schluchzen stieg meine Kehle empor. Ich schluckte es herunter. Starrte den Buddha an und kämpfte erneut gegen die Tränen. Ich legte eine Hand auf den Kopf des

Buddhas. Er fühlte sich kalt an. Unwillkürlich erschauderte ich. Sanft neigte ich die Statue zur Seite, beugte mich vor und schob den Kies mit den Fingern auseinander. Schnell fand ich den Deckel der Metalldose. Ich grub noch mehr Kies aus dem schachtelgroßen Loch, in das Jamie die Dose gesteckt hatte, und zog sie heraus. Dann strich ich den Kies wieder glatt, richtete die Statue auf und ging mit der Dose in die Küche.

Ich setzte mich an den Tisch und starrte sie an. Unruhe überfiel mich, als ich den Deckel abnahm.

Darin befanden sich ein billiges Motorola-Handy und ein kleines Bündel Geldscheine. Ich schaltete das Handy an und überprüfte seinen Inhalt. Die Liste der angerufenen oder empfangenen Nummern war leer, ebenso der SMS-Ordner, und in der Kontaktliste waren keine Nummern eingespeichert. Ich nahm die Geldscheine heraus – insgesamt dreihundert Pfund – und fand dazwischen ein zusammengefaltetes liniertes A4-Blatt. Langsam faltete ich es auseinander, glättete es auf dem Tisch und las dann Jamies Handschrift.

10 Crompton Place, London
Moses Abraham, 16 Dean Street, London
Billy Pearce, 43 Scarborough Ave, London
Sean Davidson, Flat 28, Derby Towers, Enfield X
Trevor Carter, 2 Dalton Terrace, Surrey
Dave Groom, 91 Ridge Street, Watford X

Mein erster Gedanke war, dass diese Liste etwas mit Jamies Arbeit zu tun hatte. War es eine Liste der Leute, die für Porterhouse Systems and Solutions arbeiteten? Oder einige ihrer Kunden? Nein. Es konnte nichts mit seiner Arbeit zu tun haben, denn er war ja nicht einmal zur Arbeit gegangen, und diese Namen hatte er in meiner Gegenwart noch nie erwähnt. Doch wenn er sich die Mühe gemacht hatte, sie unter dem Buddha zu verstecken, mussten sie für ihn ganz eindeutig wichtig gewesen sein. Irgendetwas, das er vor mir zu verbergen versucht hatte. Hatte diese Liste damit zu tun, warum er jeden Tag ganz normal das Haus verlassen hatte?

Ich nahm die Liste mit ins Wohnzimmer und schaltete meinen Laptop an. Ich öffnete Google und tippte die erste Adresse ein. Das brachte keine nennenswerten Ergebnisse.

Als Nächstes versuchte ich es mit dem Namen Moses Abraham, konnte aber nichts finden. Ich überprüfte auch den Rest der Namen, fand aber keinerlei Hinweise, die mir weitergeholfen hätten.

Waren das alte Kameraden aus Jamies Zeit bei der Armee? Ich versuchte, mich an die Namen zu erinnern, die er in der Vergangenheit mal erwähnt hatte, aber er hatte nicht viel über sie gesprochen. Ich erinnerte mich eindeutig an den Namen Lee, der vor ungefähr einem Jahr eine Art Wiedersehenstreffen organisiert hatte. Hatte Jamie auch von einem Dave gesprochen? Möglich. Ich hatte keinen dieser Namen auf Jamies Handyrechnungen gesehen, als ich sie durchgeschaut hatte. Jamie hatte kein Adressbuch seiner Kontakte, weil er alles auf seinem Handy speicherte, was er bei sich gehabt haben musste, als er gestorben war. Im Geiste notierte ich mir, Tony zu kontaktieren, den Beamten für die Gerichtsmedizin, und ihn zu fragen, was mit Jamies Habseligkeiten passiert war.

Ich lehnte mich auf dem Sofa zurück und starrte den Laptop an, bis ich durch ein Klopfen an der Tür zusammenzuckte. Vermutlich Ava, dachte ich, schloss den Laptop und ging zur Vordertür, aber als ich dort ankam, erkannte ich den Umriss eines Mannes hinter dem verschleierten Sicherheitsglas. Ich stoppte wie erstarrt. Wer immer es auch war, konnte mich dort stehen sehen, aber ich war nach wie vor leicht entgeistert von der Entdeckung von Jamies Liste und dem Wissen, dass Jamie etwas geheim gehalten hatte.

Der Mann klopfte wieder.

Ich bewegte mich nicht.

Der Briefkastenschlitz öffnete sich und eine Stimme sagte: »Maya, sind Sie da? Tony Williams hier, der Beamte der Gerichtsmedizin.«

Meine Schultern entspannten sich und ich ging die letzten Meter durch den Flur und öffnete die Tür.

»Hallo«, grüßte er.

»Hi.« Ich blickte auf seine linke Hand, in der er ein paar durchsichtige Plastiktüten hielt.

»Tut mir leid, dass ich nicht vorher angerufen habe, aber ich war gerade in der Gegend und wollte nur schnell Jamies Sachen zurückbringen, die bei ihm gefunden worden sind.« Er hielt die Tüten hoch. In einer sah ich Jamies Portemonnaie und Aktentasche. In einer größeren Tüte waren ein paar zusammengelegte Kleidungsstücke, die ich als die erkannte, welche Jamie trug, als ich ihn das letzte Mal gesehen hatte. Eine andere enthielt ein Paar schwarzer Schuhe, die er üblicherweise zur Arbeit anzog. Sie waren mit getrocknetem braunem Schlamm überkrustet. »Sie müssen dafür unterschreiben.«

Ich hielt mir die Hand vor den Mund, während ich die Sachen anstarrte.

»Wir können das auch ein andermal machen, wenn Ihnen das lieber ist«, bot Tony an.

»Äh …« Ich riss meinen Blick von den Sachen los. »Nein, ich … kommen Sie rein. Ich hatte … Ich hatte mich tatsächlich schon gefragt, was damit passiert ist.« Ich trat zurück, um ihn hereinzulassen, und führte ihn ins Wohnzimmer.

»Wie geht es Ihnen?« Besorgt verzog er die buschigen Augenbrauen.

»Nicht allzu gut.« Ich setzte mich aufs Sofa und gestikulierte in Richtung Sessel. »Setzen Sie sich.«

Er setzte sich auf den Rand und legte die Tüten auf den Couchtisch. Dann öffnete er die erste Tüte, zog Jamies Portemonnaie heraus und schob es zu mir. Danach nahm er die Aktentasche heraus. »Das Portemonnaie war in seiner Hose.« Er holte zwei Formblätter aus seiner Tasche und reichte mir eins. »Hier ist der Inhalt aufgelistet. Ebenso der Inhalt der Aktentasche.«

Ich las mir die Liste durch:

1 schwarzes Portemonnaie
1 EC-Karte der Barclays Bank, ausgestellt auf James Taylor
1 Visakarte der HSBC, ausgestellt auf James Taylor
2 50-Pfund-Scheine
1 5-Pfund-Schein
1 Quittung von Freyer Jewellers

1 schwarze Aktentasche
1 Casio-Taschenrechner
2 BIC-Kugelschreiber
1 Notizblock
1 Zeitschrift »Computer World«

1 weißes Hemd
1 schwarze Hose
1 rote Krawatte
1 schwarze Boxershorts
1 Paar schwarze Socken
1 Paar schwarze Schuhe

»Dieses Formular ist Ihr Exemplar, aber Sie müssen meins unterschreiben, um zu bestätigen, dass Sie die Sachen zurückerhalten haben.«

Das war es also. Die Gesamtheit von Jamies Existenz.

Ich runzelte die Stirn. »Hatte er sein Handy nicht dabei?«

»Nein. Es war kein Handy da. Sein Auto wurde zu einer Garage gebracht, die wir benutzen.« Er reichte mir eine Visitenkarte mit Name, Adresse und Nummer der Garage. »Sie können es jederzeit abholen. Die Schlüssel sind dort.«

»In Ordnung.« Ich spielte mit der Karte herum und schaute ihn dann an. »Aber er hatte sein Handy bestimmt dabei. Und was ist mit seiner Jacke? Er hat eine schwarze getragen, als er los ist. War die auch nicht da?«

»Alles, was wir bei ihm gefunden haben, befindet sich in diesen Tüten.«

Ich schüttelte den Kopf. »Aber wo sind die Sachen? Ich meine, ohne seine Jacke wäre ihm kalt gewesen. Und er hatte sein Handy immer dabei.«

»Tut mir leid, das weiß ich nicht. Vielleicht hat er sie verloren, bevor er in den Wald ist. Oder er hat sie weggeworfen. Vielleicht wollte er nicht, dass Sie ihn kontaktieren können, nachdem er sich zu seiner Tat entschlossen hatte.«

Ich schüttelte den Kopf. »Und warum gab es keinen Abschiedsbrief?« Ich hob die Stimme. »Hören Sie, ich glaube nicht … ich … Jamie kann sich nicht selbst umgebracht haben.«

Etwas huschte über sein Gesicht. Ein Blick, der mir suggerierte, dass er das alles schon oft gehört hatte. Das Nichtwahrhabenwollen. »Tut mir sehr leid, Maya. Ich weiß, wie schwierig das ist, und die Menschen wollen oft nicht glauben, dass ein geliebter Mensch so etwas tun würde, aber die Befragungen, die ich bisher durchgeführt habe, deuten zweifellos auf Selbstmord hin. Viele Leute hinterlassen keinen Abschiedsbrief.«

»Welche Befragungen?«

Er musterte mich einen Augenblick und atmete dann tief durch. »Das Seil, das ich mitgenommen habe, passt zu dem, das

Jamie im Wald benutzt hat. Ich habe mit Dr. Lattimer gesprochen, der bestätigt hat, dass Jamie in der Vergangenheit wegen Depressionen behandelt worden ist.«

»Wie bitte?« Ich starrte ihn ausdruckslos an. »Wann?«

»Vor achtzehn Jahren. Jamie bekam Antidepressiva verschrieben und ihm wurde eine Therapie empfohlen.«

»Wogegen? Ich meine, weshalb war er depressiv?«

»Das ist unklar, aber möglicherweise hatte es mit seiner Zeit in der Armee zu tun. Es gibt keine Unterlagen, die aufzeigen, dass er eine Therapie gemacht hat, und er hat die Antidepressiva sechs Monate lang genommen. Die Aufzeichnungen des Arztes weisen darauf hin, dass er zu jener Zeit überzeugt war, dass Jamie keine weitere Behandlung benötigt. Allerdings können Depressionen zurückkehren und die Leute begeben sich nicht immer in Behandlung.«

»Aber selbst wenn das stimmt, das war vor beinahe zwanzig Jahren. Ich meine, wie viele Leute haben in ihrem Leben bereits Antidepressiva genommen? Tausende. Vermutlich Millionen. Ist Prozac nicht eins der am häufigsten verschriebenen Medikamente? Aber nicht alle ziehen los und bringen sich um, oder?«

»Nein, aber dennoch, es gibt hier eine etablierte Historie«, sagte er ruhig.

»Und er war nicht depressiv. Das war er nicht!« Meine Stimme klang schrill, Hitze schoss durch meinen Körper. »Ich muss das wissen, oder? Ich habe schließlich mit ihm zusammengelebt.«

»Menschen, die darüber nachdenken, sich umzubringen, vertrauen sich oft nicht ihren Partnern oder Familien an. Sie wollen ihnen den Schmerz und den Kummer ersparen. Nach außen können sie fröhlich wirken und ganz normal ihr Leben leben, während sie verbergen, was sie wirklich fühlen. Das habe ich schon häufig gesehen.« Er schüttelte den Kopf, was sein

Mitgefühl zum Ausdruck bringen sollte, aber auf mich wirkte es nur gönnerhaft.

Na und, selbst wenn er das alles schon gesehen hatte. Ich glaubte es dennoch nicht. Er verstand es nicht. Kannte Jamie nicht. Ich wollte ihn schlagen.

»Ich habe mit seinen Kollegen und seinem Chef gesprochen.«

»Sie wissen also, dass sich Jamie aus persönlichen Gründen freigenommen hat? Wenn er sich die Zeit nahm, irgendwelche persönlichen Dinge zu klären, warum hätte er sich dann umbringen sollen?« Ich reckte das Kinn, forderte ihn heraus.

»Noch mal, Menschen, die über Selbstmord nachdenken, regeln oft vorher noch ihre Angelegenheiten. Das ist sehr typisch. Ich glaube, genau das hat Jamie in seinen letzten Tagen getan.«

»Was für Angelegenheiten? Es gab für ihn nichts zu regeln!«

»Wir werden vielleicht niemals genau erfahren, was er getan hat. Vielleicht hat er das Haus verlassen und ist irgendwohin gegangen, um nachzudenken, um die Dinge in seinem Kopf zu sortieren. Der Grund für einen Selbstmord ist selten eindeutig. Aber ich bin überzeugt, dass er Sorgen hatte und depressiv war, und das gut verborgen hat.« Tony hielt einen Augenblick inne. »Ich weiß, Sie möchten glauben, dass sich Jamie nicht das Leben genommen hat. Es ist schwer zu akzeptieren, das verstehe ich, aber ich kann Ihnen versichern, genau das ist passiert.« Er sprach sehr langsam, betonte jedes Wort. Plötzlich stutzte er: »Wollen Sie denn andeuten, dass irgendetwas an Jamies Tod verdächtig ist?« Er runzelte die Stirn, wirkte leicht überrascht.

»Nein, ich ...« Wollte ich das? »Ich versuche nur, einen Sinn in der Sache zu erkennen. Ich meine, was ist mit der ...« Abrupt unterbrach ich mich. Ich hätte ihm beinahe von der Liste mit den Namen und Adressen erzählt, die ich gefunden hatte. Vom Laptop. Den Dingen, die nicht an Ort und Stelle waren. Dem Verlobungsring. Aber irgendetwas hielt mich davon ab. Wenn ich jetzt darüber nachdachte, klang es absurd, dass jemand ins Haus gekommen war und ohne erkennbaren Grund Dinge verrückt, aber nichts gestohlen hatte. Und der Laptop könnte einfach einen Virus gehabt haben und abgestürzt sein. Und vielleicht hatte Jamie den Ring schon vor sechs Monaten gekauft, bevor er überhaupt an Selbstmord gedacht hatte.

Mit geduldigem Blick neigte Tony den Kopf und wartete darauf, dass ich den Satz beendete.

»Nichts«, sagte ich. »Es ist nichts.«

»Ich kann Ihnen versichern, dass ich gründlich ermittelt habe, und es tut mir sehr leid, aber so traurig und schwierig es auch ist, die Wahrheit ist, dass sich Jamie das Leben genommen hat. Wir sind völlig überzeugt davon, dass es keine verdächtigen Umstände in Bezug auf seinen Tod gibt.«

Ich erschauderte und schlang mir die Arme um den Körper.

»Hatten Sie schon Zeit, sich die Broschüren anzuschauen, die ich Ihnen mitgebracht hatte? Eine Trauerberatung kann sehr hilfreich sein.«

»Nein.«

»Nun, Sie sollten darüber nachdenken.« Er reichte mir einen Stift, um das Formular zu unterschreiben. Ich kritzelte meinen Namen darauf und er stand auf. »Die amtliche Untersuchung wird wohl erst in einigen Monaten abgeschlossen sein, aber ich halte Sie auf dem Laufenden.« Er hatte wieder sein mitfühlendes Stirnrunzeln aufgesetzt.

Ich nickte und brachte ihn zur Tür. Dann schob ich die Tür zu, lehnte mich mit dem Rücken dagegen und atmete tief durch.

Tony hatte recht. Ich war im Zustand der Leugnung. Ich griff nach Strohhalmen, sah Dinge, die nicht wirklich da waren, versuchte, Entschuldigungen für das zu finden, was Jamie getan hatte, weil ich ansonsten zugeben musste, dass er mich nicht genug geliebt hatte, um bei mir zu bleiben.

Kapitel 10

Jamie

Eines Tages nach dem Frühstück erkor Scholes mich und Sean aus, unseren Schlafsaal sauber zu machen.

»Staub wischen, kehren, polieren und wischen. Wenn das nicht ordentlich passiert, sorge ich dafür, dass ihr wieder von vorn anfangt«, bellte Scholes. »Und es wird nicht geredet!«, ergänzte er noch, bevor er den Raum verließ.

Wir waren bereits zwei Stunden bei der Arbeit, als er zurückkehrte. Anhand seiner schweren Fußschritte auf dem Boden und der Art, wie er die Tür aufriss, wusste ich bereits, dass er nicht mit dem zufrieden sein würde, was wir geleistet hatten. Ich fuhr mit dem Rücken zu ihm fort, die metallenen Bettrahmen abzustauben, und betete stumm dafür, dass er wieder gehen würde.

»Wie nennst du das hier?«, brüllte er Sean an.

Ich erstarrte, wollte mich nicht umdrehen und hinsehen.

Lass es vorbeigehen. Lass ihn wieder gehen. Bitte, ich tue alles.

»T-Tut mir leid«, stotterte Sean.

»Tut mir leid, was?«

»Tut mir leid, S-Sir.«

Seans und meine Furcht hätte man beinahe schmecken können, wie die elektrostatische Aufladung in der Luft vor einem Sturm. Beim Gedanken daran, was passieren würde, drehte sich mir der Magen um.

Sean schrie auf, was mich dazu brachte, mich umzudrehen. Scholes hatte ihn am Schlafittchen gepackt und hielt ihn in der Luft.

Ich schluckte meinen eigenen Schrei herunter, als Scholes Sean aus dem Saal zerrte.

Ich fing an zu zittern, aus Angst, dass er Sean in den Keller bringen würde. Ich hörte Seans Schreien im Gang und den ganzen Weg die Treppe herunter. Dann hörte ich ein seltsames Geräusch, ein mehrfaches dumpfes Poltern. Und Sean schrie nicht mehr.

Es dauerte lange, bis ich nicht mehr zitterte. Mir war kalt. Die Art von Kälte, die einem in die Knochen kroch und den Eindruck vermittelte, dass einem nie wieder warm werden würde. In dem leeren Saal kamen mir die Tränen. Ich versuchte, dagegen anzukämpfen, aber ich konnte sie nicht länger zurückhalten. Allerdings musste ich weitermachen. Wenn Scholes zurückkam und der Saal noch nicht sauber war, würde mir dieselbe Behandlung widerfahren. Oder Schlimmeres. Mein Überlebensinstinkt setzte ein und panisch beendete ich die Putzaktion.

Als ich zum Mittagessen auf Billy, Trevor und Dave stieß, wollte ich sie fragen, ob sie Sean gesehen hatten, während wir irgendeine Suppe aßen, die so schmeckte, als bestünde sie aus alten gekochten Socken. Barker überwachte den Speisesaal, es bestand also keine Chance, die »Keine Gespräche«-Regel zu brechen, und ich wagte nicht zu fragen. Erst, als wir alle in unserer freien Zeit draußen waren, konnte ich richtig mit ihnen reden.

»Ich hab gesehen, wie Sean die Treppe heruntergeworfen wurde.« In Billys Augen stiegen Tränen auf, während er sprach.

»Er … er … sein Kopf ist mit einem lauten Krachen auf dem Boden aufgeschlagen und dann … dann hat er sich nicht mehr bewegt. Ich hoffe, es geht ihm gut.« Er wischte sich mit dem Ärmel seines zerschlissenen Pullovers die Tränen ab.

»Hör auf zu weinen!«, fauchte Dave ihn an. »Zeig ihnen nicht deine Schwäche. Hast du denn noch gar nichts gelernt?«

Aber das brachte Billy nur noch mehr zum Weinen. Seine Schultern bebten und Rotz lief ihm aus der Nase.

Trevor sah zu Boden und murmelte etwas, das ich nicht verstehen konnte.

»Und was machst du da?«, zischte Dave ihn an.

»Beten«, erwiderte Trevor.

»Wofür? Gott wird uns nicht helfen. Niemand wird uns helfen!«

Billy lief weg zu einer Ansammlung von Bäumen vor der Mauer. Er setzte sich hin, zog die Knie an, legte den Kopf darauf und schlang die Arme um seine Beine.

»Was, wenn er t-tot ist?«, stammelte Trevor.

Ich starrte das Horrorhaus hinter ihm an. Ich betete ebenfalls, aber nicht zu Gott. Ich wusste nicht, zu wem ich betete.

»Na, zumindest hat es uns nicht erwischt.« Dave ließ sich zu Boden sinken, sein Gesicht rot vor Ärger.

»Wie kannst du das nur sagen?«, beschwerte sich Trevor. »Er ist unser Freund.«

»Ach ja? Hier drin gibt es keine Freunde. Wir können einander nicht helfen. Wir können nicht aufeinander aufpassen. Wir haben zu viel damit zu tun, auf uns selbst aufzupassen.«

Ich beobachtete ihren Austausch und fragte mich, in was für einer Welt wir lebten, wenn wir uns eher wünschten, dass einem unserer Freunde etwas Schlimmes passierte, weil das bedeutete, dass es nicht uns passierte. Ich hatte das auch schon gespürt. In der Nacht, wenn sie einen von uns holen kamen, lag ich wach, nicht in der Lage, einzuschlafen, weil ich nicht derjenige sein wollte, der in den Keller oder in Barkers Wohnung gebracht wurde. Ich lauschte auf jedes kleine Geräusch. Jedes Knacken der Bodenbretter. Behielt jeden Schatten im Auge, der durch den Saal kroch. Ich hielt den Atem an und hoffte, dass ich tatsächlich unsichtbar war, sodass sie mich nicht auswählen würden. Und wenn die dunkle Figur dann an meinem Bett vorbei und zu jemand anderem ging, war ich froh. Froh, dass es der andere war und nicht ich. Sobald sie dann fort waren, konnte ich endlich schlafen, von dem Vogel mit den großen Schwingen träumen, der über Wälder und Felder und Wüsten flog und auf dem Wind immer höher und höher stieg.

Die Gerüchte begannen an diesem Nachmittag. Sean war auf der Krankenstation und noch immer bewusstlos. Wir hörten zu, redeten aber nicht mehr darüber. Vier Tage später kehrte Sean in den Schlafsaal zurück, aber irgendetwas stimmte nicht mit ihm. Er war ruhelos und schläfrig. Es dauerte lange, bis es ihm gelang, einfache Worte zu formulieren. Er sprach langsam, ganz ohne seinen üblichen Tonfall. Seine Augen waren leer.

Der alte Sean war fort. An seine Stelle war jemand getreten, den wir nicht wiedererkannten.

Kapitel 11

Maya

Ich nahm ein Taxi zur Garage, deren Visitenkarte Tony mir gegeben hatte. Ich hatte kein Auto, da das eine sinnlose Ausgabe gewesen wäre. Ich konnte meinen Arbeitsplatz zu Fuß erreichen und verließ St Albans eigentlich nur selten. Ich war hier geboren und aufgewachsen und es war immer eine Menge los. Manchmal war ich mit Jamies Jeep gefahren, wenn wir am Wochenende zum Spazierengehen einen Ausflug aufs Land unternommen hatten; gelegentlich hatte ich mit Jamie oder Becca und Lynn den Zug nach London genommen. Aber jetzt würde ich Jamies Wagen brauchen, wenn ich die Liste von Adressen aufsuchen wollte, die ich gefunden hatte, um nachzuforschen, ob sie irgendetwas damit zu tun hatten, warum Jamie sich umgebracht hatte.

Ich musste eine Lagergebühr zahlen, damit mir das Auto übergeben wurde. Weitere Unterlagen mussten unterschrieben werden, dann wurde mir der Weg zu einer Wagenreihe beschrieben und ich bekam die Schlüssel ausgehändigt.

Jamies schwarzer Jeep Cherokee war das dritte Fahrzeug am Ende der letzten Reihe. Ich drückte auf die Fernbedienung, um die Autotür aufzuschließen. Anschließend setzte ich mich hinter das Steuer und schloss die Tür. Eine Welle seines Aftershaves stieg mir in die Nase; wieder traf mich die Trauer mit voller Wucht in der Magengrube. Ich lehnte mich nach hinten an die Kopfstütze und presste die Finger auf die Augen, um die Tränen aufzuhalten. Weinen brachte nichts. Weinen würde mir nicht dabei helfen, die Wahrheit über das herauszufinden, was mit Jamie geschehen war.

Eine Weile blieb ich einfach so sitzen, ergab mich dem Selbstmitleid, versuchte, mich zusammenzureißen, bis plötzlich irgendwo eine Hupe ertönte und mich zurück in die Gegenwart holte. Ein weiterer Geruch drang in mein Bewusstsein. War es Zigarettenrauch? Wie der Geruch, den ich am Tag von Jamies Tod im Haus zu riechen geglaubt hatte? Oder bildete ich mir nur etwas ein?

Ich sah mich im Wagen um, öffnete das Handschuhfach und zog die Fahrzeugpapiere heraus: das Fahrtenbuch, die Versicherung, das Serviceheft. Es gab auch noch einen Stift und eine Landkarte von Hertfordshire. Einen in Zellophan eingewickelten Lufterfrischer. Unter den Vordersitzen entdeckte ich ein paar Münzen und einen Schirm. Ich sah hinten nach, aber dort war nichts. Ich öffnete den Kofferraum, der ein rotes Warndreieck, ein Erste-Hilfe-Set und eine Kühltasche enthielt, die wir mal bei Lidl besorgt hatten, als wir ein paar Dinge aus der Kühltruhe gekauft hatten. Ich hob den Bodenbelag an und fand darunter den Ersatzreifen, einen Wagenheber und ein kleines Werkzeugset.

Nichts, was mir irgendetwas Nützliches verriet.

Ich setzte mich wieder hinter das Lenkrad, nahm die Liste aus meiner Tasche und schaltete das digitale Display des Wagens an. Ich wählte die Navigationsoption und gab die erste Adresse aus Jamies Liste ein: 10 Crompton Place, London.

Ich fuhr wie auf Autopilot und die Szenerie glitt wie in einem Nebel an mir vorbei, als ich St Albans verließ und der weiblichen Computerstimme folgte, die mich nach London dirigierte. Es gab Staus und Baustellen, die Fahrt schien ewig zu dauern. Ich wusste nicht, was zu finden ich erwartet hatte, aber ganz sicherlich nicht diese wohlhabende Straße mit den großen Villen.

Um die Nummer 10 verlief eine hohe Ziegelmauer, unterbrochen durch ein schmiedeeisernes Tor. Gelbe Linien auf der Straße markierten die Parkbeschränkungen, also fuhr ich umher und suchte nach einer Seitenstraße, in der ich parken konnte. Ich stieg aus dem Auto und ging zurück zu dem Haus. Dabei fielen mir ein paar Überwachungskameras auf dem Tor und eine Gegensprechanlage an der Wand auf.

Was jetzt? Was sollte ich sagen, wo ich jetzt hier angekommen war? War Jamie in den Tagen vor seinem Tod hier gewesen? Und falls ja, warum?

Ein paar Minuten stand ich einfach nur da, während mir ein beißender Wind in die Knochen fuhr, sodass ich von einem Fuß auf den anderen trat. Auf der ruhigen Straße gab es beinahe keinen Verkehr. Was ich von der Villa über das Tor und die Mauer sehen konnte, wirkte kalt und einschüchternd, sogar unheimlich, aber das war vielleicht nur Einbildung.

Ich drückte auf den Knopf der Sprechanlage und wartete.

Ein paar Sekunden verstrichen. Ich spähte die Straße auf und ab. Weiter hinten schob eine Frau einen Kinderwagen. Sonst war niemand zu sehen.

Erneut drückte ich auf den Knopf und hörte knacksende Statikgeräusche und dann die Stimme eines Mannes. »Hallo?«

»Äh … hallo, wäre es möglich, mit dem Besitzer des Hauses zu sprechen?«

»Ja, Sie sprechen mit dem Besitzer. Ich kaufe nichts, also gehen Sie bitte wieder«, sagte die Stimme ungeduldig.

Die Überwachungskamera bewegte sich mit einem Sirren und zeigte nun direkt auf mich. Ich lächelte zittrig hinein.

»Aber nein. Ich will nichts verkaufen.«

»Was wollen Sie dann?«

Kurz war ich sprachlos. Was wollte ich eigentlich? Ich wusste es nicht wirklich. »Es tut mir leid, Sie zu stören, aber ich habe mich gefragt, ob Sie jemanden namens Jamie Taylor kennen.«

»Nein. Ich kenne keinen Jamie Taylor. Wiedersehen.«

Noch ein Knacksen, dann Stille.

Ich kaute auf der Innenseite meiner Wange herum und dachte über meinen nächsten Schritt nach, dann drückte ich erneut auf den Knopf.

»Ja?«, fragte die Stimme, diesmal noch abgehackter und ungeduldiger.

»Es könnte sein, dass er Sie vor Kurzem aufgesucht hat? Er … äh … er ist … er ist gestorben, wissen Sie, und ich habe diese …«

»Ich kenne keinen Jamie Taylor und er hat mich auch nie besucht, okay? Vielen Dank. *Leben Sie wohl.*« Das ›Leben Sie wohl‹ klang sehr endgültig.

Als ich mich vom Tor abwandte, hatte mich die Frau mit dem Kinderwagen beinahe erreicht. Sie trug Designerkleidung. Ihr Haar war zu einem perfekten Knoten gebunden und ihr Make-up war makellos.

»Entschuldigen Sie bitte«, sprach ich sie an.

Argwöhnisch verengte sie die Augen. »Ja?«

Ich hörte einen Akzent heraus. Möglicherweise russisch, zumindest osteuropäisch.

»Wissen Sie, wer hier lebt?« Ich zeigte auf das Haus hinter mir.

Sie zuckte mit den Achseln und ging dann weiter, wobei ihre hochhackigen Stiefel auf dem Gehweg klackerten.

Ich blickte die Straße entlang in beide Richtungen, aber sonst war niemand zu sehen, daher marschierte ich zurück zum Auto, holte die Liste heraus und starrte sie wieder an. Ich wünschte, sie könnte mir irgendetwas verraten.

10 Crompton Place, London
Moses Abraham, 16 Dean Street, London
Billy Pearce, 43 Scarborough Ave, London
Sean Davidson, Flat 28, Derby Towers, Enfield X
Trevor Carter, 2 Dalton Terrace, Surrey
Dave Groom, 91 Ridge Street, Watford X

Was bedeutete das X am Ende von zwei der Adressen? Und warum stand bei Crompton Place kein Name wie bei den anderen? Ich hatte keine Ahnung.

Da ich bereits in London war, beschloss ich, die Liste der Reihe nach abzuarbeiten und folgte der Frauenstimme des Navigationsgeräts zur Adresse von Moses Abraham.

Geografisch gesehen war das Haus nur ein paar Straßen entfernt, in Sachen Wohlstand hätte es allerdings nicht weiter entfernt sein können. 16 Dean Street war ein winziges Reihenhaus inmitten einer Straße voller identischer Häuser, vor denen auf beiden Seiten Autos parkten. Ich musste ein paarmal auf und ab fahren, bis ich endlich fünf Minuten entfernt einen Parkplatz gefunden hatte. Ich stieg aus und lief zurück.

Ich war nervös, als ich klingelte. Im Inneren lief ein Fernseher, also war zumindest jemand zu Hause.

Eine gemischtrassige Frau öffnete die Tür. Sie hatte müde Augen und graue Haare, ihr Gesicht war durchzogen von tiefen Falten.

»Hallo.« Ich zwang mich zu einem Lächeln. »Dürfte ich bitte mit Moses Abraham sprechen?«

Ihre Augen weiteten sich und ihr klappte der Kiefer herunter, als wäre sie aufgebracht oder ängstlich, aber sie sprach kein Wort.

»Ist Moses hier?«

Sie sah schockiert aus. »Warum suchen Sie nach Moses?«

»Na ja, äh … Das mag seltsam klingen, aber ich frage mich, ob Moses jemanden namens Jamie Taylor kennt. Ich glaube, er könnte vor Kurzem hier gewesen sein.«

Sie runzelte die Stirn. »Wen?«

»Jamie Taylor.« Ich atmete tief aus. »Tut mir leid, Sie zu belästigen, aber er war mein Freund und er ist gerade … gestorben. Ich habe diese Liste mit Namen und Adressen gefunden, wissen Sie, und darauf stand auch der Name Moses Abraham unter dieser Adresse. Wohnt Moses hier? Vielleicht könnte ich mit ihm sprechen und ihn fragen, ob er Jamie gekannt hat. Eventuell kann er mir helfen.«

Sie sah an mir vorbei die Straße auf und ab, dann richtete sie den Blick wieder auf mich. »Sind Sie Reporterin?«

»Nein, ganz und gar nicht. Wie schon gesagt, mein Freund könnte Moses gekannt haben. Jamie ist vielleicht hergekommen, um ihn zu treffen.«

»Das kann nicht sein.« Sie wollte bereits die Tür schließen, aber ich streckte eine Hand aus, um sie aufzuhalten.

»*Bitte*. Ich muss einfach herausfinden, was Jamie getan hat, bevor er gestorben ist. Er hatte diese Adresse. Warum sollte er sie gehabt haben? Darf ich nicht einfach mit Moses reden?«, flehte ich sie an.

Irgendetwas in meiner Stimme hielt sie davon ab, die Tür zu schließen. Sie steckte ihren Kopf noch einmal heraus und musterte mich einen Augenblick.

Ich sprach schnell weiter, bevor sie mich aussperren konnte. »Ich habe ein Foto von ihm. Vielleicht erkennen Sie ihn wieder.« Ich fummelte in meiner Handtasche herum, zog mein

Portemonnaie heraus und öffnete es, um ihr ein Foto von Jamie zu zeigen, das ich dort immer bei mir trug. »Das ist Jamie. War er hier?«

Sie betrachtete erst kurz das Foto, dann wieder mich. Erneut wanderte ihr Blick die Straße entlang. Jetzt konnte ich ihren Gesichtsausdruck richtig deuten, denn ich kannte ihn nur zu gut. Er hatte mich auch verzehrt. Es war Schmerz.

»Wie ist er gestorben?«, flüsterte sie.

»Er … Er hat sich erhängt.«

Sie schüttelte den Kopf. »Das tut mir sehr leid, aber ich weiß nicht, wie ich Ihnen helfen könnte. Er wäre sicher nicht hergekommen, um Moses zu sehen. Sie haben sich geirrt.« Sie schloss die Tür vor meiner Nase.

Tränen der Frustration brannten in meinen Augen, als ich dastand, den Blick auf die Tür gerichtet, und mich fragte, was ich tun sollte. Es gab nichts, das ich tun konnte. Ich steckte das Portemonnaie zurück in meine Tasche und wollte gerade gehen, als sie die Tür wieder öffnete.

Sie musterte mein Gesicht so lange, dass es sich wie Stunden anfühlte. »Ihr Freund ist wirklich gestorben?«

»Ja. Ich muss einfach wissen, warum. Was ihn dazu veranlasst hat.«

Sie schwang die Tür komplett auf. »Kommen Sie rein. Ich bin Moses' Mum.«

Nachdem sie mich in ein winziges Wohnzimmer geführt hatte, stellte sie sich vor das Fenster und bat mich, auf einem Sofa Platz zu nehmen, das von einem farbenfrohen Überwurf bedeckt war.

Sie verschränkte die Arme und schaute mich vorsichtig an, als würde sie überlegen, was sie sagen sollte. »Was wissen Sie über Moses?«

»Ich weiß überhaupt nichts. Deshalb bin ich ja hier.«

»Was wissen Sie dann?«

»Ich weiß nur, dass ich diese Liste gefunden habe, die Jamie zurückgelassen hat, und dass sie für ihn irgendwie wichtig gewesen sein muss. Er hat sich einige Zeit von der Arbeit freigenommen, bevor er gestorben ist. Ich glaube, dass es etwas mit der Liste zu tun gehabt haben könnte. Ich hatte gehofft, Moses könnte mir sagen, warum sein Name darauf steht. Vielleicht hat Jamie über irgendetwas mit ihm gesprochen.«

Einen Augenblick lang starrte sie hoch zur Decke. »Wann ist er gestorben?«

Ich schluckte den Kloß in meiner Kehle herunter. »Vor einer Woche.«

»Und wann, glauben Sie, war er hier?«

»Vermutlich die Woche davor.«

»Mein Gott!« Sie fuhr sich mit der Hand über die Stirn und starrte ein paar Fotos an, die auf einem Kaminsims über einem Gasfeuer mit falschen Holzscheiten standen. Eins war von einem Mann und einer Frau, die beide lächelten und um die Mitte dreißig sein mussten. Am anderen Ende stand das Foto eines kleineren Jungen, so um die acht oder neun Jahre alt. Sie nahm das Foto in die Hand und reichte es mir. »Das ist Moses.«

Er war ein sehr hübsches Kind. Grüne Augen, hellbraune Haut, ein strahlendes Lächeln. »Er ist wunderschön.«

»War.«

»Entschuldigung?«

»Er *war* wunderschön.« Kraftlos ließ sie sich neben mir auf das Sofa fallen, als hätte man alle Luft aus ihr gelassen.

Ich runzelte die Stirn. »Ich verstehe nicht.«

»Er wird vermisst. Wurde nie gefunden.«

»Oh, wie schrecklich. Das tut mir so leid.«

Sie nahm mir das Foto ab und strich mit der Fingerspitze über Moses' Gesicht. »Er ist 1984 verschwunden. Er war zehn Jahre alt. Ich hatte ihn zum Eckladen geschickt, um ein paar

Süßigkeiten zu kaufen, und er ist nie zurückgekehrt.« Sie seufzte schwer, legte sich das Foto auf die Knie und sah mir in die Augen. »Ich erkenne Ihren Schmerz, weil ich ihn selbst in mir trage. Das Bedürfnis, es wissen zu wollen. Herauszufinden, was passiert ist. Glauben Sie mir, ich weiß alles darüber.«

»Die Polizei hat ihn nie gefunden?«

Sie schnaubte und versteifte die Schultern. »Die verdammte Polizei!« Sie verzog die Lippen zu einer schmalen Linie. »Ich habe es damals natürlich gemeldet. Es war schrecklich. Sie haben meine Aussage aufgenommen und alles, aber nichts ist passiert. Sie haben gesagt, sie würden ermitteln, aber ich glaube nicht, dass sie das wirklich getan haben. Ich habe ständig diesen Polizisten angerufen, um das Neueste zu erfahren, und er hat mir dauernd nur versprochen, sie würden alles tun, was sie können, allerdings würde es so wirken, als wäre Moses spurlos verschwunden. Ich meine, wie kann das sein? Wir leben mitten in London! Irgendjemand muss etwas gesehen haben!« Sie starrte auf den abgewetzten marineblauen Teppich mit seinem 70er-Jahre-Muster aus riesigen gelben Blumen. In Gedanken war sie ganz woanders. »In all dieser Zeit habe ich niemals irgendwelche Antworten bekommen.«

»Das ist furchtbar.«

»Es vergeht kein Tag, an dem ich nicht an ihn denke. Mich frage, ob er noch lebt. Oder … nein. Ich weiß es nicht. Tief in meinem Inneren glaube ich nicht, dass er noch lebt. Mein Kopf sagt mir, dass er tot ist. Aber hier drin« – sie tippte auf ihr Herz – »ist immer noch Hoffnung.«

Ich berührte ihren Arm in dem Versuch, sie zu trösten.

»Ich glaube nicht, dass ich es jemals erfahren werde. Nicht jetzt. Nicht über dreißig Jahre später. Aber irgendjemand weiß etwas. Irgendjemand verbirgt etwas.«

»Ist Jamie hergekommen, um mit Ihnen über Moses zu sprechen?«

»Nein. Ich habe Ihren Freund noch nie gesehen. Ich war ein paar Wochen weg, habe meine Schwester in Manchester besucht. Ich bin erst gestern zurückgekehrt.«

Mir lagen so viele Fragen auf der Zunge. »Vielleicht ist Jamie hergekommen und hat nach Moses gesucht, weil er nicht wusste, dass er vermisst wird, aber Sie waren nicht da.« Da kam mir eine Idee. »Übrigens hat Jamie als Kind in London gelebt. Vielleicht kannte Jamie Moses von damals. Vielleicht haben sie zusammen gespielt und er hat einen alten Freund gesucht?«

»Lassen Sie mich das Foto noch mal sehen.«

Ich holte mein Portemonnaie heraus, nahm das Foto von Jamie aus der Plastikhülle und reichte es ihr.

Sie musterte es konzentriert, schüttelte dann aber den Kopf. »Nein. Ich erkenne ihn nicht wieder, allerdings verändern sich Kinder ja auch sehr stark. Aber ich erinnere mich an keine Jamies hier in der Gegend und ich habe mein ganzes Leben hier gelebt.«

»Was ist mit James?«

»Nein, ich glaube nicht.«

Sie gab mir das Foto zurück. Sorgfältig steckte ich es wieder in mein Portemonnaie.

»Es nicht zu wissen ist das Schlimmste«, sagte sie mit sanfter Stimme, die Emotionen darin unverkennbar. »Es wird leichter zu ertragen, aber dennoch … Ich hoffe immer noch, dass er eines Tages auf meiner Türschwelle erscheint, als wäre nichts passiert.« Sie schaute mich mit feuchten und gehetzten Augen an.

»Es tut mir so leid«, wiederholte ich.

»Glauben Sie, Ihr Freund hat irgendetwas über Moses' Verschwinden gewusst?«

Ihre Worte trafen mich wie ein Schlag ins Gesicht. »Ich … Gott, nein. Das hätte er nicht tun können.« Oder hätte er? Nein, natürlich nicht.

»Warum sollte Moses' Name sonst auf dieser Liste stehen?«

»Ich habe keine Ahnung.«

»Das würde vielleicht erklären, warum er sich umgebracht hat. Schuld ist ein guter Grund für Selbstmord.« Sie drehte sich in ihrem Sitz und der Schmerz auf ihrem Gesicht wechselte zu Argwohn.

»Nein. Nein, ich …« Ich brach ab. »Ich meine, Jamie wäre ungefähr in Moses' Alter gewesen, als der verschwunden ist, also kann er nichts gewusst haben.« Ich schüttelte den Kopf.

»Und warum hat er dann den Namen meines Sohns aufgeschrieben?« Ihre Augen verengten sich. »Welchen möglichen Grund kann es dafür geben? Es sei denn, er wollte einen Artikel darüber verfassen. Oder er hat etwas gewusst.«

»Ich … Gott, ich habe wirklich keine Ahnung. Jamie war kein Journalist. Er hat im IT-Bereich gearbeitet. Wie schon gesagt, sie müssen als Kinder Freunde gewesen sein, oder vielleicht sind sie irgendwann zusammen zur Schule gegangen und er hat versucht, wieder Kontakt aufzunehmen – das ist die einzige Erklärung.«

»Auf welche Schule ist Jamie gegangen?«

Ich versuchte, mich zu erinnern, ob Jamie jemals den Namen erwähnt hatte. Nachdem wir uns kennengelernt hatten, hatte ich viel über meine Kindheit geredet: Geschichten aus der Schulzeit, meinen Teenagerjahren, betrunkenen Urlauben mit meinen Freundinnen, die typischen Dinge, die man mit seinem Partner teilt. Jamie hatte mir dieselbe Art von Geschichten über seine Kindheit erzählt, aber niemals erwähnt, auf welche Schule er gegangen war. »Äh … Ich weiß es nicht.«

Diesmal waren ihre Augen feucht und flehend. »Falls Sie irgendetwas über Moses wissen, müssen Sie es mir erzählen!« Mit überraschender Kraft ergriff sie meinen Arm.

»Das tue ich nicht! Ich weiß wirklich nichts. Es tut mir leid, Sie aufgeregt zu haben. Ich hätte vielleicht nicht herkommen und das alles für Sie wieder aufwühlen sollen.« Ich stand auf und eilte zur Tür. »Danke, dass Sie mit mir gesprochen haben.«

Doch als ich die Tür öffnete, fiel mir noch eine Frage ein. »Sie haben gesagt, Sie leben schon Ihr gesamtes Leben hier? Eine der anderen Adressen auf Jamies Liste war 10 Crompton Place. Das ist nicht weit von hier. Sagt Ihnen diese Adresse etwas?«

Verwirrung überzog ihr Gesicht. »Crompton Place? Die großen Villen?«

»Ja. Wissen Sie, wer in Nummer zehn lebt?«

»Keine Leute meines Schlages. Viele Bonzen. Abgeordnete, Richter, Geschäftsleute, Prominente.«

»Okay. Na gut, noch einmal danke.«

»Falls Sie herausfinden, warum Ihr Freund Moses' Namen aufgeschrieben hat, versprechen Sie, es mir zu sagen?«

»Natürlich.«

Mit mehr Fragen als Antworten schritt ich den winzigen Pfad entlang und spürte dabei, wie sich ihre Augen in meinen Rücken bohrten.

Abgeordnete. Richter. Hohe Tiere. Ein vermisster Junge.

Worin bist du verstrickt gewesen, Jamie? Welche Geheimnisse hast du verborgen gehalten?

Kapitel 12

Jamie

Die Monate verstrichen und der Missbrauch setzte sich fort. Scholes herrschte mit Terror und Brutalität, Barker mit scheinheiliger Freundlichkeit und Belohnungen. Der gute und der böse Cop der Pädophilenwelt. Aber beide erweckten in uns nur schlechte Gefühle wie Furcht, Schmerz, Schande und Erniedrigung.

Ich dachte nicht, dass es noch schlimmer werden könnte. Ich hatte ja keine Ahnung.

Es war mein Geburtstag. Ich dachte zurück an die Geburtstage, die ich hatte, als ich noch zu Hause bei meiner Mum war. An den Wackelpudding und das Eis, Spiele wie Topfschlagen oder ›Steck dem Esel den Schwanz an‹, die Geschenke. Vor allem an die Umarmungen und das Lachen. Die einzige Art, in der sich Geburtstage in Crossfield von anderen Tagen unterschieden, war, dass wir ein Geschenk erhielten. Ein einziges Geschenk. Allerdings war es uns nicht gestattet, es zu behalten. Wir durften nichts behalten. Nichts gehörte uns. Nicht einmal unsere Körper und unsere Gedanken. Meistens bekamen wir ein Buch. Barker war der Meinung, dass wir viel lesen sollten. Aber während ich mich anfangs noch in die Bücher vertieft hatte, um meinem Leben zu entfliehen, war ich mittlerweile eifersüchtig auf die Charaktere in den Büchern, weil die überall hingehen und alles tun und jeder sein konnten. Das erweckte nur immer größere Wut in mir, weil ich das nicht konnte.

Zum Frühstück erhielt ich mein Geschenk von Barker: *Die Schatzinsel.* Ich bedankte mich höflich, wohl wissend, dass es mir am Ende des Tages abgenommen und in den Gemeinschaftsraum zu all den anderen Büchern gesteckt werden würde, die zu lesen ich mich nicht mehr durchringen konnte.

Nachdem wir fertig gegessen hatten, hieß mich Barker zu bleiben, während die anderen die Teller abräumten und abwuschen.

»Du bekommst heute Abend eine Party.« Er zwinkerte mir zu. »Nach dem Abendessen kommst du in meine Wohnung. Deine Freunde können auch kommen.«

Trotz allem, was ich wusste, erwachte ein Funken Freude in mir. Ich wollte so verzweifelt glauben, dass mir endlich etwas Gutes widerfahren würde. Und ich dachte, wenn meine Freunde da wären, würde er mich nicht vor ihnen anfassen.

»Und es wird Süßigkeiten und Kuchen und Bier geben. Was hältst du davon?«

»Danke, Sir.«

Während des Unterrichts konnte ich meine Aufregung kaum zurückhalten. Ich würde endlich wieder eine richtige Geburtstagsfeier erleben. An diesem Tag konnte mich nichts erschüttern. Nicht das Geschubse und Höhnen der anderen Kinder in der Klasse, die uns Crossfield-Waisen hassten, oder die sarkastischen Bemerkungen und Schläge auf die Fingerknöchel von einem der Lehrer, der mir sagte, dass aus mir nie etwas werden würde.

Am Ende des Tages ging ich mit Billy, Sean, Trevor und Dave zurück nach Crossfield, und meine Aufregung steckte sie an, während wir uns fragten, welche Art von Kuchen wir bekommen würden, welche Partyspiele es geben würde. Nur Dave schloss sich den Spekulationen nicht an.

»Freut euch nicht zu früh. Die werden dafür im Gegenzug etwas wollen«, warnte er.

Aber ich ließ mich von seinen Zweifeln nicht beirren. Ich versuchte, so lang wie möglich an der Freude festzuhalten.

Nach dem Abendessen wies Barker mich, Billy, Sean, Trevor und Dave an, mit ihm zu kommen. Schweigend folgten wir ihm zu seiner Unterkunft und warfen uns dabei verstohlen albern grinsende Blicke zu. Alle, mit Ausnahme von Dave, der ein Gesicht machte wie drei Tage Regenwetter. Ich dachte, er wäre nur neidisch, weil Barker für ihn nie eine Feier veranstaltet hatte.

Als wir ins Wohnzimmer kamen, stand dort ein Tisch, beladen mit Getränken und Snacks: Bierdosen. Popcorn, Chips, Schokoladenkekse.

»Trinkt erst mal einen Schluck, Jungs.« Barker klatschte in die Hände und goss Bier in Plastikbecher, die er dann an uns verteilte. Er setzte sich auf das Sofa, verschränkte die Beine und legte seinen Arm ganz beiläufig über die Lehne.

Wir ließen uns nicht zweimal bitten. Wir tranken schnell und futterten die Snacks. Mehr Bier wurde ausgeschenkt. Barker legte Musik auf und wir tanzten närrisch herum, während er uns zuschaute und lächelte und lachte. Er ermutigte uns, herumzualbern, unsere T-Shirts auszuziehen und ihm unsere jämmerlichen Muskeln zu zeigen. Und uns war egal, wie er uns ansah, denn wir hatten Spaß. Alles war witziger, fröhlicher, leichter in unserer verfluchten Welt. Für ein paar Augenblicke griffen wir nach dem bisschen Freude, solange wir konnten, wohl wissend, dass wir am Ende einen Preis dafür zahlen würden.

Dann kamen weitere Männer: ein älterer Mann im Anzug mit zurückgekämmten schwarzen Haaren und einem ordentlichen Bart, ein großer Mann mit Seitenscheitel und ein kleiner, wieselartig aussehender Mann mit einer runden Brille. Sie beobachteten uns, ermutigten uns, weiter herumzualbern, während sie klatschten und mehr Alkohol tranken. Als einer von ihnen vorschlug, wir sollten unsere Hosen ausziehen, schien das plötzlich irrsinnig komisch, also taten wir es.

Sie redeten über uns, aber ich fing nur einzelne Gesprächsfetzen auf, weil ich so viel Spaß mit meinen Freunden hatte: »Hübsch«, »Niedlich«, »Das wird ihnen gefallen«, »Party«, »Zu allem bereit«.

Sean kicherte, mit diesem beständig abwesenden, gleichgültigen Blick, den er jetzt immer hatte. Trevor drehte sich wieder und wieder im Kreis, um herauszufinden, wie oft es ihm gelingen konnte, ohne hinzufallen. Schließlich landete er kreischend vor Lachen auf dem Boden. Dave goss sich noch mehr Alkohol ein und kippte ihn hinunter. Der kleine Mann mit Brille stand auf und goss mir noch ein Bier ein. Die Männer wechselten einen Blick, der wie ein Signal wirkte.

Und dann wurde ich von dem großen Mann in ein kleines Schlafzimmer oben geführt, ich spürte seinen heißen, sauren Atem in meinem Ohr, während er mir sagte, ich solle mich benehmen, es würde mir gefallen und wir würden viel Spaß haben.

Kapitel 13

Maya

Mein Handy klingelte, während ich fuhr. Es war Ava, die hören wollte, wie es mir ging. Ich bog in eine Parkbucht ein und nahm den Anruf an.

»Wo bist du? Hast du vergessen, dass ich vorbeikommen wollte? Geht es dir gut?«, fragte sie.

»Oh, verflucht! Tut mir leid. Ich musste etwas erledigen.«

»Du warst seit Tagen nicht mehr draußen – ich hab mir Sorgen um dich gemacht, als du nicht zur Tür gekommen bist.«

»Es geht mir gut.« Was nicht stimmte. Ich bekam Moses' Gesicht einfach nicht aus dem Kopf. Jamies ebenfalls nicht.

»Wo bist du?«

»In London.«

»London?«, kreischte sie. »Was machst du denn da?«

Ich kniff mir in den Nasenrücken, in dem Versuch, den Spannungskopfschmerz loszuwerden, der sich in meiner Stirn anzustauen begann. »Ich … ich weiß nicht genau.«

»Du benimmst dich seltsam.«

»Wie soll ich mich denn benehmen, wenn mein Freund tot ist?«, fauchte ich und bereute es in derselben Sekunde bereits. »Tut mir leid.«

»Nein, schon gut. Ich will mir gar nicht vorstellen, wie ich mich fühlen würde, wenn Craig tot wäre. Du hast meine Erlaubnis, wütend zu werden. Aber bist du sicher, dass es dir gut geht? Tut mir leid, das ist eine dumme Frage, oder? Wann kommst du zurück?«

»Bald.« Mein Blick schweifte zur Liste, die auf dem Beifahrersitz lag.

»Möchtest du dann stattdessen zu mir kommen? Ich fahre jetzt wieder zurück. Wir könnten uns von irgendwo Essen mitnehmen. Eine Flasche Wein trinken. Reden, wenn du magst.«

Plötzlich wollte ich das mehr als alles auf der Welt. Irgendetwas Normales, Beruhigendes. »Ja. Danke. Ich muss nur noch einen Zwischenstopp einlegen. Ich bin vermutlich in ein paar Stunden da.«

»In Ordnung. Dann bis nachher.«

Ich schaltete mein Handy aus, steckte es in meine Tasche und folgte den Anweisungen des Navis zu der nächsten Londoner Adresse auf der Liste, die ich einprogrammiert hatte.

Es wurde bereits dunkel, als ich die 43 Scarborough Avenue erreichte. Das Haus lag ganz am Ende einer schäbigen Straße. Die Fenster waren mit Holzbrettern hinter grauen Fensterläden aus Metall verbarrikadiert. Im Vorgarten stand das Unkraut meterhoch und Graffiti zierten die hölzerne Eingangstür, von der die Farbe abblätterte. Ich wusste nicht, ob das Haus verlassen war oder besetzt.

Ich überprüfte noch einmal die Adresse. Ja, es war definitiv Nummer 43.

Anspannung überkam mich, als ich aus dem Auto stieg. In mir schrillten sämtliche Alarmglocken.

Die Vordertür öffnete sich und eine Jugendliche mit langen, unordentlichen lila Haaren kam heraus. Sie trug einen fließenden schwarzen Rock, der ihr bis zu den Füßen reichte, und eine eng anliegende weiße Weste als Oberteil, obwohl die Luft kühl war. Über ihren rechten Arm erstreckte sich eine Tätowierung. Sie setzte sich auf die Treppe, steckte sich eine selbst gedrehte Zigarette an und zog daran.

»Hallo«, grüßte ich, während ich mich ihr näherte.

Sie zog noch einmal an der Zigarette und stieß den Rauch in meine Richtung aus. Aus der Nähe sah ich, dass ihre Nase und Lippe gepierct waren. »Wer sind Sie?« Sie betrachtete mich von oben bis unten.

»Ich suche Billy Pearce.«

Sie nahm einen Klumpen Tabak von ihrer Zunge und rollte ihn zwischen Daumen und Zeigefinger. »Wieso, sind Sie Bulle oder so was?«

»Nein, nein, nichts dergleichen. Ich bin eine … Freundin eines Freundes. Ich wollte Billy nur etwas fragen.«

»Nee, Sie sehen auch nicht aus wie ein Bulle.« Noch einmal musterte sie mich gründlich. »Sie müssen mit Neal über Billy sprechen.«

»Neal?«

»Neal Pearce. Billys Bruder.« Sie stand auf. »Ich bring Sie rein, wenn Sie wollen.« Sie drehte mir den Rücken zu und schob die Tür auf.

Auf der Türschwelle zögerte ich, plötzlich nervös. Ich wusste nicht, was mich drinnen erwartete. Was zum Teufel machte ich hier eigentlich?

Sie drehte sich zu mir um. »Kommen Sie jetzt, oder was?«

Ich dachte darüber nach, zum Wagen zurückzurennen. Ihn zu starten und einfach wegzufahren. Aber dann würde ich nie erfahren, warum Jamie diese Adresse aufgeschrieben hatte. Ich unterdrückte meine Beklemmung und folgte ihr.

Im Flur war es dunkel. Überall standen Kerzen und Öllampen verteilt, die ein unheimliches Leuchten verbreiteten. Ein Gestank nach vergammeltem Müll, Abwasser und Körperausdünstungen traf mich und bereitete mir Übelkeit. Wir gingen an einem Zimmer rechterseits vorbei, das keine Tür hatte. Auf den blanken Dielenbrettern, auf denen sich Dosen und leere Essensschachteln stapelten, lagen Schlafsäcke. In einigen davon waren Schemen zu erkennen. Ein weißer Kerl mit Dreadlocks lag dort, einen Arm hinter dem Kopf, einen Joint in der anderen und eine Dose Cider auf dem Boden neben sich. Seine leeren roten Augen folgten uns.

Sie führte mich in eine dreckige Küche auf der Rückseite des Hauses. Die meisten Küchenschränke waren fort, die wenigen, die noch übrig waren, hatten keine Türen mehr. Eine von Kalkflecken überzogene Spüle hing in einer Ecke schief von der Wand, daneben stand ein Plastiktisch, der in seinem früheren Leben vermutlich einmal weiß gewesen war, jetzt aber vor Dreck starrte und überall von Brandflecken durch Zigaretten durchlöchert war. Am Tisch saß ein ungepflegter Mann mit langen, fettigen Haaren, die er zu einem Pferdeschwanz gebunden hatte. Sein buschiger Bart und die lückenhaften Koteletten ließen ihn älter wirken, als er war. Er hätte alles zwischen Anfang dreißig bis Ende vierzig sein können. Er löffelte gerade Baked Beans aus einer Dose, hielt aber inne, als er mich bemerkte, wobei er den Löffel im Mund stecken ließ.

»Sie will dich sprechen, Neal«, teilte ihm das Mädchen mit den Piercings mit und lehnte sich gegen den Türrahmen, um uns zu beobachten.

Langsam leckte Neal den Löffel ab und musterte mich dabei. Im nächsten Moment nahm er ihn aus dem Mund. »Sie sind nicht vom verfluchten Stadtrat, oder?«

»Nein.«

»Was wollen Sie dann?«

»Ich suche nach Billy Pearce. Lebt er hier?«

Er hob die Augenbrauen ein winziges Stückchen, antwortete aber nicht.

»Wissen Sie, wo ich ihn finden kann? Ich muss einfach nur mit ihm reden.« Ich sah das Mädchen mit den Piercings an. Sie zog an ihrer selbst gedrehten Zigarette und blies den Rauch in meine Richtung, wobei sie interessiert dreinblickte.

»Was wollen Sie von Billy?«, wollte Neal schroff wissen.

»Ich glaube, er könnte meinen Freund gekannt haben, Jamie Taylor.«

Kurz blitzte etwas in seinen Augen auf, verschwand aber so schnell wieder, dass ich nicht erkennen konnte, was es zu bedeuten hatte.

»Jamie ist gestorben und ich habe eine Liste mit Namen und Adressen gefunden. Billys Name und dieser Ort standen darauf. Ich möchte herausfinden, was das zu bedeuten hat. Ob er vor einiger Zeit mit Jamie gesprochen hat. Ob er wusste, was mit Jamie los war, bevor er …«

»Verschwinde!« Neal starrte wütend in Richtung des Mädchens. Sie zuckte nur mit den Achseln und verzog sich. Er öffnete eine kleine Zinndose auf dem Tisch, zog sich Zigarettenpapier und Tabak heraus und rollte sich eine Zigarette, den Blick nach unten gerichtet. »Ich hab keine Ahnung, von was zum Teufel Sie da reden. Hab noch nie von einem Jamie Taylor gehört.«

»Könnte ich das vielleicht Billy fragen?«

Er leckte den Papierrand an, glättete ihn und zündete sich die Zigarette an. »Billy lebt hier nicht mehr.«

»Ich kann Ihnen ein Foto von Jamie zeigen, wenn Sie möchten.«

»Ich brauch kein Foto. Hab Ihnen doch schon gesagt, ich hab noch nie von ihm gehört.«

»Er war also nicht neulich hier? Um mit Billy zu sprechen?«

Er zog an seiner Fluppe und blies ein paar Rauchringe in die Luft, bevor er mir antwortete. »Nein.«

Ich richtete den Riemen meiner Tasche auf der Schulter und überlegte, was ich noch fragen könnte. Ich war mir ziemlich sicher, dass er log.

»War's das?« Er nickte in Richtung seiner halb gegessenen Dose Bohnen. »Sie stören mich beim Abendessen.«

»Sind Sie sicher …«

»Sie wissen wohl nicht, was Nein bedeutet?« Seine dunklen Augen verspotteten mich. »Schließen Sie die Tür hinter sich, wenn Sie rausgehen. Man weiß nie, wer reinkommen könnte.« Er lachte.

Ich warf ihm noch einen letzten flüchtigen Blick zu, aber er schlürfte bereits aus einer Bierdose und ignorierte mich.

Ich ging den dunklen Flur entlang, halb in Erwartung, dass mich Neal von hinten anspringen würde. Als ich es endlich durch die Vordertür und den Weg entlang geschafft hatte, klopfte mir das Herz bis zum Hals. Ich hatte gerade den Wagen entriegelt, als ich das Mädchen mit den Piercings hörte: »Hey, warten Sie.«

Ich schwang herum.

Sie blickte über ihre Schulter zum Haus, bevor sie näher kam. »Dieser Mann, den Sie erwähnt haben. Jamie. Der war hier.«

Mir stockte der Atem. »Wirklich? Wann?«

Sie leckte sich die Lippen und stemmte eine Hand in die Hüfte. »Kann ich Ihnen verraten, aber ich will dafür Geld.«

»Wie viel?«

Sie verzog die Nase und dachte nach. »Vierzig Öcken.«

»Woher weiß ich, dass Sie mir etwas sagen, wenn ich es Ihnen gebe?«

Sie zuckte mit den Achseln. »Wissen Sie nicht.« Sie streckte die Hand aus.

Ich dachte einen Augenblick darüber nach. Ich traute ihr nicht, hatte aber wohl kaum eine Wahl. »Wenn Jamie hier war, können Sie ihn doch sicherlich beschreiben, oder?«

Wieder zuckte sie mit den Achseln. »Groß, grüne Augen, so blonde, sandfarbene Haare.«

Das klang nach Jamie. »Zwanzig«, sagte ich.

»Dreißig.«

»Okay.« Ich nahm dreißig Pfund aus meiner Geldbörse und reichte sie ihr.

Sie steckte die Scheine in ihren BH.

»Wann ist Jamie hier gewesen?«

»Weiß ich nicht mehr so genau – ungefähr vor zehn Tagen. Er hat mit Neal gesprochen. Hat auch nach Billy gesucht.«

»Hat Jamie gesagt, warum er nach Billy gesucht hat?«

»Nee.«

»Hat er jemanden namens Moses erwähnt?«

»Nein.«

»Was hat Jamie dann gesagt?«

»Er hat Neal nur gefragt, wo er Billy finden kann.«

Ich wartete darauf, dass sie das weiter ausführte, was sie jedoch nicht tat. Also fragte ich weiter. »Und was hat Neal geantwortet?«

»Er hat ihm erzählt, dass Billy tot ist. Hat sich selbst umgebracht.«

Mich überkam ein Frösteln, das nichts mit dem Wind zu tun hatte. »Wie hat er sich umgebracht?«

»Ist vor einen Zug gesprungen. Das war vor ungefähr einem Jahr, nicht lange, nachdem Billy hergekommen ist. Er hatte es geschafft, Neal aufzuspüren, nachdem er aus dem Gefängnis gekommen war, und hat sich hier eine Weile einquartiert.«

»Was meinen Sie mit ›Neal aufspüren‹? Sie waren doch Brüder, wussten sie nicht voneinander, wo der andere war?«

»Na ja, Billy und Neal waren als Kinder in verschiedenen Waisenhäusern, ich glaub also, sie haben sich nicht so nahegestanden. Und Billy war immer mal wieder im Gefängnis, also …« Sie zuckte beiläufig mit den Achseln, als wäre das völlig normal.

»Klar.« Ich versuchte, das alles zu erfassen. »War Billy jemals in der Armee?«

»Nein.« Sie schnaubte.

»Wie alt war er?«

Wieder ein Achselzucken. »Ungefähr vierzig.«

Das bedeutete, Moses, Billy und Jamie wären alle im selben Alter, wenn sie noch leben würden. War das irgendwie von Relevanz? Waren sie alle Schulfreunde gewesen?

»Ach ja, ich erinnere mich gerade noch, dass Ihr Kerl irgendetwas von einem Haus gesagt hat.«

»Einem Haus? Was für einem Haus? Wo?«

»Keine Ahnung.« Sie spielte mit dem Ring in ihrer Lippe und drehte ihn einen Augenblick immer im Kreis. »Aber er hat es das *Große Haus* genannt. Sie haben sich gestritten. Neal hat ihm gesagt, er solle verschwinden und nicht wiederkommen. Hab Ihren Kerl danach nie wiedergesehen.« Sie drehte sich auf dem Absatz um und ging wieder hinein. Gespräch beendet.

Eine Erinnerung flackerte in meinem Hinterkopf auf. Jamie hatte vor seinem Tod ein paar Wochen lang Albträume gehabt. Er hatte sich im Bett herumgeworfen, geschwitzt, im Schlaf geredet und immer wieder dieselben Dinge wiederholt. Ich hatte ihn geweckt, ihn gehalten, ihn getröstet, bis seine

Atmung wieder regelmäßig war und er einschlief, während wir eng ineinandergeschlungen dalagen.

Als ich ihn deswegen gefragt hatte, hatte er behauptet, er könne sich nicht erinnern, worum es in den Träumen gegangen war. Hatte gemeint, es müsste etwas mit seinem Stress aufgrund einiger Projekte bei der Arbeit zu tun haben.

Aber ich erinnerte mich deutlich an die Worte, die er mitten in der Nacht geschrien hatte:

Bringt mich nicht zum Großen Haus!

Kapitel 14

Jamie

Damals war es mir noch nicht klar, aber das war eine Art ›*Kennenlernparty*‹ gewesen. Ein paar Wochen später fuhr uns Barker an einem Freitagabend in seinem Wagen nach London. Sean saß vorn und starrte aus dem Fenster, wie gebannt von all dem wahren Leben, das um uns herum vor sich ging. Billy, Trevor, Dave und ich hockten hinten und schauten zu, wie die Welt an uns vorbeibrauste. Ein Ausflug hätte ein großes Abenteuer in unserem traurigen Leben sein sollen, aber mittlerweile wusste ich genau, was Barkers »Sonderbehandlung« beinhaltete. Ich konnte die Furcht wie Gift in meinem Mund schmecken.

Wir hielten vor einem großen Haus mit Sprechanlage und Kamerasystem am Eingangstor und wurden plötzlich alle still. Wir starrten das an, was für uns wie ein opulenter Palast aussah. Barker sprach in die Anlage, sagte, er hätte eine Lieferung für die Party. Eine männliche Stimme am anderen Ende lachte. Daraufhin schwangen die Torflügel auf. Barker parkte den Wagen in einer großen Zufahrt und wir stiegen aus.

»Kommt mit, Jungs.« Er scheuchte uns die Vordertreppe hoch, die auf beiden Seiten von weißen verzierten Säulen gesäumt war, und die Tür öffnete sich.

Wir wurden in einen großen Flur geschoben, dann war Barker fort. Vor uns stand der dicke Mann von Barkers Party, ein Glas Whisky in der Hand und mit dem Gesichtsausdruck, den ich nun so gut verstand.

»Wir veranstalten hier heute eine schicke Kostümparty.« Der dicke Mann kicherte. »Kommt mit, wir besorgen euch eure Kostüme.« Er führte uns den Korridor entlang in ein Zimmer mit riesigen Sofas und einem Schreibtisch sowie Gemälden, die eine ganze Wand einnahmen. Auf dem Schreibtisch standen Flaschen voller Alkohol – Whisky, Wodka, Gin – und Bierdosen. Auf einem Sofa lagen stapelweise Kostüme.

»Wenn ich wiederkomme, möchte ich, dass ihr alle ein Kostüm tragt.« Er sagte es grinsend, aber es war kein Wunsch, es war ein Befehl. »Nehmt euch was zu trinken, während ihr euch umzieht. Ich bin bald wieder da.« Der dicke Mann zog die schwere Holztür hinter sich ins Schloss und drehte den Schlüssel um.

Dave machte sich direkt über die Drinks her. Er öffnete eine Flasche Wodka und trank direkt aus der Flasche, musste dann husten und spucken. Er wischte sich mit dem Handrücken über den Mund.

»Mein Gott, was ist denn das?« Ich nahm ein Kostüm in die Hand. Das glitzernde weiße Ballerinakostüm hatte ein enges Oberteil und ein ausgestelltes Tutu. Dazu gehörte noch ein glitzerndes Diadem.

»Das trage ich nicht!« Entsetzt gaffte Trevor das Kostüm an, wühlte sich dann durch die anderen Sachen und zog eine sehr kurze Lederhose mit einer Art von Lederriemen hervor.

Sean setzte sich mit einem Lendenschurz mit Leopardenmuster auf den Boden und rieb sich mit dem weichen, glänzenden Material über das Gesicht.

»Hier.« Dave reichte uns ein paar Drinks, die Augen angsterfüllt. »Wir brauchen so einiges davon.«

Wir kippten die Drinks hinunter und verzogen das Gesicht, als der harte Alkohol in unseren Kehlen brannte.

»Irgendjemand muss dieses Mädchenzeugs tragen. Wir haben hier nur fünf Kostüme«, meinte Dave.

»Ich nicht«, erklärte Trevor beim Trinken, sodass er alles über Sean verspritzte, dem es jedoch nicht aufzufallen schien. Seit seiner Kopfverletzung schien Sean nicht mehr viel mitzubekommen.

»Ich auch nicht.« Ich nahm ein anderes Kostüm in die Hand, das ebenfalls für ein Mädchen war – ein enges rosa Kleid mit Flügeln aus Spitze hinten angenäht und einem ausgestellten zerrissenen Rock.

»Haha! Du hast da ein Feenkostüm.« Verspielt knuffte mir Dave in die Schulter.

Ich blickte die anderen an, nicht in der Lage zu entscheiden, was wirklich schlimmer war. Sean hatte den Lendenschurz auf dem Kopf und stopfte sich zwischen Schlucken von Gin und Limonade Chips in den Mund. Ich hörte Musik und das tiefe Lachen von Männern von irgendwo vor der Tür.

Wir zogen unsere entsprechenden Kostüme an, tranken noch mehr und lachten einander aus, um die schreckliche Angst zu unterdrücken, die unsere Eingeweide umklammert hielt. Es war jedoch kein fröhliches Lachen. Es war nervös, darunter lag Übelkeit. Beschämt sah ich an mir herab auf das Feenkostüm, das ich anhatte, in der verzweifelten Hoffnung, dass das Tragen von dämlichen Klamotten das Schlimmste wäre, was wir in dieser Nacht zu erdulden hätten. Gleichzeitig wusste ich, dass dies lediglich der Wegbereiter zu etwas viel, viel Schlimmerem war.

Als die Tür wieder aufgeschlossen wurde, waren wir alle ziemlich angeheitert, aber das verhinderte trotzdem nicht, dass mir das Herz bis zum Hals schlug und mein Mund trocken wurde, als wir dem dicken Mann den Korridor entlang folgten. Er war jetzt ebenfalls verkleidet. Er steckte in dem Kostüm eines Richters mit einer langen, fließenden Robe und einer schrillen grauen Perücke.

»Kommt mit! Wir werden jetzt etwas Spaß haben.« Er grinste uns an, aber hinter dem Grinsen lauerte die Andeutung Hunderter Arten von Drohungen.

Er führte uns in einen sehr großen Raum mit holzgetäfelten Wänden und edlen Möbeln mit hohen Lehnen und prallen Kissen.

Die anderen Männer, die schon bei der Party in Crossfield gewesen waren, waren ebenfalls anwesend. Der kleine Mann mit der Brille schenkte sich von einem schicken Rollwagen mit Drinks einen großen Whisky ein. Er trug einen blauen Nadelstreifenanzug. Der große Mann mit dem hageren Gesicht und Seitenscheitel saß auf einem ungemütlich aussehenden Sofa, bereits einen Drink in der Hand. Er hatte eine Polizeiuniform an. Der andere Mann mit dem sauber getrimmten Bart und dem zurückgekämmten Haar mit spitzem Haaransatz, ebenfalls im schicken Anzug, hatte einen Ellenbogen auf den kunstvoll geschnitzten Kaminsims gelegt und musterte uns alle sorgfältig, während er sich die Lippen leckte. Und dann war da noch ein anderer Mann, den ich zuvor noch nicht gesehen hatte. Er war alt, hatte dichtes grauweißes Haar und buschige Augenbrauen.

Der alte Mann goss uns Drinks ein, während wir nervös in der Mitte des Raums standen und versuchten, den Blicken der Männer auszuweichen. Der Raum drehte sich bereits um mich, als er mir ein großes Glas Whisky-Cola in die Hand presste.

Als jeder etwas zu trinken hatte, wies er uns an, uns vor ihnen aufzustellen, und setzte sich in einen Sessel.

Unsere Blicke wanderten zu unseren Drinks, auf den Boden, zueinander. Wir wollten überall hinsehen, nur nicht zu diesen Männern.

Der Richter griff nach einem Holzhammer, schlug damit auf den Holzblock auf dem Tisch neben ihm und donnerte: »Hiermit ist der Freitagsclub eröffnet«, was alle Männer zum Grinsen brachte. »Ich denke doch, es ist mein Vorrecht, als Erster zu wählen.« Er beugte sich vor und schaute die anderen dort sitzenden Männer an.

»Du wählst doch immer als Erster aus«, erwiderte der Polizist.

Der Richter leckte sich die Lippen. »Mein Haus, meine Regeln.«

»Ach, na dann los, du alter Mistkerl!«, dröhnte der Mann mit dem Bart und sah mich lüstern an.

Ich versuchte, noch mehr zu trinken, aber meine Kehle war wie zugeschnürt.

Sie taxierten uns mit raubtierartigen Blicken, während sie langsam an ihren Drinks nippten. Wir waren nichts weiter als Fleisch, lediglich zu ihrer Unterhaltung hier.

Der Richter winkte Billy zu sich. Billy sah uns an, die nackte Furcht in seinen Augen war nicht zu verkennen.

»Komm schon! Komm hierher. Ich hab etwas für dich.« Der Richter nahm eine Schale mit Süßigkeiten vom Tisch neben seinem Hammer und hielt sie ihm hin. »Die magst du doch sicher, oder?«

Billys Augen leuchteten auf. Er lief auf die ausgestreckte Schüssel zu, aber der Richter zog sie ihm unter der Nase weg, bevor sich Billy etwas nehmen konnte. Sehnsüchtig starrte Billy die Schüssel an, wobei er nicht bemerkte, dass der Blick des

Mannes mit einer anderen Art von Hunger über Billys Körper strich.

»Hier, nimm sie.« Der Richter drückte Billy die Schüssel in die Hand. Dieser schaufelte sich die Süßigkeiten so schnell in den Mund, dass er nichts anderes bemerkte.

»Du«, der Polizist deutete auf Dave. »Komm her und setz dich zu mir.« Er klopfte auf den Platz neben sich. Dave trat mit steifen Schultern und gesenktem Blick auf ihn zu.

Der bärtige Mann entschied sich für mich. »Ich *liebe* Feen«, säuselte er, was die anderen Männer haltlos kichern ließ.

Der alte Mann wählte Sean. Und der Mann mit der Brille Trevor.

Uns wurden noch weitere Getränke in unsere kleinen Hände gedrückt, außerdem reichte man uns seltsam riechende Zigaretten, an denen wir ziehen sollten. Ich hustete und keuchte durch den Rauch; die Männer lachten und scherzten miteinander.

Wir sollten uns entsprechend den Kostümen verhalten, die wir trugen. Sean tat so, als wäre er im Dschungel, und der Richter wies ihn an, wie Tarzan zu brüllen, aber wir hatten keine Ahnung, wer Tarzan war, was uns irgendwie auch witzig vorkam. Ich wurde instruiert, auf Zehenspitzen durch den Raum zu tänzeln.

Als Trevor an der Reihe war, konnte er kaum noch stehen, so benommen war er vom Alkohol und dem Zeug zum Rauchen – damals wussten wir nicht, was Marihuana war. Er stand vom Sofa auf, taumelte zu Boden und blieb dann dort mit geschlossenen Augen liegen. Der Mann mit der Brille sagte etwas zu dem anderen Mann, das ich nicht mehr verstehen konnte. Ich war müde, der Raum drehte sich um mich, nichts war mehr lustig. Alles war verschwommen und schief. Am Rand meines Blickfelds wurde es langsam schwarz. Und plötzlich war der Raum leer, abgesehen von dem bärtigen Mann, der meine Hand nahm und mich in ein großes Schlafzimmer führte.

Es gab Lichtblitze sowie das Klicken einer Kamera, und meine Lider waren schwer. So schwer.

Dann hörte er auf, mit der Kamera zu spielen, und begann sein neues Spiel.

Kapitel 15

Maya

»Hey, Maya.« Leicht lächelnd öffnete Ava mir die Tür.

Ich versuchte, ebenfalls zu lächeln, aber mein Mund spielte nicht mit.

Sie zog mich in eine Umarmung. »Wie geht's dir? Oder ist das wieder eine dumme Frage?«

Ich atmete ihr vertrautes Parfüm ein. Drückte sie fest an mich und ließ nicht los.

»Sei nicht so lieb zu mir«, sagte ich schließlich. »Wenn du lieb bist, breche ich gleich wieder zusammen.«

»Okay, ich werde total fies sein.« Sie trat einen Schritt zurück und musterte mich mit besorgtem Blick. »Möchtest du ein Glas Wein?«

Ich nickte.

»Dann hol es dir selbst.« Sie funkelte mich gespielt böse an.

Trotz allem musste ich grinsen. »Hast du Jackson schon ins Bett gebracht?«

»Ja.«

»Kann ich zu ihm?«

»Natürlich. Aber weck ihn nicht auf – er ist im Augenblick schlecht gelaunt. Es dauert ewig, bis er einschläft.«

Ich schlich die Treppe zu Jacksons Kinderzimmer hoch, das in einem warmen Gelb gestrichen war. Er lag auf dem Rücken, seine Brust hob und senkte sich leicht, die vollen Lippen waren leicht geöffnet und seine Wimpern flatterten gegen seine zarte, cremige Haut. Ich küsste ihn auf die Wange, atmete das verführerische Aroma von sauberem Baby und Puder ein. Ich verspürte eine überwältigende Liebe für diesen wunderschönen kleinen Jungen.

Als ich nach unten in das Wohnzimmer kam, saß Ava im Schneidersitz auf dem Sofa und nippte an einem Glas Wein. Eine geöffnete Flasche chilenischer Rotwein stand auf dem Couchtisch, daneben ein leeres Glas.

»Ich trinke nur das eine, weil ich noch stille, aber trink du ruhig die restliche Flasche, wenn du magst. Du könntest heute Nacht hierbleiben.«

»Vielleicht.« Ich wollte noch immer in Jamies Haus sein, damit ich seine Präsenz ganz nahe bei mir spüren konnte. Vielleicht war das dumm, aber so fühlte ich mich nun einmal. Ich goss mir ein Glas ein und setzte mich neben sie.

»Also.« Sie drehte sich, um mich anzusehen. »Was hattest du in London zu schaffen?«

Ich zögerte einen Augenblick, rieb mit einem Finger über die Rundung des Glases und fragte mich, was ich erzählen sollte. Ich wusste ja selbst nicht, was los war. Was los *gewesen* war. Würde es verrückt klingen? Lächerlich?

»Was ist denn?« Sie legte mir eine Hand auf den Arm.

Ich trank einen großen Schluck Wein. »Ich glaube, irgendetwas ist seltsam an Jamies Tod.«

»Inwiefern seltsam?«

Ich berichtete ihr von Jamies gelöschtem Laptop. Den seltsamen Dingen im Haus, die nicht an Ort und Stelle gestanden hatten. Dem Zigarettengeruch an jenem Tag und dann wieder in Jamies Auto. Dass ein paar Dinge fehlten, wie die Handyrechnungen der letzten drei Monate sowie sein Handy und die Jacke. »Und sieh mal.« Ich hielt ihr meine Hand hin, um ihr den Ring zu zeigen. »Den hat er für mich gekauft. Vor ungefähr sechs Monaten waren wir in der Stadt und haben in das Schaufenster eines Juweliers geschaut. Er hat mir Fragen darüber gestellt, was mir gefällt. Als ich dann seine Sachen durchgegangen bin, habe ich den Ring in seinem Nachttisch gefunden. In seiner Brieftasche war eine Quittung dafür, die vor vier Monaten ausgestellt worden war. Ich bin mir *sicher*, dass er mir an unserem Jahrestag einen Antrag machen wollte. Er hatte gesagt, er wollte mich etwas Wichtiges fragen. Er hat mir an jenem Morgen vor dem Gehen versprochen, dass wir später noch alle Zeit der Welt hätten. Warum würde er so etwas sagen? Warum war er kurz davor, mir einen Antrag zu machen, wenn er sich selbst umbringen wollte? Warum hätte er diesen Ring kaufen sollen?« Ich sah auf und registrierte ihren Blick. Einen Blick, der weich wurde und genau derselbe war, mit dem mich Tony angesehen hatte. Voller Mitgefühl und Mitleid. Ich war diesen Blick so leid.

»Oh, Liebes, für den Laptop könnte es völlig vernünftige Gründe geben. Er könnte einen Virus gehabt haben und Jamie hat ihn vielleicht selbst gelöscht, um ihn zu reparieren. Schließlich war er ein IT-Experte. Und wenn Jamie nicht mehr richtig bei sich war, bevor er in den Wald gefahren ist, ist er vielleicht noch mal ins Haus gekommen und hat diese Dinge selbst verschoben.« Sie schaute mich besorgt an. »Und du weißt nicht, ob das ein Verlobungsring war. Vielleicht sollte es ein Geburtstagsgeschenk für dich sein. Dein Geburtstag ist doch in drei Monaten.«

Ich starrte auf den Ring. »Nein, ich bin mir sicher, dass es ein Verlobungsring sein sollte. Also warum, Ava? Man kauft doch nicht so etwas und bringt sich dann selbst um, oder?«

»Ich habe jetzt schon Jacksons Geburtstagsgeschenke beisammen und sein Geburtstag ist erst in einigen Monaten. Jamie war ein organisierter Mensch. Als er ihn gekauft hat, wofür auch immer, hat er vermutlich nicht daran gedacht, seinem Leben ein Ende zu setzen.«

Ich drehte den Ring auf meinem Finger erst in die eine, dann in die andere Richtung. »Aber warum hat er dann an jenem Tag so glücklich gewirkt? Wenn er das tun wollte, wäre er doch aufgebracht und traurig gewesen, oder?«

Sie dachte einen Augenblick darüber nach und entgegnete dann sanft: »Es ist möglich, dass er glücklich war, weil er sich entschieden hatte und es eine Erleichterung für ihn war. Du hast mir selbst erzählt, dass Tony herausgefunden hat, dass Jamie früher an Depressionen gelitten hat.«

»Das ist Jahre her!«

Sie trank noch einen Schluck Wein und musterte mich mit besorgtem Stirnrunzeln. »Erinnerst du dich noch, als ich an der Uni war und einer meiner Freunde dort sich selbst umgebracht hat?«

»Nur vage.«

»Man wäre nie auf den Gedanken gekommen, dass das passieren könnte. Er war immer der Lebendige, der Witzige, der Laute. Ständig zu Scherzen aufgelegt. Er war am Abend zuvor auch noch im Pub mit uns. Ich hatte viel Spaß mit ihm, wie üblich, und am nächsten Tag wurde er gefunden, nachdem er eine Überdosis Beruhigungsmittel genommen hatte.« Traurig schüttelte sie den Kopf. »Er wäre der letzte Mensch gewesen, von dem ich so etwas erwartet hätte. Was ich damit zu sagen versuche, ist, dass man nicht weiß, was im Kopf eines anderen vor sich geht. Das kann man nie wissen. Jamie war offensichtlich gut darin, vor dir zu verbergen, wie er sich gefühlt hat.«

Ich trank mein Glas Wein aus und schenkte mir ein weiteres ein, während ich mir ihre Worte durch den Kopf gehen ließ.

Suchte ich nach Dingen, die gar nicht da waren, weil ich die Wahrheit nicht akzeptieren wollte? Nicht glauben wollte, dass Jamie das mit Absicht getan hatte? Mich verlassen hatte?

»Ich habe eine Liste mit Namen und Adressen gefunden, die Jamie versteckt hatte. Und Paul hat gesagt, Jamie wäre nicht bei der Arbeit gewesen, aber trotzdem hat Jamie jeden Tag ganz normal das Haus verlassen. Deshalb war ich in London. Ich glaube, er war unterwegs, um die Leute auf dieser Liste zu treffen.« Ich erzählte ihr von Moses' Mum und dem besetzten Haus und dem Haus in Crompton Place.

»Vermutlich hat er sich von der Arbeit freigenommen, weil er versucht hat, Klarheit in seinem Kopf zu schaffen. Vielleicht brauchte er Zeit, um über die Dinge nachzudenken, bevor er …« Sie brach ab und biss sich auf die Lippe. »Du weißt nicht einmal, ob Jamie Moses' Mum wirklich aufsuchen wollte. Und woher weißt du, ob das Mädchen aus dem besetzten Haus dir überhaupt die Wahrheit erzählt hat? Für ein paar Scheine hätte sie wahrscheinlich alles gesagt.«

Ich trank noch einen Schluck Wein und ließ ihn in meinem Mund kreisen. »Vielleicht, aber warum hatte er überhaupt Name und Adresse von jemandem, der in einem besetzten Haus wohnt? Oder den Namen eines Jungen, der seit dreißig Jahren vermisst wird? Warum sollten die anderen Namen und Adressen darauf stehen? Das ist wichtig, da bin ich mir sicher.«

»Diese Liste könnte schon alt sein. Du weißt nicht, wann Jamie sie dort versteckt hat. Vielleicht hatte es etwas mit der Arbeit zu tun. Leute, die Software von seiner Firma gekauft hatten, oder vielleicht war es eine Liste für seine Kollegen oder so etwas. Vielleicht kannten sie sich aus der Armee.«

»Das Mädchen aus dem besetzten Haus hat gemeint, sie glaube nicht, dass Billy je in der Armee war.«

Sie hob die Augenbrauen, um anzudeuten, dass ich ihr wohl nicht zugehört hatte. »Na ja, vielleicht hat Jamie sie ja gekannt, als sie noch Kinder waren, wie du gesagt hast. Vielleicht sind sie alle zusammen zur Schule gegangen.«

»Aber warum sollte er jetzt nach ihnen suchen, nach all dieser Zeit, wenn er sie doch nie vorher erwähnt hatte? Und findest du es nicht verdächtig, dass, wenn sie sich vor all diesen Jahren gekannt haben, einer verschwunden ist und zwei Selbstmord begangen haben?«

»Ich denke, das ist sehr tragisch, aber Moses ist vor dreißig Jahren verschwunden und Billy hat vor einem Jahr Selbstmord begangen, wenn du der Geschichte dieses Mädchens Glauben schenken willst, also sehe ich da keinen Zusammenhang. Und ich denke auch, dass du zu viel in die Sache hineininterpretierst, einen Grund suchst, um das zu rechtfertigen, was Jamie getan hat – was ganz normal ist, wenn sich jemand umbringt, den man liebt. Aber das ist nicht gesund. Du wirst nur verrückt werden, wenn du weiter darüber nachdenkst, weil du vermutlich niemals einen Grund finden wirst, um es vor dir selbst zu rechtfertigen. Er war ganz offensichtlich depressiv und hat nicht klar gedacht. Und du kannst seine Handlungen bis zu diesem Punkt nicht hinterfragen. Du wirst niemals genau wissen, warum er das getan hat, was er getan hat, und es wird dich nur aufbringen und aufregen, noch mehr, als du es bereits bist. Das Wichtigste, worauf du dich jetzt konzentrieren solltest, ist zu versuchen, mit der Trauer umzugehen, damit du irgendwann weitermachen kannst.« Sie strich mir über das Haar. »Ich weiß, es fällt dir schwer, vor dir selbst zuzugeben, dass er es getan hat, aber Verleugnung ist eine ganz normale Phase der Trauer. Warum redest du nicht mit jemandem? Ruf doch einen der Berater aus den Broschüren an, die Tony dir gegeben hat.«

»Ich will mit niemandem reden«, murmelte ich und trank noch etwas Wein. Reden würde ihn nicht zurückbringen. Würde die Tatsache nicht ändern, dass es ein riesiges klaffendes Loch in meinem Leben gab. Ich war innerlich in eine Million

Stückchen zerrissen worden, die ich niemals wieder zusammenfügen konnte.

»Es könnte helfen.«

»Nein!«

»Okay, beruhig dich, ist schon in Ordnung.«

»Ich bin ruhig, verdammt noch mal!«, sagte ich mit einer knirschenden Stimme, die ich selbst nicht wiedererkannte.

Sie lächelte sanft, unbeeindruckt von meinem Fauchen. »Du kannst das auch später noch machen, falls du deine Meinung änderst.« Sie ließ die Hand sinken.

Ein Nerv zuckte an meinem rechten Augenrand. Ich drückte meine Fingerspitze dagegen.

»Für die Beerdigung ist alles vorbereitet, du musst dir also um nichts Gedanken machen.«

Du musst dir um nichts Gedanken machen? Am liebsten wäre ich in ein bitteres, hysterisches Lachen ausgebrochen.

Aus dem Augenwinkel merkte ich, wie sie mich beobachtete, während ich mir mehr Wein eingoss. Die halbe Flasche war bereits leer und ich würde sie komplett austrinken, um wenigstens einmal nicht mehr nachdenken zu müssen. »Danke. Ich glaube nicht, dass ich mich dazu hätte durchringen können.«

»Du musst mir nicht danken. Wofür sind denn Schwestern da?«

»Ich weiß nicht, wie ich das alles durchstehen soll.« Wieder brannten Tränen hinter meinen Augen. »Ich bin noch nicht bereit, ihm Lebewohl zu sagen. Ich will nicht sehen, wie sein Sarg in die Erde gelassen wird.«

Sie stellte ihr Weinglas auf dem Tisch ab, rutschte näher zu mir und lehnte ihren Kopf an meinen. »Ich weiß. Es wird leichter werden. Irgendwann wird es das.«

Aber ich wollte nicht, dass es leichter wurde. Wenn es leichter wurde, würde das bedeuten, ich hätte ihn vergessen, und ich wollte nicht vergessen. So unerklärlich es auch war, ich wollte dieses Gefühl des scharfen Schmerzes in meinem Herzen weiter in mir tragen. Irgendwie brachte es mich ihm näher, als wären wir noch immer miteinander verbunden.

Jacksons Weinen drang durch das Babyfon auf dem Boden in der Zimmerecke. Ava stand auf. »Ich sollte nach ihm sehen. Danach bestellen wir uns etwas zu essen, ja? Worauf hast du Lust?«

Beim Gedanken an Essen drehte sich mir der Magen um. Ich brauchte kein Essen. Ich brauchte nur noch mehr Wein. »Mir egal. Entscheide du.«

Als Ava das Zimmer verlassen hatte, klingelte mein Handy in der Tasche. Ich holte es heraus und sah auf dem Bildschirm, dass es die Nummer von Mum und Dad war. Einen Augenblick zögerte ich, bevor ich abnahm.

»Oh, hallo, Schatz. Wie geht es dir?«, fragte sie.

Ich wünschte, die Leute würden aufhören, mich das zu fragen. Mir geht es verdammt scheiße. Was glaubt ihr denn? Ich will Jamie zurück! Ich will unser Leben wiederhaben!

Ich gab die Standardantwort. »Ganz okay. Wie geht es Dad?«

»Oh, er hat eine Infektion und ziemliche Schmerzen. Aber im Augenblick nimmt er Antibiotika, die anzuschlagen scheinen. Die Ärzte glauben, dass er bald wieder in Ordnung ist.«

»Oh nein, tut mir leid, das zu hören. Richte ihm liebe Grüße von mir aus.«

»Werde ich.«

»Und wie geht's dir?«

»Alles in Ordnung. Nur ein paar kleinere Gebrechen. Die Freuden des Altwerdens. Aber die Sonne wirkt wirklich Wunder bei meiner Arthritis, also darf ich mich nicht beschweren.« Sie seufzte und klang plötzlich alt. »Isst du auch vernünftig?«

»Ja«, log ich.

»Hast du etwas Schlaf bekommen?«

»Ja.« Eine weitere Lüge.

»Hat Ava mit dir darüber geredet, dass du mit jemandem sprechen solltest? Einem Therapeuten? Wir haben uns unterhalten und glauben, dass es eine gute Idee ist.«

Ärger stieg in mir auf. Ich wollte nicht, dass man über mich redete, als wäre ich ein kleines Kind, das sich nicht um sich selbst kümmern konnte. Aber dann schluckte ich ihn herunter. Sie versuchten nur, mir zu helfen. Das Problem war bloß, dass sie es nicht konnten. Niemand konnte es.

»Ja, vielleicht mache ich das«, antwortete ich, damit sie nicht weiter davon sprach.

»Gut. Wir glauben, dass dir das guttun wird.«

»Mhm.« Das Zimmer drehte sich leicht, während ich meine Mutter ausblendete. Ich wollte mir keine nutzlosen Worte anhören, die keinen Unterschied machten.

»Maya? Bist du noch da?«, fragte Mum etwas später.

»Was? Ja, ich bin da.«

»Oh, ich dachte, die Verbindung wäre getrennt worden. Jedenfalls hab ich gerade gesagt, dass Ava mir erzählt hat, für die Beerdigung wäre alles vorbereitet. Ihr haltet die Totenwache in ihrem Haus ab, nicht wahr?«

»Ja. Ich will keine Leute im Haus. Noch nicht. Es käme mir falsch vor.«

»Ich glaube, das ist eine gute Idee. Deine Freundinnen Lynn und Becca werden mit dem Essen und den anderen Dingen helfen. Und Craig ist dann auch zurück.«

»Ja. Das hat mir Ava gestern erzählt.« Ich hatte noch kein Wort mit Lynn und Becca gesprochen, seit die Sache passiert war. Ich wollte einfach nicht mit den Fragen und dem Mitgefühl und dem bedeutungslosen Geplauder konfrontiert werden, das doch nichts lösen konnte. Sie konnten nicht verstehen, was ich durchmachte. Und ich vertraute mir selbst nicht genug, dass ich nicht zusammenbrechen oder irgendeinen bösen oder giftigen Kommentar von mir geben würde.

»Und Ava hat gemeint, dass auch Leute von Jamies Arbeit kommen.«

»Ja. Ich war nicht in der Lage, Kontakt zu seinen alten Kameraden von der Armee aufzunehmen – ich habe keine Nummern von ihnen gefunden.« Ich starrte die mittlerweile leere Weinflasche an. Wie war denn das passiert? Ich ging in die Küche, wühlte in Avas Weinschrank herum und zog eine weitere Flasche heraus. Ich balancierte das Telefon zwischen Halsbeuge und Ohr, während ich den Korken herauszog. Mum redete weiter, aber ich hörte nicht zu. Stattdessen sonderte ich nur ab und zu ein Ja oder Nein ab.

»Na gut, ruf mich an, wenn du sprechen willst, ja? Wann immer du magst, die Zeit spielt keine Rolle. Ich schlafe in letzter Zeit sowieso nur wenig.«

Erschöpft lehnte ich mich auf dem Sofa zurück, schloss die Augen und steuerte noch ein Ja bei.

Kapitel 16

Jamie

Am nächsten Morgen erwachte ich in demselben Schlafzimmer. Mein gesamter Körper pochte, brannte und schmerzte. Es dauerte eine Weile, bis meine Augen sich auf das Zimmer konzentrieren konnten, doch das Dröhnen in meinem Kopf erschwerte mir das Sehen. Das einzig Gute an der Situation war, dass ich allein war.

Als ich mich aufsetzte, überrollte mich eine Welle von Schwindel und Übelkeit. Ich ließ den Kopf auf die Hände sinken, um dem Drehen Einhalt zu gebieten. Neben dem Bett stand ein Glas Wasser; gierig trank ich es innerhalb von Sekunden aus. Ich war nackt und hatte am ganzen Körper blaue Flecken. Ich lauschte auf Geräusche im Haus, um zu erfahren, ob irgendjemand da war, konnte aber nichts hören. Meine eigenen Sachen lagen auf einem Stuhl neben dem Bett. Ich zog mich langsam an, wobei ich selbst bei der Berührung des Stoffs auf meiner wunden Haut zusammenzuckte.

Ich ging zur Tür, doch die war verschlossen. Ich trat ans Fenster und hob die dicken rotgoldenen Vorhänge an. Ich blickte in einen riesigen rückwärtigen Garten, der durch hohe Bäume und Wände völlig abgeschirmt von sämtlichen Nachbarn war. Ich versuchte, das Fenster zu öffnen, aber es gab nicht nach. Irgendeine Art von Schloss war daran befestigt. Aber was konnte ich schon tun, selbst wenn es sich öffnen ließe? Wo würde ich hingehen? Wem sollte ich davon erzählen?

Auf einem Tisch in der Ecke erblickte ich ein gerahmtes Foto des dicken Mannes in derselben Richterrobe. Er stand neben einem wichtig aussehenden Paar und nahm irgendeine Auszeichnung entgegen. Mir wurde plötzlich klar, dass die Kostümierungen der Männer gar keine Verkleidungen waren. Einer von ihnen war tatsächlich Richter und einer Polizist. Gott allein wusste, wer die anderen waren. Man würde mir nicht erlauben, darüber zu reden. Und mir würde sowieso niemand glauben.

Das Geräusch eines sich im Schloss drehenden Schlüssels erschreckte mich halb zu Tode.

Bitte, nicht noch mal. Bitte, lass mich in Ruhe.

Die Tür schwang auf. Barker stand mit einem gut gelaunten Lächeln da. »Na, dann komm.« Er schwenkte den Kopf in Richtung Korridor. »Lass uns gehen.«

Behutsam stand ich auf und folgte ihm zur Vordertür, an der Trevor, Billy, Dave und Sean schweigend warteten, die Köpfe tief gesenkt, ebenso bleich und verwundet und hoffnungslos aussehend, wie ich mich fühlte.

Wir sprachen untereinander nie darüber. Wir sahen nur die blauen Flecken bei den anderen, als wir uns an jenem Abend auszogen. Bemerkten den gehetzten Blick in den Augen der anderen und schwiegen.

Ein paar Tage später waren wir während unserer freien Zeit draußen, als Dave ein silbernes Zigarettenetui aus seiner Tasche holte, auf dem vorn die Initialen *HS* eingraviert waren.

»Was haltet ihr davon?« Er hielt es uns entgegen. »Schätze, das könnte etwas wert sein. Das geht in meine Weglaufkasse.«

»Wo hast du das her?«, staunte Trevor und nahm Dave das Etui ab, um es genauer zu untersuchen.

»Hab's aus dem großen Haus mitgehen lassen.« Trotzig hob Dave das Kinn. »Da drin war so viel Zeugs, ich wette, denen fällt nicht mal auf, dass es fehlt.«

»Du läufst weg?«, fragte ich.

»Ja.«

»Sei doch nicht dumm«, spottete Trevor. »Wohin willst du denn? Es gibt keinen Ort, an den du kannst.«

Ich nickte, wünschte, ich wäre mutiger, um mit Dave mitzugehen, aber ich wusste, dass es sinnlos war. »Er hat recht. Es gibt keinen Ort, an den du kannst.«

Dave zuckte mit den Achseln. »Ich schlage mich auf den Straßen durch. Alles muss besser sein, als hier zu sein.«

»Du bist elf Jahre alt. Wie willst du auf der Straße überleben? Woher willst du Geld für Essen bekommen?«, forschte Trevor.

Sean starrte Dave aus glasigen Augen an.

»Ich werde es stehlen.«

»Sie werden dich finden«, prophezeite ich. »Sie werden dich wieder zurückbringen.«

»Zumindest werde ich es versuchen. Ihr seid alle jämmerlich! Ich habe es satt. Ich kann nicht noch fünf Jahre warten, bis ich sechzehn bin und die mich hier rauslassen.« Dave sprang mit geblähten Nasenflügeln und gerötetem Gesicht auf. Er lief zu seinem Lieblingsplatz unter den Bäumen, um allein zu sein.

♦ ♦ ♦

Unser Albtraum setzte sich fort und Dave lief nicht weg. Er wurde jedoch wütender und verbrachte mehr Zeit allein. Ich wurde noch introvertierter. Sean wurde noch ausdrucksloser.

Billy und Trevor wurden noch schreckhafter und zuckten bei jedem kleinen Geräusch zusammen. Scholes und Barker missbrauchten uns weiter und die Partys fanden jeden Freitagabend statt. Manchmal gab es »Sondergäste«, andere Männer mit denselben Gelüsten. Ein besonders sadistischer Kerl mit breitem Mund und dünner werdenden Haaren war bereits seit einigen Wochen anwesend und widmete sich abwechselnd mir, Sean und Trevor.

Eines Nachts an einem Samstag, nachdem er am Vorabend Billy mit aufs Zimmer genommen hatte, schlief ich in meinem Bett in Crossfield. Nach diesen Partys war ich am nächsten Tag meist so müde, dass die folgende Nacht die einzige war, in der ich wirklich tief schlief. Aber in jener Nacht erwachte ich plötzlich durch die vertraute Silhouette von Scholes, der in den Saal geschlichen kam. Seine Schritte ließen die Bodenbretter knirschen. Ich beobachtete ihn durch meine Wimpern hindurch und betete, dass nicht wieder ich an der Reihe sein würde. Mein Puls pochte in meinen Ohren. Meine Brust schnürte sich zusammen. Ich kämpfte darum, Luft zu holen.

Er trat an Billys Bett. Ich sah, wie er sich vorbeugte. Hörte Billy wimmern. Hörte Scholes flüstern: »Wenn du einen Mucks sagst, bring ich dich um.«

Ich presste mir die Hände auf die Ohren und hielt die Augen fest geschlossen. Irgendwie musste ich wieder eingeschlafen sein und wurde später durch Billys unterdrücktes Schluchzen geweckt.

Zumindest ist er zurückgekommen, dachte ich und erinnerte mich an all die Jungen, auf die das nicht zutraf. Ich versuchte, nicht an sie zu denken. Ich wusste mittlerweile nur zu gut, was im Keller passierte. Ich hörte Scholes Stimme in meinem Kopf, die mir sagte, dass es niemanden interessierte, was mit uns passierte, und dass sie alles mit uns machen könnten. Und er hatte recht.

Wieder sank ich in den Schlaf, nur um kurz darauf von Schreien aus dem Flur vor unserem Schlafsaal geweckt zu werden. Zusammen mit den anderen Jungen setzte ich mich im Bett auf.

»Hol ihn runter!«, rief Barker, seine Stimme höher als üblich und mit einem drängenden Unterton.

»Halt ihn fest«, schrie Scholes. »Ich löse das Laken.«

Ich schlich zur Tür und öffnete sie einen Spalt, konnte aber nichts sehen.

»Mach schon!«, brüllte Barker.

»Der Knoten ist zu fest. Ich versuch's ja!«, erwiderte Scholes.

Ich öffnete die Tür weiter und da sah ich Billy, der mit einem Laken um den Hals gewickelt vom Geländer hing. Sein geschundener Körper zuckte, er hatte Spucke vor dem Mund und seine Augen quollen heraus. Barker stand auf dem Treppenabsatz darunter und versuchte, Billy weiter nach oben zu halten, damit das Laken ihm nicht die Luft abschnürte. Scholes kämpfte mit dem Knoten, den Billy um das Geländer gebunden hatte, während er und Barker sich gegenseitig Dinge zuschrien.

Schließlich hatte Scholes Billy befreit, der schlaff in Barkers Arme fiel. Aus seinem Mund kam ein Röcheln, als er keuchend Luft holte.

»Ich bringe ihn auf die Krankenstation.« Barker eilte die Treppe herunter und verschwand außer Sichtweite.

Ich wünschte mir für Billy, er wäre tot. Zumindest wäre er damit all dem hier entkommen. Aber er kam vier Tage später mit einem Ring aus blauen Flecken auf seiner Haut zurück. Wochenlang sprach er kein Wort. Ich wusste nicht, ob das daran lag, dass ihn seine Kehle zu sehr schmerzte, oder weil es einfach nichts mehr zu sagen gab. Er konnte nicht mehr ertragen. Und die schreckliche Ironie daran war, dass die Männer, von denen er wegzukommen versucht hatte, diejenigen waren, die ihn gefunden und an seinem Erfolg gehindert hatten. Er versuchte nicht noch einmal, sich umzubringen.

Jedenfalls nicht damals.

Kapitel 17

Maya

Ich erwachte früh am nächsten Morgen auf dem Sofa in Avas Wohnzimmer mit einer Decke über mir und einem Kissen unter meinem Kopf. In meinem Kopf pochte es. Mein Magen knurrte laut. Hatte ich gestern Abend irgendetwas gegessen? Ich konnte mich nicht mehr daran erinnern.

Ich griff nach meinem Handy auf dem Couchtisch, um zu sehen, wie spät es war. Halb sechs. Ava würde schon bald mit Jackson aufstehen und ich wollte weg sein, bevor sie hier auftauchte. Ich hatte zu tun. Trotz Avas vernünftiger Erklärungen für das, was ich ihr erzählt hatte, konnte ich nicht einfach alles vergessen und mit meinem Leben weitermachen. Mein Gehirn weigerte sich, die Fragen rund um Jamies Tod einfach auf sich beruhen zu lassen.

Ich fuhr nach Hause, wobei ich mich benommen und schwach fühlte und mir leicht übel war. Ich musste etwas essen. Ich hielt an einer Tankstelle und steckte Brot, Erdnussbutter, Käse, Milch, Suppe und vier Flaschen Wein in den Einkaufskorb.

Der Asiate hinter der Kasse lachte, als er meine Einkäufe registrierte. »Veranstalten Sie zum Frühstück eine Party?« Er schwenkte eine Flasche Wein in meine Richtung.

Ich funkelte ihn nur an.

Er zuckte mit den Achseln und steckte sie in eine Tüte.

Als ich zurück zu meinem Wagen lief, riss die Tüte. Das ließ das Fass endgültig zum Überlaufen bringen.

Ich stieß einen lauten Schrei aus, beugte mich vor, stopfte alles wieder hinein und hielt den Riss dann fest zu, während ich zum Jeep marschierte. Als ich im Wagen saß, fing ich den Blick eines glatzköpfigen Mannes mit Tattoos auf, der gerade tankte und mich mitleidig anschaute.

Ich kam zu Hause an, schloss die Tür zu meinem leeren Heim auf und steckte zwei Scheiben Brot in den Toaster. Dann packte ich die restlichen Sachen aus. Ich starrte die Weinflasche an. War es wirklich noch zu früh, um mit dem Trinken weiterzumachen?

Stattdessen kochte ich Kaffee, mit drei gehäuften Teelöffeln Instantpulver und zwei Löffeln Zucker. Ich setzte mich an den Küchentisch und zwang mich, den mit einer dicken Schicht Erdnussbutter bestrichenen Toast zu kauen und herunterzuschlucken. Dabei starrte ich die ganze Zeit die Liste an, wohl wissend, dass sie etwas Wichtiges zu bedeuten hatte. Hatte das Mädchen in dem besetzten Haus gelogen? Oder hatte Jamie wirklich versucht, Billy zu besuchen, Neal nach ihm gefragt und über ein großes Haus gesprochen? Etwas, wegen dem Jamie Albträume gehabt hatte? Wusste Jamie etwas über Moses' Verschwinden? Und falls ja, wusste er sicherlich, dass Moses nie gefunden worden war. Oder hatte er versucht, Moses' Mum irgendetwas zu erzählen? War Jamie in irgendetwas Illegales verstrickt gewesen?

Es gab nur eine Möglichkeit, das herauszufinden, und die war, mich durch den Rest der Liste zu arbeiten.

Um 9 Uhr rief ich Paul Porter an.

»Hallo, hier ist Maya.«

»Oh, hallo.« Eine unangenehme Pause entstand, in der er vermutlich überlegte, was er sagen sollte. »Äh … Wie geht's Ihnen?«

Ich bin verwirrt. Wütend. Verzweifelt. Als wäre meine Welt zerbrochen. Such's dir aus. »Ja, ich …« Ich starrte die Liste an. »Ich wollte Sie etwas fragen.«

»Oh, na klar. Okay.«

»Woran hat Jamie gearbeitet, bevor er sich freigenommen hat?«

»Äh, lassen Sie mich kurz nachdenken. Moment.« Eine weitere Pause. »Er hat eine neue Software für Levenson Accounting entwickelt.«

»Wo haben die ihren Sitz?«

»In Bedfordshire.«

»Hat er Ihnen gesagt, dass er deswegen gestresst war?«

»Wegen des Projekts? Nein. Das war etwas, was er mit geschlossenen Augen hätte erledigen können. Wieso?«

Das war die Antwort, die ich erwartet hatte. Ich war mir mittlerweile ziemlich sicher, dass Jamie mich darüber angelogen hatte, dass die Arbeit der Grund für seine Albträume und sein Abgelenktsein gewesen sei. Ich ignorierte seine Frage und stellte selbst eine. »Ich habe ein paar Notizen gefunden, als ich seine Dinge durchgesehen habe, und wusste nicht, ob sie etwas mit der Arbeit zu tun haben. Sagen Ihnen diese Namen irgendetwas?« Ich las sie nacheinander von der Liste ab.

»Nicht aus dem Stegreif. Lassen Sie mich kurz mal in unserer Kundenliste nachschauen. Einen Augenblick.« Ich hörte das Klappern der Tastatur, als er sie alle überprüfte und immer wieder verneinte.

»Glauben Sie, das könnte wichtig sein?«, fragte er.

Ich dachte darüber nach, ihm das zu erzählen, was ich Ava erzählt hatte, aber er würde auch nur eine Möglichkeit finden, das Ganze auf logische, rationale Weise zu erklären. Außerdem, woher sollte ich wissen, ob ich ihm vertrauen konnte? Ich war ihm nur ein paarmal begegnet, und auch wenn er sehr nett schien, bohrte sich jetzt doch ein Gedanke in meinen Kopf. Was, wenn die Liste doch die Arbeit betraf? Wenn Jamie mit IT zu tun hatte, mit den Rechnern anderer Leute, hatte er vielleicht etwas auf dem Computer eines Kollegen oder einem Mitarbeiter ihrer Kunden gefunden? Irgendetwas, das mit Moses' Verschwinden im Zusammenhang stand? »Nein, ich bin mir sicher, es ist nichts. Trotzdem vielen Dank.«

»Ich sehe Sie dann bei der Beerdigung.«

Meine Kehle wurde eng. »Ja.«

»Falls Sie etwas brauchen, falls ich irgendetwas tun kann … Sie wissen schon, äh, rufen Sie einfach an«, sagte er in einer Stimme, die klar ausdrückte, dass er sehr hoffte, das würde nicht passieren.

Ich legte auf und starrte die nächste Adresse auf der Liste an. Enfield war nicht so weit weg. Ich würde vermutlich eine Stunde brauchen, um zu Sean Davidson zu gelangen. Dann kam mir eine Idee, die beweisen würde, ob Jamie wirklich all diese Leute aufgesucht hatte.

Ich stieg in den Jeep und sah die Historie der letzten Fahrten im Navi nach. Ich erwartete, dass es meinen Verdacht bestätigen würde, aber dem Bildschirm zufolge waren die einzigen registrierten Fahrten diejenigen, die ich gestern eingegeben hatte. Was hatte das zu bedeuten? Dass Jamie den Verlauf gelöscht hatte, genau wie seinen Laptop?

Ich fuhr durch den Verkehr der morgendlichen Rushhour, so vertieft in meine dunklen Gedanken, dass ich eine rote Ampel überfuhr und nur knapp einen Mini verfehlte, der auf die Hupe drückte. Als ich endlich vor einem Hochhaus mit heruntergekommenen Wohnungen hielt, hatte sich mein hämmernder Herzschlag wieder beruhigt. Ich parkte den Wagen neben einem verlassenen alten Fiesta mit eingedrücktem Kotflügel.

Ich stieg aus dem Wagen und fand die Aufzüge. Die Türen waren mit Graffitis besprüht und als ich auf den Knopf drückte, passierte nichts. Vermutlich besser so, dachte ich, und stieg die Treppe hoch in den siebten Stock. Dann ging ich den Außenbalkon entlang, der vor den Wohnungen verlief.

Nummer 28 hatte eine Wohnungstür, die wohl früher einmal weiß gewesen war, jetzt jedoch nur noch aus einem dreckigen Beige bestand. Neben der Tür befand sich ein kleines Fenster mit einem schmutzigen Netzvorhang. Ich zwang meine Beklommenheit zurück und klopfte.

Keine Reaktion.

Ich klopfte erneut, diesmal lauter.

Nichts.

Ich beugte mich vor und öffnete den Briefschlitz. »Hallo? Mr Davidson? Sind Sie da?« Das Stückchen, das ich vom engen Flur erkennen konnte, war dunkel. Es roch nach ranzigem Fett und Zigaretten. Ich stellte mich wieder gerade hin und klopfte noch einmal.

Als niemand kam, lehnte ich mich mit dem Rücken an die Tür. Ich konnte mir irgendwo ein Café suchen und es später noch einmal probieren. Nachdem ich das beschlossen hatte, wollte ich gerade gehen, als ich eine Frau mit brüchig aussehenden wasserstoffblonden Haaren und schwarzem Ansatz entdeckte, die mich aus dem Fenster der Wohnung neben der von Sean anschaute. Sie zeigte auf ihre Vordertür und verschwand dann für einen Augenblick, um sie zu öffnen.

»Suchen Sie Sean?«

»Ja.«

»Sind Sie vom Sozialamt?«

»Nein, ich bin … die Freundin eines Freunds.«

Sie stemmte eine Hand in ihre Hüfte. »Tja, sie haben ihn wieder ins Krankenhaus gebracht. Er befindet sich in der Kingfisher Unit.«

»Ist er krank?«

»Psychische Probleme.« Sie rollte mit den Augen. »Ich wünschte, sie würden ihn umquartieren. Ich habe das so satt. Er ist ständig mit einem Bein im Krankenhaus. Sie sollten ihn einfach dortbehalten. Ich beschwere mich immer wieder bei der Stadt, aber die machen nichts. Hier wohnen auch Kinder. Er ist eine Gefahr.«

»Was ist denn passiert?«

»Diesmal hat er sich verbarrikadiert und wollte nicht rauskommen. Seine Gemeindeschwester ist gekommen und Sean hat geschrien und gebrüllt, dass irgendwelche Leute ihn holen wollen.« Frustriert blies sie die Luft aus. »Mal ehrlich, er hat gebrüllt wie am Spieß. Mein kleines Mädchen konnte nicht schlafen! Er ist paranoid. Schizophren.«

»Oh, wie schrecklich.«

»Schrecklich für uns allerdings auch.« Sie schnalzte mit der Zunge.

»Wurde er zwangseingewiesen?«

»Nö. Letztendlich ist er freiwillig gegangen. Ich glaube, er bevorzugt das Krankenhaus, aber die lassen ihn immer wieder raus. Pflege in der Gemeinde, so nennen sie das. Dann vergisst er, seine Medikamente zu nehmen, und landet wieder drin. Ein Witz.«

»Erkennen Sie diesen Mann?« Ich holte ein Bild von Jamie aus meiner Brieftasche und zeigte es ihr. »Ich glaube, er hat Sean vor Kurzem besucht.«

Sie nahm es entgegen und kniff die Augen zusammen. »Moment. Ich muss meine Lesebrille holen.« Sie verschwand wieder in der Wohnung und ich sah mich um. Die Gegend war verlassen bis auf eine Gruppe Teenager, die sich an einem Ort aufhielten, der wohl als Spielplatz durchging, mit rostigen und verfallenden Schaukeln sowie einer kaputten Wippe. Sie kehrte mit einer Brille auf dem Ende ihres Nasenrückens zurück. »Tatsächlich, ja. Ich war gerade vom Einkaufen gekommen, da hab ich ihn auf der Schwelle mit Sean reden sehen. Das war kurz vor Seans neuestem Anfall. Bevor sie ihn ins Krankenhaus geschafft haben.« Sie gab es mir zurück.

»Okay, danke.«

Sie nickte in Richtung des Fotos. »Ist er auch so ein Verrückter? Nicht, dass ich Sean mit vielen Freunden gesehen hätte.« Sie neigte den Kopf. »Wo ich so darüber nachdenke, glaube ich nicht, dass ihn in den letzten Jahren mit Ausnahme der Gemeindeschwester jemand besucht hat.«

»Nein. Ganz und gar nicht.«

»Ich finde es unerhört, dass sie diese Leute einfach sich selbst überlassen, meinen Sie nicht auch? Die könnten doch unsere Sicherheit bedrohen! Das hört man schließlich immer wieder, dass solche Leute rauskommen und dann andere mit Macheten zerhacken. Wahrscheinlich ist er gefährlich!« Sie lehnte sich gegen den Türrahmen, jetzt so richtig in Fahrt. »Und wenn dann …«

»Also, danke für Ihre Hilfe«, unterbrach ich sie hastig und eilte zurück zum Wagen.

♦ ♦ ♦

Die Kingfisher Unit war ein separater Block an der Rückseite des Hauptkrankenhauskomplexes. Ich fragte die junge Frau an der Rezeption, ob ich Sean besuchen könnte. Sie schaute im Computer nach und wies mir dann die Richtung zur entsprechenden Station. Vor dem Eingang befand sich eine

Sprechanlage, über die ich mich anmelden musste, also drückte ich auf den Knopf und wiederholte meine Bitte.

Irgendwann kam ein großer, erschöpft aussehender Mann im Kittel eines Pflegers und öffnete die Sicherheitstür für mich.

»Sie wollen Sean Davidson sehen?«

»Ja, ist das möglich?«

»Sind Sie eine Freundin oder Verwandte?«

»Eine Freundin.« Die Lüge ging mir leicht von der Zunge. »Geht es ihm gut?«

»Er hat sich beruhigt und nimmt wieder seine Medikamente. Er befindet sich im Aufenthaltsraum. Folgen Sie mir.« Er führte mich vorbei an einigen Vierbettkabinen und Privatzimmern zu einer anderen Tür am Ende des Gangs. Der Aufenthaltsraum war ein helles, offenes Zimmer mit Aussicht auf das Gelände. Oben an der Wand war ein Fernseher angebracht und Plastikstühle standen herum. In einem Regal in der Ecke befanden sich Bücher, in der anderen Ecke ein großer Tisch. Nur eine Person hielt sich im Raum auf und saß mit dem Rücken zu uns, starrte aus dem Fenster und wackelte immer wieder mit den Knien auf und ab.

»Sean, du hast Besuch.« Der Pfleger stellte sich neben ihn und lächelte.

Sean starrte weiter aus dem Fenster.

»Sean? Eine Freundin von dir ist hier, um dich zu sehen.« Sean reagierte nicht, daher sagte der Pfleger zu mir: »Setzen Sie sich doch. Ich hole Ihnen beiden eine Tasse Tee.« Er verschwand durch die Tür.

Ich trat in Seans Blickfeld. Er war spindeldürr, die fahle Haut spannte sich über seine eingefallenen Wangen, seine Augen waren blutunterlaufen. »Hallo, Sean.«

Sein Kopf schnellte ruckartig zu mir herum, dann ebenso schnell zurück zum Fenster, um meinem Blick auszuweichen. »Ich kenne Sie nicht. Wer sind Sie? Was machen Sie hier? Sind

Sie mir gefolgt?« Als er sprach, fiel mir auf, dass die Zähne, die ihm noch geblieben waren, eine dunkelbraune Färbung aufwiesen.

»Nein«, antwortete ich sanft. »Wie geht es Ihnen?«, fragte ich, doch dann wurde mir klar, dass das dieselbe lächerliche Frage war, die die Leute mir ständig stellten.

Er sah mich auch weiterhin nicht an. »Was wollen Sie? Ich kenne Sie nicht. Ich kenne Sie nicht. Ich rede nicht mit der Polizei. Mund funktioniert nicht.« Seine Worte kamen in einem wirren Strom.

»Ich bin nicht von der Polizei.«

»Die anderen. Nicht die anderen.« Er wippte hektisch mit einem Bein auf und ab und kaute an seinen Fingern herum, an denen die Haut bereits rot und eingerissen war. »Ich hab's ihnen gesagt. Hab's ihnen gesagt.«

»Welche anderen?«

»Lassen Sie mich in Ruhe! Ich hab die Sterne nicht gesehen. Sie waren nicht draußen.« Er kratzte sich am Unterarm.

»Ich bin eine Freundin von Jamie. Jamie Taylor. Er hat Sie besucht, oder? Ihre Nachbarin hat ihn gesehen.« Ich zog einen Stuhl von der Wand in seine Richtung und setzte mich hin.

»Niemals! Da ist kein Gesicht.«

»Wie bitte?«

»Das Gesicht. Sie haben kein Gesicht. Sie starren einen aus diesen Augen an, aber sie haben kein Gesicht. Haben keine Seele.«

»Hören Sie, es tut mir sehr leid, Sie zu belästigen, aber Jamie ist tot, und ich …«

»Ich kenn Sie nicht. Ich kenn Sie nicht.« Er riss den Kopf herum, um mich anzuschauen, seine Augen vor Furcht weit aufgerissen. »Lassen Sie uns in Ruhe. Mund funktioniert nicht. Mund funktioniert nicht. Nichts für niemanden. Nichts für niemanden. Ich gehe nicht zurück!«

»Zurück wohin? Nach Hause?«

»Hau ab. Hau ab. Hau ab. Hau ab«, spie er in meine Richtung und wackelte noch schneller mit seinem Bein.

Ich schrak vor der Wut in seinen Worten zurück.

Er sprang auf und stürmte in dem Augenblick durch die Tür, als der Pfleger mit zwei Tassen Tee hereinkam.

Der Pfleger wirkte weder überrascht noch erschrocken. Ich vermutete, dass dies ein normaler Arbeitstag für ihn war. Er stellte den Tee ab und schenkte mir ein schmales Lächeln. »Manchmal ist es gut für die Patienten, Besuch zu bekommen. Es kann positiv zu ihrer Erholung beitragen, manchmal regt es sie aber auch zu sehr auf. Sie sollten vielleicht eine Weile warten, bevor Sie es erneut versuchen.« Er wies auf den Tee. »Sie können ihn gern noch trinken, bevor Sie gehen.«

»Danke, schon gut.«

Er zuckte mit den Achseln. »Dann bringe ich Sie raus.« Er begleitete mich durch den Korridor. Irgendjemand in einem der Zimmer schrie etwas über einen Wurm unter seiner Haut. Ich zuckte zusammen und warf dem Pfleger einen Blick von der Seite zu, aber er schien sich auf den Gang vor ihm zu konzentrieren.

Während ich zurück zum Wagen ging, hallten Seans Worte in meinem Kopf wider, und ich fragte mich, was sie zu bedeuten hatten. Wusste er etwas über Jamie oder war er nur verwirrt und wahnhaft?

KAPITEL 18

JAMIE

Sie kontrollierten jeden Aspekt unseres Lebens. Wir waren Spielzeug für sie. Objekte. Seelenlose Körper, die sie in ihrer Verworfenheit benutzen konnten. Furcht beherrschte jeden unserer wachen Momente. Selbst in unserem unruhigen Schlaf fanden wir keine Erleichterung. Wenn ich nicht mitten in der Nacht herausgeholt wurde, träumte ich davon, dass ich es wurde. Tagein, tagaus war es dasselbe. Ich hinterfragte nichts. Wehrte mich nicht. Zögerte nicht, die Dinge zu tun, die sie von mir wollten. Ich hatte am eigenen Leib erfahren, dass eine Verweigerung zu ernsten und furchtbaren Bestrafungen führte.

Die Männer im Großen Haus versuchten nicht, ihre Identität zu verbergen. Einige von ihnen sprachen ganz offen vor uns, nannten einander beim Namen, bezogen sich manchmal auf ihre Berufe. Sie hatten keine Furcht davor, erwischt zu werden. Warum sollten sie auch? Wie wir bereits beim ersten Mal herausgefunden hatten, war der Besitzer von 10 Crompton Place, der dicke Mann, ein Richter am Old Bailey. Später erfuhren wir, dass der Polizist ein leitender Beamter der benachbarten Polizei war. Der Bärtige war ein Unterhausabgeordneter. Der kleine Mann hatte mit Finanzen zu tun, er war Banker in der Stadt. Der Sadist war ebenfalls Unterhausabgeordneter, der mittlerweile für seinen abscheulichen Missbrauch und seine widerlichen Vorlieben belohnt worden und zum Kabinettsmitglied befördert worden war – und ausgerechnet zum neuen Familienminister! Über den Rest wussten wir noch nicht Bescheid, aber diese Leute hatten wichtige Positionen in der Gesellschaft inne. Sie waren die Elite. Hochrangige Menschen. So viel war klar. Sie konnten also völlig ungestraft alles tun, was sie wollten. Sie würden niemals erwischt und gezwungen werden, damit aufzuhören. Sie würden nicht für das bestraft werden, was sie taten. Sie waren unantastbar.

Manchmal waren auch andere Jungen mit uns im Großen Haus, die wir nicht kannten, und die Partys begannen immer gleich. Wir bekamen Alkohol zu trinken und mussten ihre Zigaretten rauchen. Manchmal gab es verschiedene Themen. In einer Nacht war ein Junge dabei, der aussah, als wäre er gerade erst acht oder neun Jahre alt. Er war bleich und sommersprossig, hatte riesige braune Augen und lockige Haare. Als wir den Wohnbereich betraten, trug er ein nietenbesetztes Hundehalsband mit einer Kette daran. Der Banker lief mit ihm durch das Zimmer und befahl ihm, sich wie ein Hund zu verhalten.

»Na los«, wies der Familienminister den Jungen an.

Er sah den Mann durch tränenbenetzte Wimpern an und wimmerte. Seine Augen waren vor Angst weit aufgerissen. »Ich will nach Hause. Bitte, ich will nur nach Hause zu meiner Mami.«

»Komm schon! Worauf wartest du?«, schnaubte der Familienminister.

Die anderen Männer lachten und spotteten und schlugen Dinge vor, die der Junge tun sollte. »Geh auf allen vieren und heb dein Bein wie ein Hund«, »Hechle wie ein Hund«, »Bell!«

Ich wendete den Blick ab, zog heftig an der Marihuana-Zigarette und kippte den Wodka herunter, während ich versuchte, die Übelkeit in meinem Magen und meinem Kopf sowie die Hand auf meiner Schulter zu ignorieren, die langsam über meinen Rücken weiter nach unten wanderte.

Durch sein tränenersticktes Keuchen tat der zitternde Junge mit ruckartigen, unkoordinierten Bewegungen, was von ihm verlangt wurde, während ein Fotoapparat herumgereicht wurde. Eine Polaroidkamera, die das Foto innerhalb weniger Sekunden ausspuckte. Der Richter hatte auch noch eine Videokamera dabei.

Wir versuchten, so schnell wir konnten betrunken zu werden, damit es uns weniger ausmachte. Unter Drogeneinfluss ließen sich Schmerz und Horror leichter ertragen.

Der Richter lachte hysterisch, während er den Jungen dabei filmte, wie der sich wie ein Hund verhielt. »Setzt ihm meine Perücke auf!«

Der Familienminister drückte sie auf den Kopf des Jungen und nahm ihm das Hundehalsband ab, während ihm Lachtränen über die Wangen liefen. »Steh auf, Junge!«

Der Junge schrie auf, seine Tränen fielen in dicken Tropfen auf den edlen, gemusterten Teppich. »Bitte n-nicht. Bitte zwingen Sie mich nicht dazu, b-bitte«, wimmerte er, seine Augen riesengroß.

»Steh auf!«

Der Junge rollte sich zu einer zitternden Kugel zusammen.

Tu es einfach. Du machst es nur noch schlimmer. Die warnenden Worte lagen mir auf der Zunge, aber ich schaute nur schweigend und hilflos zu, genau wie der Rest meiner Freunde.

Der Familienminister schnappte sich eine leere Whiskyflasche vom Tisch in der Ecke des Zimmers und ging auf den Jungen zu. »Halt ihn fest«, sagte er an den Banker gewandt.

Der Banker kniete sich auf den Rücken des Jungen und drückte seinen Kopf in den Teppich. Der Junge wehrte sich, weinte, flehte.

Ich drehte mich zur Tür, wollte fliehen, aber meine zitternden Beine waren wie erstarrt. Die Schreie des Jungen wurden lauter, waren aber gleichzeitig durch den Teppich gedämpft. Und dann stieß er einen gequälten Schrei aus und ich wusste, was passierte, da er das auch bereits mit mir und den anderen getan hatte. Mir drehte sich der Magen um. Ein Schwindel überkam mich, mir war, als würde ich schweben. Ich kauerte mich auf dem Boden zusammen, die Knie an den Körper gezogen, und vergrub mein Gesicht in meinen Schenkeln, drückte mir die Hände auf die Ohren, um alles auszublenden, aber dennoch konnte ich es weiterhin hören.

Nach und nach verstummten die Schreie und wurden ersetzt durch ein dumpfes Schlagen auf dem Boden. Unerklärlicherweise fühlte ich mich dazu gezwungen, wieder hinzuschauen. Der Junge lag flach auf dem Rücken und der Familienminister saß rittlings auf seiner Brust, einen dämonischen Ausdruck in den Augen. Er hatte seine Hände um die Kehle des Jungen gelegt, die Arme und Beine des Jungen klatschten auf den Teppich, Todesangst in jedem keuchenden Atemzug. Er kämpfte um sein Leben und seine Augen traten ihm aus den Höhlen, bevor sie schließlich zurück in seinen Kopf sanken und plötzlich leer aussahen, als sein gesamter Körper erschlaffte.

Ein Schrei sammelte sich in meiner Kehle, nicht fähig, sich zu lösen. Der Druck machte es mir beinahe unmöglich, Luft zu holen. Ein unkontrollierbares Zittern erschütterte jeden Muskel in meinem Körper. Ich presste meine Augenlider zusammen, drückte mir die Hände auf den Kopf und versuchte, meinen Schädel zu zerdrücken.

Versuchte, das wegzudrücken, was ich gesehen hatte.

Kapitel 19

Maya

Ich hatte noch zwei Namen und Adressen übrig und verstand bisher noch immer nicht, was Jamie getan hatte.

Trevor Carters Haus war eine moderne Doppelhaushälfte in einer großen Wohnsiedlung. Ein ungefähr achtzehn Jahre altes Mädchen öffnete auf mein Klopfen hin die Tür.

»Hallo. Könnte ich bitte mit Trevor Carter sprechen?«

Sofort drehte sie sich um und brüllte ins Hausinnere. »Mum! Da sucht schon wieder jemand nach diesem Trevor.«

Eine erschöpft wirkende ältere Frau kam zur Tür, während sie sich die Hände an einem Geschirrtuch abwischte, und die Jugendliche verschwand eilig.

»Sie suchen Trevor Carter?«

»Ja, wohnt er hier?«

Sie schüttelte den Kopf. »Nein, wir haben ihm das Haus vor ein paar Jahren abgekauft.«

»Haben Sie noch eine Nachsendeadresse von ihm?«

»Nein. Ich glaube, er ist nach Amerika gegangen.«

»Hat sonst noch jemand kürzlich hier nach ihm gesucht?«

»Ja. Vor ungefähr zehn Tagen war ein Mann hier.«

Ich zeigte ihr das Foto von Jamie. »War er das?«

Sie beugte sich vor und warf einen kurzen Blick darauf. »Genau. Ich hab ihm das Gleiche gesagt. Schuldet Trevor Ihnen Geld oder so etwas? Wir bekommen noch immer Post für ihn, aber ich lege sie einfach zurück in den Briefkasten und markiere sie als ›Nicht mehr wohnhaft unter dieser Adresse‹.«

»Nein, nichts dergleichen«, sagte ich und Enttäuschung machte sich in mir breit. »Trotzdem danke für Ihre Hilfe.«

Ich stieg wieder in den Jeep und gab die letzte Adresse in das Navi ein. Während ich fuhr, war mein einziger Gedanke: *Bitte lass mich jetzt irgendeine Art von Antwort finden.*

Das letzte Haus war ein großes Haus im Tudorstil auf einem ziemlich neuen Anwesen. Ein Ford Focus mit einem privaten Nummernschild AG1 parkte in der Kieseinfahrt. Ich klingelte und hinter der Tür ertönte ein Glockenspiel.

Das Gesicht einer älteren Frau erschien am Vorderfenster. Sie schaute mich einen Augenblick an, verschwand dann und öffnete die Tür.

»Kann ich Ihnen helfen?«

»Ich suche nach Dave Groom.«

Ihre Hand flog unwillkürlich zu ihrem Brustkorb. Die Muskeln in ihrem Hals hoben und senkten sich, als sie schwer schluckte. »Dave ist von uns gegangen.«

Ihre Worte hallten noch in meinen Ohren nach, während ich die Nachricht verarbeitete. »Äh … oh, wie schrecklich. Es tut mir so leid. Was … äh … ist denn passiert?«

Sie lugte kurz über ihre Schulter ins Haus, trat dann heraus und schloss die Tür hinter sich. »Es war ein Unfall mit Fahrerflucht. Die Beerdigung war erst gestern. Anita ist daher natürlich noch sehr aufgebracht. Sie empfängt im Augenblick niemanden.«

»Das ist schrecklich. Wann … ich meine, wann ist das passiert?« Sie nannte mir das Datum und ich rechnete zurück.

Der Unfall war einen Tag passiert, nachdem sich Jamie erhängt hatte. Ein schrecklicher Verdacht machte sich in mir breit. »Anita ist seine Frau?«

»Meine Tochter, ja.«

Ich starrte zu Boden, während alles um mich herum kurz verschwamm. »Die Polizei hat also niemanden gefunden, der für den Unfall verantwortlich ist?«

»Nein. Bisher haben sich auch noch keine Zeugen gemeldet.«

»Ähm … Ich glaube, mein Freund ist wegen irgendetwas zu Dave gekommen. Sein Name war Jamie Taylor. Jamie wurde einen Tag vor Daves Tod erhängt aufgefunden.«

»Ach herrje. Ihr Verlust tut mir auch sehr leid. Das ist so schrecklich. Waren die beiden Freunde?«

»Ja«, sagte ich, obwohl ich nicht die geringste Ahnung hatte, ob das der Wahrheit entsprach. »Dürfte ich Anita nur fragen, ob Jamie hergekommen ist, um Dave zu besuchen? Es ist wirklich wichtig. Ich versuche, herauszufinden …« Ich sah wieder zu ihr hoch. Ich wusste überhaupt nicht, *was* ich versuchte herauszufinden. Hatte keine Ahnung, in was zum Teufel Jamie verwickelt gewesen war. »Ähm … ich muss nur wissen, ob Jamie mit Dave gesprochen hat, bevor er gestorben ist. Und ob … ob Anita vielleicht weiß, worum es ging.«

Sie schürzte die Lippen. »Anita möchte niemanden sehen. Es tut mir auch leid, von Ihrem Freund zu hören, aber ich glaube, Anita ist derzeit nicht in der Verfassung, um mit Ihnen zu sprechen.« Sie trat wieder hinein und schloss langsam die Tür. »Ich fürchte, ich kann Ihnen nicht helfen.«

»Bitte!« Meine Stimme klang beinahe wie ein Aufschrei. »Könnten Sie sie wenigstens für mich fragen?« Ich suchte in meiner Tasche nach dem Foto von Jamie und reichte es ihr. »Das ist mein Freund. Könnten Sie Anita einfach nur fragen, ob er vor Kurzem hier war, um Dave zu sehen?«

Sie blickte auf das Foto in meiner ausgestreckten Hand; für einen Augenblick dachte ich, sie würde Nein sagen. Sie musterte mich und dann nahm sie das Foto an sich.

»Warten Sie eine Minute! Ich geh schnell rein und spreche mit ihr.« Sie schloss die Tür.

Ich wartete, wechselte von einem Fuß auf den anderen und kaute auf der Innenseite meiner Wange herum, während meine Gedanken rasten.

Fünf Minuten später kam sie wieder und gab mir das Foto zurück. »Tut mir leid, meine Liebe, aber Anita kennt Ihren Freund nicht.«

Ich nickte lediglich, weil ich nicht mehr wusste, was ich sonst noch fragen sollte. »Bitte richten Sie Anita mein Beileid aus.«

»Vielen Dank.« Sie schloss die Tür.

♦ ♦ ♦

Als ich nach Hause kam, schenkte ich mir als Allererstes ein großes Glas Wein ein. Ich saß am Küchentisch und starrte die Liste an. Das schien alles zu sein, was ich in letzter Zeit tat. Ich starrte und starrte, während ich trank, bis die Buchstaben auf der Seite verschwammen. Die ganze Zeit über versuchte ich, meine konfusen Gedanken zu ordnen. Was hatte das alles zu bedeuten und was hatte es mit Jamie zu tun?

10 Crompton Place, London
Moses Abraham, 16 Dean Street, London
Billy Pearce, 43 Scarborough Ave, London
Sean Davidson, Flat 28, Derby Towers, Enfield X
Trevor Carter, 2 Dalton Terrace, Surrey
Dave Groom, 91 Ridge Street, Watford X

Moses war vor dreißig Jahren verschwunden. Warum war Jamie an etwas interessiert, das vor so langer Zeit passiert war? Wenn ich dem Glauben schenken konnte, was das gepiercte Mädchen aus dem besetzten Haus gesagt hatte, hatte sich Billy vor einem Jahr umgebracht. Sean Davidson litt an einer psychischen Störung. Trevor Carter war angeblich in Amerika. Oder war er möglicherweise verschwunden, genau wie Moses? Und Dave Groom war am Tag nach Jamies Tod bei einem Unfall mit Fahrerflucht ums Leben gekommen. Stand das X für Leute, mit denen Jamie tatsächlich hatte sprechen können?

Ich hatte die Bestätigung von Seans Nachbarin, dass Jamie ihn besucht hatte, kurz bevor sich Sean in seiner Wohnung verbarrikadiert hatte. Aber was war mit Dave? Anita hatte das Foto offensichtlich nicht erkannt, aber Jamie könnte sich mit ihm getroffen haben, als Anita nicht da war. Oder stand das X für etwas völlig anderes? Der Mann, mit dem ich in 10 Crompton Place geredet hatte, hatte behauptet, Jamie wäre nicht dort gewesen, aber vielleicht hatte er aus irgendeinem Grund gelogen?

Wie passte das alles zusammen? Der einzige Fixpunkt war Jamie. Und die Gemeinsamkeit bestand in gestorbenen oder verschwundenen Leuten.

Mir lief eine Gänsehaut über den Rücken. Meine Gedanken wanderten zu Jamies Laptop, den im Haus verschobenen Dingen, dem Zigarettengeruch, den fehlenden Handyrechnungen und Jamies Handy, der fehlenden Navi-Historie, dem Verlobungsring, den Jamie gekauft hatte, Jamies Albträume über das Große Haus und die Worte des gepiercten Mädchens: *Er hat es das Große Haus genannt.*

Menschen, die sterben.

Ein Junge, der seit dreißig Jahren vermisst wird. Zwei Selbstmorde. Ein Unfall.

Ein tödlicher Unfall mit Fahrerflucht und ein Erhängen innerhalb von zwei aufeinanderfolgenden Tagen. Das war doch sicher zu viel des Zufalls.

Wir haben heute Abend noch alle Zeit der Welt.

Du wirst begeistert über das sein, was nach dem Abendessen kommt.

Und zu diesem Zeitpunkt war ich mir das erste Mal sicher, dass Jamie sich nicht selbst das Leben genommen hatte. Was immer Jamie vor seinem Tod getan hatte, hatte ihn das Leben gekostet. Nein, nicht das Leben gekostet.

Man hatte ihn ermordet.

Ich ließ das in meinem Kopf herumgeistern. Ein Stich durchfuhr mich. Wenn sich Jamie nicht selbst das Leben genommen hatte, war das die einzige Erklärung. Aber ein Mord, der wie ein Selbstmord aussehen sollte? Wer würde so etwas tun? Es klang lächerlich. Verrückt. Aber es war das Einzige, das für mich Sinn ergab.

Also, wer?

Dieselbe Art von Mensch, die ein Kind verschwinden lassen würde?

Jemand, der ein wichtiges Geheimnis bewahren musste. Vielleicht jemand, der wusste, was mit Moses passiert war, und nicht wollte, dass Jamie es herausfand.

Angst prickelte auf meiner Kopfhaut, als sich der Gedanke festsetzte.

Hatte Jamie nach all diesen Jahren etwas über Moses' Verschwinden herausgefunden?

Ich holte meinen Laptop in die Küche und schaltete ihn an. Dann führte ich eine Suche im Grundbuchamt nach 10 Crompton Place durch. Als Besitzer waren Mark und Elaine Bowyer geführt, sie hatten das Haus vor vier Jahren gekauft. Warum hatte Jamie keinen Namen neben dieser Adresse auf der Liste vermerkt, wie bei den anderen Adressen? Warum war diese Adresse unterstrichen? War 10 Crompton Place *das Große Haus*?

Ich googelte ihre Namen und fand Treffer für eine Website, die Ahnenforschungsdienste anbot, eine Erwähnung eines Mark Bowyer in einem Buch über Militärgeschichte und eine Facebook-Seite für Elaine Bowyer. Die Website schien nichts mit jemandem namens Bowyer zu tun zu haben, also klickte ich auf den Facebook-Link, aber die Frau war ein Teenager, nicht älter als vierzehn oder fünfzehn. Sie konnte nicht die Besitzerin des Hauses sein. Blieb nur noch das Buch über Militärgeschichte. Hatte Jamie aus irgendeinem Grund versucht, mit ein paar alten Freunden aus seiner Zeit bei der Armee in Kontakt zu treten? Das gepiercte Mädchen hatte gesagt, dass Billy nicht beim Militär gewesen sei, aber sie konnte sich geirrt haben. Oder gelogen haben. Aber wie passte Moses da rein? Ich klickte auf den Link des Buchs, der bezog sich jedoch auf ein Buch über den rhodesischen Buschkrieg zwischen 1964 und 1979, als Jamie noch ein Kind gewesen war. Ich schüttelte den Kopf. Das konnte sicher nichts mit Jamies Tod zu tun haben.

Ich wechselte zurück zum Grundbuchamt und überprüfte den früheren Besitzer von 10 Crompton Place, einen Mann namens Howard Sebastian. Ich googelte den Namen und fand heraus, dass die Familie Sebastian zu einer von Englands angesehensten Adelsfamilien gehörte, deren erbliche Titel bis ins fünfzehnte Jahrhundert zurückreichten und Herzogs- und Grafentitel einschlossen. Howard Sebastian war ein Nachfahre von Nicholas Sebastian, dem siebten Earl von Jersey. Auf einer anderen Website stand, dass Sir Howard Sebastian ein Richter am Obersten Gericht gewesen war, der bis zu seiner Pensionierung 1999 am Old Bailey gesessen hatte. Er war kurz vor dem Verkauf des Hauses an die Bowyers verstorben.

Ich massierte mir die verspannten Schultern, fragte mich, ob dieser Sebastian irgendeine Bedeutung hatte, und goss mir noch etwas Wein ein. Vor dem Fenster wurde es langsam dunkel. Ich schaltete das Licht an, stützte die Ellenbogen auf den Tisch und ließ den Kopf in die Hände sinken.

Sag es mir, Jamie. Was war los?

Ich hatte jetzt keinerlei Anhaltspunkte mehr. Keine Adressen, die ich noch überprüfen konnte. Keine weiteren Spuren, denen ich folgen konnte.

Welches Geheimnis Jamie auch immer vor mir verborgen gehalten hatte, es würde morgen zusammen mit ihm begraben werden.

Kapitel 20

Jamie

Eine Betreuerin namens Miss Davey, die uns gestattete, sie Rose zu nennen, arbeitete seit ungefähr drei Monaten in Crossfield. Freitags und Samstagmorgens hatte sie immer frei und wurde daher auch nie Zeugin davon, wie wir zum Großen Haus gefahren und zurückgebracht wurden. Aber sie war anders als Barker und Scholes und all die anderen. Abgesehen von der Tatsache, dass sie die erste Frau war, die in Crossfield arbeitete, war sie jünger und hatte ein warmes, sonniges Lächeln, das mich an Miss Percival erinnerte, die unsere Schule vor einer ganzen Weile nach der Geburt ihres Babys verlassen hatte. Rose sah uns nicht hasserfüllt an wie Scholes oder mit einer verdrehten Verdorbenheit, getarnt als künstliche Freundlichkeit, wie Barker. Oder mit der Gleichgültigkeit des anderen Personals, die, wenn sie kein Teil der Sache waren, doch einfach wegschauten.

Alle Jungen liebten Rose. Alle wollten mit ihr reden, in ihrer Nähe sein, ihre Hand halten. Insofern kämpften alle um ihre Aufmerksamkeit. Wenn sie für die Überwachung der Essenszeiten verantwortlich war, durften wir leise miteinander sprechen. Wenn sie in unserer freien Zeit mit uns draußen war, machte sie bei einigen unserer Spiele mit. Sie war ein Sonnenstrahl in unserem elenden Leben. Ich sah, wie sie Barker und Scholes vorsichtig beobachtete, und glaubte, sie hatte etwas gemerkt und Verdacht geschöpft, was deren dunkle, schmutzige Geheimnisse anging.

An einem Samstagnachmittag, als ihre Schicht begann, lag ich krank im Bett, weil mir übel war – eine Nachwirkung vom Alkohol und den Drogen, die ich bei der Party in der Nacht zuvor eingeflößt bekommen hatte. Es fühlte sich so an, als wäre auch meine Seele krank und würde jeden Tag ein kleines bisschen mehr sterben.

Sie betrat den Schlafsaal mit einer Suppentasse in der Hand und einem mitfühlenden Lächeln auf den Lippen. »Wie fühlst du dich, Herzchen?«

Mit zittrigen Armen hievte ich mich in eine sitzende Position. »Ich glaube, ich habe eine Magenverstimmung.«

Sie stellte die Tasse auf dem Boden ab und fühlte meine schweißnasse Stirn. »Du bist ganz heiß. Denkst du, du kannst etwas essen?«

Mein Blick fiel auf die Suppe und mir drehte sich der Magen um. Vielleicht könnte ich ja in Hungerstreik treten, einfach nie wieder etwas essen und langsam dahinsiechen. »Danach ist mir gerade gar nicht, tut mir leid.«

»Du musst dich nicht entschuldigen.« Sie schüttelte das dünne, harte Kissen hinter mir auf und bemerkte dabei einen großen blauen Fleck über meinem Ellbogen, wo mich die Männer in Position gehalten hatten. Sie hob den Ärmel meines T-Shirts an, um das Ganze genauer zu betrachten. Ihre Augen verzogen sich zu Schlitzen und sie schaute mich an. »Stimmt irgendetwas nicht, Jamie? Irgendetwas mit Mr Scholes oder Mr Barker?«

Ich blinzelte schnell und schüttelte den Kopf, sodass sich der Saal um mich drehte und mir erneut übel wurde.

Sie runzelte die Stirn und schürzte die Lippen. Dann spähte sie über ihre Schulter zu der geschlossenen Tür und blickte mich wieder an. »Ich glaube aber schon, Jamie. Irgendetwas stimmt hier nicht.«

Ich war nicht in der Lage, ihren Blick zu erwidern.

»Einige Kinder verschwinden ganz plötzlich, viel zu schnell, als dass sie eine Pflegefamilie gefunden haben oder ohne Benachrichtigung verlegt worden sein könnten. Einige Jungen haben zu viele blaue Flecken und Wunden, als dass das alles von normalen Raufereien stammen könnte.« Sie legte ihre Hand auf meine. »Wirst du geschlagen?«

Mir entfuhr ein unverständliches Geräusch, fast wie ein Quieken. Wenn es doch nur *das* wäre.

»Du kannst mir sagen, was los ist, Jamie. Ich kann dir helfen. Aber ich muss genau wissen, was passiert.«

Ich dachte an damals, als ich es Miss Percival erzählt hatte. Jetzt, wo alles noch viel schlimmer war, konnte ich es auf keinen Fall Rose berichten. Diesmal würde Scholes mich wirklich umbringen oder einer der anderen Männer auf den Partys.

Ich zupfte an der Decke herum, wagte es nicht, sie anzusehen. »Könnten Sie mich mit zu sich nach Hause nehmen?«

»Ach, Schätzchen, ich wünschte, das könnte ich.« Sie zog mich für eine Umarmung an sich.

Ich legte meinen Kopf auf ihre Schulter, presste die Augen zusammen, hielt sie ganz fest und wollte niemals wieder loslassen.

»Ich habe zwei eigene Kinder«, erklärte sie. »Ich würde dich gern mitnehmen, aber das geht nicht. Es tut mir so leid, Jamie.«

Natürlich konnte sie mich nirgendwohin bringen. Ich wusste in dem Augenblick, als ich es ausgesprochen hatte, dass es eine jämmerliche und lächerliche Idee war. »Es ist nichts los, Miss.«

Sie hielt mich eine Weile, streichelte mir über den Rücken und ließ mich dann wieder los, wobei sie ihre Hände auf meine Schultern legte und mir tief in die Augen schaute. »Bist du dir da absolut sicher?«

Ich nickte und griff nach meiner Suppe, um der Befragung ein Ende zu bereiten. »Ich glaube, ich kann jetzt ein bisschen davon essen.«

Sie öffnete den Mund, als wollte sie noch etwas äußern, entschied sich dann aber offensichtlich anders, tätschelte mir die Schulter und ging.

Während die Wochen verstrichen, wurde Rose immer wachsamer, was Barkers und Scholes' Umgang mit den anderen Jungen betraf. Wann immer wir allein waren, stellte sie mir dieselben Fragen. Ob es mir gut ginge? Ob irgendetwas los wäre? Ob sie uns körperlich misshandelten? Zuerst antwortete ich so, wie ich es gelernt hatte. »Alles ist okay. Hier ist gar nichts los.« Aber langsam begann ich ihr zu vertrauen. Ich sah anhand ihres Gesichtsausdrucks, wenn sie den Rest des Personals ansah, dass sie sie nicht mochte. Erkannte, dass sie einer der wenigen Menschen in der Einrichtung war, denen die Leute in ihrer Obhut auch wirklich wichtig waren. Konnte sie mir helfen? Diesmal war es anders als bei Miss Percival, denn Rose arbeitete tatsächlich hier. Sie vermutete bereits selbst, dass etwas vor sich ging, und sie kannte uns Jungen, sie wusste, wir würden nicht lügen.

»Ich kann dir nur helfen, wenn du mir genau berichtest, was sie tun«, sagte Rose eines Tages während der freien Zeit zu mir, als wir allein waren. Sie hielt meine Hand ganz fest. »Du kannst mir vertrauen, Jamie. Ich kann mich darum kümmern. Aber ich muss es wissen. Du musst es mir mitteilen.« Ich blickte über ihre Schulter und sah Barker mit einem Lächeln auf uns zukommen.

»Es ist nichts, Miss.« Ich entzog ihr meine Hand und ging weg.

Aber Rose ließ nicht locker und mit der Zeit war ich davon überzeugt, dass sie diejenige sein könnte, der ich von dem Horror hier und im Großen Haus erzählen könnte.

Der Tag, an dem ich endlich den Mut fand, ihr alles zu berichten, war ein Sonntag. Wir hatten unsere freie Zeit. Ich saß allein draußen im Gelände und wartete darauf, dass ihre Schicht begann. Meine Handflächen schwitzten, mein Herz raste und ich wagte kaum zu atmen.

Und ich wartete. Und wartete. Aber sie kam nicht. Sie war einfach verschwunden, ohne Lebewohl zu sagen. Ich sah sie nie wieder. Es war ihr wohl doch nicht wichtig genug gewesen.

Aber der verzweifelte Drang, es jemandem zu erzählen, hatte wieder von mir Besitz ergriffen und ließ sich nicht vertreiben. Er verzehrte mich. Ich war dreizehn. Wie sollte ich drei weitere Jahre hier drin überleben? Ich wusste jedoch einfach nicht, wie oder wer zuhören und wirklich helfen könnte. Aber ungefähr sechs Monate später wurden wir informiert, dass es eine Kinderheimkontrolle für Crossfield geben würde. Ich beschloss zu versuchen, es stattdessen dem Kontrolleur zu erzählen. Ich wusste nicht, ob der Kontrolleur mit uns allen einzeln reden würde oder ob wir die ganze Zeit von Barker und Scholes überwacht werden würden. Ich vermutete, dass es so sein würde, aber dann kam mir die Idee, dem Kontrolleur einen Brief zu schreiben. Vielleicht könnte ich ihn in seine Tasche stecken, wenn er vorbeikam. Vielleicht konnte ich ihn unter die Scheibenwischer seines Autos stecken. Ich würde den Brief anonym verfassen, sodass die Sache nicht auf mich zurückfallen konnte. Das war besser. Viel besser, als es jemandem von Angesicht zu Angesicht zu sagen. Wenn sie nicht wussten, dass ich es war, konnten sie mich nicht bestrafen und er müsste trotzdem etwas tun. Oder?

Ich verriet den anderen nichts davon. Ich konnte die negative Einstellung nicht ertragen, wenn sie mir erzählen würden, dass es nicht funktionieren würde, dass niemand zuhören würde, niemand etwas tun würde. Ich hatte es schon so oft gehört. Aber dennoch musste ich es versuchen. Genau wie Billy wusste ich nicht, wie viel mehr ich noch ertragen konnte.

Wir hatten alle zusätzlichen Putzdienst, bevor der Kontrolleur kam. Barker wollte, dass alles makellos war. Mir war zusammen mit Dave die Reinigung der Küche überantwortet worden. Während wir wischten, polierten und feudelten, spann Dave seine üblichen verrückten Ideen vom Weglaufen.

»Ich gehe in die Innenstadt von London«, flüsterte er, während er die stählernen Arbeitsplatten polierte. »Die ist riesig. Da wird mich niemand finden.«

Ich nickte und versuchte, ihn auszublenden, während ich den Boden fegte. Im Kopf versuchte ich noch, das zusammenzusetzen, was ich in den Brief schreiben wollte.

»Du könntest mitkommen.«

Ich fegte stärker und ignorierte ihn.

»Ich werde irgendwann einen Job finden und einen Ort, an dem ich bleiben kann.«

»Du bist dreizehn«, fauchte ich. »Wie willst du denn einen Job bekommen? Sobald die wissen, wer du bist, schicken sie dich auf direktem Weg zurück.« Mein Plan war viel besser.

»Dann lebe ich eben drei Jahre auf der Straße. Da können sie nichts mit mir machen, oder? Ich muss hier raus.«

Ich hörte auf zu fegen und stützte den Ellbogen auf den Besen. »Du redest schon seit Jahren davon, also entweder hältst du jetzt die Klappe oder du ziehst es endlich durch!« Ich spuckte die Worte geradezu aus. Ich wusste nicht, warum ich so wütend auf Dave war. Es war nicht seine Schuld, aber im Augenblick konnte ich es nicht ändern. Die Wut musste irgendwo hin, sonst würde sie mich verzehren. Mich in eine große, schwarze Leere ziehen.

Dave sah mich wütend an. »Kein Wunder, dass du immer die Fee bist. Du dummes kleines Mädchen!«

Etwas in mir explodierte und ich warf mich quer durch den Raum auf Dave. Wir wanden uns als Masse aus fliegenden Fäusten und tretenden Beinen auf dem harten Fliesenboden. Es währte nicht lange. Im nächsten Augenblick zerrte Scholes mich bereits von Dave herunter.

Er ergriff uns beide am Schlafittchen und hielt uns auseinander. Daves rechtes Auge schwoll bereits an. Meine Lippe war geplatzt und Blut tropfte auf meinen Pullover.

»Was treibt ihr denn da, ihr dreckigen Tiere!«, brüllte Scholes.

Ich lachte unkontrolliert auf. Ich war hier das Tier?

Scholes zog uns am Kragen hoch und zerrte uns dann an den Ohren durch den Korridor. Ich wurde in den Putzschrank gesperrt. Ich wusste nicht, wohin Dave gebracht wurde. Nur weil Scholes zu sehr damit beschäftigt war, alles für den Kontrolleur zu organisieren, schlug oder missbrauchte er uns nicht weiter.

Ich setzte mich im Dunkeln auf den Boden, wobei der Geruch der Bleiche an meiner Kehle und meinen Nasenflügeln kratzte. Verzweifelt versuchte ich, die richtigen Dinge zu finden, die ich in meinen Brief schreiben konnte. Ich würde es Scholes und Barker zeigen. Ich würde es diesem kranken Abschaum im Großen Haus zeigen. Irgendjemand *würde* kommen, wenn sie den Brief gelesen hatten. Irgendjemand *würde* etwas tun, um uns aus dieser Hölle zu holen.

Ein paar Stunden später zerrte Scholes mich am Ohr nach unten in den Gemeinschaftsraum, um dort den Boden zu wischen.

»Wenn ich auch nur einen Mucks von dir höre, verbringst du die Nacht im Keller«, drohte er, machte auf dem Absatz kehrt und überließ mich meiner Arbeit.

Ein paar Stunden später kam er zurück. Mit verschränkten Armen spazierte er durch den Raum und nahm den Boden genauestens in Augenschein. »Sieht immer noch dreckig aus.« Er trat gegen den Wassereimer, sodass der umfiel und das Dreckwasser über die frisch gereinigten Dielenbretter floss. »Mach's noch mal. Und heute kein Abendessen für dich.«

Ich brauchte noch weitere zwei Stunden. Die Glocke zum Abendessen ertönte, doch ich ignorierte das Knurren meines Magens. Wir hatten immer Hunger – es gab nie genug zu essen. Ich war mittlerweile an das Kneifen in meinem Bauch gewöhnt. Der quälende Hunger war die geringste meiner Sorgen. Ich wischte weiter und beobachtete durch das Fenster, wie die anderen Jungen nach draußen liefen, um ihre freie Zeit zu nutzen. Sorgfältig reinigte ich den Mopp und den Eimer, stellte sie zurück in die Putzkammer und schlich mich nach oben in den Schlafsaal.

Ich nahm mir eins meiner Schulhefte und riss hinten eine Seite heraus. Dann schrieb ich drauflos.

Ich hätte in jener Nacht gut schlafen sollen, denn niemand kam in unseren Saal, um jemanden mitzunehmen. Vielleicht waren sie zu sehr mit den letzten Vorbereitungen für die Kontrolle beschäftigt. Aber meine Gedanken rasten, während ich mir vorstellte, wie der Kontrolleur meinen Brief las. Seinen entsetzten Gesichtsausdruck, wenn er davon erfuhr, was in Crossfield vor sich ging. Wenn er von den Partys erfuhr, bei denen wir gesehen hatten, wie das Leben eines Jungen ohne Scham für ihre kranken Vergnügungen ausgelöscht wurde. Ich stellte mir vor, dass Leute kommen würden, um uns zu retten, wie sie das Haus stürmen und uns in Sicherheit bringen würden. Irgendwohin. Irgendwohin, nur nicht hierbleiben. An einen Ort, an dem uns jemand die Liebe und Aufmerksamkeit schenken würde, die wir brauchten. Wo unsere Mägen voll wären und der Missbrauch ein Ende hätte. Ein Brief war die einzige Möglichkeit, uns hier herauszuholen.

Am nächsten Morgen war ich angezogen, noch bevor die Glocke erklang. Unruhig saß ich auf meinem Bett und wartete auf die anderen, damit wir brav hintereinander die Treppe heruntergehen konnten. Ich zwang mich, den wässrigen Haferbrei zu schlucken. Es war schwierig, ihn durch meinen Hals zu zwängen, der vor Anspannung und Aufregung, dass wir dieses Haus des Horrors bald verlassen würden, wie zugeschnürt war. Doch wenn ich nicht aß, würde ich gezwungen werden, ihn vom Boden zu essen. Oder er würde zum Mittag- oder Abendessen wieder auf mich warten, erstarrt und fest, vermutlich mit einem von Scholes extra hinzugefügten Zigarettenstummel oder einem Stück Dreck oder Staub.

Als wir mit dem Frühstück fertig waren, hörten wir Geflüster, dass der Kontrolleur angekommen war und mit Barker in seinem Büro sprach. Scholes ließ uns das Frühstück abräumen und abwaschen. Er wies uns danach an, uns im Gemeinschaftsraum aufzustellen, wobei er uns mit zu Schlitzen verzogenen Augen hasserfüllt anstarrte. Das war das erste Mal, dass ich ihn nervös oder besorgt sah.

»Der Kontrolleur wird mit jedem von euch sprechen. Erzählt ihm ja brav, wie schön es hier ist und welches Glück ihr habt, hier zu sein. Jeden, der aus der Reihe tanzt, erwartet eine harte Strafe. Ich will nicht hören, dass ihr undankbares Gesindel irgendwelche Märchen quatscht!«

Schmetterlinge flatterten in meinem Magen, während ich mit dem Brief in meiner Tasche spielte. Wenn Scholes am Eingang zum Gemeinschaftsraum stand, würde er nicht sehen können, wie ich ihn in die Tasche des Kontrolleurs steckte.

Wie befohlen reihten wir uns auf. Ich musterte die Reihe entlang meine Freunde, die auf den Boden starrten. Mit einem strahlenden Lächeln riss Barker die Tür zum Gemeinschaftsraum auf, dicht gefolgt von einem anderen Mann.

Die Schmetterlinge verwandelten sich in Schlangen, die sich in meinen Gedärmen wanden und mich mit ihren giftigen Zähnen piesackten, als mich die grausame Erkenntnis traf.

Der Kontrolleur würde uns nicht helfen.

Der Kontrolleur war der grauhaarige alte Mann von Crompton Place.

Kapitel 21

Maya

In den wenigen Augenblicken, in denen ich tatsächlich einschlief, hatte ich immer wieder denselben Traum. Es war dunkel, nur der Vollmond leuchtete über der Landschaft. Ich war in irgendeinem Wald, rannte in der Finsternis, die Zweige kratzten über mein Nachthemd. Weit vor mir sah ich Jamie. Er schritt langsam zwischen den Bäumen entlang, als würde ihn nichts bekümmern. Ich rief nach ihm, aber er konnte mich nicht hören. Ich rief ihn erneut, flehte ihn an, er solle anhalten. Warten. Auf mich warten. Aber noch immer konnte er mich nicht hören. Ich rannte schneller, meine Haare peitschten mir ins Gesicht und scharfe Äste und Zweige bohrten sich in meine nackten Füße. Aber ich kam nicht vorwärts. Es war, als würde ich hinter einer unsichtbaren Wand feststecken. Jamie entfernte sich immer weiter von mir. Ich schaute hinab auf meine Füße und aus den Schnitten quoll Blut. Ich blickte hinter mich und bemerkte dort, wo ich gelaufen war, eine ganze Spur davon, klebrig und glitzernd und hellrot. Panisch schrie ich seinen Namen, doch kein Geräusch verließ meine Kehle. Er konnte mich nicht hören. Wild vor Angst steckte ich alles in einen letzten Versuch.

Ich musste zu ihm gelangen. Musste ihn aufhalten. Ich brüllte, so laut ich konnte, und diesmal hörte er mich. Er war so weit entfernt, dass seine Umrisse verschwommen waren, ich sah nur die Maden, die sich in seinen leeren Augenhöhlen wanden. Er hob eine Hand und winkte mir zu. Und dann wandte er sich ab und verschwand in den Bäumen, die ihn verschlangen.

Ich schrie so sehr, dass ich aufwachte. Mein Atem ging stoßweise und ich war überzeugt, Jamie sagen zu hören: *Maya, ich gehe jetzt*.

Mein Kissen war nass von Tränen und Nachtschweiß, das Laken zwischen meinen Beinen verheddert. Ich wollte mir die Bettdecke über den Kopf ziehen und niemals wieder aufstehen. Wollte mein Leben bis zu dem Zeitpunkt zurückspulen, als Jamie noch nicht ermordet worden war. Irgendetwas anders machen. Vielleicht hätte ich es irgendwie verhindern können. Hätte Jamie doch nur mit mir gesprochen. Wir hätten uns der Sache gemeinsam stellen können. Ich hätte ihn beschützen können. Warum hatte er mir nicht genug vertraut, um mir zu sagen, was los war?

Das Handy auf meinem Nachttisch klingelte. Es war Ava.

»Hallo Maya«, begrüßte sie mich vorsichtig. »Ich werde nicht nett zu dir sein, also keine Panik.«

Ich seufzte und rieb mir über das verschwitzte Gesicht. Wie viel Wein hatte ich letzten Abend getrunken? Ich musste mit dem Trinken aufhören, konnte es aber nicht. »Ich glaube nicht, dass ich das heute tun kann. Ich will nicht hingehen.«

»Du kannst das. Du musst dich verabschieden.«

»Ich will mich nicht an ihn in einem Sarg erinnern.« Ich blinzelte hoch zur Decke. Ein Hauch von abgestandenem Schweiß stieg von den Laken auf. Ich würde sie nicht waschen. Nicht, solange ich ihn noch riechen konnte. Ich konnte nicht alle Spuren von ihm wegwaschen. Noch nicht. »Es ist ja nicht so, dass es mir egal ist, natürlich ist es das nicht. Gott, es ist alles, nur nicht das. Ich liebe ihn einfach zu sehr, ich kann es nicht ertragen, das zu sehen. Das würde bedeuten, dass es endgültig ist. Würde es schlecht aussehen, wenn ich nicht komme? Ich glaube nicht, dass ich es schaffe.«

Sie schwieg kurz. »Ich weiß, wie du dich fühlst. Ich werde dich nicht zu irgendetwas zwingen, aber ich glaube, dass es bei der Trauerbewältigung helfen kann. Das ist deine Möglichkeit, Lebwohl zu sagen. Es ist endgültig, weil es das sein muss. Wenn es keinen Abschluss gibt, kannst du nicht anfangen, dein Leben wiederaufzubauen.«

Ich wischte mir die Tränen ab, die mein Gesicht hinunterströmten. »Ich will aber mein Leben ohne ihn nicht wiederaufbauen.«

»Oh, Liebes, das sagst du jetzt, und das ist auch völlig verständlich.«

»Nur weil Beerdigungen erwartet werden, wer sagt denn, dass sie für jeden Zurückgelassenen das Richtige sind? Ich bin nicht bereit. Ich kann nicht gehen.«

»Ich weiß nicht, was ich sagen soll.« Dann ergänzte sie noch »Zicke«, in dem Versuch, die Stimmung aufzuhellen und einen Scherz zu machen.

Es funktionierte nicht. »Ich meine, mal im Ernst, warum muss es Beerdigungen geben? Warum können wir uns nicht verabschieden, wie wir es brauchen?«

»Die Leute werden erwarten, dass du anwesend bist. Es ist alles organisiert. Deine Freunde kommen. Jamies Kollegen. Sie werden sich auch verabschieden.«

»Aber würde es sie wirklich interessieren, wenn ich nicht erscheine? Und danach findet ja noch der Leichenschmaus statt, wo sie alle herumstehen und über ihn reden, als hätten sie ihn gekannt, dabei kannte ihn doch niemand so wie ich. Und sie werden dumme Kommentare machen und Beileidsbekundungen, die ihn auch nicht zurückbringen!«

»Jeder wird verstehen, dass du aufgebracht bist. Und ich werde da sein, um dir beizustehen. Ich werde jeden Schritt des Wegs deine Hand halten. Und sobald du es sagst, bringe ich dich sofort wieder nach Hause.«

Ich schniefte. »Versprochen?«

»Von ganzem Herzen. Ich bringe Jackson um zwölf zu Craigs Eltern und hole ihn nach dem Leichenschmaus wieder ab. Ich komm dich halb eins abholen, ja?«

Ich wischte mir wieder die Augen. Ich wusste nicht, wie ich immer noch Tränen übrig haben konnte. Ich war so erschöpft vom Weinen. Vom Besorgtsein. Von meinen Anstrengungen, eine Antwort zu finden. Erschöpft vom Leben. »Tut mir leid, dass ich so schwierig bin. Ich will nicht so sein, ich bin nur …«

»Bist du doch gar nicht. Überhaupt nicht. Ich würde dich am liebsten in den Arm nehmen.«

Ich blieb im Bett, nicht in der Lage, mich zum Bewegen zu motivieren.

Als ich schließlich wusste, dass ich den Zeitpunkt nicht mehr länger hinauszögern konnte, um mich fertigzumachen, zog ich mir eine schwarze Hose und einen schwarzen Rollkragenpulli an. Meine langsamen, zittrigen Bewegungen hätten eher zu einer Neunzigjährigen als zu einer Siebenunddreißigjährigen gepasst. Alles schien unmöglich – atmen, laufen, stehen – und doch stellte ich irgendwie einen Fuß vor den anderen, auch wenn meine Welt mit jedem Schritt ein Stückchen weiter in sich zusammenfiel.

Ich schaffte es die Treppe nach unten. Setzte mich in Avas Wagen neben sie, während Craig hinter dem Leichenwagen zur Kirche fuhr. Ich begrüßte Paul und Jamies andere Kollegen. Akzeptierte die warmen, mitfühlenden Umarmungen von Becca und Lynn sowie meinen anderen Freunden und Leuten, mit denen ich arbeitete. Sah dem Pastor zu, ohne seine Worte zu hören. Er kannte Jamie nicht. Ich wette, er sagte bei jeder

Beerdigung dasselbe. Ich ließ mich nicht dazu herab, die Wörter zu Liedern zu sprechen, die mir völlig egal waren. Ich starrte die Blumen an, die die Leute gebracht hatten. Betäubt. Erstarrt. Als würde es jemand anderem passieren. Ich sah zu, wie der Sarg in dem frisch ausgehobenen Grab verschwand. Und die ganze Zeit über dachte ich: *Das ist nicht real.*

Irgendwann führten Ava und Craig mich fort und ich war wieder in ihrem Haus, wo Ava mir ein Glas Wein in die Hand drückte. Leute wanderten herum, unterhielten sich in gedämpftem Tonfall und warfen traurige Blicke in meine Richtung. Ich konnte nicht stehen. Meine Beine hielten mich nicht länger aufrecht. Ich wollte nicht reden. Wollte nicht hier sein. Becca und Lynn standen mit Tränen in den Augen in meiner Nähe. Leute kamen herein und gingen wieder raus. Küssten mich. Ergriffen meine Hände und drückten sie. Sprachen mir ihr Mitgefühl aus. Ließen auf dem Tisch Karten für mich zurück. Sagten, was für eine schöne Trauerfeier es gewesen war und andere gehaltlose Dinge, für die ich sie am liebsten erwürgt hätte. Mehr Wein. Mehr Geplauder. Fingerfood, das ich nicht anrühren konnte. Meine Sicht war am Rand leicht verschwommen, als würde ich unter die Erde gezogen, irgendwohin, wo ich nicht atmen konnte, lebendig begraben. Ich war lediglich Zuschauerin in meinem eigenen Leben, hing nur noch am seidenen Faden. Unter der Oberfläche lauerte ein kaum noch zu unterdrückender Schrei.

Und dann plötzlich war es draußen dunkel, das Haus leer und Ava saß schweigend neben mir und drückte meine Hand.

Ich weiß nicht, wie lange wir schweigend so saßen, bis ich schließlich aufstand und mich dabei am Tisch abstützen musste. »Ich muss nach Hause.«

»Möchtest du nicht hierbleiben?«

»Nein. Ich muss allein sein.«

Sie öffnete den Mund, um etwas zu sagen, überlegte es sich dann aber augenscheinlich anders und zog mich fest an sich. »Ruf mich einfach an, wenn du mich brauchst.« Sie ließ mich los, sammelte die Kondolenzkarten ein, die die Leute auf dem Tisch abgelegt hatten, und stapelte sie ordentlich auf, dann führte sie mich mit ihnen in der Hand zu ihrem Auto. Sie steckte sie in das Ablagefach und fuhr mich zurück zu meinem Haus. Jamies Haus. Sie bog in die Einfahrt und ich stieg aus.

»Danke für heute«, sagte ich. »Ohne dich hätte ich das nicht geschafft.«

Sie winkte ab. »Ich wünschte nur, ich könnte es dir irgendwie leichter machen.« Ich drehte mich um, da hielt sie mich zurück. »Warte, nimm die Karten mit. Irgendwann willst du sie durchschauen, da bin ich mir sicher.«

Ich ergriff sie gleichgültig, in dem Wissen, dass ich das nicht tun würde. Mich niemals dazu durchringen könnte.

Ich öffnete die Tür zu dem kalten, leeren Haus und dachte: *Das war's. Das ist das Ende von allem. Jamies Leben ist tatsächlich vorbei.*

Kapitel 22

Jamie

Es gab noch mehr Partys. Mehr Alkohol. Mehr Drogen. Mehr Themen. Mehr Spiele, die immer in Vergewaltigung und Missbrauch endeten.

In einer Nacht war das Thema Verstecken. Die Männer gaben uns zehn Minuten, um ein passendes Versteck zu finden. Während meine Freunde alle in verschiedene Richtungen rannten, lief ich einen Gang entlang, der zur Rückseite des Hauses führte, und landete in einem Zimmer, das ich noch nie zuvor gesehen hatte. Eine Bibliothek. Ganze Wände waren mit von Büchern gefüllten Regalen gesäumt. In einer Ecke befanden sich ein paar dunkelgrüne Ledersessel und ein antiker Mahagonischreibtisch, auf dem Fotos standen. Ich warf einen kurzen Blick auf die Bilder vom Richter in Robe und Perücke, wie er mit verschiedenen wichtig aussehenden Leuten in schicken Uniformen abgebildet war, bevor meine Augen das Zimmer nach einem Ort absuchten, wo sie mich niemals finden würden.

Schritte kamen näher. Mein Herz schlug wild in meiner Brust und drohte zu platzen. Es gab kein Versteck, an dem man mich nicht mit Leichtigkeit gefunden hätte. Ich entdeckte die dunkelgrünen Vorhänge, lief dahinter, drängte mich so flach wie möglich an die Wand und richtete den Stoff um mich herum sorgfältig aus. Ich sah das Schiebefenster hinter mir und versuchte, es anzuheben, aber wie immer war es verschlossen.

Knarzend öffnete sich die Tür. Mein Puls hämmerte so laut in meinen Ohren, dass ich glaubte, er könnte ihn ebenfalls hören.

»Wo bist du?«, fragte der Polizist lauernd in einer Singsangstimme. »Ich weiß, dass jemand hier ist. Ich kann dich riechen.« Ich konnte ihn nicht mehr hören, da der dicke Teppich seine Schritte verschluckte. »Vielleicht unter dem Schreibtisch … nein, hier nicht. Hmm … nun, dann gibt es ja nur noch ein Versteck.«

Ich drückte meine Augen fest zu. Presste mich noch stärker gegen die Wand und den Rand des Fenstersimses.

Ich könnte durch das Glas springen. Auf den Boden fallen und weglaufen. Laufen und immer weiterlaufen. Ich könnte …

Er zog den Vorhang zurück und ein böses Grinsen umspielte seine Lippen. »Anscheinend hab ich meinen Preis erwischt!« Er hielt mir die Hand hin. »Na, dann komm! Trinken wir noch etwas, bevor wir *richtig* anfangen.«

Mein Blick wanderte zurück zum Fenster. Ich könnte meinen Kopf gegen das Fenster schlagen. Ich könnte mich selbst umbringen. Ich könnte sterben, dann wäre das alles vorbei.

»Gehen wir.« Seine Stimme wurde härter.

Ich konnte keins dieser Dinge tun.

Als wir wieder im Wohnzimmer ankamen, waren Billy, Sean und Trevor bereits da, zusammen mit einem Jungen, den ich noch nie zuvor gesehen hatte. Er war ungefähr acht Jahre alt, ein Mischlingskind mit zarter Zimthaut und grünen Augen.

Er war wunderschön. Der Traum jedes Pädophilen. Seine Lider waren schwer von der Mischung aus Alkohol und Drogen, die man ihm ganz offensichtlich verabreicht hatte.

»Seht mal, was ich hier habe. Eine Sonderlieferung!« Der Richter kicherte rau und seine Augen glitzerten vor Aufregung. »Ich wette, da seid ihr neidisch.«

»Willst du teilen?« Der Banker grinste gierig.

Der Richter sah auf den Jungen herab, der gnädigerweise auf dem Sofa in einen betäubten Schlaf gefallen war. »Warum nicht? Es ist genug für alle da.«

»Gehen wir runter ins Verlies.« Der Familienminister grinste böse.

Sie tranken aus, dann verschwanden sämtliche Männer mit dem Jungen. Billy, Trevor, Sean, Dave und ich warfen einander Blicke zu, während wir in dem verschlossenen Zimmer tranken und tranken, versuchten, uns zu betäuben, denn wir alle waren schon im Verlies gewesen. Es befand sich unten im Keller. Die Wände waren schwarz gestrichen und an ihnen hingen Ketten, Seile und Peitschen. Ein großes schmiedeeisernes Bett stand in der Mitte der Rückwand, an dessen Kopf- und Fußteil waren Handschellen angebracht. Es roch nach Verwesung und toten Dingen, auf dem Boden leuchteten dunkelrote Flecken. Vor dem Bett stand eine Kamera auf einem Stativ. Es hatte noch einen anderen *Sondergast* mit mir und den anderen Männern im Raum gegeben. Jemand, der eine lange schwarze Kutte mit Kapuze trug, sein Gesicht bedeckt von einer Maske. Und ich hatte geglaubt, sie würden mich da unten töten, wie sie den anderen Jungen vor meinen Augen umgebracht hatten.

Stunden später, nachdem sich Sean in den Abfalleimer übergeben hatte, war ich auf dem Sofa ohnmächtig geworden und erwachte erst wieder, als die Tür aufgeschlossen wurde. Die Haare des bärtigen Abgeordneten waren durcheinander, einige

Strähnen standen in alle Richtungen ab und fielen ihm über die Ohren. Der Richter war ganz rot im Gesicht. Der Polizist hatte einen winzigen Fleck auf der Wange, der nach Blut aussah. Der Familienminister atmete schwer und keuchte.

Kalte Panik zerriss mich innerlich. Ich wusste, was als Nächstes passieren würde.

Und ich wusste, was mit diesem armen, hilflosen Jungen geschehen war.

Kapitel 23

Maya

Jamie war das Erste, woran ich dachte, als ich aufwachte. Das Letzte, woran ich nachts dachte. Und in all den Stunden dazwischen. Ich konnte die Trauer nicht abschütteln. Die Leere. Ich konnte mich nicht dazu überwinden, zur Arbeit zu gehen, obwohl Ava fand, es würde mich ablenken, aber ich konnte es auch nicht mehr ertragen, allein im Haus zu sein. Ich wusste, ich konnte nicht ewig so weitermachen. Ich musste versuchen, einen Neuanfang zu finden. Mein Leben neu aufbauen. Irgendwie.

Und die Fragen in meinem Kopf ließen sich nicht abschütteln. Was hatte Jamie getan, bevor er mir genommen worden war? Was hatte die Liste damit zu tun? War er in irgendetwas Gefährliches verwickelt gewesen, etwas Kriminelles? War er Zeuge von irgendetwas geworden? Waren diese Männer auf der Liste Freunde von Jamie? Freunde, von deren Existenz ich nichts gewusst hatte? Hatte wirklich jemand Jamie ermordet? Oder drehte ich langsam durch?

Nein. Ich *war* überzeugt, dass jemand Jamie ermordet hatte, und irgendwie würde ich es beweisen. Ich wusste nur nicht, wie. Wusste nicht mehr, wo ich noch nachschauen konnte.

Zwei Wochen nach der Beerdigung zwang ich mich, die Kondolenzkarten zu öffnen, die Ava mir gegeben hatte, und die mit der Post gekommen waren. In allen stand so ziemlich dasselbe. *Dein Verlust tut mir sehr leid. Mein Beileid. Wir werden ihn vermissen. Wir denken an dich. Wir schicken dir unsere Liebe.* Alle, bis auf die letzte, die laut Poststempel vor ein paar Tagen geschickt worden war.

Ich steckte den Finger unter die Lasche des Umschlags und riss ihn auf. Auf der Vorderseite war ein sepiafarbenes Foto. Ein Mann mit dem Rücken zur Kamera, der an einer Küste entlanglief, die Sonne über dem Meer, die Worte *In Mitgefühl* in dickem Weiß in der Mitte. Irgendetwas an dem Foto erinnerte mich an Jamie. Dass er es geliebt hatte, auf dem Land zu wandern, in den Wäldern. Dass er es draußen geliebt hatte, dort, wo viel Platz war. Dass er ein Einzelgänger gewesen war.

Ich legte die Karte auf dem Küchentisch ab. Schenkte mir ein weiteres Glas Wein ein. Starrte das Foto an. Ich trank einen Schluck und nahm die Karte wieder in die Hand. Darin stand:

> *Liebe Maya,*
> *Sie kennen mich nicht, aber ich kannte Jamie. Es tut mir leid, dass ich die Beerdigung verpasst habe. Es muss sehr schwer für Sie gewesen sein. Ich habe Informationen über Jamies Tod, die Sie vielleicht gern hören würden. Ich habe lange darüber nachgedacht, ob ich Ihnen davon erzählen soll oder nicht. Letztendlich habe ich beschlossen, dass Sie es erfahren sollten, dann können Sie selbst entscheiden.*

Rufen Sie mich unter der Nummer 07580 3657789 an, aber rufen Sie weder von Ihrem Handy noch von Ihrem Festnetz an. Erzählen Sie niemandem davon und gehen Sie auch nicht zur Polizei. Sie werden es verstehen, nachdem wir gesprochen haben, aber Ihre Sicherheit hängt davon ab.
Mitchell

Wie vom Donner gerührt saß ich da und las die Worte wieder und wieder, während sie wie Kugeln in meinem Kopf herumirrten.

Wer war dieser Mitchell? Ich kannte niemanden mit diesem Namen und Jamie hatte ihn nie erwähnt. In mir blitzte der Gedanke auf, dass es sich um eine Falle handeln könnte. Falls die Person, die Jamie ermordet hatte, vermutete, dass ich etwas wusste, wollte man mich dann vielleicht auch umbringen und meinen Tod wie einen Unfall oder Selbstmord aussehen lassen?

Ihre Sicherheit hängt davon ab.

Es gab nur eine Möglichkeit, das herauszufinden. Ich griff nach meiner Tasche, ging in die Stadt und hielt bei der ersten Telefonzelle, die ich finden konnte. Ich hatte seit meiner Kindheit keine mehr benutzt und bemerkte, dass sie nicht mehr mit Münzen betrieben wurden. Ich musste eine Telefonkarte kaufen, also ging ich zum Kiosk, kaufte eine und lief dann wieder zurück. Ich öffnete die Tür und überstieg dabei eine zerbrochene Flasche. Als ich es endlich geschafft hatte, die Karte hineinzustecken und die Handynummer zu wählen, klopfte mein Herz wie wild und mein Puls im Handgelenk zuckte. In meinem Magen drehte sich alles.

Im Hörer klingelte es. Einmal. Zweimal. Dreimal. Beim vierten Mal antwortete eine tiefe Stimme.

»Hallo?«

Ich wollte reden, aber meine Zunge fühlte sich an, als würde sie meinen trockenen Mund blockieren.

»Hallo?«, fragte die Stimme erneut.

Ich geriet in Panik und mit rasendem Herzen legte ich den Hörer auf.

Ich schluckte. Drückte eine Hand gegen die Glasfront, um mich abzustützen. Schluckte wieder. Leckte mir über die trockenen, aufgesprungenen Lippen.

Ich nahm den Hörer in die Hand und wählte erneut.

»Hallo?«, antwortete die Stimme.

»Hallo. Hier ist Maya«, platzte ich heraus, bevor ich meine Meinung wieder ändern konnte.

»Maya«, wiederholte er. »Danke, dass Sie anrufen. Ich nehme an, Sie haben die Karte bekommen?«

»Ja. Können Sie mir sagen, worum es hier eigentlich geht?«

»Nicht am Telefon. Können wir uns irgendwo treffen?«

Ich zögerte, vermutete wieder eine Falle. »Warum können Sie es mir nicht am Telefon erzählen?«

»Dafür gibt es viele Gründe, aber wir müssen das wirklich von Angesicht zu Angesicht machen. Ich habe etwas für Sie. Etwas von Jamie, das Sie vermutlich sehen möchten.«

»Was denn?«

»Noch mal. Nicht am Telefon.«

»Können Sie es mir nicht zuschicken?«

»Das ist nichts, was in die falschen Hände geraten sollte. Oder verloren gehen. Wir können uns irgendwo in der Öffentlichkeit treffen, wo viele Leute sind. Sie wählen den Ort.«

»Wo sind Sie?«

»Im Norden von London, aber ich kann hinkommen, wo immer Sie wollen.«

Fieberhaft überlegte ich. Wollte ich, dass diese Person nach St Albans kam? Was, wenn er mir nach Hause folgte? Aber immerhin hatte er die Karte geschickt, also wusste er bereits, wo ich wohnte. »Wie wär's mit dem Molly's? Das ist ein Café auf der St Peter's Street in St Albans.«

»Okay. Wann und um welche Zeit?«

»Schaffen Sie es heute noch?«

»Nein, ich fürchte nicht. Morgen? Ich kann um zehn da sein.«

»Okay«, hauchte ich atemlos. »Morgen um zehn.«

»Dann sehen wir uns dort. Und Maya ... das mit Jamie tut mir wirklich leid.«

»Danke.«

»Es ist sehr wichtig, dass Sie niemandem davon erzählen. Sie sind in Gefahr, wenn Sie es doch tun.«

»Warum denn? Ist es ...« Aber da ertönte schon das Freizeichen. Mitchell hatte mitten in meiner Frage aufgelegt.

Ich starrte den Hörer an und überlegte, wie ich die nächsten vierundzwanzig Stunden durchstehen sollte. Was hatte er von Jamie und wem gehörten die *falschen Hände*, in die das nicht fallen sollte?

Als ich nach Hause kam, fragte ich mich, ob ich hier noch sicher war. Mittlerweile zweifelte ich nicht mehr daran, dass jemand hier gewesen war. Jemand, der alles durchsucht hatte. Jemand, der vermutlich Jamies Laptop und das Navi gelöscht hatte. Jemand, der vermutlich das Seil im Schuppen platziert hatte, mit dem Jamie erhängt worden war. Würden sie meinetwegen noch einmal wiederkommen? Sollte ich irgendwo anders hin? Zu einer Freundin? Zu Ava? Ich wollte es vor niemandem erwähnen, weil sie mir nicht glauben würden. Sie würden behaupten, ich sei depressiv, verwirrt, würde die Augen vor der Wahrheit verschließen, sähe Verbindungen, wo keine waren. Ich könnte Ava vermutlich einfach erzählen, dass ich nicht mehr allein im Haus sein wollte, aber was, wenn sie und Jackson in die Sache mit reingezogen werden würden? Was immer *die Sache* auch war. Irgendetwas Schreckliches ging vor sich, etwas, das zu Jamies Tod geführt hatte. Ich durfte sie nicht auch in Gefahr bringen.

Ich sah auf die Uhr. Lief auf und ab. Wickelte meine Strickjacke in der Kälte enger um mich. Zuckte bei jedem Knacken im Haus zusammen. Ich zwang mich, ein Sandwich zu essen. Vermied es zum ersten Mal, Alkohol zu trinken, um bei klarem Verstand zu bleiben. In dieser Nacht schlief ich mit sämtlichen Lampen eingeschaltet auf dem Sofa.

Ich wartete. Und wartete. Irgendwann fiel ich in einen ruhelosen Schlaf, bis mich etwas herausriss. Mein Herz klopfte wie wild. Ich lauschte darauf, ob jemand versuchte, einzubrechen – das Drehen eines Türknaufs, knirschende Schritte, ein zerbrechendes Fenster. Ich suchte im Zimmer nach etwas, das ich als Waffe benutzen könnte, und nahm eine schwere Vase in die Hand.

Aber da war nichts. Keine Geräusche. Keine Bewegung. Das Haus war leer, abgesehen von Jamies Geist und mir. Ich hob die Ecke des Vorhangs vor dem Fenster im Wohnzimmer, das auf die Vorderseite des Hauses blickte, und sah einen Fuchs in der schwarzen Mülltüte wühlen, die ein Nachbar neben seinem überquellenden Mülleimer abgestellt hatte. Dann bemerkte ich aus dem Augenwinkel eine Bewegung weiter die Straße herunter, am Ende der Sackgasse, aber sobald ich meinen Kopf gedreht hatte, war sie weg. War jemand die Straße entlanggegangen? Der Freund eines Nachbarn, der zu Besuch gewesen war? Oder jemand mit Hintergedanken?

Mit wild pochendem Herzen ließ ich den Vorhang sinken und umklammerte die Vase. Ich blickte auf die Uhr. Grübelte. Dachte nach. Machte mir selbst Angst mit all den Möglichkeiten. Den Fragen.

Als ich am nächsten Morgen endlich zwanzig Minuten zu früh ins Molly's trat, war ich ein nervliches Wrack. Ich stand im Eingang und warf einen prüfenden Blick auf die bereits anwesenden Gäste. An einem Tisch saß ein junges Pärchen, das Händchen hielt und über irgendetwas lachte. In der Ecke trank eine ältere Dame eine Tasse Tee und lächelte mir zu. Hinten kam ein Mann von den Toiletten. Er war in den Dreißigern, hatte kurze dunkle Haare und einen dichten Bart. War er das? Er schaute kurz zu mir herüber und setzte sich dann an einen Tisch mit einer Frau und einem Mädchen, das die Glasur von einem klebrigen Pfannkuchen leckte.

Ich ging zum Tresen und bestellte mir einen doppelten Espresso. Die Tür öffnete sich. Eine Frau kam herein und stellte sich hinter mir an. Ich nahm meine Tasse und setzte mich in eine ruhige Ecke, weg von den anderen, wo wir reden konnten, ohne belauscht zu werden. Ich konnte die Hände nicht ruhig halten, während ich meinen Blick fest auf die Tür gerichtet hielt.

Zehn Minuten später kam ein Mann herein. Er war von durchschnittlicher Größe, stämmig und breitschultrig, vermutlich Ende fünfzig, vielleicht etwas älter, wirkte jedoch sehr fit für sein Alter. Sein Kopf war glatt rasiert, sein Gesicht rund. Er trug Jeans und ein weißes T-Shirt, obwohl es Februar war und wirklich kalt. Auf beiden muskulösen Armen waren Tätowierungen zu sehen. Er hatte eine kleine weiße Plastiktüte bei sich.

Unsere Blicke trafen sich.

Er lächelte. Sein Lächeln war warm, freundlich. Kein Psycho-Grinsen à la »Ich habe deinen Freund umgebracht und bringe jetzt auch dich um«. Aber mir ging kurz durch den Kopf, dass er mich mit Leichtigkeit umbringen könnte. Mit diesen Händen hätte er meine Luftröhre im Nu zerquetscht.

Er steuerte auf meinen Tisch zu. »Maya.«

Ich schluckte und nickte.

»Ich bin Mitchell.«

»Hallo.« Ich hatte mir in meinem Kopf ein Bild von ihm zurechtgelegt, aber dem entsprach er überhaupt nicht. Und je mehr ich ihn anschaute, desto stärker hatte ich den Eindruck, ihn schon mal gesehen zu haben, aber ich konnte ihn nicht zuordnen.

»Kann ich Ihnen noch etwas zu trinken holen?«

Ich blickte auf meinen kaum angefangenen und mittlerweile kalten Kaffee hinunter und hätte am liebsten geschrien: *Nein! Ich will, dass wir anfangen! Sagen Sie mir einfach, warum Sie hier sind! Was ist los?* Stattdessen erwiderte ich: »Nein, schon gut, danke.«

»Okay. Ich bin sofort bei Ihnen.«

Ich beobachtete ihn, während er zum Tresen marschierte und bestellte. Er kehrte zurück, setzte sich mit dem Rücken zur Wand, legte die Tüte auf den Tisch vor uns und schaute sich genau um. In dem Augenblick wusste ich es. Die Tankstelle. Er hatte sein Auto betankt, als meine Tüte aufgerissen war.

Kalt durchfuhr es mich. »Ich habe Sie schon mal gesehen. Sie waren an der Tankstelle.«

Er sah mich an, sagte aber nichts.

»Sind Sie mir gefolgt?«

Widerstrebend nickte er. »Ja, aber vermutlich nicht, weswegen Sie denken.«

»Ich weiß überhaupt nicht mehr, was ich noch denken soll«, zischte ich und tausend Nadeln bohrten sich in meinen Kopf. »Warum sind Sie mir gefolgt?«

»Ich bin Ihnen gefolgt, um sicherzustellen, dass es niemand sonst tut.«

»Wer denn? Was soll das alles?« Ich beugte mich vor. »Was ist Jamie zugestoßen?«, fragte ich, nicht in der Lage, noch länger zu warten. »Sie haben behauptet, Sie hätten Informationen. Bitte, sagen Sie mir, was Sie wissen.«

Er legte die Ellbogen auf dem Tisch ab und seine Stimme war tief und leise. »Wie ich schon in der Karte geschrieben hatte, ich wusste nicht, ob ich es Ihnen erzählen sollte oder nicht. Ich dachte, es wäre vielleicht besser für Sie, die Wahrheit nicht zu kennen. Ich dachte, Sie könnten vielleicht irgendwann einfach weitermachen, ohne es je zu erfahren. Und ich habe Sie beobachtet, doch nur, um sicherzustellen, dass niemand hinter Ihnen her ist. Aber …«

»Aber was?«

Er tippte gegen seinen Kaffeebecher aus Pappe. »Letztendlich fand ich, dass nicht ich diese Entscheidung treffen sollte. Ich fand, Sie sollten wissen, was Jamie zugestoßen ist. Und wohin Sie gegangen sind, was Sie getan haben, hat mir klargemacht, dass Sie sowieso auf der Suche nach Antworten sind und sich in Schwierigkeiten bringen könnten. Und wenn es mich beträfe, würde ich die Wahrheit wissen wollen. Es hat schon zu viele Lügen gegeben.« Er nahm einen Schluck von seinem Kaffee und musterte mich vorsichtig über den Rand des Bechers hinweg.

Blinzelnd starrte ich ihn an. »Was ist Jamie zugestoßen? Worin war er verwickelt?«

Sein Blick suchte für einen Augenblick meinen. »Das wird ein ziemlicher Schock für Sie sein.«

»Es kann kein größerer Schock sein als der, den ich bereits erlitten habe.«

Er musterte mich eindringlich. Schüttelte den Kopf. Strich sich mit den Händen über die Wangen. Seufzte. »Verflucht. Das war keine gute Idee. Ich bin das ganz falsch angegangen. Vielleicht hätte ich es Ihnen nicht sagen sollen. Es tut mir leid.« Er stand auf, als wollte er gehen.

»Sie haben mir überhaupt nichts gesagt!«, widersprach ich. »Was ist denn? Was ist Jamie passiert? Ich muss es wissen.«

Wieder seufzte er und musterte mich, als würde er innerlich mit sich ringen. Er setzte sich wieder. »Vielleicht sollten Sie mir in der Angelegenheit einfach vertrauen. Ich lag falsch. Sie sollten da nicht mit hineingezogen werden.«

»Ihnen vertrauen? Ihnen vertrauen?«, rief ich aus. »Ich kenne Sie noch nicht einmal! Sie haben mir erzählt, Sie hätten mich beobachtet, verflucht noch mal! Wissen Sie, wie unheimlich das klingt?«

»Es war nicht unheimlich. Es war notwendig. Ich habe Sie beschützt, wie Jamie es gewollt hätte.«

»Dann verraten Sie mir, warum. Erklären Sie das! Soweit ich das bis jetzt einschätzen kann, könnten Sie selbst etwas mit Jamies Tod zu tun gehabt haben!«

»Ich hatte *nichts* damit zu tun.« Seine Lippen verzogen sich zu einer harten Linie.

»Sie *müssen* mir sagen, was los ist. Ich muss es wissen. Ich hab es *verdient*, das zu erfahren. Und ich stecke bereits in der Sache drin. Ich habe ein paar Dinge herausgefunden. Jamie hat in der Woche, bevor er ermordet wurde, einige Leute aufgesucht. Ich weiß allerdings nicht, warum. Können Sie mir Antworten darauf geben? Die Lücken füllen? Falls ja, müssen Sie mir helfen. *Bitte.*« In meinen Augen standen Tränen.

Er zögerte und schaute sich im Café um, bevor er sich zu mir vorbeugte. »Jamie hat mich kontaktiert, bevor er gestorben ist. Er wollte einen Rat.«

»Worüber?«

Er trank einen Schluck Kaffee. »Darüber, wie er mit etwas aus seiner Vergangenheit umgehen solle. Er dachte, ich wäre vielleicht in der Lage, ihm zu helfen.«

Ich runzelte die Stirn. »Was für eine Sache?«, fragte ich flehend und ballte die Hände zu Fäusten.

Die ältere Frau blickte zu uns herüber, sah aber schnell wieder weg, als ich ihren Blick auffing.

Ich senkte die Stimme. »Hören Sie, ich verstehe einfach nicht, was los ist. Bitte, sagen Sie es mir einfach. Ich glaube nicht, dass er sich selbst umgebracht hat. Was ist mit ihm passiert? Wer war es? Worin war er involviert?«

Er schürzte die Lippen und musterte mich erneut genau. »Sind Sie wirklich sicher, dass Sie es wissen wollen? Ich bin davon überzeugt, dass man ihn deswegen umgebracht hat. Die könnten dann auch hinter Ihnen her sein.«

Ich stieß ein bitteres Schnauben aus. »Natürlich will ich es wissen. Meine Sicherheit ist mir egal. Mein Leben ist im Augenblick kein reiner Grund zur Freude, wissen Sie? Ich habe nichts mehr zu verlieren. Ich muss wissen, was ihm zugestoßen ist. Und was es auch war, ich glaube nicht, dass nur Jamie ermordet wurde. Ich habe eine Liste mit Namen und Adressen gefunden, die Jamie erstellt hat, und habe die Leute aufgesucht. Eine Person, Dave, wurde am Tag nach Jamies Tod getötet. Ein anderer, Billy, hat angeblich vor einem Jahr Selbstmord begangen. Einer hat eine psychische Störung. Einer ist anscheinend in Amerika. Und der andere, Moses, ist vor dreißig Jahren verschwunden. Was zum Teufel war da los, Mitchell?«

»Dave ist auch tot? Verflucht!« Er runzelte die Stirn und starrte offensichtlich gedankenverloren über meine Schulter. »Wie ist er gestorben?«

»Ein Unfall mit Fahrerflucht.«

»Wie praktisch.« Hass blitzte in seinen durchdringenden blauen Augen auf.

»Jetzt *sagen* Sie es mir schon!«

Er zwang sich, mich wieder anzusehen, und sprach so leise, dass ich mich vorbeugen und genau hinhören musste, um ihn zu verstehen. »Jamie wusste Dinge über … gewisse Leute. Sehr wichtige Leute. Dinge, die vor Jahren passiert sind. Er hat versucht, sie zu vergessen. Hat sie lange verdrängt, aber das ging jetzt nicht mehr. Er wollte die Wahrheit offenbaren, wusste aber, dass ihm niemand glauben würde, und dass sein Wort gegen ihres stehen würde. Deshalb hat er mit den anderen involvierten Leuten geredet.«

Ich zog Jamies Liste aus meiner Tasche und faltete sie auf dem Tisch auseinander. »Diese Leute? Sind das die anderen involvierten Leute?«

Mitchell nahm die Liste in die Hand. »Ja. Jamie benötigte weitere Aussagen. Andere Zeugen, die sich ebenfalls melden würden. Weil es vor so langer Zeit passiert ist, würde es keine Beweise mehr geben, also brauchte er die anderen. Er hat Monate damit zugebracht, sie über das Internet und verschiedene andere Quellen ausfindig zu machen. In der Woche vor seinem Tod war er unterwegs, um mit ihnen zu reden, um zu erkunden, ob sie auch bereit wären, eine Aussage zu machen, bevor es Jamie offiziell machte.«

Meine Hand fuhr an meinen Mund. Der Espresso rumorte in meinem Magen.

»Aber diese Leute, die Jamie bloßstellen wollte, sind mächtig. Gefährlich.« Er faltete die Liste wieder zusammen und legte sie zurück auf den Tisch. »Wenn Sie wirklich wissen wollen, was los war, müssen Sie zuerst das hier lesen. Und dann entscheiden, womit Sie es zu tun haben.« Er öffnete die Tüte, nahm einen kleinen schwarzen USB-Stick heraus und reichte ihn mir.

»Was ist da drauf?«

»Ein Tagebuch. So in der Art. Außerdem ist in der Tüte noch ein nicht zurückverfolgbares Prepaid-Handy. Falls Sie weitermachen wollen, rufen Sie mich an, wenn Sie gelesen haben, was Jamie geschrieben hat. Dann reden wir.«

Ich zog ein altes Nokia aus der Tüte. Es war uralt und groß. Es fühlte sich wie ein Ziegelstein in meiner Hand an.

»Beobachtet mich jemand? Ich glaube, jemand ist am Tag von Jamies Ermordung in unser Haus eingebrochen. Ich glaube, sie haben aus irgendeinem Grund seinen Laptop und das Navi gelöscht und die Handyrechnungen der letzten Monate sowie sein Handy mitgenommen. Ich habe auch noch ein Handy gefunden, das ich nie zuvor gesehen habe, welches Jamie zusammen mit der Liste versteckt hatte.«

»Ja, das ist ebenfalls ein nicht zurückverfolgbares Prepaid-Handy. Er hat angefangen, es zu benutzen, als der Verdacht in ihm aufkeimte, dass er beobachtet werden könnte. Sieht so aus, als würden die ihre offenen Probleme lösen. Beweise loswerden.«

»Aber beobachten sie auch mich?«

»Ich glaube nicht. Ich habe niemanden gesehen. Sie haben vermutlich Jamies Haus, sein Festnetz und sein Handy verwanzt. Vielleicht auch seinen Jeep. Irgendwie haben sie herausgefunden, was Jamie getan hat, und ihn zum Schweigen gebracht. Genau so, wie sie es bei Dave gemacht haben – vielleicht auch bei Billy. Aber ich vermute, sie glauben, sie hätten es eingedämmt. Würden die glauben, Sie wüssten etwas, hätte man Sie zusammen mit Jamie in irgendeiner Art Doppelunfall um die Ecke gebracht. Aber Sie sollten Vorbereitungen treffen, nur für den Fall.«

Ich versuchte, die Worte zu begreifen.

Eingedämmt. Doppelunfall. Verwanzt. Um die Ecke gebracht.

Es war einfach zu bizarr. Das klang wie etwas aus einem Film. Irgendeine Art Verschwörungsthriller. Und ich kannte diesen Kerl nicht. Wusste nicht, ob ich ihm trauen konnte. Doch … irgendetwas suggerierte mir, dass ich das wohl musste.

»Das muss ein Geheimnis bleiben, Maya. Sie dürfen niemanden vermuten lassen, Sie wüssten etwas. Wenn die das erfahren, *werden* sie hinter Ihnen her sein. Deshalb müssen Sie sorgfältig darüber nachdenken, ob Sie diese Büchse der Pandora wirklich öffnen wollen.« Er stand auf, ließ den Rest des Kaffees auf dem Tisch stehen und schritt zur Tür.

Ich sprang auf und folgte ihm. »Warten Sie! Warum Sie? Warum wollte Jamie einen Rat von Ihnen? Wer sind Sie?«

»Wenn Sie wirklich die Wahrheit wissen wollen, lesen Sie das Tagebuch. Lesen Sie es und rufen Sie mich dann wieder an.« Und damit schlüpfte er durch die Tür, hinein in die Menschenmassen, und ließ mich zurück, wie ich seinem Rücken hinterherstarrte.

Kapitel 24

Jamie

Als die Glocke mich eines Sonntagmorgens weckte, fanden meine blinzelnden Augen ein Bett leer vor. Ich schoss nach oben, während mir schreckliche Gedanken durch den Kopf jagten. Dave war von Scholes oder Barker mitgenommen worden und würde zu den Jungen gehören, die nicht mehr zurückkamen. Dann fiel mir auf, dass auch seine Bettwäsche fehlte. Grauen stieg in mir auf.

Er hatte sich aufgehängt, wie Billy es versucht hatte.

Ich sprang aus dem Bett und rannte zur Tür des Schlafsaals. Ich warf einen Blick hinaus auf Gang und Treppe, aber kein Zeichen von Dave. Ich eilte in die Dusche und den Toilettenblock, jedoch auch dort war er nicht. Da fiel mir plötzlich auf, dass das Fenster hinter seinem Bett leicht geöffnet war. Die anderen Jungen flüsterten. »Wo ist Dave?« »Hat er sich umgebracht?« »Er ist besser dran, wenn er es getan hat.«

»Seht hier!« Ich winkte sie zum Fenster und öffnete es komplett, während wir uns alle darum versammelten, um einen besseren Blick zu haben. Direkt unter uns befand sich das flache Dach eines großen Lagerraums, der an die Küche anschloss. Es war ein Anbau, der später an das ursprüngliche Gebäude angefügt worden war. Von dort ging es acht Meter nach unten bis ins Gras. Ich entdeckte ein Laken, das an der Regenrinne aus Metall festgebunden war und im Wind flatterte. Damit war er heruntergeklettert. Ich wusste nicht, wie er es geschafft hatte, die Außenmauer zu überwinden, aber irgendwie war Dave entkommen.

Wir alle reckten die Fäuste in die Luft und jubelten. Wir waren so damit beschäftigt, uns für Dave zu freuen, dass uns nicht auffiel, wie Scholes den Saal betrat.

»Ruhe!«, brüllte er und wir alle erstarrten. »Was ist hier los? Warum seid ihr noch nicht angezogen?« Er marschierte zum Fenster, während wir versuchten, ihm aus dem Weg zu springen. Die Person, die ihm am nächsten stand, würde den Großteil seiner Wut abbekommen.

»Wer war das?«, donnerte Scholes. »Wer ist rausgekommen?« Sein Blick wanderte herum, während er versuchte, herauszufinden, wer fehlte. Er ergriff Trevor am Ohr und drehte es fest. »Wer ist hier raus? Wer war das?«

Trevor drehte den Kopf, folgte der Richtung von Scholes' Hand, die ihn nach unten zog. »Ah!«

Scholes zog noch fester. Tränen liefen Trevor die Wangen herunter.

»Es war Dave!«, weinte Trevor, als er nicht mehr konnte.

Scholes schob Trevor von sich und rauschte hinaus.

An diesem Morgen gab es für niemanden Frühstück, während Barker, Scholes und der Rest des Personals draußen herumliefen und das Gelände überprüften. Dann wurde die Polizei gerufen. Wir alle waren in unseren Schlafsälen eingesperrt worden, aber wir sahen den Wagen die Einfahrt hochkommen. Sahen Barkers hitzigen Wortwechsel mit ihnen und sahen sie wieder wegfahren.

Wir alle beteten auf unsere eigene Weise für Dave und wünschten uns, dass er mittlerweile weit weg war. Ich hoffte darauf, dass wir noch in vielen Jahren davon würden reden können. Wir würden den Neuankömmlingen erzählen, wie es Dave gelungen war zu entkommen. Wie er sie alle ausgetrickst hatte. Und wir würden Geschichten darüber erfinden, wohin er entkommen war, die mit der Zeit immer fremdartiger werden würden: Er lebte in einem Palast. Er hatte sich als blinder Passagier auf einem Schiff nach Australien versteckt. Er war per Anhalter nach Schottland gefahren oder lebte auf einer Insel mitten im Nirgendwo. Er war von einer reichen Familie adoptiert worden.

Zwei Tage verstrichen und Dave kehrte nicht zurück. Jemand kam herein, um Gitterstäbe an die Außenseite des Fensters zu schweißen. Wir wurden während der Mahlzeiten im Speisesaal eingesperrt. Nachts im Schlafsaal. Es gab keine freie Zeit mehr draußen. Das Personal behielt uns noch genauer im Auge.

Am dritten Tag wurde Dave zurückgebracht. Vom Fenster des Gemeinschaftsraums aus sah ich, wie er vom Rücksitz eines Polizeiwagens gezerrt und zum Gebäude eskortiert wurde. Er kehrte für weitere drei Tage nicht in den Schlafsaal zurück, doch als er es endlich tat, war sein ganzer Körper grün und blau.

Nachdem das Licht aus war, stellten wir ihm flüsternd Fragen. »Wo bist du hingegangen?« »Wie weit bist du gekommen?« »Was hast du gegessen?« »Wo hast du geschlafen?«

Aber Dave erzählte uns nichts. Er ignorierte unsere Fragen, fraß seine Wut und den Frust in sich hinein.

Dave versuchte danach noch dreimal wegzulaufen. Er wurde jedes Mal zurückgebracht. Ich wünschte, ich hätte diesen Kampfgeist in mir, aber das hatte ich nicht. Ich war beschädigt, zerstört, verdorben.

Um diese Zeit herum hörten die Partys auf. Wir waren fünfzehn und ich schätze, wir waren mittlerweile zu alt für ihre verdrehten Vorlieben geworden. Stattdessen sahen wir jeden Freitag zu, wie eine Gruppe jüngerer Jungen mit Barker davonfuhr und samstags mit diesem gehetzten, toten Blick in ihren Augen zurückkehrte. Ich wollte Kontakt zu ihnen aufnehmen, aber was konnte ich schon sagen? Ich konnte sie nicht trösten oder ihnen sagen, dass alles gut werden würde. Und noch immer konnte ich das Unaussprechliche nicht aussprechen.

Auch Barker und Scholes schienen das Interesse an uns zu verlieren. Jüngere Jungen wurden nachts mitgenommen oder sogar oft im hellen Tageslicht, nur um wie Spiegelbilder unserer jüngeren Ichs zurückzukehren. Auch wenn der sexuelle Missbrauch aufhörte, ging der körperliche Missbrauch noch weiter bis zu meinem sechzehnten Geburtstag, an dem ich in Barkers Büro bestellt wurde und mit einem Zehn-Pfund-Geldschein und einem Entlassungsbrief aus der Pflegeeinrichtung entlassen wurde. Eine Sozialarbeiterin kam und fuhr mich in ein Hostel, in dem ich die nächsten zwei Jahre verbringen würde. Beim Jobcenter wurde für Montagmorgen ein Termin für mich vereinbart.

Als ich am Montag aus dem Hostel trat, lief ich in die Stadt, voller Staunen über meine neu gewonnene Freiheit. Ich konnte hingehen, wo immer ich wollte. Alles sein, was ich wollte. Aber ich würde nicht bleiben, falls sie doch beschlossen, mich zurück an diesen Ort zu bringen. Statt zum Jobcenter zu gehen, marschierte ich schnurstracks in das nächstgelegene Rekrutierungsbüro der Armee und verpflichtete mich. Ich würde etwas aus mir machen. Einen richtigen Beruf lernen, während ich dort war, und nie mehr zurückschauen. Ich würde all diese Jahre meiner Kindheit tief in mir begraben, wo sie nie wieder ans Tageslicht kommen würden. Ich würde vergessen. Jamie Taylor würde sich neu erfinden.

Ich möchte nicht behaupten, dass die Grundausbildung einfach war. Ich war ein dünner, unterernährter Teenager, aber ich hatte Jahre der verbalen und physischen Misshandlung überstanden. Verglichen mit den vergangenen acht Jahren war die Einführung in das Armeeleben ein Klacks. Ich schloss mich den Royal Signals als Auszubildender an und mein verzweifelter Wunsch, die Vergangenheit hinter mir zu lassen und mir ein neues Leben aufzubauen, war ein riesiger Motivationsfaktor, um das durchzustehen. Es waren genau diese Motivation und die zielgerichtete Entschlossenheit, die mich aus den Rängen meiner Kameraden herausstechen ließ. Meine Noten in sämtlichen Elementen meines Trainings waren am oberen Ende. Als ich die Zeit als Rekrut fast hinter mir hatte, hatte ich gute Aussichten darauf, meinen Abschluss als der Beste zu machen, was mir die Aufmerksamkeit von Rekrutierungsteams verschiedener Signals-Einheiten einbrachte, die mich davon überzeugten, mich für das Spezialeinheitentraining zu bewerben. Ich verbrachte die nächsten sechs Jahre in der 299 Signal Squadron Special Communications und war an Einsätzen des britischen Außenministeriums in Großbritannien und im Ausland beteiligt. Die Arbeit in der Spezialeinheit lag mir. Es bedeutete, dass ich nur selten in einer Uniform steckte, da ich üblicherweise in Botschaften im Ausland tätig war. Wir trugen meist Zivil und mussten uns nicht mit dem typischen Bullshit der Green Army rumschlagen – keine Unteroffiziere, die mir sagten, was ich zu tun hatte. In der Spezialeinheit gingen wir erwachsener miteinander um und wurden uns selbst überlassen – hier herrschten gegenseitiger Respekt und Vertrauen vor, was mir sehr gelegen kam. Ich mochte die Arbeit und lernte eine Menge. Nach sechs Jahren wurde es allerdings Zeit, das nächste Kapitel meines Lebens anzusteuern, also trat ich aus der Armee aus und startete mit den Kenntnissen, die ich mir angeeignet hatte, eine Karriere als IT-Experte.

Ich arbeitete hart, sparte Geld, richtete mich so ein, dass ich mich wohlfühlte. Sperrte die Schrecken der Vergangenheit aus.

Bis zu jenem Tag, an dem *er* auf dem Fernsehbildschirm erschien und ich wusste, dass ich das Geheimnis nicht länger bewahren konnte. Ich wollte Gerechtigkeit. Für mich, für meine Freunde, für alle Jungen, die sie missbraucht hatten. Für diejenigen, die sie ermordet hatten. Für all die Unschuld, die sie gestohlen und zerstört und in etwas Wertloses und Groteskes verdreht hatten.

Also fand ich heraus, wer sie waren, einer nach dem anderen. Ich wusste bereits ein paar Dinge über sie. Ich brauchte nicht lange, um mehr zu erfahren.

Der Besitzer von 10 Crompton Place, der Richter am Obersten Gericht, war Howard Sebastian. Er war vor vier Jahren gestorben.

Der Familienminister, tja, seinen Namen kannte ich bereits: Eamonn Colby.

Der andere Unterhausabgeordnete, Douglas Talbot, war mittlerweile Verteidigungsminister.

Der hochrangige Polizeibeamte war Colin Reed, aktuell der Chief Constable der Bedfordshire Police.

Der Kinderheimkontrolleur war Ted Byron, mittlerweile im Ruhestand.

Der Banker stammte aus einer alten Bankiersfamilie und war der Besitzer der größten Bank im Privatbesitz in Großbritannien: Felix Barron.

Keith Scholes war ebenfalls im Ruhestand.

Geoff Barker war dankbarerweise an Lungenkrebs gestorben.

Ich wusste noch immer nicht, wer der vermummte Mann im Verlies gewesen war. Aber ich kam der Sache näher.

Teil 2

Unantastbar

»Wenn man eine große Lüge erzählt und sie oft genug wiederholt, dann werden die Leute sie am Ende glauben. Man kann die Lüge so lange behaupten, wie es dem Staat gelingt, die Menschen von den politischen, wirtschaftlichen und militärischen Konsequenzen der Lüge abzuschirmen. Deshalb ist es von lebenswichtiger Bedeutung für den Staat, seine gesamte Macht für die Unterdrückung abweichender Meinungen einzusetzen. Die Wahrheit ist der Todfeind der Lüge, und daher ist die Wahrheit der größte Feind des Staates.« – *Joseph Goebbels*

Kapitel 25

Maya

Nach dem Treffen mit Mitchell eilte ich mit Jamies USB-Stick, den ich sicher in meiner Tasche verstaut hatte und die ich fest an mich gepresst hielt, zurück nach Hause. Ob ich wissen wollte, was sich darauf befand? Wie konnte ich es nicht wissen wollen? Konnte ich Mitchell vertrauen? Ich wusste es nicht.

Mitchells Worte hallten in meinem Kopf wider. *Jamie wusste Dinge über gewisse Leute. Sehr wichtige Leute. Dinge, die vor Jahren passiert sind. Wenn die das erfahren,* werden *sie hinter Ihnen her sein.*

Jemand hatte sich große Mühe gegeben, Jamie zu ermorden und es zu vertuschen. Jemand wollte nicht, dass ich herausfand, was Jamie hatte offenlegen wollen.

Die Frage war also, war ich bereit, mich selbst ebenfalls in Gefahr zu begeben, wenn ich das las, was sich auf dem USB-Stick befand?

Die Antwort? Ich wusste es nicht.

Ich zog die Vorhänge zu, obwohl es noch helllichter Tag war, und knipste eine Lampe an. Ich wanderte im Wohnzimmer auf und ab und knabberte an der Haut um meinen Daumen, bis sie blutete, während ich den USB-Stick auf der Sofalehne anstarrte.

Die Antwort war: Ich *musste* es wissen. Auch wenn ich mich selbst damit in Gefahr brachte, spielte das keine Rolle. Nichts spielte eine Rolle, außer herauszufinden, wer Jamie umgebracht hatte und warum.

Ich steckte den USB-Stick in meinen Laptop und öffnete das einzige sich darauf befindende Dokument.

Auf dem Sofa zusammengerollt las ich zitternd, mit steifen Schultern und tränenüberströmten Wangen, was Jamie geschrieben hatte. Ich las über den unvorstellbaren Horror. Die Folter, die Morde, die Partys, den schrecklichen Missbrauch.

Jamie hatte mich über seine Vergangenheit angelogen. Seine Eltern waren nicht bei einem Verkehrsunfall gestorben, als er sechzehn war, und das war auch nicht der Grund gewesen, warum er in die Armee eingetreten war. Die Fotos von ihm als Kind waren nicht beim Umzug verloren gegangen. Er war in keinem Mittelklassehaus in London aufgewachsen. Er hatte eine neue Vergangenheit erfunden. Die Wahrheit verborgen, weil er es nicht ertragen konnte, darüber zu sprechen. Gefürchtet hatte, ich würde ihn nicht mehr lieben, sobald ich davon wusste. Aber es führte nur dazu, dass ich ihn noch mehr liebte. Ich konnte mir nicht einmal ansatzweise vorstellen, was das seiner Psyche angetan hatte. Er hatte gekämpft. Sich von diesen Pforten zur Hölle abgewandt und ein Leben aufgebaut. Er war so viel stärker, als er sich zugestand, und aus tiefster zerrissener Seele wünschte ich mir, er wäre noch hier, sodass ich ihm genau das sagen könnte.

Du hättest das nicht vor mir geheim halten sollen, Jamie. Ich hätte es verstanden. Ich hätte dich so oder so geliebt. Ich wäre für dich da gewesen. Ich hätte dich unterstützt.

Ich klappte meinen Laptop zu. Ich musste das nicht noch einmal lesen. Jamies Worte hatten sich auf ewig in mein Gehirn gebrannt. Ich musste den USB-Stick allerdings irgendwo verstecken. Die Leute, die das Haus durchsucht hatten, hatten vermutlich auch danach gesucht.

Auf wackligen Beinen betrat ich die Küche, goss mir einen Brandy ein und ließ mich in einen Stuhl fallen. Ich nippte ganz langsam daran und dachte nach, fragte mich, was zum Teufel ich als Nächstes tun sollte. Eine lähmende Kälte durchzog mich.

Hinter den Jalousien ging die Sonne unter und am nächsten Morgen wieder auf, noch immer ratterte es in meinem Kopf.

Nun kannte ich also die Wahrheit. Oder den Großteil davon. Ein Teil von mir wollte sich einfach nur zusammenrollen und weinen oder schlafen und nie wieder aufwachen. Niemals wieder über diese schreckliche Sache nachdenken. Es wäre so einfach. Ich könnte mir ein paar Schlaftabletten von meinem Hausarzt besorgen. Ich könnte dahin, wo Jamie war. Ich müsste nicht den Rest meines Lebens ohne ihn verbringen. Doch …

Die erstickende, brutale Trauer, die mich überwältigte, wurde durch etwas anderes ersetzt.

Wut.

Eine brodelnde, sich aufbäumende Wut, die alles andere ausblendete. Sie hatten ihm seine Kindheit genommen und jetzt hatten sie ihm sein Leben gestohlen, um ihn zum Schweigen zu bringen. Mein wunderschöner Jamie. Wie konnten sie es wagen? Wie zum Teufel konnten sie es wagen?

Ich ignorierte die leise Stimme in meinem Kopf, die mich warnte, wie gefährlich das werden würde. Ignorierte sie, als sie mir sagte, dass ich die Vergangenheit ruhen lassen sollte. Dass ich als Nächste einem seltsamen Unfall oder getarnten Selbstmord zum Opfer fallen würde. Denn ich würde sie nicht damit davonkommen lassen. Ich würde das zu Ende bringen, was Jamie begonnen hatte. Ich würde sie bloßstellen.

Irgendwie.

Sein Tod durfte nicht umsonst gewesen sein.

Ich verließ das Haus, wobei ich völlig vergaß, meine Jacke überzuziehen. Während ich die Straße entlangging, schlängelte sich mein Atem wie drachengleicher Dunst um mich herum. Ich erschauderte und lief schneller. Als ich den Verulamium Park erreicht hatte, setzte ich mich auf eine Bank, von der aus man einen Ausblick auf die Türme der Abtei von St Albans hatte. Ich nahm das Prepaid-Nokia aus meiner Tasche und schaltete es ein. Es war so alt und rustikal, dass es weder Internet noch eine GPS-Funktion hatte. Ich wusste nicht einmal, wer Mitchell war, aber wenn Jamie ihm in dieser Angelegenheit vertraut hatte, würde ich das auch tun, also rief ich die einzige Person an, die mir in dieser Angelegenheit helfen konnte.

»Hier ist Maya.«

»Sie haben es gelesen?«

»Ja.«

»Jetzt wissen Sie also Bescheid.«

»Ich will das öffentlich machen.« Meine Stimme klang so hart wie Stahl. »Ich will, dass die dafür bezahlen, was sie getan haben.«

»Haben Sie sich gut überlegt, in was Sie da hineingeraten? Wer diese Leute sind? Sie wissen bereits, wozu die fähig sind.«

»Das ist mir egal! Ich kann nicht einfach so weiterleben und nichts tun. Ich denke an all die Leben, die sie ruiniert haben … Wie kann ich sie damit davonkommen lassen? Was, wenn sie das mit anderen Jungen immer noch tun? Sie noch immer missbrauchen? Ermorden? Irgendwie werde ich sie bloßstellen.« Ich stieß einen gepressten Atemzug aus. »Ich bin so verdammt wütend, Mitchell. Wütend und entsetzt und verzweifelt und angewidert und … so viele Dinge, die ich nicht einmal in Worte fassen kann.«

»Glauben Sie mir, ich weiß genau, wie Sie sich fühlen.« Seine Stimme war ruhig, darunter lag jedoch etwas Gefährliches.

»Dann verstehen Sie auch, dass ich irgendetwas unternehmen muss.«

»Aber wie weit sind Sie bereit zu gehen?«

Ich hielt inne. Biss mir auf die Lippe.

»Wenn die erfahren, dass Sie davon wissen, werden die Sie aus dem Verkehr ziehen.«

»Oder mich zum Schweigen bringen?«

»Läuft auf dasselbe hinaus. Also … was sind Sie bereit, deswegen zu tun? Denn wenn das rauskommt, gibt es kein Zurück.«

Ich wusste, was er damit ausdrücken wollte. Die Botschaft in seinen Worten, in seiner Stimme war völlig klar.

War ich bereit zu sterben?

»Es könnte eine Möglichkeit geben, sie bloßzustellen, ohne zu enthüllen, wer Sie sind oder was Sie wissen«, meinte Mitchell, noch bevor ich antworten konnte. »Ich denke, wir sollten uns treffen. Ich bin mir sicher, Sie haben eine Menge Fragen. Danach können Sie entscheiden, wie Sie weitermachen wollen.«

»Die habe ich. Wann?«

»Können Sie heute noch nach London kommen?«

»Ja. Sagen Sie mir, wo und wann, und ich werde da sein.«

»Wie wär's mit dem Hyde Park? Punkt Mittag? Wir treffen uns am Prinzessin-Diana-Gedenkbrunnen.«

»Okay.«

»Und, Maya, die nehmen an, dass Jamies Geheimnis mit ihm gestorben ist, sonst hätten sie Sie bereits getötet. Aber seien Sie vorsichtig. Achten Sie auf Leute, die Ihnen möglicherweise folgen. Reden Sie nicht im Haus darüber. Sprechen Sie weder per Festnetz noch auf Ihrem eigenen Handy darüber. Benutzen Sie nur das Prepaid-Handy, um mich anzurufen. Und erzählen Sie sonst niemandem davon.« Er legte auf.

Mir war gar nicht aufgefallen, dass Schneeregen vom Himmel rieselte. Als ich endlich zu Hause ankam, war ich bis auf die Knochen durchgefroren. Schnell zog ich mir Jeans, einen dicken schwarzen Pullover, meinen schwarzen Anorak und Stiefel an. Ich setzte mir noch eine schwarze Kappe auf sowie eine Sonnenbrille, damit mein Gesicht nicht erkennbar war. Schwarz für die Trauer. Jetzt, da ich ein Ziel hatte, spürte ich, wie mich die Stärke aufrichtete, in meinem Magen Funken sprühten und sich in jeder Faser meines Körpers ausbreiteten.

Aufgepasst, ihr Schweinehunde, ich werde euch kriegen.

Kapitel 26

Wir setzten uns auf eine Bank im Hyde Park und sahen vermutlich aus wie jedes normale Pärchen, das einen seltenen sonnigen Februartag draußen genießt.

Mitchell hatte einen Rucksack zu seinen Füßen stehen, in dessen Richtung er nickte. »Ich dachte mir, das könnte eine Weile dauern, also habe ich uns etwas zu essen mitgebracht.«

Der Gedanke an Essen war mir überhaupt nicht gekommen. Ein schweres Gefühl der Übelkeit drückte sich gegen meine Magenwand. Ich hatte so viele Fragen, dass sie auf meiner Zunge förmlich durcheinanderpurzelten.

»Warum Sie?«, fragte ich. »Warum ist Jamie zu Ihnen gekommen? Sind Sie privater Ermittler oder so etwas?«

Er starrte in Richtung einer Familie, die in der Ferne im Gras Schlagball spielte. »Dafür gibt es mehrere Gründe. Ich habe Jamie vor ungefähr einem Jahr bei einem Geschwadertreffen in Hereford kennengelernt.«

»Das Ehemaligentreffen, das Lee organisiert hatte?«

»Ja.«

»Sie waren also im selben Regiment?«

»Nein. Ich hab meine Militärkarriere bei den Fallschirmspringern begonnen, aber den Großteil meiner Zeit bei den Special Forces verbracht.«

»SAS, Special Air Service?« Meine Augen wurden groß.

»Ja, 22 SAS, um genau zu sein. Ich war den Großteil meiner Zeit bei der A-Squadron.«

»Ich dachte, diejenigen, die in der SAS gedient haben, sollen das nicht erwähnen.«

»Nun, normalerweise würde ich das auch nicht. Aufgrund der Dinge, die ich getan habe, bevorzuge ich natürlich im Allgemeinen, die Tatsache geheim zu halten, aber Sie sind ja nicht jedermann, oder? Das hier ist nicht unbedingt eine Alltagssituation.«

»Ist Ihr Name denn wirklich Mitchell?«

Er warf mir ein trockenes Grinsen zu.

»Oder müssten Sie mich töten, wenn Sie mir das sagen?« Ich lachte, aber mir war nicht zum Scherzen zumute. »Da müssen Sie sich mittlerweile vielleicht hinten anstellen.«

»Es spielt keine Rolle, wie mein Name lautet. Sie müssen nur wissen, dass ich der Gute bin.«

Ich musterte ihn einen Augenblick. Von seinem Gesicht konnte ich nichts ablesen. »Ich hoffe es.« Ich blickte hinunter auf meine Hände. »Aber fahren Sie fort. Sie haben mir gerade erzählt, wie Sie Jamie begegnet sind.«

»Also, wie ich schon erwähnt habe, sind wir uns im Militär nicht über den Weg gelaufen. Es war erst später, bei diesem Treffen. Jamie hatte mit Lee in der 299 Signal Squadron gearbeitet. Lee wurde später für die 264 SAS Signal Squadron rekrutiert.«

»Er hat nie wirklich über seine Zeit bei der Armee gesprochen. Als ich ihn kennengelernt habe, war das schon lange vorbei. Ich wusste, dass er sich gelegentlich mit einigen der Jungs trifft, mit denen er gedient hatte, aber er hat nie viel über sie berichtet.«

»Auf jeden Fall hat Jamie dann erfahren, dass ich … meinen Sohn verloren habe.« Mitchells Kiefer verkrampfte sich.

»Sein Name war Alex. Er war sieben Jahre alt und … ist eines Tages verschwunden. Das war 1985 und ich diente zu der Zeit in Nordirland. Meine Frau Jo konnte mich nicht kontaktieren.« Er beugte sich vor, die Ellbogen auf die Oberschenkel gestützt, und starrte ins Leere. Seine Stimme klang hart. »Ich habe erst zwei Tage später davon erfahren. Als ich endlich Sonderurlaub bekommen hatte und zurückgekommen war, hatte die Polizei bereits Alex' Leiche gefunden.«

»Oh mein Gott! Das tut mir so leid.« Ich streckte meine Hand aus, um seine zu berühren, eine Geste des Mitgefühls, war mir jedoch nicht sicher, ob es das Richtige war. Daher ließ ich meine Hand einfach in der Luft schweben.

Er drehte sich zu mir, um mich anzusehen. Seine blauen Augen waren schmerzerfüllt, aber es lag noch etwas anderes darin. Etwas Feuriges und Dunkles.

Ich zog meine Hand zurück.

»Als Jo Alex das letzte Mal gesehen hatte, war er aus dem Haus gegangen, um in dem Park ganz bei uns in der Nähe zu spielen. Er lag nur zwei Straßen entfernt. Wir haben in einer guten Gegend gewohnt. Zu jener Zeit hat man nicht an … solche Art Menschen in der eigenen Nachbarschaft gedacht. Alex wurde gefoltert. Vergewaltigt. Und ermordet. Und dann an einer abgelegenen Landstraße wie Müll entsorgt.«

Meine Hände flatterten zu meinen Wangen und verharrten dort einen Augenblick, während seine Worte auf mich einprasselten. Und dann berührte ich doch seine Hand. »Das tut mir so leid.«

Mitchell sah weg und entzog mir seine Hand. »Er wurde ganz klar von einem Pädophilen umgebracht. Aber die Polizei hatte keine Spuren. Es haben sich keine Zeugen gemeldet. Die Gerichtsmedizin war damals noch nicht so fortschrittlich. Alex war gewaschen und neu eingekleidet worden. Billige Hose und T-Shirt, die man zu der Zeit in jedem Woolworth bekommen hat.« Mitchell sprach ruhig, kontrolliert, aber in seiner Stimme schwang ein Schmerz mit, der mir das Herz brach. »Man hat nie herausgefunden, wer es getan hat. Ich habe selbst ermittelt. Tage habe ich damit zugebracht, an Türen zu klopfen, Leute zu fragen, die in der Nähe des Parks oder der Straße, wo er gefunden wurde, wohnten, ob sie irgendetwas gesehen oder gehört hätten. Aber …« Er presste die Finger auf den Nasenrücken. »Alex schien einfach verschwunden zu sein. Und auch beim Ablegen seiner Leiche hatte niemand irgendetwas gesehen.

Zwischen Jo und mir war es auch schon davor eine ganze Weile nicht mehr gut gelaufen. Als Frau eines Militärangehörigen …, nun ja, die Beziehung leidet darunter. Wir hatten Alex bekommen, als wir noch sehr jung waren, und befanden uns bereits an einem unsteten Punkt unserer Ehe, was wohl mehr meine Schuld als ihre war. Aber selbst wenn wir unsere Eheprobleme zu der Zeit hätten durchstehen können, hatten wir einfach keine Chance, die Ermordung unseres Kindes zu verkraften.«

Ich blinzelte meine Tränen zurück und hielt die Hände vor den Mund.

»Sie hat mir die Schuld dafür gegeben, nicht da gewesen zu sein, als es passiert ist. Ich hab ihr die Schuld gegeben, nicht auf ihn aufgepasst zu haben. Und ich habe mich selbst schuldig gefühlt, weg gewesen zu sein. Nicht da gewesen zu sein, um ihn zu beschützen. Bei so viel Schuldgefühlen, Wut und Traurigkeit war es uns unmöglich, wieder zusammenzufinden.« Er öffnete den Rucksack, nahm eine Thermoskanne mit Tee heraus und reichte mir zwei Plastiktassen. Er goss eine dampfende milchige Flüssigkeit hinein, nahm sich eine Tasse und trank langsam davon, bevor er die Thermoskanne wieder in die Tasche steckte.

Ich wärmte meine kalten Hände an der Tasse.

»Sie ist nie darüber hinweggekommen. Irgendwann haben wir uns scheiden lassen. Ich habe mich in die Arbeit gestürzt, um zu vergessen, was lange funktioniert hat. Aber dann fing ich an, darüber nachzudenken, womit ich meine Brötchen verdiene. Was ich manchmal tun musste.«

»Sie meinen … Leute umbringen?«

Er trank noch einen Schluck. »Ich meine, machte es die Sache besser, dass ich sie im Namen von Königin und Vaterland ausführte?« Verbittert schüttelte er den Kopf. »Ich konnte es vor mir selbst einfach nicht mehr rechtfertigen. Immer wieder sah ich in Gedanken Alex vor mir. Und ich habe an die unschuldigen Kriegsopfer gedacht – die Kinder, die Frauen, die Zivilisten. Ich wollte nicht mehr Teil davon sein.

Nachdem ich die SAS verlassen hatte, arbeitete ich für einen Freund, der ein privates militärisches Unternehmen führte.«

»*Privates* Militär? Was bedeutet das?«

»Private militärische Unternehmen ähneln dem Sicherheitsdienst der Regierung, dem normalen Militär oder der Polizei. Sie führen Risikobeurteilungen für Unternehmen durch und bieten VIP-Personenschutz, besonders in feindlichen oder risikoreichen Gebieten. Sie übernehmen Überwachungen, Sorgfaltsprüfungen und andere Ermittlungsarbeiten, trainieren militärische oder private Sicherheitstruppen, testen Verteidigungssysteme oder Regierungseinrichtungen und bieten Cyberschutz an. Und einige der skrupelloseren Unternehmen leisten auch eine Menge anderer fragwürdiger Dienste, die niemals auf der Website des Unternehmens auftauchen würden.

Offiziell waren wir im Irak, um die Wiederaufbauinitiative der Großen zu unterstützen, Leute wie Recon5. Das wollte ich auch tun, um das Gefühl zu haben, meinen Teil dazu beizutragen, dem Land nach all der Zerstörung etwas positive Veränderung zu bringen. Aber letztendlich lief es ganz anders. Mein Unternehmen war verantwortlich für die private Sicherheit von Recon5, die einen großen Regierungsauftrag ergattert hatten, um die Infrastruktur wiederaufzubauen und

Militärdienste zu leisten, aber das Einzige, was sie taten, war es, die Steuerzahler zu prellen.

Sie sollten sicheres Wasser zum Putzen und Kochen für die Truppen bereitstellen, doch alles war kontaminiert, weil sie kein Geld für die Wasseraufbereitungsanlagen ausgaben, die sie der Regierung in Rechnung stellten. Diese Soldaten, die also nicht mal eine Schusswunde davongetragen hatten, kamen schließlich mit Krankheitserregern in ihrem Blut nach Hause, von denen sie nicht das Geringste wussten.

Dann wurde den Truppen nur zu bestimmten Zeiten Essen serviert, anstatt dass ein 24-Stunden-Service zur Verfügung stand, weil es so billiger war. Aber das bedeutete auch, dass der Feind wusste, wann die Truppen nicht im Dienst und alle am selben Ort versammelt waren, also wurden die Kantinen angegriffen. Weiterhin haben sie der Regierung sämtliche Dienste überteuert in Rechnung gestellt, sogar für längst abgeschlossene Arbeiten.

Die Zelte, die sie für das Militär bereitgestellt hatten, waren schimmlig. Die Soldaten wurden krank, während die Verantwortlichen von Recon5 in schicken 5-Sterne-Hotels in Kuwait nächtigten und in Wagen im Wert von fünfzigtausend Dollar herumkurvten, die sie überhaupt nicht brauchten und die sie jeweils für zweihundertfünfzigtausend Dollar geleast hatten.

Sie haben neue Baufahrzeuge mitgebracht, hatten aber keine Ausrüstung, um sie zu reparieren, als sie kaputt waren, weil sie dafür kein Geld anfordern konnten. Sie hatten nicht mal grundlegende Dinge wie Ölfilter oder Ersatzreifen. Stattdessen haben sie dann brandneue Fahrzeuge in Brand gesteckt, was Tausende gekostet hat, und das haben sie später der Regierung in Rechnung gestellt und noch mehr Profit gemacht.«

»Das ist einfach unglaublich!«, keuchte ich. »Absoluter Betrug!«

»Und das ist noch längst nicht alles. Die Liste lässt sich unendlich fortsetzen. Es war ein riesiger Betrug, unterstützt durch die Regierung und bezahlt von den Steuerzahlern, und sie sind damit durchgekommen. Sie waren nur darauf aus, Profit zu machen. Die Soldaten oder das irakische Volk waren ihnen völlig egal.

Ich habe dabei eine Menge Geld verdient. Mehr, als ich jemals benötigen werde. Aber was wir getan haben und die moralischen Entgleisungen dessen, was Recon5 und die Regierung im Irak angestellt haben, hatte Auswirkungen auf mich. Ich konnte es vor mir selbst nicht länger rechtfertigen, also bin ich aus dem Unternehmen ausgestiegen. Aber sobald ich nicht mehr arbeiten ging und sich alles etwas beruhigt hatte, drang Alex wieder in meine Gedanken. Ich fragte mich, was zum Teufel ich mit meinem Leben machte. Warum ich nicht etwas unternahm, um diese Pädophilen auszuschalten? Alex' Leben musste doch irgendeine Bedeutung gehabt haben. Also wurde ich ein Pädophilenjäger.«

»Ein was?« Ich runzelte die Stirn und erbleichte. »Sie meinen … Sie fangen sie und dann … was? Sie bringen sie um? Sie üben Selbstjustiz?«

Er atmete tief durch. »Nein, ich bringe sie nicht um. Das würde ich zwar gern, aber nach meiner Karriere habe ich mir geschworen, dass Schluss mit dem Töten ist.«

»Was tun Sie also dann?«

»Ich fange Pädophile. Nicht die Sorte von VIPs, mit denen es Jamie zu tun hatte – die Mächtigen, die zur Oberschicht gehören und in der Öffentlichkeit stehen. Die Leute, die ich jage, sind Online-Raubtiere. Sie würden nicht glauben, wie viele davon es da draußen gibt.«

»Also … mein Gott, ich kann nicht … das ist eine Menge zu verdauen. Wie schaffen Sie es …« Ich brach ab, wusste nicht, was ich fragen sollte. Wusste nicht, ob ich es wissen wollte.

»Wollte Jamie, dass Sie sie umbringen, diese …« Ich konnte sie nicht Menschen nennen. An diesen Kindesmisshandlern war nichts Menschliches. Sie waren unmenschlich. Böse. Krank. Psychopathen. »Wollte er, dass Sie diese Bastarde umbringen?«

Er blickte mich an. Sah dann wieder weg. »Wie schon gesagt, so etwas tue ich nicht mehr. Und außerdem, hätte er das gewollt, hätte er sie selbst umbringen können. Er hatte Kampferfahrung.«

Ich kaute auf meiner Lippe und blickte einer jungen Mutter hinterher, die mit einem kleinen Jungen im Buggy um den See spazierte. Er war warm eingepackt in einen roten Anorak und trug eine Pudelmütze aus Fleece. In einer Hand hielt er einen kandierten Apfel, mit der anderen zeigte er aufgeregt auf die Schwäne, die über das Wasser glitten. »Aber was wäre, wenn … Was wäre, wenn Sie jemals herausfänden, wer Alex ermordet hat? Was würden Sie dann tun?«

Für einen kurzen Augenblick blitzte der pure Hass in seinem Gesicht auf, doch er ignorierte die Frage. »Es ist nie darum gegangen, sie zu finden und dann umzubringen«, fuhr Mitchell fort. »Jamie wollte Gerechtigkeit, keine Rache. Er wollte, dass sie bloßgestellt und verurteilt werden. Er wollte, dass die Wahrheit ans Licht kommt. Und er hat gewusst, was ich tue. Er dachte, ich könnte ihm vielleicht mit ein paar Kontakten bei der Polizei helfen, die die Angelegenheit durchziehen würden und sie nicht aufgrund der involvierten Personen vertuschen würden.«

Ich war überwältigt von einem glühenden Zorn auf das, was diese Männer Jamie und den anderen angetan hatten, und kurz fragte ich mich, ob ich es tun könnte. Mir eine Waffe besorgen und ihnen das Hirn wegpusten. Sie foltern. Sie mit dem Auto überfahren. Sie hatten gemordet. War sie umzubringen nicht auch eine Form der Gerechtigkeit? Wie schwer würde es sein? Wie leicht? Könnte ich damit leben? Würde ich erwischt werden? War mir das überhaupt wichtig?

Ich schüttelte diese Gedanken ab. Natürlich konnte ich niemanden umbringen, egal, wie sehr ich darüber fantasierte.

»Also, wie erwischen Sie sie?«

»Ich gebe mich in Chatrooms und den sozialen Medien als kleines Mädchen oder Junge aus. Dann interagiere ich mit den Pädophilen online, bis sie mich treffen wollen. Ich speichere alles, was sie schreiben. Jede Bewegung auf ihrer Tastatur. All die widerlichen, kranken Worte. Sämtliche Beweise für ihre Überredungsversuche zu Sex. Anschließend übergebe ich alles der Polizei und überlasse denen den Rest. Es ist ein Verbrechen, sich mit einem Kind im Netz oder über andere Wege anzufreunden, mit dem Vorhaben, es zu missbrauchen. Es gibt außerdem neue Richtlinien, die es Erwachsenen verbieten, online auf Kinder einzuwirken, um sexuelle Handlungen anzubahnen.«

»Und die Polizei benutzt tatsächlich Ihre Beweise, um sie zu verurteilen?«

Mitchell nickte. »Gesicherte Beweise dürfen verwendet werden.«

Ich war verblüfft, mir fehlten die Worte.

»Die meisten lügen nach Strich und Faden, wenn sie erwischt werden, leugnen, dass sie mit einem minderjährigen Jungen oder Mädchen kommuniziert haben. Leugnen die widerlichen Andeutungen, die von ihnen gesendeten Fotos, die sexuellen Gespräche, den Grund, aus dem sie sich treffen wollten. Sie geben lächerliche Ausflüchte an, aber die Beweise sind immer da. Ich initiiere den Kontakt zu ihnen niemals selbst. Ich warte, bis sie zu mir kommen. Ich versuche nicht, sie in die Falle zu locken. Das schaffen sie gut genug selbst.«

»Ich verstehe, warum Sie das tun, aber warum überlassen Sie das nicht der Polizei?« Sobald die Frage meinen Mund verlassen hatte, wusste ich auch schon die Antwort. Ein Teil der Polizei war involviert. Ich trank einen Schluck Tee, in der Hoffnung, die warme Flüssigkeit würde meinen Magen beruhigen.

»Erstens haben sie nicht genug Personal, um mit der schieren Menge fertig zu werden. Sie verfügen weder über die Leute noch die erforderlichen Geldmittel. Und ich weiß, was Sie denken, nachdem Sie gelesen haben, was Jamie geschrieben hat, und damit könnten Sie recht haben. Einige der beteiligten Leute arbeiten bei der Polizei. Diese Leute kommen aus sämtlichen Gesellschaftsschichten.«

Ich blinzelte die Tränen weg, die mir den Blick verschleierten.

»Das Geld, das ich beim privaten Militär verdient habe, bedeutet nichts. Es ist lediglich ein Mittel zum Zweck, das es mir ermöglicht, das hier zu tun. Und wenn ich einen kranken Bastard von der Straße hole, hilft mir das, für eine Weile die Leere zu füllen. Ich kann nicht einfach herumsitzen und nichts tun, wenn ich weiß, dass das überall passiert.«

Ich schüttelte den Kopf. »Ich will die erwischen, Mitchell.«

»Sie müssen wissen, dass das hässlich und vermutlich gefährlich werden wird. Es wird nicht leicht, die Wahrheit ans Licht zu bringen. Es wird Vertuschungen geben, Recherchen werden im Keim erstickt werden. Diese Leute sind mächtig. Sie sind die Elite. Sie haben Verbindungen zu Westminster. Zu einflussreichen Familien. Sie werden das Establishment – das System – schützen, was es auch kosten mag. Und sie werden vor nichts haltmachen, um zu verhindern, dass die Wahrheit ans Licht kommt.«

»Das ist mir egal. Wie ich schon gesagt habe, ich habe nicht mehr viel, für das es sich zu leben lohnt. Gerade Sie müssten das doch verstehen.«

Er sah mich an, prüfte die Entschlossenheit in meinem Gesicht.

»Werden Sie mir helfen? Sie haben ganz eindeutig Erfahrung mit so etwas.«

»Ja, aber nicht mit den Leuten, die hier involviert sind. Und das ist es auch, was ich Jamie gesagt habe. Ich habe auch ihn gewarnt. Ich habe ihm erklärt, meine Kontakte wären nicht weit genug oben, um mit denen umzugehen, die er bloßstellen wollte, aber er war fest entschlossen, die Wahrheit ans Licht zu bringen.«

»Aber werden Sie mir helfen?« Ich umklammerte seinen Arm.

Er hielt inne. Sein Bizeps versteifte sich unter meiner Berührung. »All diese Kinder … Sie wurden missbraucht und gefoltert und so behandelt, als wäre ihr Leben nichts wert – als wären sie bloß ein Gebrauchsgegenstand –, und es waren einfach nur Kinder! Genau wie Alex. Ich verstehe nicht, wie es Menschen geben kann, die so etwas tun.« Er mahlte mit den Zähnen. »Natürlich werde ich Ihnen helfen. Ich könnte mich selbst nicht mehr im Spiegel anschauen, wenn ich es nicht täte.«

»Danke.« Ich löste meinen Griff und riss die Augen auf, als mir ein Gedanke kam. »Hätte Jamie mir je erzählt, was er tun wollte?«

»Er hat versucht, mit sich zu klären, *wie* er es Ihnen erzählen soll. Das ist schließlich nichts, das man einfach mal beim Abendessen anspricht, oder? Er hatte dieses Geheimnis lange für sich behalten. War jemand anderes geworden. Er hat sich den Kopf darüber zerbrochen, was das Ihnen antun würde.«

Jamie hatte das alles allein durchgestanden, er hatte sich *meinetwegen* Sorgen gemacht? Ich strich über den Ring an meiner linken Hand und wurde von dem Gewicht meines Kummers beinahe erdrückt.

»Zuerst hat er versucht, die anderen Jungen, die mit ihm in Crossfield gewesen waren, davon zu überzeugen, ebenfalls damit an die Öffentlichkeit zu treten. Bei Fällen von Kindesmissbrauch sind üblicherweise Jahre vergangen, was bedeutet, dass es keine Beweise gibt. Die einzige Hoffnung darauf, irgendwelche Köpfe rollen zu lassen, bestand darin, Bekräftigung durch andere Leute zu erhalten. Es ist Jamie nicht allzu schwergefallen, herauszufinden, wo diese Leute waren. Immerhin ist er IT-Experte.«

»War«, flüsterte ich und das Wort brannte auf meiner Zunge, als wäre es Säure.

»Tut mir leid.«

Ich nickte nur kurz. »Wie haben sie es getan? Wie konnten sie ihn erhängen? Ich meine, er war beim Militär. Er hatte Training. Er konnte auf sich aufpassen.«

Mitchell schürzte die Lippen. »Das bedeutet nicht, dass er unfehlbar war oder keinen Fehler gemacht hat. Sie könnten ihn überrascht, ihn überwältigt, ihn mit einer Waffe oder auch mit Ihnen bedroht haben.«

»Mit mir?«

»Sie könnten gedroht haben, Sie umzubringen. Oder schlimmer: Sie zu verstümmeln, zum Krüppel zu machen.«

Mir wurde schwindlig und ich hatte das Gefühl, ich würde fallen. »Oh mein Gott.« Unwillkürlich legte ich mir eine Hand auf den Magen. »Also … könnte es sein, dass er sich geopfert hat, um mich zu retten?«

Mitchell antwortete nicht. Er schaute mich lediglich an, aber die Antwort war in seinen Augen zu lesen.

Ich brauchte eine Weile, um das zu verdauen. Wir saßen schweigend da, während ich versuchte, nicht zu weinen.

Schließlich redete ich weiter. »Ich habe Ihnen doch die Liste gezeigt, die Jamie geschrieben hat? Ich habe die Leute, die darauf standen, aufgesucht. Ich habe Billys Bruder gefunden, aber anscheinend hat Billy vor einem Jahr Selbstmord begangen. Sean leidet an Schizophrenie und wird oft ins Krankenhaus eingeliefert, aber ich glaube, er wollte mir mit seinem seltsamen Gestammel mitteilen, dass er nicht reden wird. Trevor ist anscheinend nach Amerika gezogen, und wie ich ja schon erzählt hatte, ist Dave am Tag nach Jamies Tod bei einem Autounfall mit Fahrerflucht ums Leben gekommen.« Ich strich eine Haarsträhne weg, die mir der Wind ins Gesicht geweht hatte. »Es gab noch eine Adresse für jemanden namens Moses. Ich habe mit seiner Mum gesprochen, die mir erzählt hat, dass er 1984 verschwunden ist. Ich habe ein Foto von ihm gesehen. Er war ein wirklich hübsches Kind. Er war der zweite unbekannte Junge auf der Party, nicht wahr?«

»Ja. Derjenige, der mit all den Männern im Verlies verschwunden ist, und den Jamie nie wiedergesehen hat. Sie haben ihn ganz offensichtlich ermordet, genau wie den anderen Jungen, der von Eamonn Colby erwürgt wurde.«

Ich rieb mir über die angespannte Stirn, versuchte, die winzigen Knoten wegzumassieren. »Es gibt also niemanden, der irgendetwas bestätigen kann oder will?«

»Tatsächlich hatte Jamie eine Möglichkeit gefunden, sie bloßzustellen, ohne selbst involviert zu werden. Er hat mich am Tag vor seinem Tod angerufen und gemeint, dass er etwas Bedeutsames in die Hände bekommen habe. Er wollte mir am Telefon nicht berichten, worum es sich handelt, aber ich schätze, dass es sich um einen Film oder Fotos drehte. Ich bin am nächsten Tag mit Lee verreist, um den Aconcagua zu besteigen, also haben wir vereinbart, dass ich Jamie anrufe, wenn ich zurück bin, damit wir uns dann treffen und besprechen können, wem wir vertrauen könnten, das weiterzugeben. Aber so weit ist es nie gekommen. Ich war dreieinhalb Wochen fort. Als ich zurückgekehrt bin, habe ich erfahren, dass er umgebracht wurde.« Er sog scharf die Luft ein. »Lee spricht Ihnen übrigens sein Beileid aus.«

»Danke.« Ich nickte langsam und versuchte, das alles zu verarbeiten. »Woher hatte Jamie diese *bedeutsame* Sache?«

»Von Dave. Nach jeder Party in Crompton Place hat Dave etwas aus dem Haus mitgehen lassen. Üblicherweise etwas Kleines, das er in seiner Kleidung verstecken konnte. Jamie hat mir nicht gesagt, was Dave ihm gegeben hat, nur dass es etwas war, das niemand würde leugnen können, nachdem er es gesehen hat. Dave hatte es all die Jahre über behalten. Es war seine Versicherung gewesen.«

Ich dachte an Daves arme Frau, Anita, die vermutlich in seliger Unwissenheit darüber lebte, was in Daves Kindheit vorgefallen war, genau wie es mir bei Jamie ergangen war. »Und dann wurde er ebenfalls ermordet.«

»Sieht so aus.«

»Aber woher haben die gewusst, was Jamie herausgefunden oder was er getan hat? Woher haben sie gewusst, dass er versuchen würde, diese Leute bloßzustellen?«

»Vielleicht wurden bestimmte Internetsucheingaben überwacht. Oder Jamie hat mit der falschen Person gesprochen, die dann jemandem weiter oben einen Tipp gegeben hat. Jemandem mit Vollmachten. Jemandem, der den Tod eines Informanten arrangieren konnte. Oder irgendwelche anderen Informationen konnten auf Jamie zurückgeführt werden und sie haben seine Bewegungen nachverfolgt. Seine Handys und sein Haus sind mit ziemlicher Sicherheit verwanzt. Sie müssen ab jetzt also wirklich vorsichtig sein, was Sie zu Hause äußern.«

Ich dachte über das nach, was ich in unserem Haus am Telefon gesagt hatte, seit Jamie gestorben war. Die Gespräche, die ich mit Ava und Tony im Haus geführt hatte. Hatten sie mich belauscht, versucht herauszufinden, was ich wusste? Und hatte ich irgendetwas Belastendes von mir gegeben, das aufzeigen würde, dass ich etwas vermutete?

Nein, ich glaubte nicht. Diese Gespräche waren nur der Trauer zuzuschreiben gewesen. Eine todunglückliche Witwe, die versuchte, Antworten auf das Unfassbare zu finden. Und ich hatte Mitchell außerhalb des Hauses auf dem Prepaid-Handy angerufen.

»Aber Jamie war ein IT-Experte. Er hat doch sicherlich gewusst, wie man im Internet Nachforschungen anstellt, ohne erwischt zu werden, besonders bei etwas, das so gefährlich sein konnte.«

»Es gibt Software, die man verwenden kann, um online anonym zu surfen. Die benutze ich selbst auch. Ich bin mir sicher, dass Jamie sie ebenfalls verwendet hat, um keine Alarmsignale auszulösen. Es ist sehr wahrscheinlich, dass er seinen Laptop so eingerichtet hat, dass er sich selbst löscht, wenn jemand ohne Autorisierung versucht, ihn anzuschauen. Aber diese Leute sind Profis. Sie haben Tausende Möglichkeiten und Ressourcen, um an Informationen zu gelangen.«

»Aber wer sind *diese Leute*? Wer, glauben Sie, hat ihn umgebracht?«

»Leute, die es nicht riskieren können, dass irgendetwas davon rauskommt. Leute, die die höchsten Ränge des Establishments schützen und sich um die Belange der nationalen Sicherheit kümmern. Eine Spezialabteilung? Der MI5? Oder ein Betreiber, der für die Sicherheitsdienste arbeitet, und den man einfach leugnen könnte.«

Ich dachte an mein Gespräch mit Sean zurück. Er hatte *die anderen* erwähnt. Hatte er damit die nationalen Sicherheitsdienste gemeint?

»Sie sind in unser Haus eingebrochen. Sie haben nach irgendetwas gesucht. Ich dachte, es wäre das Tagebuch gewesen, und eventuell war das auch ein Teil davon. Vielleicht haben sie gewusst, dass Jamie alles aufgeschrieben hat, aber sicherlich haben sie auch nach dem Beweis gesucht, den Dave Jamie gegeben hat.«

»Aber haben sie ihn gefunden? Das ist die Frage.«

»Woher sollen wir das wissen? Ich schätze, das ist im Augenblick unmöglich. Wir müssen davon ausgehen, dass sie das nicht getan haben, und versuchen, ihn selbst aufzuspüren.«

»Sie haben Jamie bereits umgebracht. Es ist sehr wahrscheinlich, dass sie auch Dave umgebracht haben, und möglicherweise auch Billy, oder wenn nicht, waren sie zumindest für seinen Selbstmord verantwortlich. Sollte dieser Beweis noch existieren und, wie Jamie meinte, etwas Bedeutendes sein – etwas, wodurch keine anderen Beweise mehr nötig wären –, dann könnten Sie das ebenfalls verwenden.« Er drehte sich zu mir um und sah mich direkt an. »Aber selbst wenn Sie es benutzen *können*, besteht noch immer die Chance, dass die herausfinden, dass Sie davon wissen. Sind Sie sicher, dass Sie das durchziehen wollen? Sie müssen sich absolut und zu hundert Prozent darüber im Klaren sein, denn es wird dann kein Zurück mehr geben.«

Ich schaute zu einer Familie im Park, die alle lachten, Spaß hatten, glücklich waren, am Leben waren. Das wären Jamie und ich in der Zukunft gewesen. Verheiratet mit ein paar Kindern. Aber all das war mir grausam genommen worden. Verdammt noch mal, ja, ich wollte das tun.

»Ja. Das muss ich. Für Jamie.«

»Okay. Wenn wir davon ausgehen, dass die den Beweis nicht haben, wo könnte Jamie ihn dann versteckt haben? Sie kennen ihn besser als irgendjemand sonst.«

»Ich habe nach seinem Tod das Haus durchsucht, als ich versucht habe, Antworten darauf zu finden, warum er sich das Leben genommen hat. Ich habe nur die Liste mit den Namen und Adressen der anderen Leute aus Crossfield gefunden. Die, wer immer *die* auch sind, haben sie nicht entdeckt. Sie war unter dem Kies im Garten verborgen, wo Jamie oft Sachen aufbewahrt hat, falls jemals in das Haus eingebrochen werden würde. Ich bin mir also sicher, dass im Haus nichts Brisantes mehr liegt.«

»Aber haben Sie auch unter Teppichen und Dielenböden nachgeschaut? Auf dem Dachboden? In jedem letzten Winkel?«

»Nein.«

»Glauben Sie, die Mörder haben das getan? Ist Ihnen irgendeine Teppichecke oder ein Bodenbrett aufgefallen, die irgendwie nicht wie immer waren? Solche Dinge?«

»Nein.«

»Nun, dann müssen Sie alles noch mal sorgfältig durchgehen. Überall nach einer Veränderung von Staubflecken forschen. Das Haus und den Garten von oben bis unten durchforsten, und wenn ich überall sage, meine ich überall. Falls Sie Falttüren an den Schränken haben, schauen Sie dahinter nach. Er könnte Dinge hinter den Türen versteckt haben, wo die meisten Leute nicht nachsehen würden.«

Ich wollte ihn fragen, wie weit er selbst bereit zu gehen war. Für mich, die er nicht einmal kannte. Für Jamie, dem er nur kurz begegnet war und mit dem er lediglich eine schwache Verbindung zum ehemaligen Militärdienst und die schrecklichen Auswirkungen der Taten Pädophiler teilte. Würde Mitchell diese Monster umbringen? Für mich? Würde er das tun? Er war in der SAS gewesen. Er konnte einen Menschen vermutlich nur mit einem Zahnstocher auf fünfzig verschiedene Arten töten. Konnte ich das überhaupt von ihm verlangen? Ich fragte mich, ob ich wohl langsam wahnsinnig wurde, allein in Betracht zu ziehen, ihn das zu fragen.

Ich schob diese dunklen Gedanken in den hintersten Winkel meines Gehirns. »Jamies Laptop wurde gelöscht, wenn dort also digitale Fotos oder Videos gespeichert waren, wurden sie vernichtet.«

»Das Ganze ist in den frühen Achtzigern passiert, ich schätze daher, der Beweis wären eher richtige Fotos, vermutlich Polaroids.«

»Ja, er hat Polaroids in seinem Tagebuch erwähnt.«

»Hat er das?«

»Haben Sie es nicht gelesen?«

»Das musste ich nicht. Jamie hat mir das meiste selbst erzählt. Falls Dave ihm einen Film gegeben hat, wäre das eine richtige Videokassette oder ein Schmalfilm.«

»Falls Sie so etwas verstecken würden, welchen Platz würden *Sie* wählen?«

Mitchell dachte eine Weile nach. »Falls er ihn im Jeep hatte, hätten sie den vermutlich schon überprüft, als er am Tatort zurückgelassen wurde.«

»Sie haben recht. Da ist vermutlich nichts zu holen, aber es schadet nicht, ihn noch einmal durchzukämmen, falls sie etwas übersehen haben.«

»Wie wär's mit seinem Arbeitsplatz?«

»Sein Chef meint, er hätte ihn in jener Woche nicht gesehen. Jamie hatte Urlaub genommen. Wenn Dave ihm den Beweis einen Tag vor Jamies Tod gegeben hat, hätte er ihn nicht dort verstecken können.«

»Vielleicht wusste sein Chef ja nur nichts davon. Hatte Jamie einen Schlüssel zum Büro?«

»Ja.«

»Er könnte außerhalb der Bürozeiten hingefahren sein. Und hatte er vielleicht irgendwo einen Lagerraum?«

»Nicht, dass ich wüsste.«

»Das sollten Sie überprüfen. Ich weiß, dass er keine Familie mehr hatte, aber er könnte eine Kopie bei Freunden gelassen haben. Ich habe Lee und einige der anderen Männer gefragt, mit denen Jamie gedient hat, aber er hat sie nicht kontaktiert und gebeten, dass sie etwas für ihn aufbewahren.«

»Er hatte sonst keine engen Freunde, nur die Kollegen bei der Arbeit. Niemanden, von dem ich glaube, dass er ihm etwas so Wichtiges anvertraut hätte.« Ich hielt inne und erinnerte mich an die Worte in seinem Tagebuch. Kein Wunder, dass er Probleme hatte, Menschen zu vertrauen. Sich nur selten erlaubt hatte, Menschen näherzukommen. Ich fühlte mich umso geehrter, dass er mich als die Person erwählt hatte, die er in seinem Leben gewollt hatte.

»Er könnte ein Tresorfach in einer Bank verwendet haben. Oder den Beweis in irgendeinem Schließfach deponiert haben.«

»Das Freizeitzentrum! Vielleicht hat er ihn in seinem Schließfach dort eingeschlossen. Er ist oft dort gewesen. Sein Training war für ihn beinahe eine Obsession. Jetzt verstehe ich auch den Grund dafür. Er wollte sich von diesem hilflosen kleinen Jungen in jemanden verwandeln, der stark und fit ist.«

»Der Beweis könnte allerdings auch in irgendeinem Bahnhofsschließfach am anderen Ende des Landes liegen. Er könnte überall sein.«

»Sagen Sie das nicht. Ich muss glauben, dass wir den Beweis finden, worum es sich auch handeln mag.«

»Dann machen wir einen Schritt nach dem anderen.« Er legte eine warme Hand auf meine und drückte sie. »Ich würde Ihnen ja gern bei der Suche helfen, aber ich glaube, wir sollten meine Beteiligung für den Augenblick nicht zu offensichtlich machen. Ich glaube, Sie sollten das allein tun. Fürs Erste. Wenn die Sie beobachten, wirkt es verdächtig, wenn ich bei Ihnen bin. Geht das für Sie in Ordnung?«

Für mich ging überhaupt nichts in Ordnung. Plötzlich wollte ich Mitchell bei mir haben, als eine Art zusätzlichen Schutzfaktor, aber er hatte recht. Es würde verdächtig aussehen. Ich holte den USB-Stick mit Jamies Tagebuch aus der Tasche und gab ihn ihm. »Ich glaube, den sollten Sie wieder aufbewahren. Nur für den Fall, dass die zurückkommen und ihn finden.«

Er nickte und steckte ihn in seine Tasche.

»Ich habe noch eine Frage.« Ich spielte erneut mit meinem Ring. »Hat Jamie Ihnen erzählt, dass er mir einen Antrag machen wollte?«

Seine Augenbrauen hoben sich leicht. Kurz überzog Mitleid sein Gesicht, doch gleich darauf wurde es durch eine neutrale

Ausdruckslosigkeit ersetzt. »Ja. Er hat gedacht, wenn Sie Ja sagen und die Dinge später ans Licht kommen, hätte er eine bessere Chance, Sie zum Bleiben zu bewegen.«

Ich hob den Ring an meine Lippen. »Ich wäre sowieso geblieben«, flüsterte ich. »Ich habe ihn geliebt.«

»Ich weiß.« Er öffnete den Rucksack, holte ein paar im Laden gekaufte Sandwiches heraus, die in Plastikfolie gewickelt waren, und legte sie auf die Bank zwischen uns. »Was immer Sie auch tun, halten Sie zu Ihrer eigenen Sicherheit die Augen offen. Sie müssen auf sich aufpassen, okay?«

Ich wusste nicht, ob ich mich jemals wieder sicher fühlen würde. Jetzt nicht mehr.

Kapitel 27

Ich saß im Zug zurück nach St Albans und mein Blick wanderte über die anderen Mitreisenden. Wurde ich von *denen* beobachtet, oder dachten sie, Jamie hätte seine Geheimnisse mit ins Grab genommen? War der Mann im Anzug mir gegenüber, der auf seinem Laptop tippte, ein unschuldiger Pendler oder lauerte etwas Böses hinter seiner Fassade? War die Frau, die neben mir die *Cosmo* las, eine Agentin für den MI5? War der junge Mann, der den Zug mit seinem Fahrrad betreten hatte und sich gegen die Tür lehnte, darauf aus, mich umzubringen?

Bis ich endlich zu Hause ankam, hatte ich wirklich jeden gemustert und auf irgendetwas Verdächtiges überprüft. Ich spähte immer wieder über meine Schulter, um herauszufinden, ob mir jemand folgte, bemerkte aber niemanden.

Ava stand gerade auf meiner Türschwelle und klingelte. Jackson lag ihr zu Füßen in seinem Autositz und schlief friedlich. Auf der Vordertreppe stand eine Supermarkttüte.

»Hast du schon wieder vergessen, dass ich vorbeikomme?« Mit besorgtem Stirnrunzeln sah sie mich an.

Ich schlug mir eine Hand gegen die Stirn. »Tut mir leid. Das ist mir völlig entfallen.« Ich zwang mich zu einem Lächeln. Obwohl ich die beiden sehr liebte, hatte ich im Augenblick Wichtigeres zu tun.

Sie umarmte mich, trat dann einen Schritt zurück und hielt mich auf Armlänge, um mich von oben bis unten zu mustern. »Du siehst schrecklich aus. Ich wette, du hast nichts gegessen, richtig? Oder geschlafen.«

Ich starrte auf ihre Schuhe. »Es war sehr schwer.«

»Warst du auf der Arbeit? Bist du wieder hingegangen?«

»Noch nicht. Ich hatte noch vier Wochen Jahresurlaub, die ich komplett genommen habe. Aber ich kann mich nicht dazu durchringen, wieder hinzugehen.« Und jetzt konnte ich es auch nicht mehr, selbst wenn ich es gewollt hätte. Ich musste das hier tun. Ich würde beenden, was Jamie angefangen hatte, und ich hatte keine Ahnung, wie lange das dauern würde.

Sie lächelte mich auf diese mitfühlende, mitleidige Art an, an die ich mich langsam gewöhnte. »Es wäre vielleicht besser, wieder zu arbeiten. Das könnte dich ablenken. Es ist nicht gesund, wenn du die ganze Zeit allein bist, herumgrübelst, dich selbst einschließt.«

»Es ist gerade mal einen Monat her. Ich habe das Recht, Trübsal zu blasen.«

»Es gibt aber einen Unterschied zwischen Trauer und Depression.«

»Hast du schon wieder diese verdammten Broschüren gelesen?« Ich zupfte an meinem Fingernagel.

»Ich mache mir Sorgen um dich. Du verhältst dich wirklich …«

»Wirklich was?«, fauchte ich.

»Na ja … abwesend und … seltsam. Rede mit mir! Sag mir, was du denkst, was du durchmachst. Ich möchte dir helfen. Reden kann helfen.«

Ich wollte ihr alles erzählen. So unbedingt. Die Worte lagen mir auf der Zunge, warteten darauf, aus meinem Mund zu strömen, aber ich musste an ihre und Jacksons Sicherheit denken. Diese Menschen waren zu einem Mord fähig. Ich durfte nicht

Avas Tod riskieren. Niemand durfte auf die Idee kommen, sie könnte irgendetwas wissen. Also verpufften die Worte, starben an Ort und Stelle. Genau wie Jamie.

Ich zwang mich zu einem zittrigen Lächeln. »Lass uns nicht hier draußen reden. Kommst du mit rein?«, fragte ich, obwohl ich insgeheim hoffte, sie würde gehen, sodass ich damit beginnen konnte, das Haus zu durchsuchen.

»Natürlich komme ich mit rein. Ich koch dir was zum Abendessen.«

Ich hob Jackson hoch und hielt seinen Autositz in meinem Ellbogen, während ich die Tür öffnete. Meine Augen wanderten prüfend durch den Flur, suchten nach Anzeichen für irgendetwas Ungewöhnliches, irgendeinen Hinweis darauf, dass wieder jemand hier drin gewesen war, aber da war nichts. Ich fragte mich, ob ich die Schlösser austauschen sollte. Waren sie mit Jamies Schlüssel eingebrochen? Oder waren sie solche Profis, dass sie einbrechen konnten, ohne irgendwelche Spuren zu hinterlassen?

Spezialabteilung. MI5.

Ja, das waren Profis, also wären irgendwelche zusätzlichen Sicherheitsmaßnahmen sowieso sinnlos. Wenn sie wirklich in meine Wohnung wollten, würde sie nichts davon abhalten.

Ich stellte Jackson neben dem Küchentisch ab und streichelte seine Wange. Ava lief herum, zog Vorhänge auf und die Jalousien hoch. Sie öffnete das Küchenfenster, um die abgestandene Luft rauszulassen, die sich hier drin angesammelt hatte. Danach legte sie ihre Einkäufe auf der Arbeitsplatte ab.

»Ich wette, du hast kein Essen im Haus, stimmt's?« Sie warf einen Blick in meinen Kühlschrank und fand dort lediglich eine einsame Gurke, die bereits Schimmel angesetzt hatte, eine geöffnete Flasche Weißwein, eine Flasche Wodka und eine Flasche Cola light. Mit in die Hüfte gestemmter Hand drehte sie sich zu mir um. »Du musst anfangen, mehr auf dich zu achten.«

Ich setzte mich an den Tisch, spielte mit den Händen und nickte, als wäre sie die Mutter und ich das unfähige kleine Mädchen. »Ja, Mum.«

»Gut.« Das schien sie zufriedenzustellen und sie fing an, Brathähnchen mit Röstkartoffeln und Gemüse zuzubereiten. Während sie so hantierte, plauderte sie mit mir, erzählte von Mum und Dad, von Jackson und Craig und vom Wetter. Alles in dem Versuch, mich von meinen nur um Jamie kreisenden Gedanken abzulenken. Ich antwortete nur sehr einsilbig, während meine Augen durch das Zimmer schweiften.

Könnte der Beweis unter dem Geschirrspüler festgeklebt sein? In der Mikrowelle? Hinter der weißen Sockelblende unter den Küchenregalen? Oder hinter der Badleiste? Unter den Teppichen? Versteckt in einem Bilderrahmen unter einem anderen Bild? Wurde deshalb das Foto von uns beiden im Wohnzimmer bewegt?

Er könnte überall sein.

Er könnte nirgends sein.

Ruckartig drehte Ava den Kopf zu mir herum. »Ich hab dich nicht verstanden, wie bitte?«

»Hmm?«

»Du hast irgendetwas vor dich hingemurmelt.«

Hab ich das etwa alles laut ausgesprochen? Verdammt! Haben die *mich über irgendwelche Wanzen hier belauscht?*

»Ähm … was hab ich denn gesagt?«

Sie starrte mich an, als wäre mir gerade ein zweiter Kopf gewachsen. »Du meinst, du weißt nicht mehr, worüber du gerade gesprochen hast?«

Ich winkte nur vage ab. »Äh … ich bin nur … nur müde.«

Sie sah mich lange prüfend an, dann wühlte sie schließlich in ihrer Tasche herum. Sie zog ein Päckchen Tabletten heraus und legte es auf den Tisch vor mir. »Das sind natürliche Schlaftabletten. Warum probierst du die nicht mal aus? Ich weiß, dass du nicht gut schläfst, das ist ja auch verständlich.«

Ich nahm sie in die Hand, drehte das Päckchen um und starrte es an, während die Stille das Zimmer erfüllte. »Hast du gehört, was ich gerade gesagt habe?«

»Nein.« Sie schüttelte den Kopf und kaute nervös auf ihrer Lippe. »Probierst du sie mal aus?«

»Okay«, stimmte ich zu, im Versuch, sie zu besänftigen.

Anscheinend damit zufrieden widmete sie sich wieder der Essensvorbereitung und stellte mir eine Stunde später einen turmhoch mit Essen beladenen Teller vor die Nase.

»Iss!« Sie setzte sich mir gegenüber, schüttete sich etwas Salz und Pfeffer auf ihren Teller und aß drauflos, während sie gleichzeitig ein Auge auf Jackson hatte, der demnächst gefüttert werden musste und sicher bald aufwachen würde.

Pflichtbewusst kaute und schluckte ich wie ein Roboter, ohne irgendetwas zu schmecken, und schob den Teller weg, als ich die Hälfte geschafft hatte.

Ava sah erst meinen Teller und dann mich böse an. »Du hast nicht wirklich viel gegessen.«

»Ich bin doch kein Pferd! Das war eine riesige Portion.«

»Na gut, den Rest isst du dann morgen, ja? Du musst ihn nur in die Mikrowelle stellen.« Sie schenkte mir ein festes Lächeln.

Meine Gedanken spielten Pingpong, während ich ihr mit wachsender Ungeduld nur halb zuhörte. Ich hatte mich auf meine Hände gesetzt, um aufzuhören, an den Fingern herumzuspielen. Wippte mit dem Bein auf und ab. Und endlich, *endlich* wachte Jackson auf und sie entschied sich zu gehen.

»Also, iss das auf jeden Fall morgen, und wenn du vorbeikommen möchtest, tu es einfach, okay? Und ich werde anrufen, um nach dir zu hören. Ich behalte dich im Auge.« Spielerisch drohte sie mir mit dem Finger, während ich mich fragte, wer mich sonst noch im Auge behielt.

Ich winkte ihnen zu, als sie im Auto saßen, schloss die Tür und lehnte mich mit dem Rücken dagegen.

Na dann. An die Arbeit.

Ich prüfte, dass alle Türen und Fenster verschlossen waren. Hastig zog ich die Vorhänge zu, schaltete das Licht an, drehte die Stereoanlage laut auf und begann mit meiner Suche. Ich verrückte Möbel und hob Teppiche an, fuhr mit den Händen über die Bodenplatten, um nach lockeren Dielen zu suchen. Ich forschte nach losen Bodenleisten, hinter Bildern und Fotos und zwischen den Seiten von Büchern und CD- und DVD-Covern. Ich ging meinen Laptop durch und durchstöberte jede Datei, die ich finden konnte, ob sich digitale Versionen von Fotos oder einem Film darauf befanden. Ich überprüfte den DVD-Player, die Stereoanlage, den Drucker, die Mikrowelle, schaute hinter den Sockelblenden der Küche nach, in den Säumen der Vorhänge. Ich sah unter, in und hinter Möbeln, Kissen und Schubladen nach, zog die Waschmaschine und den Geschirrspüler hervor und tastete darunter herum, guckte hinter ihnen nach, darin. Ich durchwühlte die Kleiderschränke und strich mit den Händen über Jamies Kleidungsstücke, was wieder einmal die bereits vertraute schmerzende Trauer in meinem Magen auslöste. Ich kramte in seinen Taschen, in den Hosen, Jacken, Hemden. Ich schaute in seine Schuhe. Der braun-orangefarbene Schlamm auf seinen Wanderstiefeln war mittlerweile getrocknet, Stückchen fielen davon ab auf den Boden des Schranks. In ihnen war jedoch nichts. Auch nicht in irgendwelchen anderen Stiefeln, Taschen, Koffern. Ich sichtete auch meine eigenen Sachen, nur für den Fall, dass Jamie dort irgendetwas versteckt hatte. Ich stellte mich in den Schrank und schloss die Schiebetüren, hielt Ausschau nach etwas, das auf der Rückseite befestigt war.

Lass nichts unversucht.

Ich sah in Teeschachteln und im Gefrierschrank nach. In Tupperboxen, zwischen den aufgestapelten Backblechen. Durchkämmte erneut sämtliche Dokumentenmappen von Jamie. Alle Kisten auf dem Dachboden, wobei ich überwiegend Kram auflas, den ich bereits hatte, als ich eingezogen war, und noch nicht wieder ausgepackt hatte, weil einfach kein Platz dafür gewesen war. Ich blickte hinter den von Spinnweben übersäten Wassertank und betastete den Isoliermantel des Tanks, steckte meine Finger in die Spülkästen. Kämpfte mich durch stapelweise Handtücher und Bettwäsche im Wäscheschrank.

Ich durchsuchte den Garten, hielt Ausschau nach Grasflecken, die in letzter Zeit aufgewühlt geworden sein könnten. Diesmal sah ich unter der gesamten Kiesrabatte nach. Unter dem Gartentisch und den Stühlen. In Pflanztöpfen. Ich wühlte mich durch den Schuppen, hob Deckel von angebrochenen Farbeimern und Werkzeugkisten, tastete sogar zusammengelegte Abdeckfolien ab.

Überall.

Ich suchte überall, wo auch nur die geringste Chance bestand, dass man etwas verstecken konnte, aber ich entdeckte keine Fotos oder Videos oder einen USB-Stick, auf dem sich digitale Versionen davon hätten befinden können. Ich bemerkte auch nichts, das wie eine Wanze oder Kamera aussah.

Es wurde am nächsten Tag bereits dunkel, als ich endlich im Schuppen fertig war. Ein Schweißfilm lag mir auf der Stirn, die Achseln meines Kapuzenpullis waren feucht, ebenso der Rücken zwischen meinen Schulterblättern. Ich brauchte unbedingt eine Dusche. Ich pustete mir die Haare aus dem Gesicht, die an meiner verschwitzten Stirn klebten, und starrte zurück zum Haus, wobei ich mir wünschte, dass die Ziegel und der Mörtel mir verraten könnten, was ich wissen wollte.

Wo hast du den Beweis versteckt, Jamie? Wo?

Kapitel 28

Auto? Arbeitsplatz? Lagerraum? Safe? Schließfach? Irgendwo anders auf der großen weiten Welt?

Früh am nächsten Morgen trank ich schnell eine Tasse Kaffee, schnappte mir meine Tasche und überprüfte die Straße, bevor ich das Haus verließ. Nachbarn kamen aus ihren Häusern, um zur Arbeit zu gehen. Autos fuhren auf der Hauptstraße am Ende der Sackgasse vorbei. Für jeden lief das Leben ganz normal weiter.

Für jeden, nur nicht für mich.

Ein Scheppern links von mir ließ mich zusammenzucken. Ich riss den Kopf herum und registrierte, wie einer meiner Nachbarn einen Müllbeutel in die Tonne an seinem Vordertor versenkte. Erleichtert legte ich mir eine Hand auf die Brust.

Er drehte sich schnell weg und mied meinen Blick, vermutlich, weil er nicht mehr wusste, was er noch zu mir sagen sollte. Der Tod bereitet den Menschen Unbehagen. Er hatte vor einigen Wochen eine Kondolenzkarte durch den Türschlitz geschoben, aber ich hatte sie zusammen mit dem Rest in den Müll geworfen, nicht in der Lage, ihren Anblick zu ertragen.

Ich stieg in Jamies Jeep, ohne zu wissen, wohin ich eigentlich fahren wollte. Ich musste nur sicherstellen, dass mir niemand folgte.

Mit einem Auge behielt ich den Rückspiegel im Blick und fuhr ohne Ziel herum, wobei ich manchmal abbog, ohne zu blinken, was mir einiges wütendes Hupen einbrachte. In einer ruhigen Straße, wo ich jemanden kommen sehen würde, hielt ich an und schaltete den Motor aus. Ich überprüfte noch einmal das Handschuhfach. Ich fühlte unter den Vordersitzen und hinter den Sonnenblenden. Ich stieg aus, öffnete die Türen und tastete den Stoff ab, um zu sehen, ob irgendetwas darin versteckt sein könnte. Ich öffnete den Kofferraum, klappte den Boden zurück und hob das Ersatzrad heraus, was ich ebenfalls überprüfte, bevor ich mich dem Inneren widmete. Ich öffnete die Rücklichtabdeckungen, schaute im Verbandskasten nach, im Kasten mit dem Notfalldreieck. Zog die Abdeckung für die Sicherungen ab.

Nichts.

Ich stöhnte leise, aber noch war ich nicht am Ende.

Ich fuhr zurück in die Stadt, parkte und ging zu Costa Coffee. Eine Menge Pendler standen an, um sich ihre tägliche Koffeindosis zu sichern, bevor sie in den Tag starteten. Ich musste noch eine halbe Stunde herumbringen, bevor jemand bei Porterhouse Solutions mit der Arbeit begann, also nippte ich an einem Latte mit drei Stück Zucker und beobachtete, wie die Leute die Straße auf- und abliefen, während sich in meinem Kopf alles drehte und ein pochender Schmerz in meinem Schädel dröhnte.

Mein Kaffee war bereits kalt, als ich den letzten Schluck austrank. Meine Hände zitterten, allerdings wusste ich nicht, ob das nun vom Koffein, dem Nahrungsmangel, der Wut oder der Frustration kam. Mein Magen knurrte, doch ich ignorierte ihn.

Ich fuhr zum Gewerbepark. Als ich gerade aus dem Auto stieg, bog Paul in die für den Geschäftsführer reservierte

Parklücke ein. Ich leckte mir die trockenen Lippen, stieg aus und ging auf ihn zu.

»Hallo, Paul.«

Er schwang herum und Überraschung zeigte sich auf seinem Gesicht, dann lächelte er. »Maya. Wie geht es Ihnen?« Er richtete sich etwas mehr auf, die Aktentasche in der Hand.

»Ging mir schon besser.«

»Natürlich. Schätze, das ist eine dumme Frage, aber ich wette, die stellt auch jeder sonst.« Ein verlegenes Lächeln strich über seine Lippen. »Was machen Sie hier?«

»Ich bin Jamies Sachen durchgegangen, weil ich versuche, seinen Nachlass für den Anwalt zu regeln, und ich glaube, Jamie könnte ein paar seiner persönlichen Dinge im Büro aufbewahrt haben, weil ich sie nicht finden kann.« Die Lüge ging mir leicht von der Zunge. »Wäre es möglich, in seinem Schreibtisch nachzuschauen?«

Paul errötete. »Um ehrlich zu sein, jemand anderes benutzt Jamies Schreibtisch mittlerweile.«

»Oh.« Ich trat einen Schritt zurück, überrascht, dass Jamies Leben so schnell ausgelöscht worden war, wo er doch jahrelang ein loyaler Mitarbeiter gewesen war. Aber immerhin waren bereits vier Wochen verstrichen. Wie lange sollten die Leute wohl warten, bevor sie ihr Leben fortsetzten? Ein Stich der Wut durchfuhr mich. Anscheinend nicht sonderlich lange.

»Ich hätte Sie sowieso angerufen, weil in seinen Schubladen ein paar persönliche Dinge waren, von denen ich dachte, dass Sie sie vielleicht haben möchten.« Er neigte den Kopf in Richtung Eingang. »Wollen wir reingehen?«

Ich folgte ihm vorbei am Empfang, an dem eine junge, stark geschminkte Frau Anrufe entgegennahm. Wir betraten den leeren Fahrstuhl. Stille senkte sich zwischen uns. Vor Jamies Tod hätte ich schwungvollen Small Talk betrieben, gelacht und Scherze gemacht, irgendetwas gefunden, worüber man reden kann. Doch nun war mir egal, ob es sich unangenehm anfühlte. Gelächter und Scherze waren bedeutungslos. Unterhaltungen wurden überschätzt, weshalb ich auch nicht mehr mit Becca und Lynn reden konnte. Darum blieben ihre Nachrichten unbeantwortet. Wie konnte ich schon über normale Dinge mit ihnen plaudern? Shoppen, Mode, in welchen Pub wir Freitagabend gehen würden, was gerade in *Emmerdale* passierte, wer bei *X Factor* herausgewählt worden war. Nichts war mehr normal, seit ich in diesen surrealen Albtraum getaucht worden war. Allerdings konnte man aus einem Albtraum wenigstens erwachen, richtig? Das hier war viel, viel schlimmer. Und schon bald würden sie überhaupt nicht mehr anrufen, was für mich in Ordnung war. Ich war so weit von ihnen entfernt, von der Person, die ich einst gewesen war, dass ich nichts mehr zu sagen hatte, das nichts mit Pädophilen und Mordgedanken zu tun hatte. Ich hasste sie dafür, dass sie ihr Leben weiterleben konnten, ich jedoch nicht.

Paul wechselte von einem Fuß auf den anderen, bis sich die Türen öffneten. Er begrüßte die Mitarbeiter in ihren Abteilungen und führte mich in sein Büro am Ende des Großraumbüros. Er legte seine Aktentasche auf dem Schreibtisch ab und holte einen großen Karton unter dem Fenster in einer Ecke des Zimmers hervor. »Das hier sind seine persönlichen Sachen.« Seine Lippen verzogen sich zu einem mitfühlenden Lächeln, was in mir unerklärlicherweise den Wunsch auslöste, ihn zu schlagen. Ich hatte es satt, dass mich die Leute auf diese Weise ansahen.

Ich nahm den Karton von ihm entgegen. »Danke. Ist es … Wäre es möglich, seinen Schreibtisch anzuschauen? Nur einen Augenblick daran zu sitzen?«

Er blickte mich verwundert an.

»Ich will nur … Sie wissen schon, mich ihm nahe fühlen. Hier, wo er gearbeitet hat.« Ich blinzelte schnell. *Ich werde nicht weinen. Ich werde nicht weinen.*

»Ähm … klar, ich schätze schon.« Er führte mich den Flur entlang zu seinem Büro.

An der Tür stand noch Jamies Name. Mir stockte der Atem. Mit den Fingern fuhr ich über die Wörter.

»Bob ist heute unterwegs, um Schulungen zu geben, er braucht das Büro also nicht. Lassen Sie sich Zeit.« Einen Augenblick lang lehnte er sich gegen den Türrahmen und sah zu, wie ich mich in Jamies alten Schreibtischstuhl setzte. Er zeigte in Richtung seines Büros. »Ich muss nur … äh … ich hab noch etwas Dringendes zu erledigen.« Er schloss die Tür und eilte davon.

Ich stellte den Karton auf dem Boden ab und kramte die Schubladen durch, dann darunter, in den Akten mit Notizen. Ich überprüfte die Aktenschränke, die leer waren. Jamies Nachfolger hatte anscheinend noch nicht genug Zeit hier verbracht, um weitere Unterlagen anzuhäufen. Ich tastete unter den Schubfächern und dem Schreibtischstuhl herum. Auf dem Schreibtisch stand kein Computer, da sämtliche Mitarbeiter ihre eigenen Firmenlaptops benutzten. Irgendwann würde Paul vermutlich den von Jamie zurückfordern.

Nachdem ich mir sicher war, dass im Büro nichts zu finden war, nahm ich den Karton mit und ging, wobei mir die Pappe ein Loch in die Haut brannte.

Ich fuhr nach Hause, wieder auf einem völlig unberechenbaren Weg, und hielt dabei Ausschau nach jemandem, der mir möglicherweise folgte. Es juckte mir in den Fingern, den Karton endlich zu öffnen. Sobald ich im Haus war, stellte ich ihn auf dem Küchentisch ab und prüfte die Türschlösser und Fenster. Alles war so, wie ich es verlassen hatte. Alles gesichert. Nichts wirkte, als wäre es geändert worden.

Ich hob den Deckel vom Karton und wühlte darin herum, doch er enthielt nur die üblichen Überbleibsel, die bei jahrelanger Arbeit am selben Ort entstehen: eine alte Weihnachtskarte von Paul, uralte Ausgaben von *Smart Computing* und *Wired*, einen Füllfederhalter, den ich ihm letztes Jahr zu Weihnachten geschenkt hatte, ein gerahmtes Foto von mir, als wir unser erstes romantisches Urlaubswochenende in Schottland verbracht hatten, ein Ersatzladegerät für sein fehlendes iPhone, eine silberne Thermoskanne, damit sein Wasser gekühlt blieb, ein Päckchen Taschentücher, eine Tupperbox mit ein paar Cashews und Rosinen darin, ein Deo und eine Schutzbrille. Es gab keinen Terminplaner, kein Tagebuch oder Adressbuch, in dem sich ein Hinweis hätte finden können, denn Jamie hatte immer die Organizer-App auf seinem Handy verwendet.

Verzweifelt fuhr ich mir mit der Hand durch meine verknoteten Haare. Ich musste sie unbedingt waschen. Ich musste wieder anfangen zu essen, anstatt nur gerade so mit Kaffee und Alkohol zu überleben. Mich um mich selbst kümmern. Normale Dinge tun. Die Waschmaschine anstellen. Essen einkaufen. Normal? Wem machte ich hier etwas vor. Nichts würde je wieder normal sein.

In dem Augenblick klingelte mein Handy und durchbrach die Stille, die begonnen hatte, mich zu verschlingen. Es war mein iPhone, nicht das Nokia. Ich sah auf dem Bildschirm, dass es sich um meine Chefin handelte.

»Hallo, Maya.«

»Hallo, wie läuft's bei der Arbeit?«, erkundigte ich mich, um das Gespräch abzubiegen, bevor sie fragen konnte, wie es mir ging.

»Es ist im Augenblick etwas hektisch. Die Beurteilungen sind fällig und wir haben ein paar weitere große Kunden angenommen. Sie wissen ja, wie das ist.«

»Ja.« Ich starrte aus dem Fenster in den Garten. Starrte den Schuppen an, in dem Tony das Seil gefunden hatte, das Jamies Leben ein Ende bereitet hatte.

»Ähm … Wie geht's Ihnen?«

Ich bin wütend und verbittert und will die umbringen. Und ich habe Angst. Und bin völlig ohne Hoffnung. Und allein. Und … Ich entschied mich. »Müde. Ich bin erschöpft.«

»Hören Sie, ich weiß, wie schlimm das ist, aber ich wollte nur wissen, ob Sie zurückkommen. Falls nicht, müssen wir jemand anderen einstellen. Es tut mir leid, damit anzukommen, wenn Sie so etwas durchmachen, aber … na ja, wir müssen wirklich wissen, wo wir stehen, damit wir weiter planen können.«

Mein Job ist mir völlig egal, wollte ich sie anbrüllen. Ich konnte jetzt nicht zurück in die reale Welt. Konnte nicht schwungvoll zur Arbeit erscheinen und die Mädchen überwachen und den ganzen Tag über mit dummen, nervtötenden, sich beschwerenden Kunden reden. Konnte nicht am Ende des Tages glücklich und zufrieden nach Hause gehen. Konnte nicht Abendessen kochen und dabei lautstark zur Radiomusik singen. Mir ein Bad mit Kerzen überall im Badezimmer verteilt einlassen, um zu entspannen. Nichts würde jemals wieder wie früher sein. Ich wusste zu viel und konnte dieses Wissen nicht wieder ablegen.

Ich rieb mir über die Stirn und wandte den Blick vom Schuppen ab. »Nein. Ich … Es tut mir leid, aber ich komme nicht mehr zurück.«

»Ah. Mir tut das auch leid. Es ist sehr schade, Sie zu verlieren. Wir werden Sie alle vermissen. Aber ich verstehe das.«

Das tun Sie nicht! Das tut niemand. Niemand mit Ausnahme dieser anderen Jungen und Mitchell.

Sie sprach noch weiter, aber ihre Worte drangen nicht mehr zu mir durch. »Tut mir leid, ich muss weg.« Mit aller Macht drückte ich auf die Aus-Taste und schleuderte mein Handy quer über die Küchentheke.

Kapitel 29

Der nächste Halt war das Freizeitzentrum. Ich hatte entdeckt, dass Jamies Schließfachschlüssel nicht mehr da war. Er hatte ihn immer am selben Schlüsselring wie seine Autoschlüssel gehabt, aber jetzt war er nicht mehr da. Hatten die Leute, die ihn umgebracht hatten, ihn mitgenommen? Waren sie zuerst hier gewesen?

Ich war mir allerdings sicher, dass jemand vom Personal das Schließfach mit dem Masterschlüssel für mich öffnen konnte, also betrat ich die Rezeption. Sofort drang der betäubende Geruch nach Chlor und Ammoniak in meine Kehle. Die Hitze ließ die Scheiben des Swimmingpools dahinter anlaufen.

Ich fragte den jungen, pickligen Mann am Empfang, ob ich mit der Geschäftsführerin sprechen könnte, und er rief sie zum Empfang. Ich blätterte währenddessen ein paar Mitgliedschaftsbroschüren durch und tat so, als würde ich sie lesen, bis eine schlaksige Frau neben mir auftauchte.

»Sie wollten mit mir sprechen? Ich bin Sally, die diensthabende Leiterin.« Sie neigte den Kopf und lächelte mich breit an, während ich mir wünschte, dass verdammt noch mal alle damit aufhören würden, mich anzulächeln.

»Ja. Mein Freund ist gestorben und hatte hier ein Schließfach. Ich bin seine nächste Verwandte und versuche, seinen Nachlass für den Anwalt zu regeln. Ich glaube, er hat möglicherweise ein paar persönliche Dinge hiergelassen.«

Das wischte ihr das Lächeln geradewegs aus dem Gesicht. »Oh, mein Beileid. Tut mir sehr leid, das zu hören.«

»Danke.« Ich griff in meine Tasche. »Ich habe seine Sterbeurkunde hier, falls Sie die zur Verifizierung benötigen, und einen Brief von seinem Anwalt.«

Sie musterte mich kurz von oben bis unten. Sah vermutlich eine ausgemergelte Frau mit blutunterlaufenen Augen und dunklen Augenringen, verworrenem Haar, das nicht mehr gut roch, die irgendwelche alten Klamotten übergeworfen hatte, welche längst nicht mehr passten, und schloss daraus, dass ich die sein musste, die zu sein ich vorgab. Eine Frau am Rande des Wahnsinns. Eine Frau, die verzweifelt versuchte, nicht in eine Million Stücke zu zerbrechen. »Nein, das ist nicht nötig. Haben Sie seinen Schlüssel?«

»Nein, ich glaube, er hat ihn verloren.«

»Okay, wie war sein Name?«

»Jamie Taylor.«

Sie trat an den Schreibtisch am Empfang und tippte auf dem Computer etwas ein. Sie nickte vor sich hin, nahm dann ein Schlüsselbund mit Masterschlüsseln aus einer der Schubladen und bat mich, ihr zu folgen. Wir betraten eine Unisex-Umkleide, gingen vorbei an privaten Boxen zu einer Reihe von Schließfächern, die sich neben einem Duschblock befanden.

»Da wären wir.« Sie steckte den Schlüssel in ein Fach, schloss auf und trat zurück, damit ich es öffnen konnte.

Ich wartete und meine Finger verharrten am Griff, in der Hoffnung, dass sie gehen würde, aber sie stand einfach nur mit diesem mitleidigen Gesichtsausdruck da, den ich mittlerweile so gut kannte.

Glücklicherweise kam in dem Augenblick ein Mitarbeiter vorbei und bat die Leiterin, zum Empfang zu kommen.

»Ich muss mich nur kurz um etwas kümmern. Ich bin gleich wieder da.«

Ich wartete, bis sie verschwunden war, dann öffnete ich die Tür. Im Schließfach fand ich ein Deodorant, ein Shampoo und ein Duschbad. Ich sah eine von Jamies Krawatten, noch eine Schutzbrille, ein paar zu einem Knäuel zusammengerollte Socken und mehr nicht.

Ich nahm die Krawatte heraus und hielt sie mir an die Nase, um seinen Duft einzuatmen, konnte jedoch nur Chlor riechen. Ich warf die Duschartikel in den nächsten Mülleimer, steckte Krawatte, Socken und Schutzbrille in meine Tasche, zog Sallys Schlüssel ab und gab sie mit einem Dankeschön am Empfang ab.

♦ ♦ ♦

Ich fuhr nach Hause. Die tiefe Erschöpfung in meinen Knochen machte es mir schwer, mich auf die Straße zu konzentrieren. Ich hatte seit Jamies Tod nicht mehr richtig geschlafen; die Albträume waren zu real und der Mangel an Essen forderte seinen Tribut. Meine Augenlider schlossen sich. Das Knirschen der Reifen auf dem Bordstein machte mich schlagartig wieder hellwach.

Ich ließ das Fenster runter, um die frische Luft an meinem Gesicht zu spüren, und dachte wieder einmal, wie leicht es doch wäre, einfach loszulassen. Ich könnte in eine Mauer fahren. Von einer Klippe herunterstürzen. Ich könnte zur Küste fahren, in das eiskalte Wasser laufen und nie wieder herauskommen. Vor einen Zug springen, genau wie Billy. Es gab so viele Möglichkeiten, diesem Grauen zu entkommen. Dem nicht enden wollenden Schmerz, der Trauer und der Verzweiflung. Dem sengenden Hass und der Wut. Der Gedanke war verführerisch. Sehr verführerisch. Das Nichts. Keine Einsamkeit mehr. Keine Bilder mehr von Jamie und diesen Männern, die mir im Kopf herumspukten und die ich nicht mehr loswurde. Aber dann würde ich auch Jamie im Stich lassen, und ich hatte ihn bereits im Stich gelassen, weil ich nicht der Mensch gewesen war, dem sich anzuvertrauen er gewagt hatte. Wäre ich das gewesen, wäre er nicht ganz allein da draußen gewesen, als sie ihn erwischt, ihn aufgehängt und ermordet hatten. Wäre ich das gewesen, wäre er vielleicht noch am Leben.

Also. Ich war seine einzige Hoffnung, dass seine Geschichte erzählt werden würde. Um Gerechtigkeit zu bekommen. Um die Schuld zu besänftigen, die in mir wie ein atomarer Schlag explodiert war. Es lag jetzt alles bei mir, denn wer außer mir konnte das tun?

Ich hielt am Supermarkt, nahm einen Einkaufswagen und füllte ihn. Ich bog in einen Gang ein und blieb plötzlich einfach stehen, mein Kopf völlig leer. Was machte ich hier? Andere Leute versuchten, an mir vorbeizukommen, warfen mir seltsame Blicke zu. Irgendein Einkaufswagen rammte meine Fersen. Ich schätze, das war Absicht, damit ich mich bewegte.

»Hey!«, brüllte ich und Wut kochte in mir hoch, was die Schuldige veranlasste, schnell durch den Gang zu huschen, um von der ungepflegten Irren wegzukommen.

Erst als ich wieder zu Hause war, stellte ich fest, dass ich Dosen mit Katzenfutter anstatt Baked Beans gekauft hatte und ein Päckchen gefrorener Himbeeren, gegen die ich allergisch war.

Während ich einiges davon in den Müll warf, klingelte das iPhone in meiner Tasche. Es war Mum. Ich hatte immer wieder vorgehabt, sie anzurufen, damit sie mich nicht anrufen würde, aber ich hatte es vergessen. Mal wieder.

»Hallo, Liebes. Wie geht's …«

»Wie geht's Dad?«, unterbrach ich sie, bevor sie die gefürchtete Frage stellen konnte, die mich innerlich zum Schreien brachte.

»Oh, es wird besser. Die Infektion ist überstanden. Er kann jetzt herumhumpeln, aber hat nach wie vor ziemliche Schmerzen. Ich hoffe, die Ärzte hier wissen, was sie tun.«

»Stöhnt er immer noch darüber, behindert zu sein?« Ich zwang mir die Worte ab, damit das Gespräch ja nicht auf mich kam und sie aufhörte, sich Sorgen zu machen.

Sie schnalzte mit der Zunge. »Du weißt ja, wie er ist. Er redet die ganze Zeit davon, was er im Garten tun wird, sobald er sich wieder richtig vorbeugen kann. Ich hab ihm geraten, er solle es ruhig angehen lassen. Du weißt schon, langsam wieder in Gang kommen, aber er unkt, er wäre sowieso bald tot, also müsse er noch so viel wie möglich aus seiner Zeit herausholen.« Sie kicherte, stoppte aber abrupt, als ihr klar wurde, dass sie das Wort mit T ausgesprochen hatte. »Oh, tut mir leid!«

»Schon okay. Und wie geht's dir?«

»Du kennst mich ja, ich schlag mich so durch«, antwortete sie fröhlich. »Aber ich rufe eigentlich an, um zu sehen, ob du für einen kurzen Urlaub vorbeischauen willst. Deine Arbeit kann doch sicher deine Urlaubszeit verlängern, oder, unter diesen Umständen?«

Ich murmelte etwas, verriet ihr aber nicht, dass ich gerade gekündigt hatte. Das würde ihr nur einen neuen Anlass zur Sorge geben.

»Also, was denkst du? Du könntest eine Weile herkommen und einfach mal alles hinter dir lassen. Eine Pause würde dir sicherlich guttun. Und ich würde mich zu gern um dich kümmern. Ich sehe dich viel zu selten.«

»Ich glaube nicht, Mum. Ich hab hier noch so viel zu erledigen.«

»Was denn? Der Anwalt kann sich um Jamies Nachlass kümmern. Es ist ja nicht so, als hättest du …« Wieder stoppte sie und korrigierte sich selbst. »Ich rede mich hier um Kopf und Kragen, oder? Aber die Sache ist, Liebes, ich weiß einfach nicht, was ich sagen soll. Ava macht sich wirklich Sorgen um dich, und ich ebenfalls.«

Ich konnte mir die Gespräche bildlich vorstellen, die sie über mich führten. »Sie isst nicht.« »Sie leidet an Depressionen.« »Ich habe Angst, dass sie eine Dummheit begeht.« »Sie will nicht mehr mit ihren Freundinnen reden.« »Sie führt ihr Leben nicht weiter.«

»Wir denken, dass du vielleicht depressiv bist. Warum sprichst du nicht mit jemandem darüber? Mit einem dieser Trauerberater. Oder besorg dir etwas von diesem Prozac, Schatz.«

Ich biss mir auf die Lippe. Ich brauchte keinen Therapeuten. Mit jemandem zu reden wäre das Gleiche, wie ein Pflaster auf eine durch einen Haibiss verursachte Wunde zu kleben. Was ich brauchte, war eine AK-47 oder eine Granate, um die Leute in die Luft zu jagen, die Jamie ermordet hatten. Ob ich wohl dafür ein Rezept bekommen konnte? »Mir geht's gut, Mum. Hör auf, dir Sorgen zu machen.« Ihre Sorge erstickte mich.

»Ich kann einfach nicht anders. Egal, wie alt die eigenen Kinder sind, man macht sich immer Sorgen.«

»Tja, wie das ist, werde ich jetzt wohl nie erfahren, oder?«, gab ich verbittert zurück.

Ich hörte sie schwer atmen; vermutlich fragte sie sich, was sie als Nächstes sagen konnte, das mich nicht aufregen würde. »Es wäre wirklich schön, dich zu sehen. Oh, warte mal, Dad will mit dir reden.« Sie reichte ihm das Telefon.

»Hör nicht auf deine Mum«, sagte er.

Ich hörte Mums gemurmelten Protest im Hintergrund.

»In einer Zeit wie dieser musst du das tun, was sich für dich richtig anfühlt. Aber wir vermissen dich und wir denken an dich.«

Seine Stimme fühlte sich an wie eine warme Umarmung. »Danke, Dad.«

»Und wir sind für dich da. Jederzeit. Wenn du vorbeikommen willst, würden wir uns freuen. Du musst es nur sagen.«

»Ich weiß.«

»In Ordnung. Pass auf dich auf. Du weißt, wie deine Mum ist. Sie macht sich ständig Sorgen. Ich hab ihr schon gesagt, dass du dich zusammenreißen wirst, sobald du dazu bereit bist. Solche Dinge kann man nicht hetzen. Es ist nicht für jeden dasselbe.«

In diesem Augenblick hätte ich ihn zu gern umarmt. Sie beide. Hätte am liebsten den nächsten Flug nach Portugal gebucht, um in ein Flugzeug zu steigen und alles zu vergessen.

Aber das war jetzt unmöglich.

Kapitel 30

Bevor ich vor Hunger ohnmächtig werden konnte, erwärmte ich eine Dose Tomatensuppe und bestrich zwei Scheiben Brot dick mit Butter. Warum hatte ich eigentlich Vollkornbrot gekauft? Ich hasste das Zeug. Ich schlang das Essen zu schnell herunter und verbrannte mir die Kehle an der Suppe. Ich tunkte etwas von dem Brot hinein und hob es an meine Lippen. Rote Suppe tropfte auf den Tisch. Rot. Wie Blut.

Und dann drohte das Wenige, was ich gegessen hatte, wieder hochzukommen. Ein Brechreiz stieg in mir auf und verätzte meine Kehle.

Blut. Tod.

Ich konnte den Anblick der Suppe nicht mehr ertragen, also schüttete ich sie in den Abfluss und ließ die leere Schüssel bei all den anderen überfließenden dreckigen Kaffeetassen und Weingläsern stehen, für die ich mich nicht dazu hatte durchringen können, sie in den Geschirrspüler zu stellen.

Stattdessen schenkte ich mir ein Glas Wodka-Cola ein und nahm die Gelben Seiten zur Hand. Es gab in Jamies Unterlagen daheim definitiv keine Anzeichen dafür, dass er einen Safe eröffnet oder ein Lager angemietet hatte, aber die Beweise dafür hätten auch *die* mitgenommen haben können, als sie das Haus durchsucht hatten.

In St Albans und der unmittelbaren Umgebung gab es ungefähr fünfzig Lagerhallen und ich rief jede an und zog dieselbe Nummer durch: Mein Freund sei gestorben, ich wäre seine nächste Angehörige, ich dächte, er hätte vor seinem Tod ein Lager angemietet, ob sie das bestätigen könnten.

Niemand hatte irgendwelche Aufzeichnungen über Jamie.

Dasselbe tat ich dann mit den Banken. Ich fing bei HSBC und Barclays an, bei denen er Konten hatte, aber die wollten einen Nachweis seines Todes und meinen Status als nächste Angehörige sehen, bevor sie mir mitteilen konnten, ob er ein Tresorfach eröffnet hatte. Also verbrachte ich die nächsten Tage damit, sie alle mit dem Brief vom Anwalt und der Sterbeurkunde abzuklappern.

Doch es war nutzlos. Er hatte nirgendwo in der Gegend ein Tresorfach eröffnet.

Mitchell war der Einzige, der mich nicht fragte, wie es mir ging. Das musste er nicht. Er wusste es aus eigener Erfahrung.

»Mir gehen die Ideen aus«, erzählte ich ihm. »Der Beweis könnte überall sein. Es würde schon helfen, wenn der Verlauf im Navigationsgerät nicht gelöscht wäre. Vielleicht existiert der Beweis ja auch nicht mehr. Vielleicht haben sie ihn längst in die Finger bekommen und zerstört.« Vorsichtig drehte ich den Hals von links nach rechts, in dem Versuch, die Knoten der Anspannung zu lösen. »Was kann ich jetzt noch machen?«

»Ich denke schon darüber nach.«

»Wir müssen sie bloßstellen.«

»Das will ich doch auch. Sie haben es nicht verdient, damit durchzukommen. Sie sind schon viel zu lange damit durchgekommen.« Er hielt einen Augenblick inne. »Gibt es einen Ort, zu dem Jamie eine besondere Verbindung hatte? Einen, den er gern aufgesucht hat? Vielleicht einen, an dem Sie zusammen im Urlaub waren. Irgendwo, wo er glücklich war?«

Ich kaute auf meiner Lippe herum und dachte an das Foto von uns, das Jamie als Bildschirmschoner auf seinem Laptop gehabt hatte, bevor darauf alles gelöscht worden war. »Wir sind einmal nach Schottland gefahren und haben in der Nähe von Loch Ness übernachtet. Wir haben diese Holzhütte gemietet und sind ein bisschen gewandert. Er hat es dort geliebt. Er hat gemeint, wenn er sich mal zur Ruhe setzt, würde er gern dorthin ziehen. Aber er ist jeden Abend nach Hause gekommen und hat so getan, als würde er von der Arbeit kommen. Er hätte nicht genug Zeit gehabt, um dorthin zu fahren und wieder zurückzukehren, nachdem er sich an jenem Tag mit Dave getroffen hat.«

»Gibt es noch einen anderen Ort?«

»Lassen Sie mich nachdenken.« Ich kaute weiter auf meiner Unterlippe.

»Was hat er gemacht, wenn er freihatte?«

»Er ist schwimmen gegangen, aber ich habe sein Schließfach überprüft. Da war nichts. Er ist gern in der Natur wandern gewesen. Wir waren an den Wochenenden öfter zusammen unterwegs.«

»Okay. Gibt es da einen Ort, den er besonders mochte?«

Ich dachte an den Bluebell Wood, in dem man ihn gefunden hatte. Vor meinem inneren Auge blitzte ein Bild von Jamie auf, wie er röchelnd am Ende eines Seils hing, die Augen hervorquellend, das Gesicht rot. Ein Geräusch halb Schluchzen, halb Keuchen entrang sich meiner Kehle.

»Maya? Maya, was ist denn los?«

Ich presste mir die Handrücken auf die Augen und versuchte, die Tränen aufzuhalten. »Er … Es gibt da einen Ort in der Gegend, an dem er gern gewesen ist.«

Ich berichtete Mitchell von dem Foto an meinem Bett. Das Selfie, das ich gemacht hatte, als Jamie und ich in diesem Wald nahe Codicote ein Sommerpicknick abgehalten hatten. Jamie hatte mir erzählt, dass er dort immer gern hingegangen sei, bevor er mich kennengelernt hatte – immer, wenn er sitzen und nachdenken musste. Seinen Kopf freibekommen wollte. Ich dachte an den Schlamm an seinen Wanderstiefeln, den ich ein paar Tage nach seinem Tod bemerkt hatte, als ich seine Sachen durchsucht hatte. Schlamm und Lehm. Natürlich! Jamie hätte seine Stiefel niemals in diesem Zustand in den Schrank gestellt. Er hätte sie zuerst sauber gemacht. Es sei denn … Es sei denn, er wäre in Eile oder abgelenkt gewesen.

»Ich habe kurz nach seinem Tod frischen Schlamm an seinen Stiefeln entdeckt. Zu dem Zeitpunkt habe ich mir nichts dabei gedacht, aber die Erde in diesem Wald ist sehr lehmhaltig. Er könnte direkt dort hingegangen sein, nachdem ihm Dave was auch immer gegeben hat, um es dort zu verstecken. Ich werde hinfahren und nachsehen.« Ich sprang auf die Füße – Adrenalin und ein plötzlicher Energieschub pulsten durch meine Adern.

»Geben Sie mir Bescheid, wenn Sie etwas finden.«

»Keine Sorge. Sie erfahren es als Erster.«

♦ ♦ ♦

Nach einer nervenaufreibenden Fahrt, bei der ich ständig über meine Schulter blickte, kam ich zu Hause an. Ich hielt nur kurz, um das gerahmte Foto von mir und Jamie beim Picknick zu holen: Ich lächelnd, den Kopf an Jamies Schulter gelehnt, während ich das Handy auf Armlänge hielt und das Foto machte. So glücklich. So verliebt. Ich stopfte es in meine Tasche, zog meine Turnschuhe an und brach wieder auf.

Ich fuhr von St Albans nach Wheathampstead und nahm dann die Straße nach Codicote. Felder erstreckten sich zu beiden Seiten der Straße. Ich konnte mich nicht mehr genau daran erinnern, wo der Wald war. Ich fuhr die Straße immer weiter und landete schließlich im Dorf Codicote. Ich hatte die Stelle nicht erkannt, an der Jamie an jenem Tag von der Straße abgebogen war, also wendete ich im Dorf und fuhr den Weg zurück, den ich gekommen war, um es erneut zu versuchen. Irgendwo hatte es eine Haltebucht gegeben, in der wir unser Auto geparkt hatten.

Ich fuhr 50 km/h und ein junger Mann in einem BMW schloss zu mir auf und klebte praktisch an meiner Stoßstange. Gehörte er zu denen? War er mir gefolgt? Meine Brust schnürte sich zusammen, während ich versuchte, mit einem Auge die Straße im Blick zu halten und mit einem den Rückspiegel. Eine kurze Distanz vor mir erspähte ich ein Gartencenter und bog auf den Parkplatz ein. Als ich die Landstraße verließ, hupte er mir noch hinterher und brauste davon.

Ich wartete ein paar Minuten im Auto, während ich versuchte, mich selbst zu beruhigen, fuhr dann wieder auf die leere Landstraße und konzentrierte mich darauf, die Haltebucht zu finden.

Nach kurzer Zeit hatte ich sie entdeckt und bog ein. Die Haltebucht bestand eigentlich nur aus einem Kiesbereich, der Platz für drei Autos bot. Sie war ruhig und verlassen. Ich stieg aus dem Wagen und starrte über die Felder. Der mit langen Grashalmen bewachsene Hügel vor mir führte in den Wald.

Mich überkam das überwältigende Gefühl, beobachtet zu werden. Ich wirbelte herum, wobei mir eine kalte Schweißperle über den Rücken glitt, aber niemand war zu sehen. Aber war da vielleicht jemand im Wald, der mich beobachtete? Auf mich lauerte?

Es war mir egal.

Doch das war gelogen. Es war mir nicht egal. Ich stand Todesängste aus. Ich hatte mehr Angst als jemals zuvor in meinem Leben. In fünf Minuten, zehn, einer halben Stunde könnte ich wie Jamie enden. Meine einzige Versicherung war es, das zu finden, was Dave ihm vor seinem Tod gegeben hatte.

Ich ignorierte das Prickeln auf meiner Haut und die aufgestellten Härchen in meinem Nacken, als ich auf den Schlüssel drückte, um den Jeep zu verschließen. Ich steckte die Hände in die Taschen und fragte mich, warum ich nicht daran gedacht hatte, eine Waffe mitzunehmen. Ich sollte mir ein Pfefferspray kaufen. Einen Taser. Konnte man den in England überhaupt kaufen? Zumindest sollte ich ein Messer haben.

Ich hielt die Augen offen und suchte den Hügel nach irgendwelchen Lebenszeichen ab. Oben hielt ich am Eingang zum Wald noch einmal an. Es fühlte sich so an, als befände sich vor mir eine unsichtbare Ziegelmauer, die mich davon abhielt, weiter zu gehen, genau wie in meinem immer wiederkehrenden Traum. Ich ignorierte die warnende Stimme in meinem Kopf, die mir sagte, ich solle zurückgehen, und betrat den Blätterwald. Es war dunkler hier drin. Gruslig. Unheimlich. Vertrocknete Blätter knirschten unter meinen Füßen. Zumindest würde ich jemanden, der mir eventuell folgte, kommen hören. Ich marschierte weiter, wobei ich auf jedes kleine Geräusch lauschte. Ein Rabe krächzte. Ich zuckte zusammen und mein Puls schoss in die Höhe. Die Bäume wurden dichter. Ich stieg über umgestürzte Bäume und den Kadaver eines toten Fuchses. Hasen huschten vor mir davon in ihre Bauten. Es kam mir so vor, als würde ich ewig laufen. Als würde sich der Wald um mich herum schließen, mir die Luft aus der Lunge pressen. Schließlich ließ ich die Bäume hinter mir und hatte die tief stehende Sonne im Gesicht. Irgendwo da unten, irgendwo am Fluss war die Stelle, an der wir unser Picknick abgehalten hatten.

Ich stieg den sanften Hügel hinunter in Richtung des langsam plätschernden Wassers und holte das Foto aus meiner Tasche. Mein lächelndes Gesicht neben Jamies starrte mich an, während wir vor einem großen Baumstamm saßen, die Picknickdecke um uns herum ausgebreitet. Auf der Decke stand wacklig eine Flasche Champagner auf dem unebenen Boden, es gab Erdbeeren in einer offenen Tupperdose, Baguette, Brie und Strauchtomaten. Ich konnte sie auf meiner Zunge schmecken, als die Erinnerung in meinem Kopf wiederauftauchte, und Trauer pochte in meiner Brust.

Ich fand den Baumstamm und hielt das Bild hoch, bewegte es hin und her, bis ich an genau dem Ort stand, an dem die Decke gelegen hatte. Dann hockte ich mich hin und untersuchte das Gras, überprüfte es auf irgendwelche Anzeichen, dass die Erde in letzter Zeit aufgewühlt worden war.

Das Gras war fünfzehn Zentimeter lang, noch feucht vom Tau, den die schwache Wintersonne nicht hatte trocknen können. Ich blickte das Flussufer auf und ab, mir fielen aber keine Erdflecken auf, die aussahen, als wären sie aufgeschüttet worden. Ich dehnte meine Suche aus und lief das Gebiet in immer größer werdenden Kreisen ab.

In meiner Eile herzukommen hatte ich nicht daran gedacht, einen Spaten oder eine Schaufel mitzubringen, aber es schien auch nicht so, als würde ich sie brauchen. Alles wirkte unberührt.

Ich setzte mich auf den Baumstamm und vergrub den Kopf in meinen Händen. Ich hatte mich geirrt. Hier war nichts.

Das Gefühl von etwas, das meine Schulter berührte, ließ mich aufspringen. Mit wildem Blick sah ich mich um, aber da war niemand.

Bist du das, Jamie? Bist du hier?

Eine Brise kam auf. Eine plötzliche, unerklärliche Hitze erfasste mich. Und ich wusste, dass er es war. Seine Präsenz, sein Geist. Irgendetwas. Er war hier bei mir, da war ich mir sicher. Oder vielleicht war es auch nur Wunschdenken. Sehnsucht.

»Ich vermisse dich«, flüsterte ich immer wieder, als könnte es ihn zurückbringen, wenn ich es nur oft genug sagte. »Bist du hier? Passt du auf mich auf?«, rief ich. Ich wartete auf eine

Antwort, aber nichts passierte. Natürlich nicht. Vielleicht drehte ich langsam durch.

Ein Geräusch ließ mich zusammenzucken. Ein Eichhörnchen huschte von dem Baumstamm und sprang von mir weg, zurück in die Sicherheit des Waldes. Erleichtert legte ich mir eine Hand auf die Brust und wartete darauf, dass sich meine Atmung wieder beruhigte. Ich war wirklich am Durchdrehen. Meine Einbildung spielte mir Streiche. Jamie war nicht hier. Er wachte nicht über mich.

Dennoch, die Hoffnung, dass er vielleicht doch hier war, brachte mich dazu, mich wieder hinzusetzen und darauf zu warten, dass er zu mir zurückkehrte.

Ich weiß nicht, wie lange ich so dasaß. Stunden. Die Sonne sank immer tiefer. Schwarze Wolken glitten über den Himmel. Ich wollte nicht mehr hier sein, wenn es dunkel wurde. Ich hatte den Hügel bereits zur Hälfte erklommen, als mich eine Erkenntnis traf.

Das Eichhörnchen. Der Baumstamm.

Der Baumstamm war hohl.

Ich rannte wieder nach unten, stürzte beinahe über meine eigenen Füße. Ich kniete auf dem feuchten Gras und äugte in den Baumstamm. Drinnen war es dunkel, ich erahnte die Umrisse von Spinnennetzen und Pilzflecken. Ein paar angefressene Eicheln lagen verstreut herum. Und dann war da noch etwas anderes …

Ich griff mit der Hand hinein. Meine Fingerspitzen berührten etwas Metallisches, das ich zu mir heranzog. Es fiel aus der Öffnung ins Gras und ich erkannte es sofort.

Es war ein rechteckiges Kästchen aus Metall mit dem Bild eines Hundes darauf, das früher in unserem Küchenregal gestanden hatte.

Ich schaute mich hektisch um, stellte erneut sicher, dass mich niemand beobachtete. Dann öffnete ich den Deckel.

Kapitel 31

Ich übergab mich auf das Gras, keuchte, versuchte, Luft zu holen, hatte das Gefühl zu ersticken.

Ich zog ein Taschentuch aus meiner Tasche und wischte mir den Mund ab, aber es war noch nicht vorbei. Erneut übergab ich mich. Und dann noch mal. So lange, bis nichts mehr kam bis auf einen Rest von Flüssigkeit.

Mit zittrigen Händen schloss ich den Deckel. Mein Verstand erfasste das Entsetzliche, was ich darin gesehen hatte, während ich gleichzeitig versuchte, es zu leugnen.

Ich schob das Kästchen in meine Tasche und rannte durch den Wald. Rannte, rannte, rannte, mit brennenden Lungenflügeln und schmerzenden Waden, bis ich ihn auf der anderen Seite verlassen hatte, den Hügel hinuntergelaufen war und endlich im Wagen saß.

Meine Reifen quietschten auf der Straße, während ich mit Höchstgeschwindigkeit fuhr und gleichzeitig immer wieder in den Rückspiegel schaute. Ich bog auf einen großen Baumarktparkplatz ein, auf dem eine Menge anderer Autos standen, Leute ihre Einkaufswägen entluden, Kinder von der Schule über den Parkplatz nach Hause liefen, während sie miteinander lachten und scherzten.

Beinahe hätte ich einen älteren Herrn übersehen, der mit einer Einkaufstüte in der Hand zwischen zwei Autos auftauchte. Sein schockiertes Gesicht war schnell wieder aus meinem Blickfeld verschwunden, als ich in eine Parkbucht einbog. Ich riss das Nokia aus meiner Tasche, stieg aus dem Auto und ging mit zittrigen Beinen in eine Ecke des Parkplatzes, von der aus ich die Leute noch sehen, mich jedoch niemand belauschen konnte. Ich durfte es nicht riskieren, im Jeep zu reden, falls er verwanzt war. Mit zitterndem Finger drückte ich die Wahlwiederholungstaste.

Es klingelte und klingelte, dann wurde die Verbindung getrennt.

Ich versuchte es erneut. *Komm schon, komm schon. Nimm ab!*

Diesmal ging Mitchell ran. »Tut mir leid, ich habe nur gerade am anderen Telefon mit meiner Nichte gesprochen.«

»Ich habe den Beweis gefunden. Sie hatten recht. Er war dort versteckt.«

»Was ist es?«

»Es sind Fotos. Eine Menge Fotos. Widerliche, abscheuliche Bilder. Wie die Jungen vergewaltigt werden. Oralsex. Auf einigen sind die armen Jungen gefesselt oder angeschnallt. Und sie werden … es ist so schrecklich, sie werden gefoltert. Ich erkenne Jamie. Und ich glaube, ich erkenne auch Sean auf einigen. Und es gibt eine Videokassette. Sie ist mit *Der Freitagsclub* beschriftet.«

»Haben Sie sie angeschaut?«

»Nein. Ich war noch nicht zu Hause. Ich möchte, dass Sie das sehen. Ich will mir das nicht allein anschauen.«

»Sie dürfen das auch nicht bei sich zu Hause tun. Falls das Haus verwanzt ist, würden die etwas merken. Können Sie nach London kommen?«

»Ja. Geben Sie mir Ihre Adresse.«

Er nannte sie mir. Ich wiederholte sie. »Ich bin in ungefähr einer Stunde da. Genehmigen Sie sich einen Drink. Sie werden ihn brauchen.«

Ich legte auf und fuhr los Richtung London. Erst, als ich beinahe schon am Ziel war, erreichte mein Puls langsam wieder Normalgeschwindigkeit.

Ich parkte hinter einem Mitsubishi-Pick-up in der Einfahrt eines Einfamilienhauses aus den 20ern mit einem Erkerfenster und einer Veranda.

Mitchell öffnete die Vordertür und wartete dort auf mich. Wachsam prüfte er die Straße und scheuchte mich dann hinein.

Er bedeutete mir, in der großen Küche Platz zu nehmen, die auf eine Weise modernisiert worden war, die ihr ein kaltes und klinisches Aussehen verpasste, mit einer Menge glänzendem Glas und polierten Granitoberflächen. Kaffeemaschine, Wasserkocher, Ofen und Herd bestanden aus Edelstahl und sämtliche Utensilien waren mit äußerster Präzision angeordnet. Es gab keine Fotos oder Bilder oder persönlichen Gegenstände, als würde ein Roboter hier leben. Ich roch Bleiche und Möbelpolitur.

»Was möchten Sie trinken?«, fragte er.

»Irgendetwas, das dafür sorgt, dass alles verschwindet.«

»Dafür ist es jetzt zu spät.«

»Haben Sie Wodka?«

Er holte eine Flasche aus einem Eckregal. Sie sah voll aus, was gut war. Ich würde eine ganze Flasche und noch mehr brauchen, um das aus meinem Kopf zu bekommen, was ich gesehen hatte.

»Bitte machen Sie einen Doppelten draus.«

»Zitronenscheibe?« Er nahm ein großes Glas zur Hand und goss eine ordentliche Portion Stolichnaya hinein.

»Gern. Haben Sie auch Cola light?«

»Ja.« Er füllte sein eigenes Glas aus einer Flasche Brandy auf, die bereits auf der Granitarbeitsplatte stand, gab etwas Cola und paar Scheiben Zitrone in beide und brachte die Gläser an den Tisch.

Ich schob ihm das Metallkästchen zu, hob das Wodkaglas an meine Lippen und hörte erst auf zu trinken, als ich die Hälfte des Glases intus hatte. Mein Magen brannte.

Er nahm die Fotos aus dem Kästchen und schaute sich ein paar davon an. Die Muskeln in seinem Kiefer mahlten, danach legte er den Stapel beiseite. »Mehr muss ich gar nicht sehen.« Sein Gesicht hatte die Maske der Neutralität verloren. Seine Wangen waren gerötet, seine Augen verengt, und aus ihnen blitzte der Hass. Er kippte seinen Drink hinunter, füllte unsere Gläser nach und setzte sich wieder hin. »Haben Sie sich alle angeschaut?«

»Ja«, krächzte ich und mied es, den Stapel anzuvisieren. Der Wodka brannte in meinem Magen. »Ich habe Eamonn Colby, den Familienminister, wiedererkannt. Und auch Howard Sebastian. Ich hatte ihn schon mal gegoogelt, als ich die früheren Eigentümer von 10 Crompton Place recherchiert hatte. Und ich habe auch Douglas Talbot gesehen, den Verteidigungsminister. Die anderen erkenne ich nicht, aber es müssen die Leute sein, über die Jamie geschrieben hat. Und da ist noch einer … derjenige, von dem Jamie geschrieben hat, dass er mit ihm im Verlies gewesen sei – er trägt Umhang, Kapuze und Maske, genau wie Jamie beschrieben hat. Wer könnte das Ihrer Meinung nach sein?«

»Auf jeden Fall ein kranker Bastard. Jemand, der es nicht verdient, dieselbe Luft wie wir zu atmen.« Seine Nasenflügel bebten, als er nach seinem Glas griff. Er nahm einen kräftigen Schluck. Starrte die Videokassette an. »Ich habe irgendwo auf dem Dachboden einen alten Videorekorder. Ich gehe ihn holen. Trinken Sie ruhig noch etwas.«

Seine Schritte verschwanden die Treppe nach oben und ich hörte ihn herumklappern. Als er wieder herunterkam, hatte ich bereits ein weiteres Glas Wodka geleert.

»Kommen Sie ins Wohnzimmer«, rief er vom Flur aus. »Ich richte alles ein.«

Ich folgte seiner Stimme in ein geräumiges Zimmer mit Verandatüren, die in den Garten führten. Auch hier war alles makellos sauber und minimalistisch, die Wände cremefarben, eine Wand hinter dem Sofa dunkelrot als Kontrast. Wieder gab es nirgendwo Fotos oder anderen Schnickschnack. Es war *funktional*, aber weder *gemütlich* noch *persönlich*.

Ich zögerte auf der Schwelle und beobachtete ihn dabei, wie er den staubigen Videorekorder per Scartkabel mit dem großen Flachbildfernseher verband, dann die Vorhänge zuzog und das Licht anschaltete.

Ich hockte mich auf den Rand des Sofas, die Knie fest zusammengepresst, den Drink in den Händen umklammert.

Er schaltete den Fernseher mit der Fernbedienung an und setzte sich neben mich. Er nahm meine Hand. Drückte sie. Seine Augen suchten meine, als würde er um Erlaubnis bitten, den Film zu starten.

Ich nickte.

Erst sahen wir nur körnige Schwärze. Dann tauchte ein Raum auf, der wie ein alter Keller oder ein Verlies wirkte, und sofort war mir klar, dass dies der Ort in 10 Crompton Place war, den Jamie in seinem Tagebuch beschrieben hatte. Eine Nahaufnahme zeigte einen Jungen, der mit Handschellen an den Handgelenken ans Bett gefesselt war. Das war zweifellos Moses. Seine Augen flatterten auf und zu, gelegentlich entrang sich ihm ein Stöhnen. Er sah aus, als stünde er unter Drogen, und lallte undeutliche Worte. »Nein, bitte tut mir nicht weh! Nein, bitte! Ich will nach Hause. Ich will zu meiner Mami!« Die Kamera schwenkte herum: Andere Männer kamen in

Sicht: Howard Sebastian, der Richter; Douglas Talbot, der Verteidigungsminister; Eamonn Colby, der Familienminister; ein grauhaariger Mann, vermutlich Ted Byron, der Kinderheimkontrolleur; ein kleiner Mann mit Brille, der der Banker Felix Barron sein musste; ein großer ausgemergelter Mann, vermutlich Colin Reed, der Polizeichef, und der vermummte Mann.

Ich musste die brutale, wiederholte Vergewaltigung, den Missbrauch und die schreckliche Folter des armen Jungen über Stunden hinweg mitansehen. Selbst wenn ich den Kopf abwandte und meine Augen fest schloss, hörte ich ihn noch schreien, als die Wirkung der Drogen nachließ und der Schmerz durch seine benebelten Gedanken drang. Wie er um Gnade flehte. Und am Ende um sein Leben. Ich zwang mich, die kranke, sadistische Bösartigkeit mitanzuschauen, denn ich musste alles wissen, was darauf zu sehen war, damit ich das beenden konnte, was Jamie begonnen hatte. Durch meine Tränen und das Zersplittern meines Herzens hindurch wurde ich Zeugin davon, wie dieser gepeinigte, von Zigaretten gebrandmarkte, verstümmelte Junge schließlich erwürgt wurde.

Erwürgt von dem maskierten Mann.

Kapitel 32

Es konnte nicht real sein. Nichts, das so grauenerregend war, konnte real sein. Doch das war es, ich hatte es mit meinen eigenen Augen gesehen. Es veranschaulichte alles, worüber Jamie in seinen letzten Tagen geschrieben hatte.

Ich war vor Schock wie erstarrt. Ich konnte mich nicht bewegen. Konnte nicht sprechen. Konnte kaum atmen. Und dann entrang sich mir aus meinem tiefsten Inneren ein Geräusch. Ein durchdringender Schrei.

Ich schlang die Arme um meinen zitternden Körper, krümmte mich und wiegte mich vor und zurück. Ich wollte, dass die Bilder verschwanden. Und wusste doch, dass sie es niemals tun würden.

Meine heißen Tränen fielen auf den Teppich. Spontan zog Mitchell mich an sich, seine starken Arme hielten mich fest, hielten mich aufrecht. Seine ruhige Kraft verhinderte, dass ich mich verlor.

Noch nie zuvor in meinem Leben hatte ich jemanden gehasst, aber diese Menschen hasste ich mit einer alles verzehrenden Stärke. Hass. Hass. Hass. Selbst Tiere agierten nicht auf solch gnadenlose, brutale Weise, und wir waren doch angeblich zivilisiert. Es gab keine Worte, um zu beschreiben, was sie waren.

Sie mussten bezahlen. Für Jamie. Für seine Freunde. Für Moses und den anderen Jungen, den Jamie beschrieben hatte, deren Leben so abscheulich und grausam ausgelöscht worden war. Für die Jungen, die nachts aus ihren Betten verschwunden waren, und alle anderen, die es vielleicht noch da draußen gab.

»Das weckt schreckliche Erinnerungen«, keuchte Mitchell, wobei sein warmer Atem über meine Haare strich. »Alex. Er ist erwürgt worden, wiederholt vergewaltigt, vor und nach seiner Ermordung. Er war für die einfach ein Nichts.«

Ich hielt ihn fester, ließ ihn damit wissen, dass ich ihn verstand. Seine Muskeln waren angespannt.

Ich schniefte laut, versuchte, meine blockierte Nase zu befreien. »Wird es irgendwann leichter?«

»Die Toten sind nie weit weg. Es ist, als würden unentwegt Messer in jeden Teil des eigenen Körpers gestochen. Besonders, wenn man weiß, dass diese Monster noch da draußen sind und damit durchkommen. Die Menschen, die behaupten, dass die Trauer schwindet, sind Lügner. Trauer ist wie ein Krebsgeschwür.« Er löste sich von mir und ich legte meinen Kopf auf seine Schulter, meine Augen geschwollen von all den Tränen, und atmete hicksend und schluchzend weiter.

Ich konnte nicht in Richtung des Fernsehers schauen, obwohl die Kassette beendet war. Stattdessen stierte ich auf den Teppich, ohne wirklich etwas wahrzunehmen. »Was werden wir nun damit tun? Wem können wir vertrauen? Wenn Sie die Online-Pädophilen erwischen, wem bei der Polizei übergeben Sie dann Ihre Beweise?«

»Ich habe einen Kontakt in der Pädophileneinheit von Scotland Yard. Er ist ein guter Kerl, überarbeitet, frustriert von den wenigen Verurteilungen, die er vor Gericht mit seinem Team erreicht, aber er tut, was er kann, um diese Abartigen wegzusperren. Aber wir können mit dieser Angelegenheit nicht zur Polizei gehen, denn die sind involviert. Es könnten die

Special Branch oder die Sicherheitsdienste gewesen sein, die Jamie umgebracht haben, damit er das hier nicht der Welt zeigen kann. Mein Kontakt ist lediglich Sergeant; seine Befugnisse reichen nicht aus, um zu verhindern, dass dies von weiter oben gestoppt wird, sobald die wissen, wer darin involviert ist.«

»Wer dann? Wem können wir mit etwas so Gewaltigem vertrauen?«

Mitchell stand auf und rieb sich über das Gesicht, aber ich merkte, dass seine Augen tränennass waren und sich seine Wut in Hass verwandelt hatte. »Ich brauche noch einen Drink.«

Meine Beine fühlten sich an, als wären sie aus Gummi, als ich ihm in die Küche folgte. Ich setzte mich an den Tisch, stellte meine Füße auf dem Stuhlrand ab, drückte meine Knie gegen die Brust und schlang meine Arme darum.

Wir tranken bis tief in die Nacht. Tranken, um zu vergessen. Um die Bilder auszublenden, die wir gesehen hatten. Denn wenn uns das nicht gelang, würden wir niemals Schlaf finden. Irgendwann in den frühen Morgenstunden wurden meine Augenlider schwer, aber immer, wenn ich meinen Augen erlaubte, sich zu schließen, konnte ich Moses sehen. Jetzt wusste ich, warum Jamie die Adresse von Moses' Mum auf der Liste gehabt hatte. Er wollte ihr vermutlich endlich berichten, was ihrem Sohn zugestoßen war. Als ich ihr begegnet war, hatte ich geglaubt, es wäre das Schlimmste, nichts zu wissen, aber mittlerweile glaubte ich das nicht mehr. Die Qualen, die sie erleiden würde, wenn sie die Wahrheit kannte, waren viel, viel schlimmer. Ich würde mich nie überwinden können, es ihr zu erzählen.

Ich schenkte mir einen Wodka aus der mittlerweile halb leeren Flasche auf dem Tisch ein. »Sehen Sie Alex? Wenn Sie einschlafen?«, lallte ich.

»Ich sehe ihn jeden Tag. In allem. Ich sehe seine Augen, ob ich wach bin oder schlafe.« Er starrte in seinen Drink und schlang seine Faust um das Glas, als wollte er das Leben aus ihm herauspressen.

»Ich weiß nicht, ob ich das durchstehe.«

»Sie sind viel stärker, als Sie glauben.«

»Aber wohin bringt einen Stärke schon? Jamie war stark und jetzt ist er fort.«

Er antwortete nicht, denn was gab es dazu auch zu sagen?

Schließlich musste ich wohl eingeschlafen sein, denn plötzlich war es Morgen und ich lag auf Mitchells Sofa, eine dicke Decke über mir ausgebreitet und ein Kissen unter dem Kopf. Mitchell schlief im Sessel auf der anderen Zimmerseite.

Mein Kopf pochte. Mein Mund war staubtrocken. Meine Augen waren so geschwollen vom Weinen, dass ich sie kaum öffnen konnte.

Ich setzte mich auf, das Zimmer schwankte. Auf der Suche nach Wasser stolperte ich in die Küche und schüttete mir zwei Gläser schnell hintereinander in die Kehle, bevor ich mein Gesicht damit benetzte. Ich fand meine Tasche auf dem Tisch und nahm ein Päckchen Paracetamol heraus. Ich schluckte zwei. Ich musste klar im Kopf werden, um nachdenken zu können. Mitchell hatte eine schicke, kompliziert aussehende Kaffeemaschine auf der Arbeitsplatte stehen, aber bis ich herausgefunden hätte, wie man die benutzt, wäre es vermutlich bereits Zeit zum Mittagessen, also wühlte ich in den Schrankfächern nach Instantkaffee.

Ich schüttete zwei gehäufte Teelöffel in eine Tasse, dazu drei mit Zucker und trank den Kaffee kochend heiß ohne Milch.

»Guten Morgen.« Mitchell kam barfuß und in Jeans und einem schwarzen T-Shirt in die Küche geschlurft. Seine Augen waren ebenso geschwollen wie meine und die Stoppeln auf Wangen und Kopf waren von Grau durchsetzt.

»Guten Morgen.«

»Die Kaffeemaschine macht besseren Kaffee.« Er neigte den Kopf in ihre Richtung.

»Ich bin nicht sonderlich technikaffin. Die hat mir zu viele Tasten. Ich hätte sie vermutlich kaputt gemacht. Jamie war der Profi, was das anging.« Ich lächelte traurig.

Mitchell nickte verständnisvoll.

»Ich hab eine Idee«, sagte ich.

»Und die wäre?« Er holte eine Art kleinen Topf aus dem Schrank, stellte ihn in die Maschine und gab Wasser dazu, dann drückte er ein paar Tasten.

»Wir haben unwiderlegbare Beweise gegen sie, es gibt also eine Möglichkeit, das Ganze auffliegen zu lassen, ohne zu enthüllen, wer *wir* sind, wie Sie gesagt haben. Wir können das Material an die Medien schicken – die Zeitungen und das Fernsehen.«

Mitchell reichte mir eine Tasse Cappuccino mit Milchschaum. »Die werden das nicht veröffentlichen.«

»Was? Warum nicht? Klar werden die das!«

Er wiederholte den Kaffeezubereitungsprozess mit einer weiteren Tasse und trank dann einen Schluck davon, bevor er antwortete. »Wer, glauben Sie, kontrolliert die Mainstream-Medien?«

Ich zuckte mit den Achseln. »Keine Ahnung ... die Besitzer der Zeitungen und Fernsehsender.«

»Nein.« Er setzte sich an den Küchentisch, lehnte sich zurück und rieb sich mit den Händen über das Gesicht. »Glauben Sie, die berichten die Wahrheit?« Er lachte, aber es lag kein Humor darin. »Die Mainstream-Medien sind eine Methode zur Kontrolle der Massen. Sie unterziehen uns einer Gehirnwäsche mit ihrer eigenen Agenda, damit die Meinung der Öffentlichkeit in eine bestimmte Richtung geht. Sie verkaufen Lügen. Lügen und Vertuschungen. Und wenn man die Lüge verkauft und immer weiter verkauft, beginnen die Leute, sie zu glauben, dann wird die Lüge zur Wahrheit und die Öffentlichkeit hinterfragt sie nicht, denn sie ist ja klar zu sehen, schwarz auf weiß und in Farbe in den Zeitungen, in den Nachrichten! Kommen Sie. Sie sind doch eine intelligente Frau. Was, glauben Sie, geht vor sich?« Er schnaubte.

Ich lehnte mich zurück, schockiert von der Dringlichkeit in seiner Stimme, aber ebenso dem Inhalt seiner Worte. Ich hatte bisher noch nie darüber nachgedacht. Es war nie nötig gewesen. »Sie sagen also, sämtliche Mainstream-Medien werden kontrolliert, aber von wem? Den Politikern?«

»Nicht nur Politikern. Meistens sind die auch nur die Schachfiguren hinter den wahren Kräften. Verborgene Mächte – Puppenspieler – kontrollieren alles.«

»Und wer soll das sein?«

»Die ganz Großen. Die mit dem Geld. Die Banker, Hedgefonds, die US-Notenbank, die Bank of England – diese Kartelle, die die Finanzsysteme kontrollieren –, zusammen mit den Aktiengesellschaften, den Industrien, den Lobbygruppen. Die Elite. Leute mit mehr Macht und Geld, als Sie sich überhaupt vorstellen können. Leute, deren einzige Interessen Gier und Profit und Kontrolle sind. Die Aufgabe der Medien ist es, im Interesse der unternehmerischen und politischen Agenden zu agieren, und genau so funktioniert auch die Politik, also bekommen wir natürlich nie die volle Wahrheit zu hören«, spie er aus. »Hier mal das perfekte Beispiel dafür, wie es läuft. Die Öffentlichkeit hat den Krieg satt, richtig? Absolut satt. Die Eltern, deren Kinder in den Kampf gezogen und nie zurückgekommen sind. Die unschuldigen Zivilisten. Frauen, Kinder, Männer, die überhaupt nichts damit zu tun haben. Wir verursachen auf der ganzen Welt Probleme, stecken unsere Nase in Dinge, die uns nichts angehen, beginnen Kriege, die rechtlich gesehen nicht mal bewilligt wurden. Aber die Zahl der Todesopfer steigt. Und steigt. Warum?«

Ich schüttelte den Kopf, versuchte mitzuhalten. »Wegen des Terrorismus?«

»Der Krieg gegen den Terror! Das ist die größte Lüge von allen. Der echte Krieg ist der Krieg gegen die Wahrheit!«

»Wie bitte?«

»Die meisten dieser sogenannten terroristischen Organisationen oder Zellen werden von unseren eigenen Regierungen oder Sicherheitsdiensten finanziert. Sie sorgen für einen Regimewechsel, basierend auf unsinnigen Vorwänden, die auf Lügen beruhen, weil das ihrer politischen Agenda und Außenpolitik in den Kram passt, ohne zu erkennen, dass sie ein Monster erschaffen, indem sie mit den Dschihadisten-Gruppen spielen. Der Westen schickt die Kinder seiner eigenen Länder in den Tod, die gegen genau die Leute kämpfen sollen, die ihre eigene Regierung heimlich bewaffnet, und sie billigen das nicht nur, sie schreiben auch noch ihre Namen auf die verdammte Kugel! Denn niemand liebt einen Krieg so sehr wie die Großen da oben. Sie sind Heuchler und Parasiten, die daran Abermillionen verdienen. Wir sind die größten Terroristen des Planeten! Und lassen Sie mich gar nicht erst mit 9/11 anfangen.«

»Sie sind also ein Verschwörungstheoretiker?«

»Es ist schon sehr bezeichnend, dass jeder, der es wagt, den Mainstream infrage zu stellen, automatisch als Verschwörungstheoretiker abgestempelt wird, finden Sie nicht auch? Das sind keine Verschwörungstheorien. Das sind Verschwörungsfakten. Es gibt überwältigende Beweise, die untersucht werden müssen, aber Nachfragen werden fehlgeleitet und unterdrückt. Sie werden einfach unter den Tisch gekehrt.« Er stützte die Ellbogen auf seine Knie und schüttelte angewidert den Kopf. »Ich habe es mit eigenen Augen gesehen. Da draußen in der erbarmungslosen Wüste, im Balkan, auf den Straßen Nordirlands. Die Blutbäder. Das unnötige Töten. Mord unter dem Deckmantel von Krieg aufgrund geheimer wirtschaftlicher

Agenden.« Er atmete tief ein. Schloss die Augen. »Ich habe das alles gesehen. Sie haben ja keine gottverdammte Ahnung. Und das ist nur ein Beispiel – die Spitze des Eisbergs. Hier findet eine Gehirnwäsche statt und die Leute bekommen es einfach nicht mit.« Er öffnete die Augen wieder und starrte mich an, seine tiefblauen Augen erfüllt von Schmerz und Feuer. Sein normalerweise kontrolliertes Verhalten und die Maske der Ruhe brachen langsam weg. »Und ich war auch einer dieser gehirngewaschenen Menschen. Aber erst, wenn etwas wirklich Drastisches wie Alex passiert, hinterfragt man, was man *glaubt* zu wissen. Womit man seit frühester Kindheit bombardiert wurde. Und wenn man dann aufwacht und diesen Augenblick der Klarheit erlebt, endlich hinter den Schleier sieht und erkennt, was wirklich vor sich geht, fragt man sich, wie man je darauf hereinfallen konnte. Es ist die größte Verschwörung von allen. Alles ist so verdammt abgefuckt.«

Ich presste meine Hände fest um meine Kaffeetasse, war verwirrt, wusste nicht, was ich sagen sollte.

»Wenn die Leute also keinen Krieg wollen – vollkommen gegen einen Krieg sind – wie kommt man dann damit durch? Indem man die öffentliche Meinung ändert und Zustimmung fabriziert, so macht man das. Man erschafft eine ausgefeilte Täuschung. Eine sorgfältig erstellte und perfekt ausgeführte Lüge. Man sorgt für False-Flag-Angriffe, durchgeführt von den eigenen Sicherheitsdiensten, schiebt den Terroristen die Schuld in die Schuhe, jagt britische oder amerikanische Soldaten in die Luft, bombardiert unsere Gebäude, lässt Flugzeuge in sie hineinfliegen, lügt über Massenvernichtungswaffen, die uns innerhalb von fünfundvierzig Minuten auslöschen könnten. Und bombardiert die Menschen dann über die Medien damit. Terroristen! Terrorismus! Zellen! Al-Quaida! Der IS! *Jedes Mal*, wenn man die Nachrichten anschaltet oder eine Zeitung liest, ist das da. Trotz der Tatsache, dass man statistisch gesehen wahrscheinlicher bei einem Autounfall oder in der eigenen Badewanne sterben würde als durch einen Terroristen! Und die ganze Zeit über bleiben die wahren Gründe verborgen. Öl und Gas. Gold. Regimewechsel. Land. Macht. Geld. Und so machen sie weiter, bis die Öffentlichkeit Angst bekommt und wütend wird: ›Ja, lasst uns diese Bastarde hochjagen! Und wie können diese Leute es wagen, uns zu bedrohen und anzugreifen!‹ Und schon *wollen* sie den Krieg. Zu jenem Zeitpunkt bettelt die Öffentlichkeit praktisch darum! Wie schon George Orwell gesagt hat: ›Die Menschen glauben, was die Medien ihnen erzählen.‹ Und wenn man die Medien kontrolliert, das Geld, die Politik und das Militär, dann kontrolliert man das ganze System.«

Die Muskeln in seinem Kiefer mahlten. »Und *so* verkauft man die Lüge.« Er schlug mit der offenen Handfläche auf den Tisch, was mich zusammenzucken ließ. »*So* manipuliert man die Leute.« Noch ein Schlag. »Und *darum* werden die Mainstream-Medien das hier nicht anfassen.« Ein letzter Schlag. »Denn die Leute, mit denen Sie es hier zu tun haben, *sind* die Großen. Und sie werden einander um jeden Preis beschützen und eine Wahrheit vortäuschen, die so nicht existiert!« Er sprang auf, riss die Schiebetür zum Garten auf und lief bis ans Ende der Grünfläche. Barfuß ging er auf den eisigen Steinplatten auf und ab und murmelte Worte, die ich nicht verstehen konnte, die Hände auf dem Kopf, während ich ihm schockiert über diesen plötzlichen Ausbruch hinterherstarrte.

Diese Seite hatte ich an Mitchell noch nie zuvor wahrgenommen. Aber was wusste ich schon wirklich über ihn? Nichts.

Seltsamerweise hatte ich jedoch keine Angst vor ihm. Im Augenblick wollte ich es lieber mit Mitchell riskieren als mit sonst jemandem. Und nach dem, was ich über das Establishment herausgefunden hatte, die sogenannte Elite unserer Gesellschaft, steckte viel Wahrheit in dem, was er anprangerte. Ich hatte mein ganzes Leben über in einer Blase der Naivität gelebt, in der alles, was ich über die Art, wie die Welt funktionierte, zu wissen glaubte, eine große Lüge war. Ich hatte nur das gesehen, was ich sehen wollte. Meine Augen verschlossen. Aber es gab da draußen noch eine verborgene Welt, in der Menschen mit extremer Brutalität vorgingen – schreckliche, grausame Dinge taten. Geheimnisse bewahrten, die darüber entschieden, wer lebte und wer starb. Und nichts würde je wieder so sein, wie es einmal war. Nach dem, was ich entdeckt hatte, war das unmöglich.

Aber es war nicht fair von mir, Mitchell in meine Probleme hineinzuziehen. Das Ganze löste offensichtlich schreckliche Qualen wegen Alex in ihm aus und brachte möglicherweise auch noch eine posttraumatische Belastungsstörung vom Krieg an die Oberfläche.

Ich griff nach meiner Tasche und warf meine Handys sowie das Metallkästchen mit dem Video und den Fotos darin hinein. Ich zerrte meine Jacke von der Stuhllehne, über der sie gelegen hatte, und spürte plötzlich seine Hand, die mein Handgelenk umklammerte. Seine Finger bohrten sich in mein Fleisch.

Ich erstarrte. Keuchte auf.

Er ließ los. »Tut mir leid.«

Ich drehte mich um.

Er fuhr sich mit den Händen über seinen stoppeligen Kopf und ließ sie dort verharren, sodass seine Ellbogen seitlich herausstachen. Mit glänzenden Augen schaute er mich an. »Die Welt, in der wir leben, macht mich einfach so wahnsinnig wütend.«

»Nein, ich bin diejenige, der es leidtun sollte«, widersprach ich. »Ich hätte Sie nicht um Hilfe bitten dürfen. Ich … Sie haben selbst so viel durchgemacht. Mit Ihrer Arbeit und mit Alex. Dinge, die ich mir nicht einmal vorstellen kann. Und ich …« Ich blickte in Richtung der Küchenschwelle. »Ich sollte gehen. Das hier ist nicht Ihr Problem. Es ist nicht Ihr Kampf.«

»Nein!« Seine Stimme war laut, aber sanft. »Gehen Sie nicht. Das ist definitiv mein Kampf. Ich will die genau wie Sie von der Straße haben.« Er zeigte auf den Stuhl, auf dem ich vorher bereits gesessen hatte. »Bitte. Setzen Sie sich hin. Ich habe eine Idee.«

Ich schluckte und setzte mich, wobei ich mich fragte, ob ich nicht trotzdem lieber gehen sollte. Ich dachte auch noch darüber nach, als er redete.

»Ich folge einer alternativen, investigativen News-Website namens Truth.com. Der Eigentümer schreibt die meisten Artikel selbst. Er ist sehr gründlich, sehr professionell. Sein Name ist Simon Wheelan und die Website deckt Dinge ab, die die Mainstream-Medien nicht öffentlich machen. Sie sind besonders an der Aufdeckung von Wahrheiten im Bereich der Politik interessiert.«

»Okay.«

»Ich glaube, die wären sehr daran interessiert, Jamies Geschichte zu veröffentlichen.«

»Aber dann würde herauskommen, wer Jamie ist. Wer ich bin.«

»Die könnten das tun, ohne seine oder Ihre Identität zu enthüllen. Sie schützen ihre Quellen und Informanten rigoros. Aber sie können das, was in Crossfield und Crompton Place passiert ist, mit Leichtigkeit so aufbereiten, dass es nicht auf Sie zurückfällt. Es muss Hunderte, vielleicht sogar Tausende Kinder über die Jahre hinweg gegeben haben, bevor die Einrichtung geschlossen wurde.«

»Würden sie die Namen der Leute veröffentlichen, die den Kindern das angetan haben?«

»Nein. Aus rechtlichen Gründen.«

»Aber das ist es doch, was wir tun müssen, oder nicht? Der Welt diese Fotos und das Video zeigen? Darum habe ich doch die Medien vorgeschlagen. Wenn das veröffentlicht wird, muss die Polizei etwas gegen sie unternehmen. Sie werden nicht in der Lage sein, das zu vertuschen. Es gäbe zu viel Druck aus der Öffentlichkeit.«

Mitchell sackte auf seinem Stuhl zusammen. »Ich glaube nicht, dass sich jemand trauen würde, die Videoaufnahme oder die Fotos zu veröffentlichen. Abgesehen von der Tatsache, dass man sie verklagen und vermutlich von allen Seiten mit Unterlassungen und Nachrichtensperren belegen würde, könnten sie das nicht tun, weil es mögliche Ermittlungsverfahren kompromittieren würde.« Ich öffnete den Mund, um klarzustellen, wie empörend und abstoßend ich das fand, aber er redete weiter. »Aber ich glaube, Simon wird die Geschichte mit Anschuldigungen abdrucken, vielleicht ihre Berufe nennen. Und ich glaube außerdem, dass wir diesen Beweis noch jemandem zeigen müssen. Je mehr Leute das sehen, desto besser sind wir geschützt.«

»Nicht, wenn die Leute niemandem davon erzählen oder es zeigen können.«

»Vielleicht nicht.« Mitchell zuckte mit den Schultern. »Aber ich glaube, es wäre in unserem besten Interesse, dass noch jemand das sieht. Wir begehen eine Straftat, nur weil wir so etwas in unserem Besitz haben.«

»Also, was schlagen Sie vor? Dass wir die Aufnahme und die Fotos einfach einem Journalisten übergeben?«

»Ja.«

»Auf keinen Fall! Wie Sie schon gesagt haben, das ist unsere einzige Versicherung. Und überhaupt, was bringt ein Artikel, der sie nicht beim Namen nennt oder das aufzeigt, was sie getan haben? Diese Leute sind sadistische Mörder!«

»Das ist natürlich nicht mein Fachgebiet, aber ich glaube, das ist nur der erste Schritt, um sie zu entlarven, da wir nicht wissen, wem wir noch damit trauen können. Vielleicht werden sich andere Jungen melden. Andere Zeugen. Die können nicht rumlaufen und jeden umbringen.«

»Was, wenn die Beweise verloren gehen? Oder gestohlen werden?«

»Wir machen als Erstes eine Kopie von allem und bewahren sie an einem sicheren Ort auf.«

Ich dachte darüber nach, während ich den bittersüßen Kaffeesatz am Boden meiner Tasse schluckte. Dachte an die mächtigen Leute, die involviert waren. Wir konnten nicht ohne Unterstützung zur Polizei gehen. Das würde uns nirgendwohin bringen und Mitchell und ich wären sofort enttarnt. Wir wären enttarnt und würden vermutlich umgebracht werden, genau wie Jamie und Dave. In meinem Kopf hämmerte es. Mein Kiefer schmerzte. »Ich schätze, das ist das Einzige, was wir tun können.«

Entschlossen stand er auf. »Ich mache uns Frühstück, dann können wir von allem digitale Kopien machen und Simon kontaktieren. Aber wir müssen uns einen Decknamen für uns ausdenken. Simon würde das vermutlich sowieso für jede Story machen, aber auf Nummer sicher gehen schadet nie.«

Beim Gedanken an Essen drehte sich mir der Magen um. »Ich hab keinen Hunger.«

»Ich akzeptiere kein Nein. Sie müssen etwas essen, nach dem, was Sie letzte Nacht gebechert haben. Sie wollen doch nicht in Simons Büro umkippen, oder?«

Ich gab zwar keine Zustimmung, aber ich überließ ihm das Kommando, während er Panini aufschnitt, mit Käse, Tomaten und frischen Basilikumblättern aus dem Kühlschrank füllte und sie unter einen Kontaktgrill packte. Er machte mir noch einen Kaffee mit der Maschine, der wirklich hundertmal besser als der Instantkaffee schmeckte.

»Danke.« Ich schlang das Essen herunter. Bis zu diesem Augenblick war mir nicht klar gewesen, wie ausgehungert ich eigentlich war. Mitchell hatte recht gehabt, ich musste etwas essen. Ich konnte Jamie nicht helfen, wenn ich nicht auf mich selbst aufpasste. Konnte den anderen nicht helfen, die nicht mehr für sich selbst sprechen konnten. Dann würde es niemals Gerechtigkeit geben.

Ich hoffte nur, dass er auch mit allem anderen recht hatte.

Kapitel 33

Während ich sämtliche Fotos über Mitchells Laptop auf einen USB-Stick scannte, wandelte Mitchell die Videokassette *Der Freitagsclub* um und kopierte sie mit seinen Medienprogrammen, bevor er sie ebenfalls auf den USB-Stick übertrug. Dann brachte Mitchell falsche Kennzeichen an seinem Pick-up an und wir fuhren über eine zufällig gewählte Route ins Zentrum Londons. Mitchell machte regelmäßig kehrt und behielt den Rückspiegel im Auge, um zu prüfen, ob uns jemand folgte. Schließlich parkten wir in einer Tiefgarage und wählten eine zufällige Route zu den Büroräumen von Truth.com. Mitchell hatte eine Baseballkappe aufgesetzt, den Schirm tief ins Gesicht gezogen, sowie eine Sonnenbrille, um sein Gesicht zu verhüllen. Er hatte die Beweise in seiner zugezogenen Bomberjacke. Ich trug ebenfalls eine Sonnenbrille und einen Kapuzenpulli, dessen Kapuze ich mir über den Kopf gezogen hatte.

Nachdem wir ein paar Minuten beim Empfang gesessen hatten, tauchte ein Mann Anfang vierzig aus dem Aufzug links von uns auf und kam auf uns zu. Er war groß und schlaksig, mit einem hervorstehenden Adamsapfel. Er hatte blonde Haare, graue Augen und trug eine quadratische rahmenlose

Brille. Seine Kleidung bestand aus einem lässigen weiß karierten Hemd und einer blauen Hose.

Er lächelte Mitchell an und schüttelte seine Hand, dann wandte er sich an mich. »Schön, Sie beide kennenzulernen. Gehen wir hoch in den Konferenzraum.«

Wir folgten ihm in den Aufzug und fuhren in die fünfte Etage. Dort fanden wir uns in einem Großraumbüro mit Boxen wieder, in denen Schreibtische, Schränke und Computer standen. Der Lärm klappernder Tastaturen, miteinander redender Leute und klingelnder Telefone erinnerte mich an meine Arbeit im Callcenter. Das schien jetzt bereits ein Leben her zu sein. Eine Vergangenheit, die einer anderen gehörte.

An den Rändern des Raums befanden sich mit Glasfronten versehene Büros und wir betraten eins direkt am Ende, von dem aus man einen Blick auf die geschäftige Londoner Straße darunter hatte. Die Jalousien waren leicht eingedreht, sodass der Raum von den Bürofenstern auf der gegenüberliegenden Straßenseite aus nicht eingesehen werden konnte.

»Setzen Sie sich doch. Kann ich Ihnen etwas zu trinken anbieten? Tee? Kaffee?« Simon wies auf den großen ovalen Konferenztisch in der Raummitte. Verschiedene Fernsehbildschirme an den Wänden zeigten auf stumm geschaltete Nachrichtensender. Ein Projektorbildschirm war an der gegenüberliegenden Wand angebracht. An einen anderen Fernseher waren hochmoderne Gerätschaften angeschlossen.

Ich schüttelte den Kopf. Ich hatte mittlerweile genug Kaffee getrunken, um noch tagelang aufgedreht zu sein. »Nein, danke.«

»Für mich auch nicht.« Mitchell nahm die Sonnenbrille ab und ich machte es ihm nach.

Simon trat an die Stirnseite des Tischs. Der gepolsterte Sessel gab ein dumpfes Geräusch von sich, als er Platz nahm. Mitchell setzte sich neben ihn. Ich wählte den Sessel neben Mitchell, rang die Hände in meinem Schoß und versuchte, meinen pulsierenden Herzschlag auf eine normale Rate herunterzufahren.

Simon beugte sich vor, die Ellbogen auf dem Tisch, die Finger ineinander verschränkt. »Also, Sie sind ja am Telefon nicht wirklich ins Detail gegangen, aber Sie glauben, Sie haben eine explosive Story, an der wir interessiert sein könnten?«

»Man weiß nie, wer zuhört«, sagte Mitchell.

Simon lächelte zustimmend. »Ich kann also davon ausgehen, dass Matt und Jane nicht Ihre echten Namen sind?«

Mitchell reagierte darauf lediglich mit einem trockenen Grinsen und drehte sich in seinem Stuhl in meine Richtung. »Möchten Sie ihm erzählen, warum wir hier sind?«

Ich schluckte schwer und atmete tief ein, zögerte, kaute auf meiner Unterlippe.

Simon lächelte erneut. Es war ein herzliches und vertrauensvolles Lächeln. »Ganz augenscheinlich verwenden Sie Tarnnamen, aber ich möchte Ihnen auch versichern, dass wir unsere Quellen und Informanten mit allen Mitteln schützen. Falls Sie unsere Website verfolgt haben, wissen Sie, dass wir in diesem Bereich mit größter Integrität vorgehen. Sie haben meine Garantie, dass alles, was Sie mir erzählen, vertraulich bleibt, bis Sie gezielt zustimmen, dass es veröffentlicht wird. Und selbst dann geben wir unseren Quellen Tarnnamen. Falls wir Videointerviews machen, werden die Gesichter unserer Quellen nie gezeigt und die Stimmen verzerrt.«

Ich blickte Mitchell an. Er nickte langsam und zustimmend.

»Okay, vor Kurzem ist mein Freund gestorben.« Diese Worte fühlten sich noch immer falsch auf meiner Zunge an, auch wenn ich sie einfach nicht mehr leugnen konnte. »Es sollte wie ein Selbstmord aussehen – als hätte er sich erhängt – aber ich hatte meine Zweifel.« Nachdem ich erst einmal zu reden angefangen hatte, ergoss sich alles in einem nervösen Wortschwall aus mir heraus.

Simon drehte seinen Stuhl in meine Richtung, lehnte sich zurück und hörte sorgfältig zu, wobei er gelegentlich nickte, gelegentlich den Kopf schüttelte.

»Solcherlei Dinge grassierten zu jener Zeit im Pflegesystem«, kommentierte Simon das Gehörte. »Es war der reinste Magnet für Pädophile und Kinderschänder. Die Leute, die solche Heime geleitet und diese Gelüste hatten, haben natürlich auch gleichgesinnte Leute eingestellt. Dadurch sind sie unter sich geblieben und wurden nicht entdeckt. Außerdem hat das die Kinder isoliert, weil sie mit niemandem reden konnten, der nicht involviert war. Zusätzlich gab es viel Personal, das nicht geschult oder qualifiziert war oder lediglich den Mindestlohn verdient hat, was zu weiterem Missbrauch und zu Vernachlässigung führte, weil den Angestellten die Kinder einfach egal waren – ebenso wie bei Tiermisshandlungen in Schlachtereien und auf Bauernhöfen.«

Mitchells Kiefer verkrampfte sich.

Ich sprach weiter und kam schließlich zu der Stelle, wie ich die Videokassette und die Fotos gefunden hatte, die von Jamie versteckt worden waren.

Simons Augen wurden groß vor Entsetzen. »Sie haben einen echten Videobeweis für den Mord an Moses?«

Ich blinzelte langsam, versuchte, das Bild in meinem Kopf zu verdrängen. »Ja. Und Fotos davon, wie der andere unbekannte Junge ermordet wird. Und weitere Fotos, welche die schreckliche Misshandlung von weiteren Jungen durch diese Leute dokumentieren.«

Simon wirbelte in seinem Stuhl herum und stieß die Luft aus. »Wow.« Er drückte die Fingerspitzen gegeneinander und dachte nach.

»Es gibt außerdem noch ein Tagebuch, das Jamie vor seinem Tod geschrieben hat, in dem die meisten Ereignisse aufgeführt sind. Die Dinge, von denen ich Ihnen bereits erzählt habe.«

»Wenn das, was Sie sagen, wahr ist, wird das in der Tat explosiv.« Simon tippte mit den Fingern auf den Tisch, die Lippen geschürzt.

»Ich will, dass das rauskommt, aber wenn die herausfinden, dass ich davon weiß, dann …« Ich sprach nicht weiter.

»Ich verstehe Sie natürlich, insbesondere aufgrund der Leute, die laut Ihnen darin verwickelt sind. Ich kann nur wiederholen, dass ich meine Quellen immer schütze. Wenn Sie möchten, dass ich das veröffentliche, gebe ich Ihrem Freund einen Tarnnamen. Natürlich muss ich erst sehen, welche Beweise Sie haben, und versuchen, meine eigenen Nachforschungen anzustellen. Sind Sie einverstanden damit, die Sachen vorübergehend bei mir zu lassen, und ich kontaktiere Sie dann, sobald ich das Material durchgesehen habe?«

»Ich habe die Originalfotos und das Video, außerdem Jamies Tagebuch auf einem USB-Stick, aber wie kann ich sicher sein, dass nicht jemand anderes das Material in die Finger bekommt? Wie gesagt, falls irgendjemand sonst dieses Tagebuch liest, führt es denjenigen direkt zu mir.«

»Sämtliches Material wird allein von mir durchgesehen und an einem sicheren Ort aufbewahrt, bis ich es Ihnen zurückgebe. Wir haben die höchste Sicherheitsstufe für unsere Website, aber sämtliche digitalen Beweise, die Sie mir leihen, werden auf einem System angeschaut, das nicht mit unseren Servern verknüpft ist, sodass keine Chance besteht, dass sich jemand reinhacken könnte.«

Ich sah Mitchell an. Mitchell sah mich an. Irgendjemandem musste ich trauen, und wenn Mitchell glaubte, dass dieser Mann uns helfen konnte, musste ich das wohl durchziehen.

»Okay.« Ich nahm den braunen Umschlag, der alles enthielt, aus meiner Tasche, und schob ihn ihm über den Tisch hinweg zu.

»Ich werde nichts veröffentlichen, ohne Sie vorher zu kontaktieren, Sie haben mein Wort. Ihre Sicherheit hat hier oberste Priorität. Haben Sie eine Handynummer, unter der ich Sie erreichen kann?«

Mitchell schrieb eine Handynummer auf und reichte sie Simon.

Simon drückte sich mit den Händen vom Tisch ab und stand auf. »Danke, dass Sie hergekommen sind. Ich setze mich gleich ran, sodass ich hoffentlich bis Ende des Tages mit Ihnen in Kontakt treten und das alles zurückgeben kann.« Er schüttelte uns beiden die Hand.

Während der Fahrt im Aufzug nach unten setzte Mitchell seine Sonnenbrille wieder auf und bedeutete mir, es ebenfalls zu tun. Draußen auf der Straße gab er mir ein neues billiges Handy. Diesmal ein Samsung.

»Wofür ist das?«, fragte ich.

»Das ist die Prepaidnummer, die ich Simon gegeben habe. Benutzen Sie sie nur für ihn. Das andere Nokia, das Sie von mir haben, ist nur dafür, dass wir einander kontaktieren. Falls sich also jemand in Simons Telefonunterlagen hackt, können wir nicht miteinander in Verbindung gebracht werden, und die werden nicht wissen, wer Sie sind.«

»Alles klar.« Also hatte ich jetzt schon drei Handys, mein eigenes eingerechnet. Ich konnte nur hoffen, dass ich sie nicht versehentlich durcheinanderbringen würde.

Als wollte es mich daran erinnern, welches Handy mein persönliches war, klingelte mein iPhone in der Tasche.

»Hey, Maya!«, erklang Avas fröhliche Stimme. »Wie geht's dir? Willst du mit mir Mittagessen gehen? Ich lade ein!«

»Äh … danke, Schwesterherz, aber ich bin im Augenblick etwas beschäftigt.«

»Ach? Was treibst du denn? Ich hab dich schon ewig nicht mehr gesehen. Es muss doch langsam ziemlich einsam sein, wenn du die ganze Zeit allein zu Hause herumtigerst. Du hast mich in letzter Zeit nicht einmal mehr angerufen, und wenn ich anrufe, geht immer nur der Anrufbeantworter ran.«

Ich kniff mir in den Nasenrücken. »Ja, tut mir leid. Es ist nur …« Nur was? Dass ich mich von Mord und Perversion und Schmutz und Bösartigkeit verseucht fühlte und nicht wollte, dass meine Familie in diesen Sumpf mit hineingezogen wurde? Das war kaum das, was ich Ava erklären konnte. »Äh …«

»Wo bist du? Ich höre doch Verkehr. Bist du in der Stadt? Soll ich Jackson mitbringen und wir treffen uns zum Essen?« Ich hörte wieder die Sorge in ihrer Stimme.

»Nein, schon okay. Ich bin auch gar nicht in der Stadt.«

»Und wo bist du dann? Warum tust du die ganze Zeit so geheimniskrämerisch? Ich will dir helfen, aber du redest überhaupt nicht mehr mit mir. Ich weiß nicht, was mit dir los ist, seit …« Abrupt brach Ava ihren Redeschwall ab, um Jamies Tod nicht zu erwähnen.

Ich atmete tief aus. »Es tut mir leid, Schwesterherz. Ich muss los. Gib Jackson einen Kuss von mir. Ich melde mich bald, okay?« Ich legte auf, bevor sie noch etwas fragen konnte und das Gespräch zu seltsam wurde. Als ich mein Handy zurück in die Tasche steckte, hörte ich plötzlich einen lauten Knall, wie bei der Fehlzündung eines Motors. Alarmiert sah ich mich um, aber es war nur ein alter Wagen, der die Straße entlangfuhr. Als ich Mitchell anschaute, der ein Stück von mir entfernt gelaufen war, um mir während des Gesprächs etwas Privatsphäre zu lassen, lehnte der schwer atmend und schnell blinzelnd mit steifen Schultern an der Mauer des nächsten Gebäudes.

Ich trat auf ihn zu und bemerkte im Näherkommen den Schweißfilm auf seiner Stirn. Ich spürte die nervöse Energie, die von ihm ausging, und er murmelte etwas vor sich hin, das ich nicht verstand.

Und dann hörte ich es deutlich …

»Das passiert jetzt nicht. Das passiert jetzt nicht. Das passiert jetzt nicht.«

Ich legte ihm eine Hand auf den Arm. »Mitchell? Geht's Ihnen gut?«

Zuerst war es so, als würde er mich nicht sehen. Und auch nicht hören.

»Ein Bus, eine Straße, ein Geschäft, ein Motorrad«, keuchte er, während er den Blick wandern ließ.

Ich hielt meine Hand auf seinem Arm, nicht sicher, was ich tun konnte. Hatte er eine Art von Panikattacke? Einen Flashback?

»Ein Bus. Eine Straße. Eine Straße. Ein Geschäft«, murmelte er.

»Es ist alles okay, Mitchell. Alles okay.«

Langsam drehte er sich mir zu; seine leeren Augen schienen wieder einen Fokus zu finden.

Seine Atmung verlangsamte sich. Er schüttelte den Kopf und die Schultern. Fuhr sich mit einer Hand über die Glatze.

»Geht's Ihnen gut?«, forschte ich.

»Alles okay.« Er ging weiter die Straße entlang, fort von mir.

Ich folgte ihm.

»Wollen Sie darüber reden?«, hakte ich nach.

»Nein.«

»Na schön.« Ich wusste, wie es sich anfühlte, wo Ava und meine Eltern mir doch diese blöde Frage immer wieder stellten, also schritt ich einfach weiter neben ihm her, ohne etwas zu äußern, während wir uns durch Männer und Frauen in Anzügen und mit Aktentaschen kämpften.

Ungefähr zehn Minuten später blickte Mitchell mich an. All die Nervosität, die bis eben noch so stark von ihm ausgestrahlt hatte, schien fort zu sein, als wäre überhaupt nichts Seltsames passiert. »Was wollen Sie jetzt tun?«

Ich sah mich in der geschäftigen Londoner Straße um und fühlte mich vollkommen verloren. »Keine Ahnung. Ich glaube nicht, dass ich nach Hause fahren will.«

»Sie können gern wieder mit zu mir kommen. Ich muss allerdings ein paar Stunden arbeiten. Ich muss online wieder auf den neuesten Stand kommen.«

»Pädophile fangen?«

»Ja.«

»Würden Sie mir zeigen, was Sie tun?«

Er runzelte die Stirn. »Wollen Sie das wirklich wissen?«

»Es ist ja nicht so, als könnte ich diese Typen vergessen. Mittlerweile kreisen all meine Gedanken nur noch um Pädophile. Und ich werde sowieso bloß alle fünf Minuten auf mein Handy starren und warten, dass Simon anruft. Vielleicht lenkt mich das ja ab und ich erfahre etwas Nützliches, das Ihnen hilft, dafür, dass Sie mir geholfen haben.«

»Na gut, in Ordnung.«

♦ ♦ ♦

Wir setzten uns auf sein Sofa, Mitchell mit einem iPhone in der Hand, ich mit seinem Laptop. Er hatte mich in einen der Teenie-Chaträume eingeloggt, den er benutzte und für den er ein Profil als zwölfjähriges Mädchen namens Emma eingerichtet hatte. Ihr Foto zeigte lange dunkle Haare, große Augen mit langen Wimpern und volle Lippen, mit denen sie neckisch in die Kamera lächelte. Sie trug Skinny Jeans und ein rosa T-Shirt mit der Aufschrift *Drama Queen*.

»Wer ist sie?«

»Niemand.«

»Wie bitte?«

»Sie ist mithilfe von Photoshop entstanden. Das Originalfoto ist von meiner Nichte Kelly, der Tochter meiner Schwester. Sie ist eigentlich siebzehn, nicht zwölf. Aber ich habe ihre Gesichtszüge so verändert, dass es kein bisschen mehr nach ihr aussieht.«

»Und das macht ihr nichts aus?«

»Nein. Sie will helfen. Meine Schwester ebenso. Sie wollen genauso sehr wie ich, dass diese Leute aus dem Verkehr gezogen werden.«

»Aber sie muss diese Männer nicht wirklich treffen, oder?«

»Um Himmels willen, nein! Sie kommt überhaupt nicht mit ihnen in Kontakt. Die Perversen sehen online ihr gefälschtes Profil sowie ihr gefälschtes Foto und chatten mit ihr – oder mir. Ich initiiere keine sexuellen Gespräche. Tatsächlich verhalte ich mich kindlich und schüchtern. Ich warte, bis sie den Köder geschluckt haben, das dauert bei diesen Kerlen nicht lange. Sie nehmen Kontakt zu den Kindern auf, sie flirten, werden immer anzüglicher. Oft schicken sie Nacktfotos von sich selbst. Sie drücken sich immer anstößiger aus mit dem, was sie mit ihr machen wollen, werden mit der Zeit immer kühner. Irgendwann wollen sie sich dann treffen. Die Mehrheit sagt tatsächlich geradeheraus, dass sie Sex wollen, was dann meist der Zeitpunkt ist, an dem ich alles meinem Kontakt bei der Pädophileneinheit übergebe.«

»Und was passiert dann?«

»Meistens leugnen sie alles, wenn sie mit den Beweisen konfrontiert werden, die ich gesammelt habe. Leugnen zu wissen, dass die Kinder minderjährig sind, obwohl es eine meiner Prioritäten ist, das in den Gesprächen immer wieder zu erwähnen. Oder sie schämen sich. Manchmal werden sie wütend oder gewalttätig. Manchmal sagen sie, dass es ihnen leidtut.« Seine Augen verengten sich hasserfüllt. »Aber was bringt das schon, dass es ihnen leidtut? Ihnen tut nur leid, dass sie erwischt wurden. Wenn die Polizei ihre Computer beschlagnahmt oder ihre Häuser durchsucht, finden sie oft Kinderpornos. Manchmal sogar mit Babys. Manchmal Snuff-Filme wie *Der Freitagsclub*.«

»Oh nein!« Ich schlug mir die Hände vor den Mund, versuchte, meine Abscheu zu unterdrücken.

»Die Leute glauben, dass Pädophilie lediglich eine Minderheit betrifft, aber das stimmt nicht, glauben Sie mir. Es gibt so viele von diesen kranken Perverslingen. Und das Problem ist, viele von ihnen meinen, dass sie nichts Falsches tun. Sie denken tatsächlich, sie würden Kinder *lieben*. Sie glauben nicht, dass sie ihnen auf irgendeine Weise wehtun. Einige sind sogar der Meinung, dass Kinder sexuell befreit werden und das Recht haben sollten, Sex zu haben.«

»Wie bitte?« Schockiert verzog ich das Gesicht.

»Ich weiß, das ist einfach abgefuckt! Mein Kontakt bei der Pädophileneinheit hat dank meiner Beweise schon einige Verurteilungen erreicht, aber eins der größten Probleme ist, dass die Strafen so geringfügig ausfallen. Häufig kommen diese Leute mit einem blauen Auge davon. Die Polizisten, die in dieser Abteilung arbeiten, sind empört über die Strafen, die diese Richter aussprechen. Sie sitzen einfach nur auf ihrer Richterbank, fern der echten Welt, nicht willens, ein Exempel an diesen Menschen zu statuieren. Wenn man die überhaupt als Menschen bezeichnen kann.«

»Oder sie sind ebenfalls darin involviert.«

»Ganz genau. Dieser Richter, von dem Jamie gesprochen hat, Howard Sebastian, er war am Old Bailey tätig. Wissen Sie, was als Inschrift über den Eingangstüren steht? ›Verteidigt die Kinder der Armen und bestraft die Übeltäter‹. Das setzt dem Ganzen doch die Krone auf, oder? Oft bedarf es monatelanger penibler Arbeit für leidenschaftliche Polizeibeamte, einen solchen Fall aufzubauen, nur damit er dann vor Gericht einfach verworfen oder lediglich eine völlig ungerechte Strafe ausgesprochen wird. Und ich spreche nicht nur über den Besitz von Kinderpornos, der die gesamte Industrie antreibt. Ich spreche auch über schreckliche sexuelle Übergriffe. Wiederholungstäter.« Seine Finger quetschten das iPhone, das er in der Hand hielt, so fest, dass ich überrascht war, dass es nicht zerdrückt wurde. »Das macht mich so verdammt wütend, denn viel zu oft gibt es keine Gerechtigkeit für diese Kinder.«

Ich konnte ihm in Worten nicht klarmachen, wie furchtbar ich das alles fand. Das Wort *grauenhaft* konnte es nicht annähernd ausdrücken. »Also, was muss ich schreiben?«

Er meldete sich auf seinem Handy in einem anderen Chatroom an und rückte näher zu mir, um es mir zu zeigen. Ich zog meine Beine an und beugte mich über seine Schulter.

»Das hier ist ein anderes Profil, das ich eingerichtet habe. Dieses von mir erfundene Mädchen ist ebenfalls zwölf und heißt Lucy. Ein Typ hat die ganze letzte Woche mit mir gechattet. Sehen Sie sich das Foto an.«

Der Mann war ungefähr fünfundvierzig, mit Geheimratsecken, versuchte, sich modern zu kleiden, und trug enge Jeans, die seinen Bierbauch noch zusätzlich betonten, und ein langärmliges T-Shirt mit einem Schriftaufdruck. Er hatte Chucks an und saß auf der Motorhaube eines gelben Ferraris. Laut Profilname hieß er Nick.

Ich schüttelte den Kopf und Übelkeit stieg in mir auf. »Wessen Foto verwenden Sie für Lucy?« Das Profilbild unterschied sich von dem vorherigen.

»Das ist auch wieder ein mit Photoshop bearbeitetes Bild. Sie fallen jedes Mal darauf herein. Darauf und auf die abgekürzte Textsprache eines jungen Mädchens.«

Mitchell zeigte mir, was der Mann gerade in der persönlichen Textnachricht geschrieben hatte.

Nick: Du hast da wirklich zwei hübsche Titten auf dem Foto!

Ich beobachtete, wie sich Mitchells Finger über die Tastatur des iPhones bewegten, und er dann auf eine Antwort wartete. Eine Minute später machte es »Pling« auf seinem iPhone und er deutete kopfschüttelnd und mit gehobenen Augenbrauen darauf.

Lucy: LOL, ich bin gerade mal 12!!!
Nick: Du siehst viel älter aus. Sehr sexy.
Lucy: danke
Nick: Schickst du mir ein Foto von ihnen?
Lucy: *erröt*
Nick: Hattest du schon mal Sex?
Lucy: natürlich nicht!!!
Nick: Ich wette, die ganzen Jungs sind hinter dir her. Du bist wunderhübsch.
Lucy: vielleicht ;)
Nick: Du bist so sexy, klar stehen die alle auf dich. Wer würde das nicht?!
Lucy: vielleicht ein paar jungs an der schule, aber die sind so unreif.

Ich fragte mich, wie es in meinem Leben so weit kommen konnte, dass ich den Nachmittag damit verbrachte, kranke Perverslinge dazu zu bringen, sich zu offenbaren, sodass wir versuchen konnten, sie aus dem Verkehr zu ziehen. Es war verstörend surreal. Aber langsam glaubte ich dasselbe wie Mitchell.

Gab es wirklich Gerechtigkeit? Oder war das auch nur eine Lüge?

Kapitel 34

Gegen neunzehn Uhr rief Mitchell bei einem indischen Restaurant in der Nähe an und wir bestellten etwas zu essen. Überraschenderweise war ich am Verhungern. Wir platzierten Laptop und Handy beim Essen auf den Küchentisch und lasen uns gegenseitig die Chatnachrichten vor, die wir für unsere Profile erhielten, und wie unsere Antworten lauteten, während wir schrieben.

»Er fragt, ob wir uns treffen können. Er sagt, er würde mich mitnehmen, wohin ich will, und will meine Kleidergröße wissen, damit er mir etwas ganz Besonderes kaufen kann!« Mitchell starrte sein Handy mit bösem Blick an und knurrte. »Stellen Sie sich doch mal vor, das wäre ein echtes Mädchen, das von ihm hereingelegt wird.« Er schaufelte sich eine Gabel Chicken Tikka in den Mund.

Der Laptop machte »Pling« und ich las die Nachricht des Kerls vor, der mit mir als »Emma« chattete. »›Möchtest du noch ein paar Fotos von mir sehen?‹, fragt er.« Ich tippte die Antwort ein, während ich sie aussprach. »Okay. Smiley.« Ich keuchte, als ich das Nacktfoto erblickte, das ein Kerl namens John mir geschickt hatte. Ich drehte den Laptop zu Mitchell um. »Was für ein Perverser!« Ich schob mein Essen weg. »Jetzt habe ich keinen Appetit mehr. Nicht mal *ich* in meinem Alter würde das gern sehen, warum glaubt er, dass es eine Zwölfjährige gern sehen würde?«

»Weil er nicht ganz richtig im Kopf ist.«

In diesem Augenblick klingelte eins meiner Handys. Es war mein persönliches, das auf dem Tisch lag: Avas Nummer starrte mir entgegen. »Schon wieder meine Schwester«, sagte ich zu Mitchell, bevor ich ranging.

»Hi, das mit vorhin tut mir leid. Ich hab wahrscheinlich wie eine neugierige, herrische Schwester geklungen, stimmt's?«, sprudelte es aus ihr heraus. »Aber … sag mal, bist du schon zu Hause? Ich wollte vorbeischauen. Und bevor du wieder Nein sagst, du würdest mir damit sogar einen Gefallen tun. Ich war den ganzen Tag zu Hause und fühle mich etwas ruhelos.«

»Ich bin … äh …« Ich schaute Mitchell an. »Ich bin im Augenblick nicht zu Hause.«

»Oh. Wo bist du? Hast du endlich mal beschlossen, Lynn oder Becca zu besuchen? Gut, ich freue mich, dass du aus dem Haus kommst und versuchst, voranzukommen.«

Ich hörte die Erleichterung in ihrer Stimme, also verzichtete ich darauf, sie zu korrigieren. Was sollte ich auch sonst sagen? Ich bin in der Küche eines Pädophilenjägers, chatte online mit Perversen, während ich darauf warte, dass ein Journalist mir dabei hilft, den Mörder meines Freundes zu enttarnen, nachdem ich einen Snuff-Film gesehen habe, der einen VIP-Kindesmissbrauchsring umfasst?

»Na gut, ich hoffe, du hast Spaß.« Die Wärme in ihrer Stimme drang durch die Leitung. »Wir hören uns bald wieder, okay?«

»Okay.«

»Hab dich lieb.«

»Hab dich auch lieb, Schwesterherz.« Ich legte auf. »Sie ruft jetzt wahrscheinlich sofort Mum und Dad an, um ihnen zu stecken, dass ich mich etwas besser zu fühlen scheine und mit

Freunden unterwegs bin. Ich glaube, das ist vernünftiger, als wenn sie die Wahrheit wüssten. Ich will sie davor schützen, dass ihnen irgendetwas Schlimmes zustoßen könnte. Und außerdem würden sie mir sowieso niemals glauben«, überlegte ich traurig. Da klingelte mein Samsung, was bedeutete, dass Simon anrief. »Hallo?«

»Hallo, Simon hier. Ich bin gerade fertig damit, alles durchzugehen, und es ist schockierend. Ich muss natürlich noch ein paar Nachforschungen anstellen, aber ich werde einen Artikel verfassen. Ich bin davon überzeugt, dass das Video und die Fotos echt sind, und nichts wäre mir lieber, als diese verdorbenen Individuen beim Namen zu nennen, aber es ist mir nicht erlaubt, ihre Namen zu drucken. Zum einen aus rechtlichen Gründen. Wir dürfen sie nicht nennen, es sei denn, sie wurden verhaftet oder von der Polizei befragt. Zum anderen, weil wir nichts tun dürfen, um künftige polizeiliche Ermittlungen zu gefährden. Ich weiß, Sie möchten die Polizei in dieser Phase noch nicht involvieren, aber wir können als Vermittler agieren, falls Sie das später doch möchten. So bleibt Ihre Identität verborgen. Es gibt allerdings auch noch eine andere Möglichkeit, um eine offizielle Ermittlung zu forcieren.« Er pausierte kurz. »Das hier muss wirklich rauskommen, also habe ich darüber nachgedacht und wollte einen Vorschlag machen. Es gibt einen Abgeordneten namens Alistair Bromwyn. Er hat sich sehr offen zu Kindesmissbrauchsanschuldigungen der jüngeren Vergangenheit geäußert, die vor einigen Jahren in einem anderen Kinderheim aufgetreten sind und in die ein prominentes VIP-Netzwerk involviert war. Nicht ganz die gleiche Liga wie das, über das wir hier reden, aber es waren ebenfalls respektierte und einflussreiche Männer. Er hat energisch für eine öffentliche Ermittlung plädiert, nachdem eine abgewürgte polizeiliche Ermittlung das vertuschen wollte, was passiert war. Er ist deswegen stark unter Druck geraten, auch durch Mitglieder seiner eigenen Partei, aber er hat keinen Rückzieher gemacht. Und dank seiner Beharrlichkeit haben die Opfer am Ende mit Alistairs Unterstützung die Gerechtigkeit erfahren, die sie verdient haben.

Ich denke, Alistair wird uns zuhören. Ich bin mir sicher, dass er nicht zulässt, dass das unter den Teppich gekehrt wird. Er wird sicherstellen wollen, dass nichts vertuscht wird, genau wie Sie. Und selbst wenn sich keine weiteren Zeugen melden, die Beweise, die Sie haben, sind nicht zu leugnen. Angesichts der Prominenz der Beteiligten werden Sie einflussreiche Hilfe auf Ihrer Seite benötigen. Alistair gehört zu den wenigen Politikern, die tatsächlich daran interessiert sind, etwas Gutes zu bewirken. Möchten Sie, dass ich ein Treffen arrangiere? Ich habe ihn bereits mehrfach interviewt, als ich über den Kinderheimskandal berichtet habe, und ich habe eine sichere Telefonnummer, unter der ich ihn erreichen kann.«

»Lassen Sie mich das mit Mitchell besprechen, dann melde ich mich wieder.«

»Natürlich. Ich überlasse das ganz Ihnen. In der Zwischenzeit, was den Artikel angeht, ich kann ihre Berufe nennen – Abgeordneter, Richter, hochrangiger Polizeibeamter, Kabinettsminister und so weiter. Und ich werde einen Appell an etwaige Zeugen richten, dass sie sich melden sollen, falls sie Informationen haben. Ich zeige Ihnen den Artikel, bevor ich ihn drucke, damit Sie zustimmen können. Ist Ihnen das alles recht?«

»Ja, das ist sehr hilfreich.«

»Ich habe in meiner Laufbahn schon eine Menge schrecklicher Dinge gesehen. Man muss sich abhärten gegenüber dem, was Menschen einander antun. Aber was ich da auf diesem Band gesehen habe … es ist einfach unmöglich, sich gegen so etwas abzuhärten. Ich werde tun, was ich kann, um sicherzugehen, dass der Artikel einfühlsam genug ist *und* dabei hilft, die Verbrecher der Gerechtigkeit zu überantworten.«

»Vielen Dank, Simon. Oh, und noch eins, nur fürs Protokoll: Falls mir irgendetwas zustößt, wissen Sie, wo Sie suchen müssen.«

Wir verabschiedeten uns und ich legte auf und berichtete Mitchell von dem Gespräch, der die Idee, Alistair Bromwyn zu involvieren, sofort ablehnte und alle Politiker lügende Bastarde nannte, die von Puppenspielern kontrolliert würden. Aber nachdem wir den Mann und seine Vergangenheit stundenlang studiert hatten, schien mir auch, dass Alistair zu den Guten gehörte, genau wie Simon gemeint hatte. Alles, was wir über ihn herausfanden, offenbarte, dass er ein Abgeordneter war, der sich wirklich für seine Arbeit zu interessieren schien. Ein echter Verfechter für soziale Gerechtigkeit, der in Bereichen wie Menschenrechte, Frieden und Umweltschutz positive und fortschrittliche Änderungen bewirken wollte. Kein Dummschwätzer, der sich zu kindischen Beleidigungen oder persönlichen Verleumdungen herabließ. Jemand, der wahrlich authentisch und aufrichtig klang und willens zu sein schien, mit Mut und Überzeugung für das geradezustehen, was er glaubte, egal, ob es der Parteilinie entsprach oder nicht. Zwischen mir und Mitchell ging es hoch her, während ich versuchte, Mitchell zu überzeugen, dass Alistair genau die Art von Person mit Einfluss und Integrität war, die wir auf unserer Seite brauchten – der einzige Mensch, mit dem wir es riskieren konnten. Langsam gab er nach. Schlussendlich hatte ich das Gefühl, als hätten wir gar keine andere Wahl. Es hieß Alistair oder nichts.

Ein Teil von mir war dankbar und beinahe glücklich, dass es ein paar gute Nachrichten gab. Aber der andere Teil wusste, dass die Reise gerade erst begonnen hatte.

Kapitel 35

Zusammen mit Mitchell stieg ich die Treppe des Gemeindezentrums hoch. Als wir oben angekommen waren, hielt ich einen Augenblick inne und versuchte, mich darauf vorzubereiten, eine Geschichte zu erzählen, die auch dann nicht einfacher wurde, je häufiger ich sie erzählte.

Wir hatten einen Termin mit Alistair Bromwyn bei einer seiner wöchentlichen Sprechstunden in seinem Wahlkreis, den Simon für uns arrangiert hatte. Mir war flau vor Sorgen im Magen. Alistair konnte kaum leugnen, was auf den Fotos und dem Video zu sehen war, aber besaß er tatsächlich die Stärke und Integrität, um etwas gegen einen Regierungsminister und den Verteidigungsminister zu unternehmen? Gegen Mitglieder seiner eigenen Partei? Oder war das hier Zeitverschwendung? Es könnte auch sein, dass ich mit dieser Aktion einen großen Pfeil hochhielt und rief: *Kommt und holt mich! Ich bin hier. Jetzt könnt ihr mich auch ausschalten!*

Bevor wir hineingingen, ergriff Mitchell meinen Arm. »Sind Sie absolut sicher, dass Sie das machen wollen?«

Ich nickte. »Um das zu Ende zu bringen, was Jamie begonnen hat, muss ich es mit Alistair riskieren.«

»In Ordnung.«

Wir gingen hinein und wurden von Alistairs Sekretär empfangen, der sich uns als Damien Hammond vorstellte und uns in ein leeres Büro führte, das sich am anderen Ende des Flurs gegenüber der Haupthalle befand.

»Er ist gleich bei Ihnen.« Damien nickte uns kurz zu und schloss die Tür hinter sich.

Während wir warteten, zupfte ich an meinen Fingernägeln. Ich atmete tief durch und versuchte, die Übelkeit zu unterdrücken. Ich sah Mitchell an, der im Plastikstuhl neben mir saß, die Hände in den Taschen, während sein Blick entspannt durch das Zimmer wanderte, als hätte er keine Sorgen auf der ganzen weiten Welt.

»Sind Sie nicht nervös?«, fragte ich.

»Ich habe jahrelange Übung im Warten. Und außerdem, entweder er hilft uns oder nicht. Nervös zu sein, ändert daran überhaupt nichts.«

»Ja, aber falls er uns nicht hilft, wie machen wir in dem Fall weiter? Wir haben nicht gerade viele Optionen, dann kommen die einfach damit durch«, zischte ich, wütend über seine mangelnde Erregung. »Wollen Sie das etwa?« Ich funkelte ihn an, mein Gesicht so angespannt, dass sämtliche Muskeln wehtaten.

»Sie wissen doch, dass ich das ganz und gar nicht will. Lassen Sie uns darüber nachdenken, wenn es so weit ist, in Ordnung?«

Letztendlich musste ich mich auf meine Hände setzen, da ich das Nagelbett um meine Finger bereits zum Bluten gebracht hatte. Nach einer gefühlten Ewigkeit betrat Alistair das Zimmer. Er war klein und unscheinbar, doch umgab ihn eine Aura von Format und Kraft.

Ich stand so schnell auf, um mich vorzustellen, dass ich meinen Stuhl umwarf und er klappernd zu Boden fiel. Ich errötete aus Scham über meine Dummheit und vermutlich auch, weil mein Blutdruck gerade in ungeahnte Höhen schoss.

Mitchell stellte meinen Stuhl wieder auf, während Alistair mir ein vermutlich geübtes Politikerlächeln schenkte und mir seine manikürte Hand zum Gruß reichte, bevor er seine Aufmerksamkeit auf Mitchell richtete.

»Es freut mich, Sie kennenzulernen, Matt und Jane.« Er setzte sich hinter den Schreibtisch, legte die Unterarme darauf ab und beugte sich vor, wobei er seine buschigen und von leichtem Grau durchzogenen Augenbrauen zusammenzog und uns mit ernstem Blick musterte. »Simon Wheelan hatte ein paar sehr verstörende Neuigkeiten für mich, was den Grund für dieses Treffen anbelangt.«

»Ja«, stimmte ich zu und fing wieder ganz von vorn an, erzählte ihm alles, was ich auch Simon erzählt hatte. Er unterbrach mich gelegentlich, um ein paar Dinge klarzustellen, und obwohl sein Gesicht bleich wurde, verriet ansonsten nichts, dass er mir meine Erzählung glaubte.

»Mein Beileid. Welch eine tragische Entwicklung«, bekundete Alistair, als ich fertig war. Einen Moment lang starrte er den Schreibtisch an, anscheinend tief in Gedanken versunken. »Das sind schwere Anschuldigungen, die Sie da machen.«

»Weshalb wir auch zu Ihnen gekommen sind«, ergriff Mitchell das Wort. »Sie befinden sich in der Position, Druck auf das Rechtssystem auszuüben, damit die Angelegenheit ernst genommen wird. Aufgrund der daran beteiligten Leute ist es ziemlich wahrscheinlich, dass jegliche Ermittlungen von politischer Seite vertuscht werden würden, falls wir zur Polizei gehen würden.«

Er schaute zwischen uns hin und her. »Ich gehe davon aus, dass Matt und Jane nicht Ihre wahren Namen sind?«

»Natürlich nicht. Unsere Beteiligung muss geheim bleiben«, erwiderte Mitchell.

»Wer auch immer meinen Freund getötet hat, könnte auch hinter mir her sein.« Ich schwenkte meinen Zeigefinger zwischen mir und Mitchell hin und her. »Oder uns beiden, falls die herausfinden, was wir wissen.« Ich lehnte mich zurück. Mir war übel. Ich konnte nicht leugnen, dass ich Angst hatte. Letztendlich könnte ich es sein, die tretend und schreiend an diesem Galgenstrick hing und um ihr Leben flehte. Oder die in einem anonymen Unfall mit Fahrerflucht getötet wurde. Aber meine Wut war stärker als die Angst. Mein eigenes Leben war mir nicht mehr so wichtig. Ich wollte nur noch, dass diese sadistischen, bösen Menschen bezahlen mussten. Aber was war mit Mitchell? Ich durfte nicht dafür verantwortlich sein, dass ihm etwas zustieß.

Mitchell schenkte ihm ein schmallippiges Lächeln. »Sie müssen nicht offenbaren, woher das gekommen ist. Sie können unsere Beteiligung leicht aus der Sache raushalten, die Beweise sprechen schließlich für sich.«

Alistair neigte den Kopf. »Haben Sie die Fotos und den Videobeweis sowie das fragliche Tagebuch?«

»Ja.« Ich zog den braunen Umschlag aus meiner Tasche, der die Originale enthielt, die wir auf dem Weg hierher bei Simon abgeholt hatten. In Jamies Tagebuch hatten wir jede Namensnennung zu »Ian« geändert, was Simon auch in seinem Bericht tun würde. Und wir hatten ebenfalls die Namen aller anderen unschuldigen Jungen geändert, um ihre Identität zu schützen. Wir verschwiegen ihm die digitalen Kopien, die Mitchell und ich von allem gemacht hatten. Die waren an einem sicheren Ort versteckt.

Alistair streckte die Hand danach aus.

Ich hielt den Umschlag fest umklammert, nicht willens, ihn zu überreichen, bis wir sicher sein konnten, dass er etwas unternehmen würde.

»Woher wissen wir, dass Sie deswegen etwas tun werden?«, fragte Mitchell misstrauisch. Er wollte dieselben Zusicherungen wie ich.

»Ich denke doch, Sie wissen, dass ich der einzige Abgeordnete war, der nach Aufklärung im Kindesmissbrauchsskandal Litton Care Home verlangt hat?« Er blickte von einem zum anderen und wir nickten. Das war eine der Sachen, die wir über Alistair erfahren hatten. »Einige der involvierten Leute waren geschätzte Mitglieder der Gesellschaft. Priester, Lehrer, Juristen und natürlich das Personal. Nicht ganz so prominent und mächtig wie in diesem Fall hier, aber dennoch, wir hatten es mit respektierten Leuten zu tun. Ich habe mit vielen Opfern gesprochen, die aufgrund der Taten dieser Tiere irreparablen Schaden erlitten hatten, und mir ist völlig egal, ob der Täter ein Lehrer ist oder die Queen of England, ich werde diesen systematischen Missbrauch von Kindern nicht hinnehmen. Das System hat sie schon einmal im Stich gelassen und ich darf nicht zulassen, dass das auch ein zweites Mal passiert. Ich bin selbst Vater und könnte nachts nicht schlafen, wenn ich nicht mein Bestes tun würde, um die Gesetze unseres Landes hochzuhalten, damit wir die Verletzlichsten unserer Gesellschaft schützen können. Damit wir aus vergangenen Fehlern lernen können und verhindern, dass so etwas noch einmal passiert, und damit wir Gerechtigkeit für diese Menschen bekommen, denen auf schlimmste Weise Unrecht widerfahren ist.

Das Pflegesystem für Kinderheime hat in der Vergangenheit Sexualstraftäter kultiviert, geschützt und verteidigt. Es ist unsere Pflicht, aufzustehen und zu sagen, genug ist genug. Das darf nicht so weitergehen.« Er legte die Hände flach auf den Tisch. »Bitte glauben Sie mir, wenn ich versichere, dass, wenn das, was Sie mir erzählt haben, richtig ist – und ich muss die Beweise durchsehen, die Sie mir geben werden –, mich nichts davon abhalten wird, Druck auszuüben, damit eine polizeiliche Ermittlung in den höchsten Kreisen stattfindet. Und ich werde dafür sorgen, dass es zu keiner Vertuschung kommt. Darauf haben Sie mein Wort.

Ich bin nicht in die Politik gegangen, um das Fehlverhalten des Establishments zu schützen. Ich habe es getan, um den Leuten meines Wahlkreises und der Öffentlichkeit zu dienen. Und solange ich noch gewählter Abgeordneter bin, werde ich auch genau das tun. Ich verstehe natürlich Ihre Sorge um Ihre eigene Sicherheit. Sie haben meine Zusicherung, dass Ihre Beteiligung vertraulich bleiben wird.«

Ich sah Mitchell an, dessen Augen mir eine klare Botschaft vermittelten. *Wie können Sie dem Wort eines Politikers Glauben schenken?* Und ja, die meisten von ihnen erzählten hauptsächlich Lügen. Aber Alistair klang aufrichtig. Auch seine Körpersprache signalisierte das. Er schien wahrhaftig schockiert, entrüstet und verstört von dem, was wir ihm berichtet hatten.

Und wir mussten jemandem mit Einfluss vertrauen.

Ich überreichte Alistair den Umschlag.

»Ich melde mich bei Ihnen, wenn ich das durchgegangen bin, um den nächsten Schritt mit Ihnen zu besprechen.« Alistair legte den Umschlag auf den Schreibtisch vor sich und öffnete ihn. Er zog die Videokassette und den USB-Stick mit Jamies Tagebuch darauf heraus. Als er zu den Fotos kam, blätterte er sie durch. Sein Stirnrunzeln tiefer Konzentration wich einem Ausdruck völligen Abscheus und Grauens. Langsam schüttelte er den Kopf. »Nun«, sagte er mit belegter Stimme. »Ich kann Ihnen garantieren, dass hier etwas passieren wird.«

Kapitel 36

Das Warten war die reinste Folter. Die Tage und Nächte verschmolzen miteinander, während ich darauf wartete, dass uns Alistair mitteilte, ob die Polizei etwas unternehmen würde. Darauf wartete, dass Simons Artikel Fortschritte machte, während er die Leute von Jamies Liste kontaktierte, die noch am Leben waren, und versuchte, andere Zeugen aufzuspüren. Und darauf wartete, jeden Tag durchzustehen, ohne in jeder Sekunde an Jamie zu denken.

Es war jetzt vier Monate her, dass Jamie ermordet worden war. Das waren 120 Tage. Oder 2.880 Stunden. Oder 172.800 Minuten ohne ihn. Das Foto von Jamie, das ich in meinem Portemonnaie aufbewahrte, hatte mittlerweile Eselsohren und Risse, weil ich es so oft herausholte und küsste. Ich machte mir Sorgen, irgendwann zu vergessen, wie er ausgesehen hatte. Dass sein Gesicht aus meinem Gedächtnis verschwinden würde, genau wie sein Geruch langsam aus seiner Kleidung wich, die ich im Haus trug, und dass dann nichts mehr da wäre, um mich daran zu erinnern, dass er wirklich existiert hatte. In meinem Kopf sprach ich ständig mit ihm. Sprach laut mit ihm, wenn ich zu Hause allein war. Ich sah ihn nicht mehr in irgendwelchen Männern, an denen ich auf der Straße vorbeilief, oder plötzlich auf der anderen Seite des Supermarkts. Ich wusste, dass er fort war. Ich hatte das verstanden. Dennoch machte es die Sache nicht einfacher. Ich wusste auch nicht, ob es das je sein würde. Ich wurde in einen überwältigenden dunklen Abgrund gezogen.

Das Einzige, was mich davon abhielt, verrückt von all dem Warten zu werden, war, Mitchell dabei zu helfen, die Männer zu schnappen, mit denen er online chattete. Nach allem, was ich mittlerweile wusste, wollte ich diese Leute ebenso bloßgestellt und verurteilt wissen wie Mitchell. Ich chattete mit den Pädophilen, gab mich als minderjähriges Mädchen oder Junge aus. Ich wurde gut darin, wie ein Teenager oder ein noch jüngeres Kind zu schreiben, lernte sämtliche Chat-Abkürzungen. Mitchell hatte vorgeschlagen, mich dafür zu bezahlen, dass ich ihm half, und daraus einen echten Job zu machen. In einem dieser seltenen Augenblicke, in denen mein Sinn für Humor kurz zurückkehrte, fragte ich mich, welche Jobbezeichnung ich in meinen Lebenslauf schreiben könnte. *Maya Morgan: Pädophilenjägerin.* Aber Jamies Nachlass war nicht übel gewesen und ich lebte von dem Geld, das er mir hinterlassen hatte, und meinen eigenen Ersparnissen. Auf sein Haus lief kein Kredit, also war für eine Zeit lang alles in Ordnung. Ich konnte nicht darüber nachdenken, einen echten Job anzunehmen, solange diese Angelegenheit in der Schwebe war. Ich erklärte Mitchell, er solle sein Geld behalten. Für den Augenblick war es das, was ich tun musste. Es war fast schon eine Art Selbsttherapie zu wissen, dass ich irgendwie dabei half, für die Kinder geradezustehen, die nicht für sich selbst sprechen konnten, aber wer wusste schon, was die Zukunft bringen würde? Es war schwierig, an die nächste Woche zu denken, geschweige denn den nächsten Monat oder das nächste Jahr.

Oft suchte ich Jamies Grab auf, und – so seltsam es auch war, angesichts dessen, was ich dort gefunden hatte – auch das Feld am Fluss. Ich fühlte mich ihm dadurch näher, verbundener, in dem Wissen, dass es einer der letzten Orte gewesen war, die er aufgesucht hatte, bevor er ermordet worden war. Und es war ein Ort, den Jamie immer geliebt hatte. Er war hier glücklich gewesen. Er hatte ihm etwas bedeutet. *Wir* waren hier glücklich gewesen, an dem Tag, an dem er mich zu dem Picknick mitgenommen hatte.

Das Wetter war die ganze Woche über schrecklich gewesen. Der Himmel ein Gemälde aus Kohle und Schiefer und Dunkelblau. Regen klatschte herunter und hinterließ breite, schmutzige Pfützen auf dem Boden. Der Wind peitschte durch die Bäume. Doch am Donnerstag schlug das Wetter um. Es war kühl, aber die Sonne kam heraus und schien schwach vom Frühlingshimmel.

Heute war der Tag.

Ich hielt beim Supermarkt und kaufte die gleichen Dinge, die wir bei so vielen unserer Picknicks gehabt hatten. Baguette, Brie, Tomaten, Oliven und Pastete. Dinge, die ich einfach mit den Fingern essen konnte. Statt Champagner kaufte ich eine Flasche Sekt mit Orangensaft. Nachdem ich alles in Jamies Picknickkorb gepackt hatte, fuhr ich los Richtung Codicote.

Erneut war niemand hier und mein Wagen der Einzige in der Haltebucht. Ich trug den Korb und die Picknickdecke über den Hügel, durch den Wald und hinunter bis an die andere Seite des Flusses. Dieses eine Mal dachte ich nicht daran, wie Jamie mir so grausam und gnadenlos genommen worden war. Stattdessen feierte ich mit den Vögeln und Kaninchen und Eichhörnchen als Zeugen Jamies Leben und erlaubte mir, mich an unsere gemeinsame Zeit zu erinnern. Ich setzte mich an den murmelnden Fluss, prostete ihm mit dem Sekt zu und aß ganz langsam, genoss jeden Bissen, wie ich es getan hatte, wenn ich mit ihm zusammen war. Ich fühlte mich ihm nahe, so nahe, dass er mich wie eine Decke einhüllte und mich aufrecht hielt.

Ich verbrachte Stunden dort, vertrödelte den Nachmittag, versunken in meine Erinnerungen an glückliche Zeiten, während ich den Verlobungsring an meinem Finger drehte. Nahm Jamie in mich auf und atmete ihn wieder aus. Versuchte wenigstens eine Weile, nicht das Schlechte alles verderben zu lassen, das gut gewesen war.

Und sagte ihm Lebwohl auf eine Weise, für die ich bei der Beerdigung noch nicht bereit gewesen war.

Kapitel 37

Ich schlief kaum, was allerdings nichts Neues war. Aber diesmal lag der Grund in einem aufgeregten Flattern in meiner Magengrube anstatt am Gewichtsverlust und den Sorgen, die mich erdrückten. Simon hatte am Abend zuvor angerufen, um uns zu erzählen, dass der Artikel um 7 Uhr am nächsten Morgen auf Truth.com erscheinen würde. Ich rief Mitchell an, der mich in sein Haus einlud, damit wir den Artikel gemeinsam lesen könnten. Simon hatte die fertige Version bereits an Mitchell gemailt, damit wir sie lesen und vor der Veröffentlichung unser Einverständnis geben konnten. Mitchell hatte eine Art Software auf seinem Laptop, die ihn völlig anonym machte, wenn er das Internet benutzte – dank Lee, Jamies altem Kumpel aus dem Signals-Regiment, der mit Mitchell zusammengearbeitet hatte und ein Kommunikationsexperte war. Mittlerweile betrieb Lee eine eigene Cyber-Geheimdienst-Agentur.

Aber es war etwas anderes, das Ganze schwarz auf weiß und live auf dem Bildschirm zu lesen. Mit dem Klick einer Taste konnte es weltweit in Millionen Haushalten gelesen werden. Auch wenn die Namen der Täter nicht enthüllt wurden, würden die Leute darüber reden, spekulieren. Sie würden schockiert und aufgebracht und wütend sein. Und mithilfe von

Alistairs Beteiligung würde das einer polizeilichen Ermittlung nur helfen.

Ungeduldig fuhr ich noch vor Anbruch der Dämmerung zu Mitchells Haus, war viel zu schnell, ärgerte mich über rote Ampeln und verfluchte die Leute vor mir, die ich nicht überholen konnte.

»Haben Sie schon reingeschaut?«, fragte ich Mitchell atemlos, sobald er mir die Tür öffnete.

»Nein. Ich hab doch gesagt, ich würde warten, oder? Kommen Sie rein. Der Laptop steht in der Küche. Ich hab den Kessel aufgesetzt.«

Ich stand vor dem Laptop und schaute mir den Titelbildschirm der Website Truth.com an, auf dem eine Slideshow ihrer neuesten Titelgeschichten zusammen mit der Schlagzeile durchlief.

Warum wir den Krieg gegen den Terror niemals gewinnen werden
Wie man eine globale Wirtschaft zu Fall bringt
Wem gehören die US-Notenbank und die Bank of England wirklich?
Cowspiracy und Racing Extinction: Zwei Dokumentarfilme über Umweltkatastrophen, die uns die Regierungen vergessen lassen wollen

Und da war er …

Die Reichen und Mächtigen und ihre Kindesmissbrauch-Partys

Truth.com wurden brisante und schockierende neue Informationen und Beweise zugespielt, dass hochrespektierte Mitglieder der Gesellschaft in einer Londoner Villa Sexpartys mit Kindern veranstaltet haben.

Einem Zeugen zufolge, den wir »Ian« nennen wollen, fanden diese Missbrauchspartys von den frühen bis in die späten 1980er jedes Wochenende statt. Zu der Zeit war Ian in Crossfield untergebracht, einem Londoner Kinderheim, in dem er häufigem physischem und sexuellem Missbrauch durch das Personal ausgesetzt war, die seiner Meinung nach darauf aus waren, ihn auf den Missbrauch vorzubereiten.

Ian berichtet, dass er noch ein kleiner Junge war, als er vom Personal von Crossfield für Missbrauchspartys in eine Villa gebracht wurde, die er »das Große Haus« nennt. Er beschreibt, wie er mit Alkohol und Drogen gefügig gemacht und zusammen mit anderen Jungen aus dem Kinderheim wiederholt vergewaltigt, gefoltert und geschlagen wurde.

In seinem verstörenden Bericht beschreibt Ian sadistische und widerliche Übergriffe durch mächtige Männer, darunter zwei aktive Kabinettsmitglieder, ein hochrangiger Polizeibeamter und Richter, ein Investment-Banker, ein Kinderheimkontrolleur und ein unbekannter Mann, der immer Kapuze und Maske trug.

Ian schildert weiterhin den Tod eines Kindes im »Großen Haus«, der vor seinen Augen und vor anderen Zeugen stattfand, sowie die Verbindung dieser VIPs zu einem anderen Kindsmord.

Aufgrund der Tatsache, dass die Anschuldigungen das Establishment und Westminster betreffen, verstehen wir, dass andere Zeugen solcher Missbrauchspartys nicht darauf vertrauen, dass die Polizei Ermittlungen anstellt, doch hat Truth.com unwiderlegbare und schockierende Beweise für Ians Anschuldigungen erhalten und als authentisch verifiziert.

Truth.com arbeitet mit einem hochrangigen Beamten zusammen, der sich bereits früher deutlich gegen lange zurückliegenden Kindesmissbrauch starkgemacht hat und der eine aktive Rolle dabei einnimmt, um sicherzustellen, dass diese Beweise der Polizei übergeben werden, sodass strafrechtliche Ermittlungen stattfinden können.

Falls Sie irgendwelche Informationen haben, die unseren Ermittlungen behilflich sein könnten, nehmen Sie bitte unter strengster Vertraulichkeit Kontakt zu uns auf …

Mein Mund hob sich zu einem mir mittlerweile kaum noch vertrauten Lächeln. Ich sah Mitchell an, dessen Gesicht ebenso strahlte wie meins. Und in diesem Augenblick war ich glücklich. Ich war stolz auf mich. Ich war stark. Ich war unbesiegbar.

Und die würden bezahlen.

Kapitel 38

Mitchell hatte recht behalten, was die Mainstream-Medien anging. Nach Veröffentlichung von Simons Artikel griffen keine einzige Zeitung und auch kein TV-Sender das Thema auf.

Simon rief uns eines Tages an, um zu berichten, dass er mit einigen Journalisten gesprochen hatte und es eine Nachrichtensperre gab. Die Regierung hatte eine DSMA-Notice herausgegeben und sie damit gewarnt, keinerlei Informationen preiszugeben, die der nationalen Sicherheit schaden könnten. Die Abteilung zur Medienüberwachung des Cabinet Office ließ niemanden an die Sache heran. Simon erklärte, wie schwierig es war, jemanden dazu zu bringen, es zu berichten, wenn sein Gehalt davon abhing, es *nicht* zu berichten. Außerdem hatte jemand versucht, sich in die Website von Truth.com zu hacken und die Seite vom Netz zu nehmen, war aber nicht erfolgreich gewesen.

»Es gibt Gerüchte, dass ein weiterer *Krieg gegen den Terror* im Nahen Osten bevorsteht, und nichts begräbt eine beschämende und gefährliche Story effektiver, als wenn man die Aufmerksamkeit der Öffentlichkeit auf etwas anderes lenkt.« Simon seufzte frustriert, als wir für ein Update im Konferenzraum von Truth.com saßen. »Aber ich dachte, Sie würden vielleicht gern erfahren, dass mich aufgrund des Artikels eine Zeugin kontaktiert hat.«

»Das ist gut. Wer?«, fragte ich.

»Sie war Betreuerin in Crossfield. Genau die Frau, von der Jamie in seinem Tagebuch gesprochen hat. Sie sagt, sie hätte nur kurz dort gearbeitet. Sie hatte den Verdacht, dass dort Misshandlungen vor sich gehen würden, und hat das gemeldet.«

»Es gibt also Aufzeichnungen darüber?«

»Leider nicht. Sie hat es Ted Byron gemeldet.«

Ein wütendes Knurren entfuhr mir. »Der Kinderheimkontrolleur? Derjenige, der involviert war?«

»Ja. Sie hatte ein paar verstörende Dinge zu erzählen. Er wurde ziemlich aggressiv, hat ihr vorgeworfen, sie hätte keine Ahnung, wovon sie da rede. Und gesagt, sie wäre nur eine niedere Assistentin und würde nicht verstehen, welche Art von Disziplin erforderlich wäre, um in einem Heim voller ungezogener Jungen die Kontrolle zu behalten. Sie hat mir gestanden, er hätte versteckte Drohungen gegen ihre eigenen Kinder ausgestoßen. Die Kernaussage sei gewesen, wenn sie in der Sache nicht den Mund hielte, würde sie erleben, wie ihr ihre eigenen Kinder genommen und ins Pflegesystem gesteckt würden.«

»Oh mein Gott!«

»Verständlicherweise hatte sie große Angst. Sie hat dort gekündigt und ist nie zurückgekehrt. Sie ist nicht bereit, eine öffentliche Aussage zu machen.«

Ich konnte ihr das nicht vorwerfen.

»Und noch jemand hat uns kontaktiert«, fuhr Simon fort. »Er wollte seine Geschichte erzählen, hat aber zu große Angst, zur Polizei zu gehen oder in die Sache involviert zu werden.«

Ich konnte seine Angst verstehen. Die Angst davor, entdeckt zu werden, folgte mir bei jedem meiner Schritte. Aber die Angst, nicht in der Lage zu sein, diese Leute zu enttarnen, war noch schlimmer. Ja, die Angst war dieser Tage mein ständiger

Begleiter, zusammen mit glühend heißer Wut und schwarzer Trauer.

»Als ich mit ihm gesprochen habe, hat er mir eine sehr ähnliche Version der Ereignisse wie Jamie in seinem Tagebuch geschildert. Die Misshandlungen in Crossfield. Die Partys in Crompton Place. Er hat darüber geredet, wie er Crossfield mit sechzehn verlassen und versucht hat, sich ein Leben aufzubauen, aber dass das, was dort passiert ist, ihm so sehr zugesetzt hat, dass er sich den Drogen zugewandt hat, um alles auszublenden. Er ist seit Jahren heroinabhängig.«

»Ein weiteres Leben vergeudet und ruiniert.« Mitchells Nasenflügel bebten und er ballte mehrfach die Fäuste.

»Er hat auch mit einigen anderen Jungen bei den Partys gesprochen, die nicht aus den Kinderheimen zu sein schienen, und ich frage mich, ob Moses und der andere getötete Junge entführt worden waren, weil sie ein gewisses Aussehen hatten, das Mitglieder des Freitagsclubs bevorzugt haben.«

Ein Schauder durchfuhr mich.

»Ich habe versucht, weitere Bewohner von Crossfield und andere Mitarbeiter aufzuspüren, aber anscheinend sind die Aufzeichnungen darüber in einem Feuer verloren gegangen, nachdem das Heim in den frühen Neunzigern geschlossen wurde«, fuhr Simon fort und hob die Augenbrauen in einer Geste des Unglaubens.

»Wie praktisch!«, stieß ich aus.

»Oh ja«, stimmte Simon zu. »Ich bin nicht in der Lage gewesen, Trevor Carter von Jamies Liste zu finden. Vielleicht ist er wirklich nach Amerika gegangen oder vielleicht ist er einfach verschwunden.«

»Vielleicht wurde auch für sein Verschwinden gesorgt«, warf Mitchell ein.

»Ich wäre nicht überrascht.« Simon schob seine Brille die Nase hoch. »Und es gibt noch weitere schlechte Nachrichten.

Ich habe versucht, Sean Davidson in der Psychiatrie zu besuchen, aber er wurde wieder entlassen, nachdem er gut auf die Behandlung angesprochen hat. Er …« Er sah von Mitchell zu mir. »Gestern wurde seine Leiche auf einem verlassenen Industriegelände nicht weit von seiner Wohnung gefunden. Er wurde totgeprügelt.«

Ich öffnete meinen Mund, um etwas zu äußern, brachte aber keinen Ton heraus.

Mitchell stand auf und lief im Zimmer auf und ab. »Verflucht.«

Ich zwang meinen Mund zur Kooperation, aber meine Stimme war kaum mehr als ein Flüstern. »Das war meine Schuld. Sie müssen erfahren haben, dass ich mit ihm gesprochen habe.«

»Oder sie wussten, dass ich nach den früheren Bewohnern von Crossfield gesucht habe oder dass Jamie mit ihm gesprochen hat. Ich bezweifle doch sehr, dass das ein Zufallsmord war.« Trauriges Kopfschütteln von Simon. »Außerdem habe ich etwas nachgebohrt, was die Mitglieder des Freitagsclubs betrifft, und ich glaube, es könnte sich um mehr als nur einen VIP-Pädophilenring handeln. Felix Barron ist nicht nur der Besitzer der Barron Private Banking Group, die übrigens riesig ist. Er besitzt außerdem vier TV-Sender und acht wichtige Zeitungen. Douglas Talbot, der Verteidigungsminister, war der ehemalige Finanzminister, der einen Deal abgeschlossen hat, um fünfzig Millionen Pfund Parteispenden aus Hedgefonds zu erhalten, die von der Barron Private Banking Group verwaltet werden. Im Gegenzug hat Talbot denselben Hedgefonds eine Steuererleichterung in Höhe von hundertfünfzig Millionen Pfund ermöglicht! Und natürlich hat Talbot großen Anteil am Militärbudget dieses Landes.« Er zog eine Augenbraue hoch. »Dann ist da noch Eamonn Colby, der Familienminister, der Gesellschafter von Petrogas ist, dem siebtgrößten

Ölfeld-Dienstleister der Welt. Sie haben ihr Hauptquartier in London, operieren allerdings von dreißig Büros weltweit aus, mit ausgedehnten Interessen im Nahen Osten. Ein Tochterunternehmen von Petrogas ist eine wichtige internationale Baufirma namens Recon5, von der Sie sicherlich schon gehört haben.« Er blickte Mitchell an.

Ich erkannte den Namen als das Unternehmen, von dem Mitchell mir in Bezug auf den Irak erzählt hatte.

»Davon *gehört*?« Mitchells Augen wurden schmal. »Ich war im Irak und kenne deren Buchhaltungsbetrug aus erster Hand.«

»Ganz genau«, fuhr Simon fort. »Das war der größte legalisierte, von der Regierung genehmigte Betrug aller Zeiten. Obwohl Anschuldigungen gegen sie erhoben wurden, wurden die allesamt unter den Teppich gekehrt.« Simon atmete tief durch. »Und dann kommen wir zu Chief Constable Colin Reed, dessen Frau zufällig Generaldirektorin eines von Barrons TV-Sendern ist.« Er schürzte die Lippen und wartete, bis diese Information bei uns richtig angekommen war.

»Sie erkennen also den hier vorherrschenden Machtzirkel. Eine Drehtür, die sie und ihre gemeinsamen Interessen und Mentalitäten miteinander verbindet. Und diese Interessen sind Öl, Finanzen und Krieg. Was für sie Billionen wert ist. Obwohl also die Kindesvergewaltigung und der Mord, in die sie auch verwickelt sind, unfassbar abscheulich sind, glaube ich, dass es sich dabei nur um die Spitze des Eisbergs handelt.«

Ich blickte zu Mitchell, fing seinen Blick auf und dachte zurück an seinen leidenschaftlichen Ausbruch vor einiger Zeit. *Wer die Medien, das Geld, die Politik und das Militär kontrolliert, kontrolliert das gesamte System.*

»Die Huren von Krieg und Macht«, spie Mitchell aus.

»Ist es Abgeordneten und Regierungsministern gestattet, geschäftlich und finanziell in Unternehmen involviert zu sein, mit denen sie große Interessenskonflikte haben?«, fragte ich ungläubig. »Das würde ihre politischen Entscheidungen doch sicherlich beeinflussen.«

Simon stützte sich mit den Ellbogen auf dem Tisch ab. »Tja, es gibt immer Möglichkeiten, das zu umgehen. Rechtlich gesehen hat Douglas Talbot nichts falsch gemacht. Und Colby ist Familienminister, nicht Wirtschaftsminister, also vermeiden sie alle einen offensichtlichen Interessenskonflikt, während sie gleichzeitig untrennbar miteinander verwoben sind. Gott allein weiß, wer der Mann mit der Maske ist, aber Sie können wetten, dass es jemand ist, der noch mächtiger ist als diese Leute. Also, ja, natürlich haben ihre privaten Interessen Einfluss auf politische Entscheidungsprozesse, die sich für sie positiv auswirken, und das wiederum betrifft dann jeden Bürger, indem das Geld der Armen und der Steuerzahler an die Kapitalgeber und die Superreichen fließt. Das ist das Herz des Betrugs von Recon5 und der Grund, warum sie damit durchgekommen sind. Das ist das, was aus dem Establishment – dem System – geworden ist. Es dient nicht den Bedürfnissen des *Volks*, sondern nur der Elite.«

Mitchell presste die Lippen zusammen. »Wir leben in einem pervertierten und verdrehten Trugbild einer Demokratie, die nicht besser als eine Diktatur ist, in der eigentlich die Nichtgewählten herrschen. Und dahinter lauert ein mächtiges und arrogantes Netzwerk aus Menschen, die uns alle missbrauchen und für ihre Taten nicht zur Verantwortung gezogen werden können. Es ist eine Lose-Lose-Situation für alle bis auf die Elite.«

Ich stand kurz davor aufzugeben, als mir langsam das Ausmaß des Ganzen bewusst wurde. Wie konnte ich diese Leute besiegen? Wie konnte ich gegen sie gewinnen, wenn die Macht komplett bei ihnen lag und sie zu jedem Mittel greifen würden, um die Angelegenheit zu verschleiern? Wie Jamie in seinem

Tagebuch geschrieben hatte, sie waren wahrhaftig unantastbar. Was hatte ich mir eigentlich eingebildet, bewirken zu können?

Ich war dumm. Verrückt zu glauben, ich könnte Gerechtigkeit erreichen. Und ein Teil von mir wollte hier und jetzt Schluss machen. Einfach aufgeben. Versuchen, weiterzuleben. Versuchen, wieder glücklich zu werden. Vielleicht würde ich es irgendwann vergessen. Es würde Jahre dauern, aber irgendwann wäre es vorbei. Oder nicht?

Natürlich wäre es das nicht. Ich würde das niemals vergessen können.

»Was geht bei Alistair vor?«, hakte Simon nach, nichts von dem Chaos ahnend, das sich gerade in meinem Kopf abspielte.

Ich erzählte ihm, dass Alistair dem Innenminister vor acht Wochen ein Dossier vorgelegt hatte, in dem der sexuelle Missbrauch und die Morde, zusammen mit den Foto- und Videobeweisen, enthalten waren, allerdings ohne Jamies Tagebuch, für den Fall, dass sie sonst herausbekommen würden, wer ich war. »Aber Alistair hat noch keine Reaktion erhalten«, erklärte ich. »Ich kann einfach nicht glauben, dass bereits zwei Monate vergangen sind und sich niemand für irgendetwas verantwortet.«

»Es ist einfach lächerlich!« Mitchell hörte endlich auf, herumzutigern, und schlug mit der Hand auf den Konferenztisch. »Falls Sie oder ich einem Otto Normalverbraucher von nebenan einen Mord vorwerfen würden, würde sofort etwas passieren.«

Simon schüttelte langsam den Kopf. »Angesichts der Verbrechen und des Status der Beteiligten bin ich ganz und gar nicht überrascht. Aber es erschüttert den eigenen Glauben an die britische Justiz, nicht wahr?«

»Ich bin mir nicht einmal mehr sicher, dass es die überhaupt gibt«, murmelte ich.

»Falls ich etwas Neues höre, melde ich mich wieder, aber ich wollte Sie zumindest über den aktuellen Stand auf dem

Laufenden halten.« Simon stand auf, um uns die Hand zu reichen.

Ich sprang zu schnell auf und mir wich das Blut aus dem Kopf. Ich sah Sterne und mir wurde schwindlig, daher ließ ich mich wieder auf den Stuhl fallen.

»Geht's Ihnen gut?«, erkundigte sich Simon.

Ich ließ zu, dass er meine Hand in seine nahm, und nickte, während ich versuchte, die Bilder von Sean – verprügelt, verletzt und tot – aus meinem Kopf zu verbannen. »Ich brauche nur einen Augenblick.«

Er umschloss meine Hand mit seinen beiden Händen und tätschelte sie beruhigend.

Ich stand wieder auf, langsamer diesmal, zog mir die Kapuze meines Sweatshirts über den Kopf, setzte die Sonnenbrille auf, dann verließen Mitchell und ich das Gebäude über den Hinterausgang, der in eine Seitengasse führte. Wir achteten darauf, dass uns niemand beobachtete, bevor wir durch eine Parallelstraße auf der anderen Seite liefen und dann in der Menge untertauchten. Jetzt, da Simons Artikel veröffentlicht und Sean getötet worden war, wurde es langsam gefährlicher.

Wir gingen in einen Pub mit zwei Eingängen an der Straßenecke und stellten uns an die Bar. Keiner von uns sprach ein Wort, während wir die Türen und Fenster im Blick behielten und prüften, ob uns jemand vielleicht zu viel Aufmerksamkeit schenkte. Mitchells Schultern waren angespannt, seine Augen wachsam, und er ignorierte sein Pint auf dem Bartresen. Ich schluckte meinen doppelten Wodka mit Cola, als wäre es Wasser.

Als er überzeugt war, dass uns keine unmittelbare Gefahr drohte, fragte er: »Wollen Sie etwas zu Mittag essen? Wir sollten vermutlich ein paar Kalorien zu uns nehmen, solange wir es können.«

»Danke, aber mir ist nicht nach essen zumute.« Ich starrte in mein leeres Glas. »Ich kann einfach nicht glauben, dass sie auch Sean umgebracht haben.«

Mitchell nahm mich in den Arm und zerquetschte mich dabei fast mit seinen muskulösen Armen. »Geben Sie nicht auf. Lassen Sie die nicht gewinnen.«

»Manchmal denke ich, das wäre vielleicht einfacher.« Eine einsame Träne rann über meine Wange, die an seiner Schulter ruhte. »Wie lange wird es dauern, bis die herausfinden, dass ich dahinterstecke, und hinter mir her sind?«

Er zog sich zurück, sein Gesicht ernst. »Wir haben unsere Spuren gut verwischt. Es gibt keinen Grund, warum die glauben sollten, dass Sie etwas wissen. Jamie wäre sehr stolz auf Sie gewesen, das wissen Sie hoffentlich.«

Seine Worte hallten in meinem Kopf wider, bis mein Samsung klingelte. Mitchell ließ mich los. Es war Alistair, der dieselbe Prepaidnummer wie Simon verwendete. Er kontaktierte mich, um zu berichten, dass das Dossier, das er zusammen mit den Beweisen an den Innenminister übergeben hatte, mittlerweile an den Generalstaatsanwalt weitergeleitet worden war, damit dieser es prüfen konnte. Alistair war zuversichtlich, dass es dann an die Polizei weitergegeben werden und eine offizielle Ermittlung beginnen würde.

Endlich waren wir einen Schritt weitergekommen.

Das hoffte ich zumindest.

Kapitel 39

»Er hat heute sein erstes Wort gesagt.« Ava beugte sich über Jacksons Kinderwagen und zerzauste ihm das Haar, während wir durch den Park spazierten.

»Und welches war es?«

»Flah.« Sie lachte.

»Ist das ein echtes Wort?« Ich lächelte trotz des dunklen Nebels, der seit dem Tag, als ich von Seans Tod erfahren hatte, über mir hing.

»Also, ich finde schon«, sagte sie stolz.

Es war wärmer geworden, allerdings war ich kaum draußen gewesen. Ich wusste, dass es nicht gesund war, die ganze Zeit zu Hause oder bei Mitchell eingepfercht zu sitzen, aber ich konnte mich zu nichts anderem aufraffen.

Ava hatte ich allerdings vermisst. Wir hatten uns früher immer so nahegestanden und viel Zeit miteinander verbracht. Aber jetzt konnte ich ihr nicht das erzählen, was ich gern erzählen wollte. Noch nicht. Nicht, bis diese Männer hinter Schloss und Riegel waren und ich mit Sicherheit wusste, dass wir nicht gefährdet waren. Ich musste weiter abwarten. Ich war isoliert und einsam und hatte Angst und fühlte mich fern von allen anderen und einer Million anderer Dinge. Es bedurfte jedes Fitzelchens Kraft, das ich aufbringen konnte, um mich zusammenzureißen. Ich lebte mit einem Geheimnis, das ich mit niemandem außer Mitchell teilte. Es war einfach zu schrecklich. Zu gefährlich, das zu wissen, was wir wussten.

»Ich bin froh, dass es mir endlich gelungen ist, dich herauszulocken. Ich habe dich vermisst.« Sie legte mir eine Hand auf den Arm und stoppte mich. »Ich dachte, es würde besser werden. Für eine Weile hast du etwas fröhlicher gewirkt. Aber jetzt …« Sie brach ab. »Du musst lernen, loszulassen und dein Leben mit etwas Frieden in deinem Herzen weiterzuleben, anstatt mit Bitterkeit, Wut und Bedauern. Jamie hätte ganz sicher gewollt, dass du wieder glücklich wirst.«

Ich stieß ein humorloses Lachen aus. Wenn sie doch nur wüsste, was wirklich los war! Das Einzige, was mich noch bei Verstand hielt, war meine Bemühung durchzuhalten, um die Wahrheit zu enthüllen. Nichts anderes hatte im Augenblick noch eine Bedeutung für mich. Ich durfte Jamie und all die anderen Kinder, die etwas Besseres verdient hatten, nicht im Stich lassen.

»Warum besorgst du dir nicht einen Job? Wenn du dich auf etwas anderes konzentrierst, hilft dir das vielleicht, über Jamie hinwegzukommen.«

»Ich habe einen Job.«

»Oh, wow! Als was?«

Ich dachte über das nach, was ich mit Mitchell tat. Die Chatnachrichten mit den Pädophilen, die auf der Jagd nach ihrem nächsten Opfer waren. Letzte Woche war ein Mann aufgrund von Mitchells Beweisen verurteilt worden; das machte die ganze Sache der Mühe wert. Für einige Tage danach hatte ich ein Hoch. Zumindest tat ich etwas, um die zu beschützen, die keine eigene Stimme hatten. Aber selbst das Hochgefühl währte nicht lang, denn für Jamie hatte sich nichts geändert. Seine Mörder waren noch immer da draußen, liefen herum, lebten ihr Leben, gingen auf Partys, lachten, arbeiteten, verbrachten Zeit mit ihrer Familie, taten so, als wären sie wohlgelittene Mitglieder der Gesellschaft und beteten uns etwas von Moral vor. Nichts hatte sich geändert und ich hatte es so satt. Die Zeit verstrich wie im Flug und es gab kein Anzeichen einer offiziellen Ermittlung am Horizont. Der Hass fraß sich in mich hinein.

»Ich mache ein paar administrative Arbeiten von zu Hause aus«, erklärte ich vage.

»Oh, das ist super! Und dann kannst du ja vielleicht ein bisschen sparen und Urlaub machen. Wir könnten alle Urlaub machen! Ich hab tatsächlich schon darüber nachgedacht, Mum und Dad zu besuchen, jetzt, da Jackson etwas älter ist. Ja, lass uns das machen.« Sie strahlte mich an. »Das ist doch eine tolle Idee, oder? Wir könnten beide eine Pause gebrauchen. Mum und Dad liegen mir schon die ganze Zeit in den Ohren, dass sie Jackson kennenlernen wollen. Ein Ortswechsel wäre für uns beide gut und sie wollen dich auch unbedingt sehen. Was meinst du?«

»Ich denke darüber nach.«

Sie öffnete den Mund, wie um noch etwas zu sagen, mich zu überreden, aber irgendetwas brachte sie dazu, ihre Meinung zu ändern. »Okay. Aber lass dir nicht zu lange Zeit mit dem Nachdenken.« Sie wackelte drohend mit dem Finger vor mir herum. »Wollen wir in die Stadt gehen? Vielleicht bringt dich ein kleiner Shoppingtrip auf andere Gedanken.«

Ich zwang mich zu einem Lächeln. Alles, um das Gespräch von mir wegzulenken. »Wenn du magst.«

Wir verbrachten den Nachmittag damit, durch die Läden zu schlendern, während ich so tat, als wäre ich an der neusten Mode interessiert, und mich um Jackson kümmerte, wenn Ava ein paar Klamotten anprobierte, die im Angebot waren. Ich tat so, als hätte ich Spaß, als wäre ich sorgenfrei und glücklich.

Lächelte in den richtigen Momenten. Tat so, als führte ich wieder ein Leben in einer netten, sicheren, normalen Welt.

Ava gönnte sich eine Cutoff Jeans. Während sie mit Jackson an der Kasse war, um zu bezahlen, schlenderte ich in Richtung der Eingangstüren, um draußen auf sie zu warten, wo ich etwas frische Luft bekommen würde. Es war dreizehn Uhr, die Straßen waren voll von Shoppern und Arbeitern, die Botengänge erledigten oder Mittagspause hatten. In dem Augenblick, als ich auf den Gehweg trat, stieß ein vorbeilaufender Mann gegen mich, seine Schulter traf auf meine und ließ mich seitwärts stolpern.

Er ergriff meinen Arm, um zu verhindern, dass ich stürzte. »Tut mir leid.«

Überrascht blickte ich zu ihm auf. »Schon okay. War nur ein kleiner Unfall«, entgegnete ich automatisch.

Er starrte mich mit einem seltsamen Blick an, ein leichtes Lächeln auf den Lippen, und sagte in einem Tonfall, bei dem mir die Haare zu Berge standen: »Sie sollten aufpassen. Sie werden noch verletzt, wenn Sie sich nicht vorsehen.«

Das alles passierte so schnell, und bevor ich richtig registrieren konnte, was er gesagt hatte, ging er schon wieder weiter. Ich blieb zurück und konnte ihm nur hinterherstarren.

Zwölf harmlose Worte. Worte, die jeder unter solchen Umständen hätte von sich geben können, aber es war die Art, *wie* er sie gesagt hatte, mit der Andeutung einer Botschaft zwischen den Zeilen. Eine Warnung? Oder eine Drohung? Ich wusste es nicht.

Ich bekam eine Gänsehaut. Mein Puls wurde schneller. War das ein harmloser Mann gewesen, der mich wirklich nur aus Versehen angerempelt hatte, und ich interpretierte zu viel in die Sache hinein? Brachten mich die Aufregung und der Stress dazu, Dinge zu sehen, die gar nicht da waren? Oder steckte etwas Unheilvolleres dahinter?

»Hey.« Ava tippte mir von hinten auf die Schulter, während ich noch dastand und dem Mann hinterherstarrte.

Ich zuckte zusammen.

»Alles okay? Du siehst aus, als wäre dir übel.« Sie runzelte die Stirn.

Ich schüttelte den Kopf und versuchte, die Angst loszuwerden. Natürlich war das keine Drohung gewesen. Die wussten nicht, wer ich war. Meine Existenz war von Alistair und Simon geheim gehalten worden.

»Äh … ja, mir geht's gut«, stammelte ich.

Ava verschränkte ihren Arm mit meinem und schob mit dem anderen Jacksons Kinderwagen. Sie lächelte. »Okay, gehen wir als Nächstes zu New Look?«

Die nächsten zwei Stunden verbrachte ich mit dem Versuch, mich selbst zu überzeugen, dass hinter dem, was der Mann gesagt hatte, keine zweideutige Nachricht steckte, während mich Ava durch weitere Läden zerrte. Als ich endlich nach Hause kam und den Kühlschrank aufmachte, fiel mir auf, dass ich wieder einmal vergessen hatte, etwas zu essen einzukaufen.

Ich wollte gerade zum Laden an der Ecke laufen, um zumindest ein paar Grundnahrungsmittel einzukaufen, als mein Samsung klingelte. Es war Alistair, der endlich gute Nachrichten hatte. Die Staatsanwaltschaft hatte die Akte der Polizei übergeben, um ein Ermittlungsverfahren einzuleiten. Sie würden es *Operation Highland* nennen.

Nachdem wir aufgelegt hatten, schenkte ich mir ein Glas Wein ein, nahm Jamies Foto von meinem Nachttisch und küsste es, fuhr sein Gesicht mit meinem Finger nach.

Wir werden sie drankriegen, Jamie. Wir werden sie wirklich drankriegen. Die dachten, die Toten würden schweigen.

Aber da haben sie sich geirrt.

Kapitel 40

Aber bald schon wurde mein Hochgefühl wieder von Frustration abgelöst. Trotz Alistairs wiederholtem Druckmachen gab es keinerlei Informationen von der Polizei. Ein Monat verstrich. Dann zwei. Dann drei. Nach vier Monaten noch immer keine Verhaftungen. Worauf warteten die bloß?

Ich wollte etwas schlagen. Oder jemanden. Ich war unglaublich wütend. Dank der Fotos und des Videos hatte die Polizei doch wohl alles, was sie brauchte, um die beteiligten Leute zu verhaften. Der verdammte Beweis war direkt vor ihren Augen! Womit vertrieben die sich die Zeit? Mit dem Feilen ihrer verfluchten Fingernägel?

An einem Tag stampfte ich durch das ganze Haus und schrie vor mich hin. Oder vielleicht schrie ich Jamie an, dass er kommen und mich holen sollte. Mich von allem hier wegbringen. Ich hatte in diesen Tagen oft das Gefühl, als würde ich bald durchdrehen. Als würde mir alles entgleiten. Ich wusste nicht mehr, wer ich war. In meinem Kopf hatte sich eine undurchdringliche dunkle Wolke angesammelt. Die Welt ergab keinen Sinn mehr. Ich trank zu viel. Aß kaum noch. Die Kleidung hing von meinem knochigen Körper. Ich hatte Angst. War erschöpft und gleichzeitig hellwach, mit nervösen Ticks und zu viel Energie. Meine Gedanken rasten fortwährend, aber wenn es mir endlich gelang, einzuschlafen, hatte ich Albträume, in denen die Bilder von dem, was ich gesehen hatte, mich einfach nicht in Ruhe ließen. Noch immer ertrank ich in meinem Kummer. Und wurde verzehrt von Wut und Hoffnungslosigkeit und Traurigkeit.

Ich tat, was ich musste, um zu überleben, aber mehr und mehr dachte ich darüber nach, dem Ganzen ein Ende zu bereiten. Ich hasste jeden da draußen in der echten Welt. Die in ihrer sicheren kleinen Blase, in der auch ich einst gelebt hatte. Ihre Welt drehte sich weiter, doch meine hatte angehalten und mich mit brutaler Gewalt heruntergestoßen. Noch immer krabbelte ich hilflos und gebrochen herum und versuchte, die Stückchen wieder zu kitten.

Jamie, Moses, Billy, Sean, Dave, der anonyme Junge in Crompton Place mit den Locken. Wie viele Menschen hatten sterben müssen, damit sie weiterhin unantastbar blieben?

Wie hatte ich je geglaubt, sie bloßstellen zu können? Nichts würde passieren. Nichts würde sich ändern. Sie konnten völlig ungestraft tun, was immer sie wollten. Und sie würden mich holen kommen. Vermutlich versuchten sie, es über Alistair oder die anderen herauszufinden, die ihm alles weitergegeben hatten. Wie lange würde es dauern? Wie viel Zeit hatte ich noch?

Ich nahm ein scharfes Messer aus der Küchenschublade und strich mit dem Finger über die Klinge. Ein Blutstropfen erschien und lief über den Finger.

Sollte ich ihnen dabei helfen? Dann wäre zumindest alles vorbei. All das Warten, die Sorgen, der Ansturm der Emotionen, den ich nicht mehr kontrollieren konnte. Ich verlor den Verstand, war bereits in der Hölle, genau wie Jamie es gewesen war. Und ich vermisste ihn so sehr, dass es einfach unerträglich war. So, so sehr. Sein schiefes Lächeln. Seine Berührung. Seine Küsse. Seine Freundlichkeit. Alles. Die Art, wie er mich ansah, als wäre ich etwas Besonderes. Als wäre ich seine ganze Welt.

Alles in mir schmerzte vor Sehnsucht, wieder bei ihm zu sein. In seinen Armen zu liegen. Ihn sagen zu hören, dass er mich liebte.

Konnte ich es tun? Nicht quer über die Handgelenke, sondern nach oben, eine glatte, scharfe Linie. So war der Blutverlust größer.

Ich starrte das Messer an. Es funkelte mich an. Forderte mich heraus. Lockte mich.

Du könntest jetzt gehen. Du könntest bei Jamie sein. Alles wäre vorbei. Keine Schmerzen mehr. Keine Angst mehr. Das große Vergessen. Die werden dich niemals am Leben lassen. Sie werden es herausfinden und sie werden damit durchkommen.

Ich stand am Rand eines Abgrunds und blickte in die Dunkelheit. In meinem Kopf tanzten wieder die Bilder von Jamie, wie er leblos von einem Baum hing, die Augen aus dem Kopf getreten, Speichel auf dem Kinn, die Luft abgeschnürt. Hatte er um sein Leben gefleht? Um meins? Hatte er gekämpft? Sich gewehrt? Oder hatte er sein Schicksal mit derselben Stärke und Tapferkeit akzeptiert, wie er sein Leben gelebt hatte? Ich sah Moses und den anderen Jungen, wie sie brutal ermordet wurden, ihr Tod und Missbrauch für immer in Fotos und auf Video festgehalten. Stellte mir vor, wie Sean zu Tode geprügelt wurde, um zum Schweigen gebracht zu werden. Dave voller Prellungen und Quetschungen durch den Autounfall mit Fahrerflucht.

Meine Kehle wurde eng, als läge Jamies Schlinge um meinen Hals.

Ich war nicht stark. Früher, bevor all das hier passiert war, hatte ich geglaubt, dass ich es wäre. Mitchell meinte, ich wäre es. Aber nein, ich war nicht stark. Ich war ganz und gar nicht stark.

Ich weiß nicht, wie lange ich so dastand, über die Erlösung durch das Messer nachdachte und auf das Ende wartete. Ich hatte keine Zukunft.

Aber trotz dieser überwältigenden Hoffnungslosigkeit wollte ich überleben. Am Leben bleiben. Zumindest lange genug, um das zu einem Ende zu bringen. Ich musste noch etwas länger durchhalten, bevor ich loslassen konnte.

Ich hörte eine Stimme in meinem Kopf, die ganz nach Jamie klang. *Angst ist eine Reaktion. Mut ist eine Entscheidung.*

Ich zwang meine Gedanken weg von den schrecklichen Bildern. Ich musste objektiv bleiben. Musste kämpfen. Wenn ich mir erlaubte, über Jamies Tod und das, was ich gesehen hatte, nachzudenken, würde ich in diesen Abgrund springen und nie wieder nach oben kommen.

Ich stopfte das Messer zurück in die Schublade.

Nicht heute. Noch nicht. Du bist noch nicht fertig.

Ich zog mir Turnschuhe an, schlug die Vordertür hinter mir zu und joggte los. Es spielte keine Rolle, wohin ich lief, ich musste einfach das Chaos in meinem Kopf beseitigen.

Ich rannte die Straßen entlang und fand mich plötzlich im Verulamium Park wieder. Ich rannte durch das Gelände, bis meine Waden brannten und mein Atem nur noch keuchend und stoßweise kam. In meinem Kopf pochte es. Schweiß lief mir über das Gesicht und den Rücken. Ich hielt schließlich an, als ich ein messerscharfes Seitenstechen verspürte. Ich beugte mich vor, die Hände in die Taille gestützt, massierte die stechende Seite und wartete darauf, dass mein Atem wieder normal wurde.

Ein plötzliches Geräusch ließ mich aufhorchen. Das Knacken eines Zweigs.

Ich blickte mich um. Es dämmerte. Sonst war niemand in der Nähe.

Oder doch?

Das Gefühl, beobachtet zu werden, kribbelte in meinem Nacken. Mir standen die Haare auf den Armen zu Berge. Ruckartig drehte ich mich um.

In der Ferne verschwand ein Schatten hinter einem Baum. Oder spielten mir meine Augen einen Streich?

Ich kniff die Augen zusammen. War da jemand? Es sah nach jemand Kräftigem aus, aber hatte ich mir das nur eingebildet? Hatte ich vor lauter Angst schon Halluzinationen?

Panik stieg in mir auf. Eine Sekunde lang konnte ich mich nicht mehr bewegen. Ich stand einfach nur da und starrte ins Dunkel.

Dann setzte mein Verstand wieder ein und ich rannte los, weg vom Wald, während ich fast schon erwartete, dass mich jemand an meinem Top festhalten und angreifen würde. Ich sah beim Laufen immer wieder hinter mich, während ich den Hügel in Richtung Abtei erklomm, hin zu den Leuten, den Lichtern, den Autos, mich zwischen die Pendler mischen konnte, die nach Hause gingen, und die Männer und Frauen, die auf dem Weg in die Pubs waren. Kein dunkler Schatten kam hinter mir in Sicht. Keine verdächtigen Figuren lauerten in irgendwelchen Ladeneingängen.

Als ich die St Peter's Street erreicht hatte, ließ ich mich auf eine Bank fallen. Meine Brust hob und senkte sich in kurzem Abstand, während ich meine Augen hastig herumschweifen ließ und die Gesichter der Leute um mich herum musterte.

Vielleicht hatte ich mir doch nur eingebildet, dass mich jemand beobachtete.

Der Schweiß auf meiner Haut wurde kalt, als ich einen Tabakladen betrat, um mir eine Flasche Wasser zu kaufen. Ich stellte mich hinter einem schmuddeligen Teenager an und erblickte eine Schlagzeile samt Foto auf der Hauptseite einer Zeitung am Ständer bei der Kasse – eine der vielen Zeitungen im Besitz von Felix Barron.

Mein Herz setzte einen Schlag aus.

Ich fummelte an dem Reißverschluss meiner Jogginghose und schob dem Mann hinter der Kasse einen Fünf-Pfund-Schein zu, dann lief ich wie in Trance und ohne auf mein Wechselgeld zu warten aus dem Laden.

Auf dem Gehweg blieb ich stehen und las den Artikel.

Chief Constable der Bedfordshire Police tot aufgefunden

Der ehemalige Chief Constable der Bedfordshire Police, Sir Colin Reed, wurde gestern in seinem Haus in Barton-le-Clay tot aufgefunden, nachdem er sich selbst das Leben genommen hatte. Ein Sprecher der Polizei bekräftigte, dass keine verdächtigen Umstände vorlägen.

Sir Colin war bis zu seiner Pensionierung von 1994 bis 2005 Chief Constable der Bedfordshire Police. Im Januar wurde er zu den Ermittlungen von Operation Target hinzugezogen, einer Untersuchung zu angeblichem Fehlverhalten der Metropolitan Police. Seine Überprüfung von Operation Target sollte als Fallstudie verwendet werden, um ein neues Polizeibeschwerdesystem zu verbessern.

Der gegenwärtige Chief Constable von Bedfordshire, Michael Fullerton, sagte: »Sir Colins Tod ist ein Schock für seine ehemaligen Kollegen. Er war ein herausragender Polizeibeamter und wir werden ihn alle sehr vermissen. Er war nicht nur ein liebender Ehemann und Vater, sondern seine Leidenschaft für den öffentlichen Dienst sowohl als Polizeibeamter als auch als geschätztes Mitglied zahlreicher behördlicher Prüfungsausschüsse sprach Bände über seine Verdienste und seine Integrität. Meine Gedanken sind in dieser schweren Zeit bei seiner Frau und seinen zwei Töchtern.«

Den Schmerz in meinen erschöpften Muskeln ignorierend, rannte ich nach Hause. Ich hielt gar nicht erst inne, um mich umzuziehen oder zu duschen. Ich griff nur meine Tasche und die Autoschlüssel und fuhr zu Mitchells Haus. Als ich an seine Tür klopfte, kam keine Reaktion. Ich versuchte, ihn anzurufen, aber sein Handy klingelte so lange, bis es zum Anrufbeantworter wechselte. Ich hinterließ ihm eine Nachricht, setzte mich auf seine Türschwelle und las den Zeitungsartikel ein ums andere Mal.

Hatte Colin Reed Selbstmord begangen, weil er wusste, dass ihn die polizeilichen Ermittlungen betreffen würden, oder war er ausgeschaltet worden, damit er schwieg? Um den Schaden zu begrenzen?

Während ich auf Mitchell wartete, rief ich Alistair auf dem Samsung an. »Haben Sie den Zeitungsartikel über Colin Reed gelesen?«, stieß ich aus, bevor er überhaupt Hallo sagen konnte.

»Nein. Welcher Artikel?«

Ich las ihn ihm vor.

»Mein Gott.« Er machte einen tiefen Atemzug. »Davon hat mir niemand etwas erzählt. Ich sehe mal, was ich herausfinden kann.«

»Glauben Sie, die haben ihn ebenfalls umgebracht? Um die unwichtigeren Straftäter zu töten, sodass die Ermittlungen behindert und vertuscht werden können und dann wieder jeder fröhlich seiner Wege gehen kann?« Ich gab ihm gar keine Gelegenheit zu antworten und fuhr fort. »Nicht, dass da tatsächlich irgendwelche Ermittlungen vonstattenzugehen scheinen. Bisher wurden keine Verhaftungen vorgenommen. Nichts wurde unternommen. Das ist eine Farce. Eine Nebelkerze.«

»Da stimme ich Ihnen zu. Ich werde ein paar Anrufe machen und mich bei Ihnen melden.«

»Danke.«

Manisch trommelte ich mit den Fingern auf meinem Knie, wackelte mit dem Bein auf und ab und wartete darauf, dass Mitchell heimkommen würde. Ungefähr eine Stunde später bog er in die Einfahrt ein.

Er lächelte, als er aus dem Auto stieg, und holte ein paar Einkaufstüten vom Beifahrersitz.

Ich sprang auf. »Waren Sie vorhin in St Albans? Und sind mir wieder gefolgt?«

Er runzelte die Stirn. »Nein.« Er hielt die Tüten hoch. »Ich war im Supermarkt. Wieso, ist Ihnen jemand gefolgt?«

Ich dachte an das, was ich im Park gesehen hatte. Was ich *glaubte*, gesehen zu haben. Natürlich war da niemand gewesen. Meine Fantasie ging mit mir durch.

»Nein, es liegt wohl nur an mir. Ich bin so gestresst und müde, dass ich Dinge sehe, die gar nicht da sind. Vielleicht habe ich Halluzinationen.«

»Sind Sie sicher?«

»Ja.« Ich schob ihm die Zeitung entgegen. »Lesen Sie das. Das werden Sie nicht glauben.«

Sein Stirnrunzeln verstärkte sich, je mehr er las. »Da steht was von keinen verdächtigen Umständen? Ja, klar. Diese Zeitung gehört Felix Barron. Das ist doch eine Verdrehung der Tatsachen.«

»Genau.«

Wachsam blickte Mitchell die Straße entlang und deutete dann auf seine Tür. »Na gut, gehen wir mal rein.«

Ich folgte ihm in die Küche.

»Wollen Sie einen Kaffee oder etwas Stärkeres?«

»Das Stärkste, was Sie haben.«

Er nickte, goss zwei Shots Whiskey ein und reichte mir einen. Unruhig lief ich in der Küche auf und ab und trank den Whisky in Schlucken, während meine Gedanken rasten.

Mitchell lehnte mit verschränkten Armen und angespanntem Bizeps am Küchentresen und starrte auf einen Punkt am Boden, als wäre er tief in Gedanken versunken.

»Ich bin froh, dass er tot ist«, sagte ich. »Ein Teil von mir findet, dass er bekommen hat, was er verdient hat. Aber der andere Teil von mir weiß, dass es jetzt keine Gerechtigkeit geben wird. Er wird nicht bloßgestellt. Sein Ruf wird intakt bleiben.

Jeder wird sagen, wie wundervoll er war, und niemand wird die Wahrheit erfahren.«

»Ja, aber es gibt da auch noch die Alternative. Wenn er tot ist, kommt es vielleicht erst recht raus.«

»Sie können ihn nicht bloßstellen, ohne den Rest von ihnen bloßzustellen, oder?«

Langsam trank er einen Schluck Whisky. »Vielleicht wird er, jetzt, da er tot ist, zum Sündenbock. Die Löwen könnten sich gegenseitig zerfleischen.«

Mit einem schnellen Schluck kippte ich den Rest meines Drinks hinunter und der Alkohol brannte in meiner Kehle. »Ich frage mich, wer der Nächste ist.«

Kapitel 41

Ein paar Wochen später kehrte ich nach einem Abendessen mit Ava und Jackson zurück nach Hause. Ava hatte mich gedrängt, vorbeizukommen, und kein Nein als Antwort akzeptiert. Es war zweiundzwanzig Uhr, als ich den Jeep in meiner Einfahrt parkte. Die Straßenlaterne vor Jamies Haus funktionierte plötzlich nicht mehr und tauchte den Vorgarten in eine schemenhafte Dunkelheit.

Als ich den Weg Richtung Tür ging, hatte ich wieder dieses unheimliche Gefühl, beobachtet zu werden. Ich blickte mich um, sah die Straße auf und ab. Ein am Ende der Sackgasse geparktes Auto schaltete die Scheinwerfer an und fuhr auf die Hauptstraße, auf einer Türschwelle drei Häuser weiter stritt sich ein Teenagerpärchen – die Tochter meiner Nachbarin und ihr Freund – aber abgesehen davon konnte ich niemanden ausmachen.

Da fiel mir auf, dass das Licht, das ich im Wohnzimmer angelassen hatte, als ich gegen achtzehn Uhr gegangen war, nicht mehr brannte. Zuerst dachte ich, dass möglicherweise die Glühbirne geplatzt war, aber nachdem ich den Schlüssel ins Schloss gesteckt, vorsichtig die Tür geöffnet und das Flurlicht angeschaltet hatte, wusste ich, dass etwas nicht stimmte.

In der Luft lag derselbe schwache Nachhall von Zigarettenrauch, den ich am Tag von Jamies Ermordung im Haus wahrgenommen hatte.

Wie erstarrt blieb ich in der Türöffnung stehen. Mein Blick wanderte vom Flur in die Küche. Ich blieb gerade lang genug, um die herausgezogenen Schubladen und ihren auf dem Boden verstreuten Inhalt wahrzunehmen.

Im nächsten Moment überkam mich ein heftiger Adrenalinschub. Ich wich zurück durch die Tür, stellte mich mitten auf die Straße und wühlte in meiner Tasche nach meinem iPhone.

Ich ließ es einmal fallen. Verwählte mich dreimal. Dann, endlich, wählte ich den Notruf.

Bei der zweiten Ziffer stoppte mein Finger.

Welchen Sinn hatte es, die Polizei anzurufen? Die würden nicht ermitteln. Soweit ich das wusste, konnte es sogar die Polizei gewesen sein. Spezialabteilung. Oder einer der Sicherheitsdienste. Und wer auch immer im Haus gewesen war, war garantiert clever genug, um keine Spuren zu hinterlassen.

Ich wusste, wonach sie suchten. Kopien der Fotos und Videos, die ich bei Mitchell gemacht hatte. Was bedeutete … irgendwie hatten sie herausgefunden, was ich wusste.

Ich schaute die Straße entlang. Das Teeniepärchen saß jetzt an der Wand vor dem Haus. Er hatte seinen Arm um sie gelegt und sie ihren Kopf an seine Schulter gelehnt.

Ich drehte mich zurück in Richtung meiner Vordertür und überlegte, ob ich hineingehen sollte. Sie könnten noch da drin sein, auf mich warten. Und was würde dann passieren?

Ein weiterer Selbstmord? Ein häuslicher Unfall? Ein Feuer? Von einem Eindringling erschlagen?

Wenn ich schrie, würden diese Kids mich hören? Würde ich überhaupt die Chance haben zu schreien?

Ich lief auf die Teenager zu. Zu mehreren war man sicherer. Hoffte ich zumindest.

Als ich sie erreichte, diskutierten sie gerade über Justin Bieber. Und was jetzt?

Vor mir mündete der Eingang zur Sackgasse in die Hauptstraße. Ich erblickte einen jungen Mann mit hochgezogenem Kapuzenpulli, das Gesicht nur ein Schatten im trüben Licht der Straßenlaternen, der einen Staffordshire Bullterrier Gassi führte.

Ich hielt hinter den Teenagern und lehnte mich gegen die Mauer des Vorgartens eines anderen Nachbarn. Ich dachte darüber nach, Ava anzurufen, aber vor meinem geistigen Auge erschien Jackson, der mich frech anlächelte. Ich stellte mir Avas freundliches, mitfühlendes Gesicht vor. Eine Welle der Liebe für die beiden presste mir das Herz zusammen. Ich wollte ihr so dringend alles erzählen, aber das konnte ich nicht. Ich durfte meine Probleme nicht in ihr Heim bringen. Ich war dumm genug gewesen zu glauben, wenn Alistair über alles Bescheid wüsste, würden diese Leute verhaftet werden und ich wäre sicher. Jetzt glaubte ich nicht mehr, dass das jemals passieren würde.

Ich stand auf dem Weg und rief Mitchell an, während ich die Teenager im Auge behielt.

»Sie müssen von da weg«, sagte er. »Kommen Sie zu mir.«

Der Gassigänger stolzierte großspurig an mir vorbei, musterte mich und warf mir einen lüsternen Blick zu.

Ich hielt den Atem an.

»Hallo? Maya? Sind Sie noch da?«

Ich atmete aus, der Puls hämmerte in meinen Venen. »Ich bin hier. Ich will noch ein paar Sachen aus dem Haus holen. Ein paar von Jamies Dingen. Ich kann sie nicht dalassen, Mitchell.«

Er schwieg kurz. »Okay, aber Sie gehen da nicht allein rein. Ich komme zu Ihnen, aber das wird eine Weile dauern. Können

Sie an irgendeinem sicheren Ort warten, an dem viele Leute sind?«

»Ja. Es gibt in der Stadt einen Pub namens Oak Tree. Ich fahre dorthin und treffe Sie da drinnen.«

»Okay. Bis nachher.«

Ich lief zu meiner Auffahrt zurück und zog währenddessen das Pfefferspray aus meiner Tasche, das Mitchell mir vor einer Weile gegeben hatte. Ich hielt es in meiner verschwitzten Handfläche umklammert, als ich die Teenager erreichte. Jetzt stritten sie über ein Mädchen namens Sam, das auf den Jungen stand. Junge Liebe. Am liebsten hätte ich ihre Köpfe gegeneinandergeschlagen und sie angeschrien, dass sie ja keine Ahnung hatten, wie viel Glück sie hatten, einander zu haben. Dass sie aus jeder Sekunde jedes Tages das Beste herausholen sollten, weil man nie wusste, wann einem alles genommen wurde. Sie ignorierten mich, als ich vorbeiging, völlig selbstvergessen.

Ich stieg in den Jeep und fuhr rückwärts aus der Einfahrt. Es herrschte nur wenig Verkehr, als ich an der Kreuzung zur Hauptstraße stand und sorgfältig die Gegend prüfte. Nirgendwo waren verdächtige Autos geparkt, die versuchen könnten, mir zu folgen. Ich bog ohne zu blinken rechts ab und gelangte über Umwege zum Oak Tree, wobei ich ständig in meinen Spiegeln nach etwaigen Verfolgern Ausschau hielt. Aber niemand war zu sehen.

Zumindest glaubte ich das.

Als ich endlich auf den Parkplatz fuhr, stand draußen ein junges Pärchen am Picknicktisch, das rauchte und über irgendetwas lachte. Ich stellte den Jeep unter einer Laterne ab, schloss ab und drückte die Tür zum Pub mit einem letzten Blick über meine Schulter auf.

Ich stand im Eingang und ließ meinen Blick prüfend durch den Innenraum wandern. Drinnen war es ziemlich ruhig. Die meisten Leute waren hinten im Biergarten und rauchten unter einer Pergola, sichtbar durch die Fenster. Ich bestellte eine Wodka-Cola und setzte mich an die Bar.

Ich hob das Glas an – meine Hand zitterte so stark, dass ich etwas auf dem Bartresen verschüttete – und schluckte das Getränk hinunter, während ich mit einem Auge die wenigen Leute im Inneren im Blick behielt. Ein alter Mann in der Ecke, der eine Zeitung las. Eine Gruppe von Männern um die dreißig in Anzügen, mit gelockertem Hemdkragen, die lachend über Fußballergebnisse diskutierten.

Der Barkeeper warf mir immer mal wieder einen Blick zu. Ich wurde langsam misstrauisch, *warum* er mich ständig ansah, bis ich mein Spiegelbild in dem Spiegel hinter der Bar erblickte und zuerst glaubte, es wäre jemand anderes. Ich sah aus wie eine verrückte Medusa – meine verknoteten Haare standen in alle Richtungen ab. Ich hatte große dunkle Flecken unter meinen traurigen, roten Augen. Meine Haut wirkte kränklich und blutarm, meine Wangenknochen stachen stark hervor. Ich sah aus, als würde ich dahinwelken.

Dahinwelken und schwinden. Wie lange würde es wohl dauern, bis ich vollständig verschwunden war?

Einer der Fußballtypen kam zur Bar geschlendert, um eine Runde zu bestellen. Er lächelte mich an und sagte irgendetwas Nichtiges über das Wetter. Ich ignorierte ihn, zog das Samsung heraus und tat so, als würde ich eine Nachricht verfassen. Meine Finger glitten über die virtuelle Tastatur und schrieben die Worte *Du bist am Arsch*!

Noch bevor ich meine an niemanden außer mich selbst gerichtete SMS löschen konnte, summte mein Handy mit einer eingehenden Nachricht.

In Erwartung, sie käme auf diesem Handy von Simon oder Alistair, klickte ich die neue SMS an, für die keine Nummer angezeigt wurde, und las: *Ich habe Sie gewarnt, vorsichtig zu sein!*

Ich ließ das Handy auf die Bar fallen, als würde es sich um eine Bombe handeln, und starrte mit weit aufgerissenen Augen auf den Bildschirm. Vor meinem inneren Auge erschien ein Gesicht. Der Kerl, der mich angerempelt hatte, als ich mit Ava shoppen gewesen war. Was hatte er doch gleich gesagt?

Sie sollten aufpassen. Sie werden noch verletzt, wenn Sie sich nicht vorsehen.

Wer war er?

Und nun wusste ich ohne jeden Zweifel, dass das bei mir kein zufälliger Einbruch gewesen war. Mein Leben war in Gefahr.

Die Pubtür öffnete sich und ich erblickte Mitchell im gleichen Augenblick wie er mich. In wenigen Schritten stand er bei mir, seine feste Hand auf meiner Schulter, Sorge in seinen Augen. »Geht's Ihnen gut?«

Ich blinzelte die Tränen zurück. Ich *war* am Arsch. Ich schüttelte den Kopf. »Die wissen, wer ich bin.«

Er nahm meine Hand und zog mich vom Barhocker. »Gehen wir.« Er führte mich zum Parkplatz, wo sein Pick-up neben meinem Jeep geparkt war. »Ich habe Ihren Wagen gerade mit ein paar meiner Gerätschaften überprüft und nach GPS-Sendern oder Wanzen gesucht, die vielleicht dort angebracht sein könnten, aber er war sauber. Wir lassen ihn aber trotzdem hier, fahren mit meinem Wagen zum Haus, holen, was Sie brauchen, dann können wir wieder zum Jeep und Sie können mir zu meinem Haus folgen.« Er hielt die Hand hin, um auf meine Schlüssel zu warten.

Ich gab sie ihm. Er schloss seinen Pick-up auf und zwängte sich hinter das Lenkrad.

Ich schlüpfte auf den Beifahrersitz und blickte zu ihm. »Es ist kein Zufall, dass sie eingebrochen sind«, stotterte ich und bekämpfte die Panik, die in mir aufzusteigen drohte. Ich zeigte ihm die anonyme Nachricht, die ich gerade auf einer Nummer bekommen hatte, von der außer Alistair und Simon eigentlich niemand wissen dürfte.

Mitchell schlug mit seiner Handfläche gegen das Lenkrad. »Ich wusste, wir hätten nicht zu Alistair gehen sollen. Seit dem Augenblick, als er die Beweise und das Dossier übergeben hat, haben die ihn beobachtet und seine Kommunikation überwacht. Ob absichtlich oder nicht, er hat sie direkt zu Ihnen geführt!«

»Ich weiß nicht, was ich tun oder wohin ich gehen soll! Ich kann nicht zu Ava. Ich darf sie nicht in Gefahr bringen.«

»Sie können so lange wie nötig bei mir bleiben.«

»Und dann was?« Meine Stimme wurde langsam zu einem Kreischen. »Ich kann doch nicht für immer bei Ihnen bleiben.«

»Es ist ja auch nicht für immer. Nur bis ...«

»Nichts passiert, Mitchell. Wir haben uns selbst etwas vorgemacht, oder? Es *wird* auch nichts passieren. Sie sind unantastbar. Wie viele Leute werden deswegen noch sterben müssen?«

Mitchell legte seinen Arm um mich und zog mich an sich. »Es gibt immer einen Plan B.«

»Und wie lautet der?«, schniefte ich.

Er wich der Frage aus, beugte sich vor und wischte mir mit dem Handrücken die Tränen von den Wangen. »Sind Sie bereit zu gehen? Wir sollten hier so schnell wie möglich weg.«

Ich nickte, hinter meiner Stirn pulsierte und vibrierte es, als würde jemand das Innere meines Schädels mit einer Schleifmaschine bearbeiten.

Als er in meine Einfahrt einbog, fragte ich mich, ob das hier wohl das letzte Mal war, dass ich jemals das Haus betreten würde. Was war mit all den Erinnerungen? Dem Leben, das Jamie und ich hier geführt hatten? All dem Glück? Jetzt hatten sie mir auch das noch genommen.

Mitchell zog einen ausziehbaren Schlagstock aus seiner Jackeninnentasche, als wir aus dem Fahrzeug stiegen. Die

Vordertür war leicht geöffnet, wie ich sie gelassen hatte, als ich weggelaufen war.

»Warten Sie hier, bis ich rauskomme und Ihnen sage, dass es sicher ist. Und wenn wir reingehen, nicht sprechen, okay?«

»Okay.«

Mit einer schnellen Bewegung seines Handgelenks verlängerte Mitchell den Schlagstock auf einen halben Meter tödliches, hartes Metall. Ich sah ihm hinterher, als er drinnen verschwand. Er schaltete das Licht an, während ich mein Pfefferspray fest umklammert hielt.

Ein paar Minuten später öffnete er die Tür und kam zum Auto. »Alles in Ordnung. Es war ein strukturiertes Eindringen. Kein Zeichen davon, wie sie reingekommen sind, aber dafür haben sie umso mehr Chaos hinterlassen.«

Ich folgte ihm hinein und bewegte mich knirschend über den Küchenboden, der mit allem Möglichen von Cornflakes über Olivenöl bis hin zu kaputten Tassen und Gläsern bedeckt war. Alles war aus den Schubladen und Regalen geholt und auf den Boden geworfen worden. Selbst der Garten war nicht verschont geblieben. Die Schuppentür hing offen, das Vorhängeschloss abgeschnitten auf dem Boden, das Innere durchwühlt, überall Farbe. Der Buddha stand auf dem Kopf.

Wieder war nichts gestohlen worden. Der Fernseher und die Stereoanlage standen noch im Wohnzimmer, genau wie Jamies und mein Laptop. Aber aus seinen Büchern waren Seiten herausgerissen und über den Teppich verstreut worden. CDs und ihre Hüllen waren kaputt.

Im Gästezimmer waren Jamies persönliche Unterlagen zerrissen. Die Matratze hing aufgeschlitzt halb über dem Bett. Ausgeweidet wie ein Fisch. Kissen waren aufgerissen worden und ihre Schaumstofffüllung quoll heraus. Mein Schlafzimmer sah genauso aus, nur dass dort zusätzlich noch Kleidung zerschnitten und in Fetzen herumlag, die Schubladen umgedreht wurden und überall Kosmetikartikel herumlagen.

Aber das Schlimmste waren die Fotos von Jamie, die hier gestanden hatten. Das Glas in den Rahmen war zerbrochen und in den Fußboden getreten worden. Die Fotos darin waren bis zur Unkenntlichkeit zerfleddert. Alle bis auf das eine von uns beim Picknick, das seinen Ehrenplatz auf meinem Nachttisch gehabt hatte.

Das befand sich jetzt an der Gipskartonwand über meinem Bett, an Ort und Stelle gehalten durch ein Messer, das durch mein Gesicht gebohrt worden war.

Kapitel 42

»Sie können so lange Sie möchten hierbleiben«, sagte Mitchell, nachdem ich mein Auto in seiner Garage abgestellt hatte.

Er brachte uns ins Haus, führte mich in sein Gästezimmer und stellte meinen kleinen Koffer auf dem Boden ab.

»Danke.« Ich ließ mich auf den Rand des Kingsize-Betts fallen.

»Möchten Sie etwas essen? Einen Drink?« Er wartete im Türrahmen.

So verführerisch ein Drink auch klang, ich bezweifelte, dass ich noch genug Energie hatte, um ein weiteres Glas Wodka an meine Lippen zu heben. »Nein, danke.« Ich beugte mich vor, die Stirn in den Handflächen vergraben. »Ich kann nicht …«

»Sie sind erschöpft«, warf Mitchell ein. »Schlafen Sie sich erst mal richtig aus und wir reden dann morgen früh weiter.«

Ich nickte, weil das das Einzige war, wozu ich noch fähig war.

Er schloss die Tür und ich zog meine Stiefel aus und schlüpfte vollständig bekleidet unter die kühle Bettdecke, wohl wissend, dass ich trotz meiner Erschöpfung keinen Schlaf finden würde.

In Gedanken malte ich mir pausenlos aus, wie weit die wohl zu gehen bereit waren, um der Sache einen Riegel vorzuschieben. Natürlich kannte ich die Antwort. Sie waren bereit, über Leichen zu gehen. Jetzt wussten sie, wer ich war und was ich wusste. Es würde nicht lange dauern, bis sie zurückkamen, um den Job zu vollenden. Wie hatten sie es herausgefunden, wo wir doch so vorsichtig gewesen waren? Spielte das überhaupt noch eine Rolle?

Ich musste Alistair anrufen. Ihn dazu bringen, etwas zu unternehmen. Über meine Optionen reden. Ich fragte mich, ob ich wohl irgendeine Art von Schutz bekommen könnte, verwarf den Gedanken aber wieder. Jeglicher Schutz käme von der Polizei. Von den Leuten, die noch nicht einmal eine Ermittlung begonnen hatten. Wenn die Leute, die bei mir eingebrochen waren, von der Spezialabteilung waren, *waren* sie die Polizei, wie sollte die mich also beschützen? Und wenn es die anderen waren, MI5, die sich mit Angelegenheiten der nationalen Sicherheit befassten, wie hatte ich dann überhaupt irgendeine Chance?

Irgendwann musste ich wohl doch dem Schlaf erlegen sein, denn ich wurde plötzlich durch ein Geräusch geweckt.

Ich schreckte hoch und fragte mich, wo zum Teufel ich mich gerade befand. Mein Herz raste, während meine Augen einen Augenblick brauchten, um sich an die Dunkelheit zu gewöhnen, und orientierungslos auf Schatten reagierten, die in der nicht vertrauten Umgebung lauerten.

Dann wusste ich es wieder. Ich war bei Mitchell. Natürlich.

Keuchend atmete ich ein.

Wieder das Geräusch. Ein Schreien. Nein, eher ein Wimmern.

Es war Mitchells Stimme, die etwas rief, das ich nicht verstehen konnte.

O Gott. Sie sind hier. Sie haben ihn erwischt! Und schon bald werden Sie auch mich haben.

Vorsichtig schlüpfte ich aus dem Bett und zog mit zitternden Fingern meine Stiefel über. Ich schlich zum Fenster und zog einen kleinen Rand des Vorhangs zurück, um auf die verlassene, stille Straße zu schauen. Da draußen war niemand. Sämtliche Nachbarn waren sicher in ihren Betten. Keine seltsamen Männer liefen mit »Ich werde dich umbringen«-Shirts über den Gehweg.

Vorsichtig schlich ich zur Tür.

Noch ein Schrei. Diesmal lauter. Es klang, als würde Mitchell Schmerzen leiden. Was zum Teufel taten die ihm an?

Eiseskälte wanderte über mein Rückgrat. Meine Hand griff nach dem Türgriff. Voller Panik überlegte ich, was ich tun konnte. Falls sie Mitchell in ihrer Gewalt hatten, einen starken Ex-Elitesoldaten, hatte ich keine Chance gegen sie.

Mein Blick wanderte zurück zum Fenster. Sollte ich rausklettern? Weglaufen? Einfach weg von hier. Irgendwohin.

Aber nein. Ich konnte Mitchell nicht im Stich lassen. Nicht, wenn er sein Haus für mich geöffnet und mir die Stärke und Unterstützung gewährt hatte, die ich ihm nie würde zurückzahlen können. Nicht, wenn ich ihm so viel schuldete. Ich wusste, was das Endergebnis sein würde. Sie waren meinetwegen hier, also konnte ich nicht Mitchell den Kopf für mich hinhalten lassen. Aber vielleicht könnte ich für eine Art Ablenkung sorgen.

Ich schluckte, trat zurück zu meiner Handtasche neben dem Bett und nahm das Pfefferspray heraus.

Ein weiterer Schrei. Ich konnte gerade so Mitchells Worte ausmachen. »Nein! Tut das nicht!«

Ich drückte auf den Türgriff und presste die Zähne zusammen, während ich die Tür langsam öffnete und betete, dass sie kein Geräusch machen würde.

Zentimeter um Zentimeter schob ich sie auf und spähte in den Flur. Unten war Licht an, das die Treppe und das Ende des Flurs in eine schattenhafte Beleuchtung tauchte.

Niemand war zu sehen.

»Ich kann nicht! Ich hab's versucht! Nein. Nein, nein, nein!«, hörte ich Mitchells Stimme von hinter seiner Schlafzimmertür direkt vor mir. »Ich weiß es nicht! Ich weiß es nicht!«

Ich umklammerte das Pfefferspray noch fester und schlich auf Zehenspitzen vorwärts.

Ich hatte keine Zeit, darüber nachzudenken, wie viele es waren oder was ich tun wollte, wenn ich drinnen war, aber ich betete, dass ich die Überraschung auf meiner Seite hätte.

Den sich aufbauenden Druck in meiner Brust ignorierend, der mir das Atmen erschwerte, streckte ich meine rechte Hand aus, mein Finger über dem Auslöser des Pfeffersprays.

Meine linke Hand zitterte so stark, dass ich Schwierigkeiten hatte, den Türgriff zu Mitchells Schlafzimmer zu umfassen, während ich ihn langsam herunterdrückte. Leise. Um das Überraschungsmoment voll auszunutzen, sprang ich durch die Tür und versuchte dabei verzweifelt, meine Augen an das pechschwarze Dunkel zu gewöhnen.

Wild schwang ich den Arm herum und wartete auf einen Schlag oder Tritt oder eine Umklammerung von den Eindringlingen. Aber die einzige Person im Zimmer war Mitchell.

Der schlief. Und in seinem Albtraum wild um sich schlug.

Ich sank gegen die Wand und presste mir eine Hand an die Brust.

Urplötzlich erwachte Mitchell und bevor ich auch nur die Chance hatte, ihm zu versichern, dass ich es war, war seine Hand unter dem Kopfkissen verschwunden und tauchte blitzschnell mit einer Handfeuerwaffe darin wieder auf. Ich wusste nicht, was für eine Art Pistole das war, aber sie war direkt auf meine Brust gerichtet.

An seinem glasigen Blick konnte ich ablesen, dass er mich nicht erkannte. »Mitchell, *ich bin's! Maya!*« Ich hielt meine linke

Hand hoch, die Handfläche nach oben. »Ich bin's nur. Sie hatten einen schlimmen Traum. Einen Albtraum.«

Seine Brust hob und senkte sich, sein Atem ging hastig, aber seine Hand am Abzug war komplett ruhig.

Mir gefror das Blut in den Adern.

»Ich bin's nur!«, wiederholte ich.

Er blinzelte wild und sein Blick schoss umher, als würde er eine Art von Bestandsaufnahme des Zimmers machen. »Stuhl, Kleiderschrank, Boden. Stuhl, Kleiderschrank, Boden«, murmelte er, als wäre es ein Mantra. Wiederholt schüttelte er den Kopf. Dann schien ein Funke Erkenntnis in seinen Augen aufzukeimen.

»Sie waren … mein Gott, es tut mir so leid. Ich dachte …«

Eine Weile sprach er nicht, die Waffe weiterhin auf meine Brust gerichtet. Dann fixierte er mich mit seinem Blick und ich konnte den Ausdruck darin nicht lesen. Wut? Scham? Verzweiflung? Schmerz? Hass? Ich blieb nicht länger, um es herauszufinden. Ich wusste überhaupt nicht, wer Mitchell *wirklich* war. Mich traf die schreckliche Erkenntnis, dass ich mein Vertrauen in die falsche Person gesetzt hatte. Soweit ich das wusste, war es ebenso gut möglich, dass er für die arbeitete, mich im Auge behielt, von Anfang an bewachte, bis die entschieden, dass ich auch sterben musste.

Ich floh aus dem Zimmer, ignorierte meine Handtasche im Schlafzimmer und rannte so schnell die Treppe nach unten, dass ich auf den letzten beiden Stufen ausrutschte. Ich hörte Mitchells Schritte hinter mir. Hörte ihn meinen Namen rufen, als ich versuchte, die Vordertür zu öffnen.

Sie war verschlossen.

Verflucht! Verflucht! Verflucht! Ich zog an der Tür, aber da war er schon.

Hinter mir.

Kapitel 43

Er ergriff mich, schlang seine Arme fest um meine Taille und Brust und presste mich gegen sich. Ich wollte mich wehren, konnte mich aber nicht bewegen. Ich versuchte, genug Sauerstoff einzuatmen, aber meine Kehle hatte sich verengt und in meinem Kopf hämmerte es.

»Ich werde Sie nicht verletzen, aber Sie dürfen nicht weg.« Er hielt mich fest.

Es gelang mir, eine Art von Schrei herauszuwürgen.

Er hielt mich noch fester. »Beruhigen Sie sich. Ich werde Ihnen *nicht* wehtun, okay?«

Wimmernd nickte ich. Sämtliche Kraft war aus mir gewichen. Ich ergab mich dem Unvermeidlichen. Ich hatte keine Chance gegen ihn. Er war darauf *trainiert*, Menschen zu töten. Ich hatte ihm nichts entgegenzusetzen.

Langsam lockerte er seinen Griff und ließ mich los. Ich stolperte weg von ihm, drückte mich an die Wand und hyperventilierte.

Er machte keine Anstalten, sich zu bewegen. Stand einfach nur da und sah zu. »Wenn Sie da rausgehen, werden die Sie finden.«

Ich atmete langsamer, probierte es mit tiefen Atemzügen. »Wer sind Sie?«, rief ich, während mir die Tränen die Wangen herunterliefen.

»Sie wissen, wer ich bin.«

»Nein, tue ich nicht!«, schrie ich. »Wollen Sie mich umbringen? Arbeiten Sie für die?«

»Hätte ich Sie umbringen wollen, hätte ich das mittlerweile erledigt.« Er schüttelte den Kopf und seine blauen Augen bohrten sich in meine. »Verdammt, ich brauch einen Drink.«

Ich sah zu, wie er in die Küche ging. Sah zurück zur Vordertür. Das stimmte, oder nicht? Er hatte bereits genug Gelegenheiten gehabt, um mich zu töten.

Ich hörte ihn in der Küche herumpoltern und Schränke öffnen. Er machte keinen Versuch, mich holen zu kommen. Mich zum Schweigen zu bringen. Zu töten.

Aber was zum Teufel war das vorhin?

Ganz offensichtlich hatte Mitchell mit seinen eigenen Dämonen zu kämpfen. Ich dachte an seine Wutausbrüche, die seltsame Reaktion vor Simons Büro. War das ein Flashback gewesen? Und er hatte ganz offensichtlich auch Albträume. Litt Mitchell unter einer Art posttraumatischer Belastungsstörung? Das musste es sein und es war auch nicht überraschend, bei dem, was er durchgemacht hatte. Außerdem litt er vermutlich auch am Überlebenden-Syndrom, genau wie ich. War er instabil? Stellte er eine Gefahr für mich dar? Ich war mir da nicht sicher, aber das spielte eigentlich auch keine Rolle. Er war alles, was ich hatte. Die einzige Person, die mir nahestand, die mir noch helfen konnte.

Schließlich, als die Panik endlich überwunden war, ging ich in die Küche. Ich brauchte diesen verdammten Drink jetzt auch.

Mitchell stand an der Arbeitsplatte und starrte in ein Glas Brandy. Er drehte sich zu mir um. Fuhr sich mit der Hand über seinen rasierten Kopf und behielt sie dort, seine stechenden blauen Augen blickten mich entschuldigend an. »Hören Sie, das tut mir leid. Ich …«

»Bekomme ich einen Drink?«

Er schenkte mir einen Shot Brandy ein und reichte ihn mir.

Das Adrenalin ließ nach und ich fröstelte. Ich griff nach meiner Jacke, die noch über der Stuhllehne hing, wo ich sie letzte Nacht beim Hereinkommen abgelegt hatte, und wickelte sie um mich, während ich an meinem Drink nippte.

»Setzen Sie sich.« Er deutete auf den Stuhl.

»Ich sollte gehen. Es war egoistisch von mir, Sie in die Sache mit reinzuziehen. Sie haben Ihr eigenes Leben …«

»Sie haben mich nicht reingezogen. Es war meine Entscheidung.« Er leerte seinen Drink in einem Zug und goss sich einen weiteren ein. »Und wohin würden Sie jetzt gehen wollen? Wie Sie bereits gesagt haben, die wissen jetzt, wer Alistair die Beweise zugespielt hat. Irgendwie haben die das herausgefunden. Sie sollten hierbleiben, wo niemand auf die Idee kommen wird, nach Ihnen zu suchen. Zumindest, bis das alles rauskommt. Und sobald es das tut, besteht kein Bedarf mehr, Sie umzubringen, denn dann wird die Wahrheit bereits offenbart sein.« Er mied meinen Blick, als er sich in seiner Schlafanzughose und dem T-Shirt an den Küchentisch setzte.

»Das glauben Sie aber doch nicht wirklich, oder?« Das erkannte ich schon am Tonfall seiner Stimme.

»Ich weiß nicht mehr, was ich noch glauben soll.« Er strich mit dem Finger über den Glasrand.

»Die Albträume. Geht es darin um die Armee? Oder um Alex?« Ich nahm noch einen Schluck Brandy und zog die Jacke enger um mich.

Er starrte in das Glas und ließ die Flüssigkeit darin kreisen. »Um beides. Das eine Mal, als ich im Irak war, gehörte mein Geschwader zum SAS/Delta-Force-Teamverbund, bekannt als

Task Force Black. Wir sind buchstäblich jede Nacht losgezogen, um Al-Qaida-Zellen auszuheben. Ich kann nicht mehr zählen, wie oft wir in Kampfhandlungen geraten sind, aber ein Einsatz setzt mir noch immer mächtig zu. Wir hatten verlässliche J2-Geheimberichte, gestützt von Berichten unserer Quelle, dass eine Bombenfabrik in Falludscha hoch entwickelte Hohlladungen herstellt, die die gepanzerten Trucks der US Army durchdringen könnten. Eine Menge Soldaten wurden davon getroffen und die Todesfälle häuften sich.

Als wir schließlich das richtige Haus in einem der Vororte identifiziert hatten, entwickelten wir schnell einen Plan, um es anzugreifen. Von Anfang an war uns klar, dass es schwierig werden würde. Ab der Minute, in der wir vor dem Eintrittspunkt aufliefen und die Sprengladungen an der Tür anbrachten, wurden wir von der anderen Straßenseite aus unter Beschuss genommen, wodurch das Team innerhalb der Festung alarmiert wurde. Sobald die Türen aufgesprengt waren, schoben wir unsere zwei Militärhunde durch die Öffnung und folgten ihnen.

Die ersten Männer wurden erschossen. Während wir darum kämpften, in das Gebäude vorzudringen, um es zu sichern, sprengte sich im Inneren ein Selbstmordattentäter in die Luft und eine innere Wand stürzte ein, die einen unserer Jungs zerquetschte. Schließlich kämpften wir uns durch, schossen systematisch auf alles, was sich bewegte, und räumten das Gebäude, aber wir verloren zwei Männer, drei waren verletzt, und die armen Hunde waren auch tot.

Wir töteten drei Aufständische, der Selbstmordattentäter war der vierte Tote, aber es war noch jemand inmitten des Staubs und des Gerölls am Leben, ein Kind, ungefähr in Alex' Alter. Ich versuchte, ihn zu stabilisieren, während wir darauf warteten, dass die QRF den äußeren Perimeter sicherte und uns rausholte, aber er hatte keine Chance. Er starb in meinen Armen – nichts hätte ihn retten können.

Wie sich herausstellte, war der Junge von den Terroristen als Geisel gehalten worden, um sich der Unterstützung seines Vaters zu versichern, der für die Koalition als Bauunternehmer arbeitete und so gezwungen wurde, Informationen über Truppenbewegungen auf der Polizeiwache weiterzugeben, bei deren Renovierung er half. Es wurde noch schlimmer, denn später fanden wir heraus, dass der vermeintliche Selbstmordattentäter die Schwester des Jungen gewesen war, ein vierzehnjähriges Mädchen, das ebenfalls gegen ihren Willen als Geisel gehalten worden und von einem der Bombenmacher als menschliche Landmine ferngezündet worden war. Der Junge und seine Schwester, sein Vater und der Rest der Familie waren die wahren Opfer des Kriegs gegen den Terror. Unschuldige Menschen, die nur versucht hatten zu überleben – Kollateralschäden –, Leben, die als wertlos erachtet wurden und nur Teil einer größeren Militärstrategie waren, eines versteckten Plans, von dem die meisten Menschen überhaupt nichts ahnten.

Der Krieg ging weiter und ich führte erneute Einsätze durch, weitere Angriffe, Nacht für Nacht, aber pausenlos habe ich das Gesicht dieses Jungen vor mir gesehen, wie das Licht in seinen Augen erlosch, oder stellte mir die Angst seiner Schwester vor, während sie in ihrer Bombenweste zitterte und auf das Ende wartete. Ich sah, wie er schaumiges Blut spuckte. Hörte seine nicht enden wollenden Schreie. Und in meinem Kopf vermischte sich sein Gesicht mit dem von Alex. Auf gewisse Weise repräsentierte er meinen Sohn. Vielleicht war es sogar eine Nachricht von Alex. Ich war nicht da gewesen, um meinen Jungen zu retten. Und ich konnte auch dieses unschuldige Kind nicht retten.« Er trank den Rest seines Brandys. Stand auf und goss sich mit dem Rücken zu mir noch mehr ein, wobei er die Granitarbeitsplatte mit der anderen Hand so hart umklammerte, dass sie zitterte. »Da wusste ich, dass ich aus dem Regiment austreten muss. Das war mein Weckruf. Meine Überzeugungen hatten sich geändert und ich konnte das nicht mehr. Konnte die Dinge, die ich im Namen meines Landes tat, nicht mehr rechtfertigen.«

Ich stand vom Tisch auf, wollte ihn trösten. Ich stellte mich neben ihn, nahm seine Hand in meine und drückte sie. Ich sagte kein Wort. Worte hätten nicht ausgereicht.

Er drückte meine Hand kurz und setzte sich dann wieder an den Tisch.

Ich lehnte mich gegen die Arbeitsplatte. »Haben Sie mit irgendjemandem darüber gesprochen? Einem Therapeuten, meine ich? Die könnten helfen. Bei den Albträumen. Den Flashbacks. Der Schuld.«

Er schnaubte. »Was soll das bringen? Ich kann nicht rückgängig machen, was ich getan habe. Letztendlich läuft es nur auf eins hinaus. Die Mächtigen entscheiden, wer lebt oder stirbt und warum. Wie viel man auch redet, nichts wird das ändern.«

»Warum haben Sie keine Fotos von Alex hier?« Das war mir schon zuvor aufgefallen, aber ich hatte es nicht ansprechen wollen. Die Fotos, die ich von Jamie hatte, waren mir seit seinem Tod wertvoller als alles andere geworden, denn eines Tages würde ich vergessen, wie er ausgesehen hatte. Eines Tages würde ich die Augen schließen und nicht mehr in der Lage sein, ihn deutlich vor meinem inneren Auge zu sehen. Ich brauchte diese Fotos. Und jetzt waren mir sogar die meisten davon genommen worden.

»Meine Ex hat sie alle mitgenommen, als sie mich verlassen hat. Sie fand, ich würde es nicht verdienen, sie zu haben.«

»Was? Das ist …« Ich suchte nach dem passenden Wort. Das war herzlos. Kein Wunder, dass Mitchell sich so sehr die Schuld gab. »Das ist einfach unfair!«

»Ist es das?« Er schaute mich mit tränennassen Augen an. »Sie hatte recht. Ich konnte Alex nicht beschützen. Ich war ewig weit weg von hier, als es passiert ist, und habe für die korrupte Agenda anderer Leute gekämpft. Und *das* macht das Ganze nur noch schlimmer.«

»Sie müssen aufhören, sich selbst zu bestrafen. Sie sind nur ein Mensch. Sie haben das getan, was Sie zu jener Zeit für richtig hielten.«

»Ja, und Alex und so viele andere haben für diesen Irrglauben den Preis bezahlt. Und bezahlen ihn noch immer. Ich habe Königin und Vaterland verteidigt, weil ich ein Patriot war, weil ich die Welt zu einem besseren Ort machen wollte, weil ich geglaubt habe, ich würde Ehre und Integrität verteidigen. Wie falsch habe ich gelegen? Ich trage jetzt ebenso die Schuld an den Kriegsverbrechen, weil ich es viel zu lange geglaubt habe. Der Preis meiner Taten im Namen der Loyalität ist so hoch, dass er niemals zurückgezahlt werden kann.« Seine Lippen wurden schmal.

»Das glauben Sie doch nicht wirklich, oder? Sie können nicht für alles zur Verantwortung gezogen werden, was Sie getan haben.«

»Wer denn sonst?« Er starrte mich an, als hätte ich keine Ahnung, wovon ich da sprach, bis sein Blick zu seinem Portemonnaie neben dem Wasserkessel glitt. »Ein Foto habe ich allerdings behalten. Es ist da, wenn ich es brauche.«

»Woher haben Sie die Waffe?«

»Nach dem Sturz von Saddam Hussein war der Irak voll von Waffen. Die haben da drüben eine wahre Waffenkultur. Von jedem volljährigen Mann wurde erwartet, eine AK zu besitzen, als eine Art Reserve-Miliz. Als ich einmal in Basra war, haben wir mit der irakischen Armee zusammengearbeitet und einer von denen hat mir diese Glock gegeben. Ironischerweise kommt sie ursprünglich aus Großbritannien und wurde der Polizeiakademie in Basra als Teil eines militärischen Trainingspakets zur Verfügung gestellt. Es war nicht schwierig, sie zurück nach Großbritannien zu bringen.«

»Sie ist also illegal?«

»Hängt von der eigenen Definition ab.« Er zuckte mit den Schultern. »Das Gesetz wird von den Leuten an der Macht gemacht und Sie sehen doch, wie das bisher für uns läuft. Eine Menge Dinge sind legal. Das macht sie allerdings weder ethisch noch moralisch richtig.«

Hinter den Vorhängen schimmerte das Licht der Morgendämmerung. 6.12 Uhr. Ein neuer Tag. Der Schock und die Angst von letzter Nacht waren durch fanatische Wut ersetzt worden.

Ich würde mich nicht geschlagen geben. Die würden mich nicht kleinkriegen.

Irgendwie würde ich lange genug am Leben bleiben, um das zu einem Ende zu bringen.

♦ ♦ ♦

Sobald es 9 Uhr war, rief ich Alistairs private Handynummer an, die er mir gegeben hatte. Eine Nummer, von der er behauptet hatte, sie sei sicher. Mittlerweile glaubte ich das nicht mehr.

»Hallo, Jane hier. Ich habe ein Problem.«

»Tut mir leid, das zu hören. Was ist passiert?« Aus seiner Stimme klang echte Besorgnis.

»Gestern wurde in mein Haus eingebrochen. Man hat es wie einen normalen Einbruch aussehen lassen, aber es war eher ein Statement. Ich glaube, jemand wollte sich davon überzeugen, dass ich keine Kopien von dem habe, was ich Ihnen gegeben habe.«

Einen Augenblick schwieg er, verarbeitete das. »Haben Sie die Polizei gerufen?«

Ich lachte bitter. »Nein. Das ist sinnlos. Sie werden kaum Beweise finden, oder?« Ich berichtete ihm von der anonymen Nachricht, die ich erhalten hatte. »Es war also zweifellos jemand, der diese Psychopathen beschützt. Es ist Monate her, dass die Polizei Operation Highland gestartet hat, um angeblich diesen Beweisen nachzugehen. Warum ist noch nichts passiert? Mir läuft die Zeit davon, Alistair. Die wissen jetzt, dass ich in die Sache involviert bin. Wie lange wird es dauern, bis man mich ebenfalls umgebracht hat?«

»Ich bin ebenso frustriert wie Sie. Ich habe versucht, ein Strategiemeeting mit hochrangigen Offizieren als dringliche Angelegenheit zu arrangieren, aber ich werde hingehalten. Ich lasse jedoch nicht locker. Ich gebe nicht auf. Ich werde da heute noch mal nachhaken.«

»Können Sie nicht noch irgendetwas anderes tun? Es ist offensichtlich, dass die Ermittlung abgewürgt wird. Das sind ernste Anschuldigungen! Die Polizei hat unleugbare Beweise in ihrem Besitz. Die Wahrheit muss ans Licht kommen!« Meine Stimme wurde lauter. Ich versuchte, mich wieder zu beruhigen. Einen meiner wenigen Verbündeten anzuschreien würde nicht helfen. Ich grub die Fingernägel in meine Handfläche. »Warum können Sie sie mithilfe Ihrer parlamentarischen Immunität nicht benennen?« Simon hatte mir während eines unserer Treffen erzählt, dass unter britischem Verfassungskonvent sämtliche im Parlament getroffenen Aussagen vor Beleidigungsklagen geschützt waren. »Zumindest wären ihre Namen dann öffentlich und sie könnten sich nicht mehr verstecken. Und ich wäre sicher!«

»Ich verstehe, wie Sie sich fühlen, glauben Sie mir. Mir geht es ebenso. Aber es gibt feste Abläufe, die befolgt werden *müssen*. Ich kann die parlamentarische Immunität in dieser Phase nicht nutzen, sonst bestünde die ernste Gefahr, eine polizeiliche Ermittlung zu kompromittieren oder zu beeinflussen.«

»Es *gibt* aber keine Ermittlung! Und in der Zwischenzeit treiben sich diese Leute weiter in Westminster herum. Sie wissen, wer die sind. Sie sehen sie regelmäßig. Sie wissen, was sie getan haben. Wie können …«

»Das ist mir völlig klar, es gefällt mir keinen Deut besser als Ihnen, aber wir müssen gewährleisten, dass die Polizei die Gelegenheit bekommt, die Beweise zu prüfen und Zeugen aufzuspüren. Ich schließe nicht aus, sie im Parlament beim Namen zu nennen, wenn bei den Ermittlungen nichts passiert, aber ich muss die Regeln befolgen und warten, um zu sehen, was vor sich geht.«

Ich rieb mir über die vor Wut pulsierende Ader in meiner Schläfe.

»Ich weiß, dass Sie aufgebracht sind, und Sie haben jedes Recht dazu. Aber wütend zu werden hilft der Angelegenheit nicht weiter.«

Er hatte recht. Ich wusste, dass er recht hatte. Ich ließ zu, dass mir meine Verzweiflung in die Quere kam. Ich musste ruhig und objektiv bleiben. Versuchen, mich von dem zu distanzieren, was diese Männer getan und was sie mir genommen hatten. Und anderen unschuldigen Opfern. Aber ich hatte doch solche Angst.

Ich nahm einen hastigen Atemzug und biss die Zähne zusammen.

»Ich werde heute weiter nachhaken und melde mich bei Ihnen, sobald ich ein paar Antworten habe, okay?«

»Ja. Hören Sie, tut mir leid, dass ich die Beherrschung verloren habe. Mir ist nur der Gedanke zuwider, dass die mit all dem durchkommen könnten.«

»Glauben Sie mir, das empfinde ich ebenso. Und ich werde das nicht zulassen.«

Zwei Stunden später, als ich gerade online in den Chatrooms war und als zehnjähriger Junge mit widerlichen Perversen chattete, rief Alistair zurück und bat um ein Treffen.

An einem neutralen Ort. Irgendwo, wo die Wände keine Ohren hatten.

Kapitel 44

Wir nahmen die U-Bahn von Southgate nach Wood Green, dann einen Bus zum Alexandra Palace, anstatt mit dem Auto hinzufahren. So war es einfacher, jemanden zu entdecken, der uns möglicherweise folgte, und ihn abzuschütteln.

»Wir können nur hoffen, dass sich niemand an Alistairs Fersen geheftet hat«, meinte Mitchell, während wir über Umwege und mit wachsamem Blick zum vereinbarten Treffpunkt gingen.

Alistair saß bereits auf der Bank im Park und hielt einen Becher Kaffee in der Hand. Seine Krawatte war gelockert und sein Gesicht müde. Er sah aus, als wäre er seit unserer ersten Begegnung um zwanzig Jahre gealtert. Ich kannte das Gefühl.

Wir beobachteten ihn eine Weile aus der Deckung einiger Bäume heraus, um zu prüfen, ob ihn jemand im Blick behielt. Als wir schließlich zufrieden waren, schaute sich Mitchell ein letztes Mal um, drückte dann eine Hand zwischen meine Schulterblätter und schob mich in Richtung der Bank, um anzuzeigen, dass alles okay war.

»Morgen«, grüßte Alistair, als wir uns hinsetzten. »Ich wünschte, ich könnte sagen, es wäre ein guter, aber leider habe ich weitere verstörende Neuigkeiten. Ted Byron ist tot.«

Aufgebracht und ungläubig schüttelte ich den Kopf. Der Kinderheimkontrolleur würde also ebenfalls seiner Strafe entgehen. »Lassen Sie mich raten. Wieder ein gut getimter Selbstmord?«

»Nein. Diesmal ein Autounfall. Anscheinend haben seine Bremsen versagt und er ist frontal in einen Baum gerast.«

»Mein Gott!«, stöhnte ich, nicht in der Lage, zu entscheiden, ob ich froh war oder nicht. Ja, er war tot, was die Welt zu einem besseren Ort machte, aber er hatte sich dadurch auch dem Gesetz entzogen.

»Ich glaube kaum, dass Gott uns bei dieser Sache helfen kann«, murmelte Alistair.

Mitchell raunte etwas vor sich hin. Seinem Gesichtsausdruck zufolge beinhaltete das vermutlich so einige Schimpfwörter. Er wackelte mit dem Bein und blinzelte schnell, während er zu Boden starrte. »So viele Leute, die deswegen sterben.« Er fuhr sich mit den Händen über das Gesicht.

Alistair rutschte auf seinem Sitz herum. »Ich glaube, die Sache wird niemals ans Licht kommen. Die da oben an der Macht wollen, dass das tief vergraben wird. Ich bin der Meinung, dass das noch über die Leute hinausgeht, von denen wir wissen, und sie beschützen ihr Eigentum. Es gibt hier ein Netzwerk aus sehr mächtigen Leuten, die die Fäden ziehen, und das ist ihr undurchdringlicher Schild – ihre Immunität. Und es ist absolut möglich, dass die nationale Sicherheit und die Geheimdienste bereits von diesem VIP-Pädophilenring wissen und ihre eigenen Beweise über den Freitagsclub und andere dazu nutzen, um sich einen Vorteil über die Leute in anderen Machtpositionen zu verschaffen. Mit dieser Art von Informationen können sie jeden Involvierten so erpressen und manipulieren, dass sie ihre eigenen Agenden durchziehen können. Aber wenn Ihre Beweise an die Öffentlichkeit gelangen, können sie ihre eigenen nicht mehr nutzen, um die anderen zu beeinflussen, verstehen Sie?«

Ich erzählte ihm, wie Simon herausgefunden hatte, wie stark einige von ihnen finanziell miteinander verknüpft waren, sodass sie voneinander abhängig waren und sich gegenseitig schützten.

»Guter Gott. Wenn man glaubt, das Schlimmste bereits gehört zu haben, kommt noch mehr ans Tageslicht. Ich bin zu der traurigen Schlussfolgerung gelangt, dass sie sich außerhalb des Gesetzes bewegen.« Er rieb sich die verkniffene Stirn. »Ich habe Anrufe erhalten, in denen meine Kinder bedroht werden, wenn ich die Sache nicht ruhen lasse. Und gestern ist ein anderer Abgeordneter auf mich zugekommen, den ich für einen Freund gehalten hatte, und hat mich mit klaren Worten gewarnt, nicht mehr weiterzumachen, wenn ich wüsste, was gut für mich ist. Meine sämtlichen Kollegen interessieren sich nur dafür, dass die Abgeordneten auftauchen und richtig abstimmen. Sie sind nicht daran interessiert, andere Probleme mit Mitgliedern ihrer Partei zusammen anzugehen, besonders nicht, wenn die Probleme so scheußlich und unvertretbar sind wie dieses.« Er schüttelte den Kopf. »Wissen Sie das Neueste über die polizeiliche Ermittlung?« Er lachte humorlos. »Sie sagen, das Dossier, das ich ihnen übergeben habe, ist zusammen mit dem Video und den Fotos verschwunden.« Wütend wedelte er mit der Hand in der Luft. »Anscheinend haben sie sämtliche Beweise verloren, die eine erfolgreiche Anklage hätten stützen können.«

Ich öffnete den Mund, um ihm von den Kopien zu erzählen, aber Mitchell warf mir einen warnenden Blick zu und ich hielt mich im letzten Augenblick zurück. Das war unser Ass in der Hinterhand. Ich sollte es jetzt noch nicht ausspielen. »Also … also was? Das ist das Ende?«

»Wir haben keine Zeugen, die reden würden, und jetzt auch keine Beweise mehr.« Er trank seinen Kaffee aus und zerquetschte den Pappbecher in der Hand. »Ich werde meine parlamentarische Immunität nutzen, um sie alle beim Namen zu nennen. Hier geht eine Vertuschung auf höchster Ebene vor sich. Ich lasse nicht zu, dass das begraben wird. Sie müssen zur Verantwortung gezogen werden.«

Alistair ging vor uns. Wir warteten noch zehn Minuten, dann spazierten wir rund um den Park, um sicherzustellen, dass niemand ein ungewöhnliches Interesse an uns zeigte. Auf der nervenzerreißenden Fahrt zu Mitchell nach Hause sprachen wir kein Wort. Wir nahmen diesmal eine andere Route, immer mögliche Anzeichen von Gefahr im Blick. In Gedanken ging ich unentwegt das durch, was Alistair gesagt hatte. Mir war übel. Speiübel.

Nachdem wir endlich sicher in Mitchells Flur standen, lehnte ich mich an die Wand und kalter Schweiß brach auf meiner Stirn aus.

Mitchell ließ die Schlüssel auf einem kleinen Tisch im Flur fallen. »Wie Alistair schon gemeint hat, das reicht wahrscheinlich weiter, als wir wissen. Die Schuldigen beschützen einander oder bringen sich gegenseitig zum Schweigen. Wir kennen die Identität des maskierten Mannes auf dem Video nicht. Vielleicht ist der Innenminister ja selbst in die Sache involviert.«

»Und was machen wir jetzt? Warten wir darauf, dass Alistair sie mithilfe seiner parlamentarischen Immunität beim Namen nennt?« Ich ballte meine verschwitzten Fäuste. »Aber in der Zwischenzeit, und solange es noch ein Geheimnis ist, bin ich nicht sicher.« Ich atmete tief durch und starrte zur Decke hoch.

»Ich glaube, wir sollten nicht mehr warten. Sie werden einen Weg finden, auch Alistair zum Schweigen zu bringen. Das muss jetzt enden.«

Ich schloss die Augen und spürte, wie sämtliche Luft aus mir entwich. Ich ließ mich auf die unterste Treppenstufe fallen, bevor ich zusammenbrechen konnte, und ließ den Kopf in die Hände sinken.

»Es gibt nur eine Möglichkeit, sie davon abzuhalten, hinter Ihnen herzujagen. Solange das Ganze verborgen bleibt, werden Sie immer weglaufen und über Ihre Schulter blicken müssen. Aber wenn Sie es öffentlich machen, bringt es denen nichts, Sie auszuschalten, weil das Geheimnis dann bereits draußen ist und es keinen Grund mehr gibt, hinter Ihnen her zu sein.«

»Aber wie?«

»Plan B.« Er setzte sich neben mich auf die Treppe. »Ich habe mit Lee geredet. Wissen Sie noch, wie ich Ihnen erzählt habe, dass er seine eigene Cyber-Geheimdienstfirma hat? Er ist ein Experte in Sachen Cybersicherheit und -schutz.«

Ich nickte. »Und wie kann das helfen?«

»Wir lassen ihn eine Website einrichten und laden das Video und die Fotos hoch. Dann kann jeder sehen, welche Monster diese Leute sind, die das Land führen.«

»Werden die die Seite nicht einfach hacken und vom Netz nehmen?«

»Deshalb brauchen wir ja einen Experten – um sicherzustellen, dass wir bereit sind, wenn die versuchen, sie runterzunehmen. Das wird sozusagen unsere eigene WikiLeaks-Seite.«

»Und wie schafft er das?«

»Das weiß ich nicht genau. Lee hat mit Begriffen um sich geworfen, die mir viel zu hoch sind. DDoS-Gegenangriffe, Codierung, Bedrohungsschutz, Mirror-Backups, Attrappen-Server.« Mitchell zuckte mit den Schultern. »Aber entscheidend ist, selbst wenn sie versuchen, die Seite herunterzunehmen, wird es ihnen nicht gelingen. Er kann dafür sorgen, dass die Website online bleibt und Milliarden Menschen sie sehen können. Und dann beobachten wir, wie sich das viral verbreitet.«

Kapitel 45

»Als Erstes müssen wir etwas essen.« Mitchell legte sein Portemonnaie auf die Küchenarbeitsplatte und suchte die Küchenschränke nach etwas Essbarem ab. »Dann holen wir die Kopien der Beweise, die wir versteckt haben. Lee kommt heute Abend um acht her, um die Website einzurichten.« Aus dem Brotkasten zog er etwas Brot heraus, das schon bessere Tage gesehen hatte.

»Schon okay. Ich hab keinen Hunger.« Meine letzte Mahlzeit hatte ich am Tag zuvor mit Ava gehabt. War das wirklich erst vierundzwanzig Stunden her? Es schien bereits ein Leben her zu sein. Ich hatte keine Nerven fürs Frühstück gehabt und fühlte mich vor Hunger leicht schwummrig, aber ich glaubte nicht, dass ich etwas herunterzwängen könnte. Nicht, bis wir mit Lee das getan hatten, was wir tun mussten.

»Es bringt uns nichts, wenn Sie umkippen, bevor wir die Sache durchgestanden haben.«

Ich öffnete den Mund, um zu protestieren. Ich wollte einfach bloß die Beweise von dort holen, wo ich sie versteckt hatte, die Website einrichten, um dann zu wissen, dass ich in Sicherheit war, aber wenn Mitchell etwas essen musste, konnte ich mich kaum beschweren. Außerdem mussten wir noch vier Stunden totschlagen.

Es sei denn, diese vier Stunden töteten mich schon vorher.

Während Mitchell gerade Butter auf Brotscheiben strich, klingelte sein Handy. »Hey«, antwortete er. »Was? Sprich etwas langsamer.« Seine Stimme klang auf einmal dringlicher. »Was meinst du damit, wird vermisst?« Eine Pause. Und dann: »Klar. Okay, ich komme vorbei. Aber … nein, warte einfach dort.« Er legte auf. »Verdammt. Kelly wird vermisst.«

»Ihre Nichte? Oh nein.« Ich riss die Augen auf. »Glauben Sie … Glauben Sie, die haben von Ihrer Beteiligung erfahren? O Gott, haben die sie, um an Sie heranzukommen?«

»Ich weiß es nicht. Vielleicht.« Er schlug mit der Hand hart auf die Arbeitsplatte. »Verflucht! Ich weiß noch nicht, was los ist. Nur, dass Kelly schon vor Stunden vom College hätte nach Hause kommen müssen, und sie ist noch nicht aufgetaucht. Neena hat Kellys Freundinnen angerufen und die sagen, sie wäre heute Morgen gar nicht erschienen. Das ist nicht typisch für sie. Ich muss los.«

Ich dachte zurück an den Abend unseres Jubiläums, an dem ich darauf gewartet hatte, dass Jamie nach Hause kam, und mir Sorgen gemacht hatte, warum er so spät dran war. Das klang alles viel zu vertraut.

»Soll ich mitkommen?«

»Nein, es ist besser für Sie, wenn Sie hierbleiben. Ich rufe Sie an, sobald ich weiß, was los ist.« Er griff nach seinen Autoschlüsseln.

»Fahren Sie.« Ich nickte drängend. »Viel Glück. Ich hoffe, Sie finden sie und es geht ihr gut.«

Ich ließ mich auf den Küchenstuhl fallen und rieb mir mit den Fingern über die Stirn. Nein, nein, nein! Ich stellte mir vor, wie sie Kelly folterten und aus Rache umbrachten. Ein Bild vom Freitagsclub-Video blitzte vor meinen Augen auf. Mir wurde übel, aber ich schluckte die Galle hinunter und versuchte, tief durchzuatmen.

Ich sah der Uhr zu, wie sie 16.30 Uhr erreichte. Noch dreieinhalb Stunden, bis Lee vorbeikam. Dreieinhalb Stunden, bis wir die Fotos und das Video hochladen und auf den Knall warten konnten. Dreieinhalb Stunden, bis sie keinen Grund mehr hatten, uns umzubringen, um ihre dreckigen Geheimnisse zu vertuschen, weil dann alles raus wäre.

Ich lief auf und ab, kaute an meinen Nägeln. Ich fuhr mir mit der Zunge über die aufgeplatzten Lippen. Trank ein Glas Wasser. Dachte darüber nach, etwas Stärkeres zu trinken, verwarf die Idee aber wieder. Ich musste für das, was später noch kommen würde, klar im Kopf sein.

Ich sah auf die Uhr.

17.05 Uhr.

17.30 Uhr.

17.45 Uhr.

Wo war Kelly? Warum hatte Mitchell noch nicht angerufen?

Bitte, lass es ihr gut gehen. Bitte, lass nicht noch jemanden sterben.

Aber der Anruf, den ich um 18.05 Uhr bekam, war nicht das, was ich erwartet hatte.

Kapitel 46

»Ich vermute, Sie schauen gerade keine Nachrichten?«, sagte Simon am anderen Ende der Leitung.

»Nein. Warum?«

»Schalten Sie den Fernseher an. Im Moment läuft das auf allen Sendern. Sie haben die Wahl.«

Bei seinem Tonfall verkrampfte sich mein Magen vor Furcht. »Einen Augenblick.« Ich nahm die Fernbedienung in Mitchells Wohnzimmer, schaltete den Fernseher an und wechselte auf einen Nachrichtensender.

Eine junge Reporterin stand auf der Treppe vor einer Polizeiwache und berichtete etwas, während ein Ticker unten im Bildschirm mir verriet, dass es sich um eine Eilmeldung handelte.

Ich drehte die Lautstärke auf.

»Und heute Abend wurde der Abgeordnete für den Wahlkreis Hendon, Alistair Bromwyn, nach den Anschuldigungen eines dreizehnjährigen Mädchens wegen eines schweren Sexualdelikts verhaftet.

Der Abgeordnete der Konservativen wurde halb eins mittags in seinem Haus verhaftet und auf die Polizeiwache hinter mir gebracht, wo er viele Stunden lang befragt und dann auf Kaution freigelassen wurde.

Der neunundfünfzigjährige Bromwyn nahm sich nach Verlassen der Wache Zeit, um mit den Reportern zu sprechen, wobei er die Anschuldigungen vehement abstritt und seine Unschuld betonte. Als er gefragt wurde, ob er uns Details zu den vorgetragenen Anschuldigungen nennen könnte, erklärte er: ›Im Augenblick nicht. Ich kann allerdings sagen, dass sie völlig falsch und unbegründet sind. Meine Anwälte und ich tun alles, was wir können, um kategorisch und schlüssig aufzuzeigen, dass sie keinesfalls der Wahrheit entsprechen.‹

Bromwyn ergänzte noch: ›Jeder, der mich kennt, wird zweifellos wissen, dass diese Anschuldigungen völlig aus der Luft gegriffen sind. Das Ganze ist äußerst unangenehm für mich, meine Familie und meine Wähler. Es ist nichts weiter als eine Hetzkampagne, um meinen Ruf zu ruinieren.‹

Ein Sprecher der Polizei sagte, dass die Ermittlungen noch andauern …«

»Verflucht.« Das Handy fühlte sich schwer in meiner Hand an.

»Das können Sie laut sagen.«

»Glauben Sie das?«

»Keine Sekunde. Ich kenne ihn. Er gehört zu den Guten. Das ist eine Hexenjagd, ein übler Verriss, einfach nur, um das zu diskreditieren, was er hätte sagen wollen. Sie wollten ihn zum Schweigen bringen, bevor er ihre Namen nennen kann. Ich weiß nicht, wo sie dieses Mädchen aufgetrieben haben, aber wenn Alistair in eine Anklage wegen sexuellen Missbrauchs verwickelt ist, kann er jetzt auf keinen Fall mehr seine parlamentarische Immunität nutzen, um irgendjemanden beim Namen zu nennen. Erstens wird ihm niemand glauben und außerdem wird er sowieso gezwungen werden, als Abgeordneter zurückzutreten, wenn die mit ihm fertig sind. Und falls es der Staatsanwaltschaft gelingt, eine Jury von seiner Schuld zu überzeugen, hat er außerdem eine Gefängnisstrafe zu befürchten.«

Am ganzen Körper zitternd sank ich zu Boden. »Ich glaube es auch nicht.« Ich stellte mir vor, was mit Alistair passieren würde, falls er verurteilt werden sollte. Ein plötzlicher Herzinfarkt oder ein Selbstmord im Gefängnis? Ein Angriff durch einen Mithäftling? Das war das wahrscheinlichste Szenario. Ob tot oder lebendig, Alistair war zum Schweigen gebracht worden.

»Außerdem hatte ich heute Besuch von jemandem, der behauptet hat, Polizeibeamter zu sein. Er ist von der tief verwurzelten Vertuschung, die vor sich geht, angewidert. Ihm wurde mitgeteilt, dass es niemals Ermittlungen zu dieser Angelegenheit geben würde. Er hat mir berichtet, die Anweisung, sämtliche Untersuchungen auszusetzen, sei von einem vorgesetzten Offizier erteilt worden, der sie darauf eingeschworen habe, dass die nationale Sicherheit gefährdet wäre, wenn die Angelegenheit ans Licht käme. Er kann sich nicht offiziell äußern, weil ihm mit dem Official Secrets Act gedroht worden ist. Falls er über das auspackt, was er in Alistairs Dossier gesehen hat, verliert er seinen Job und er wird strafrechtlich verfolgt – und möglicherweise noch Schlimmeres.«

Ich dachte an die Botschaft des Mannes, der mich angerempelt hatte. An die anonyme Textnachricht.

Ich habe Sie gewarnt, vorsichtig zu sein!

War das derselbe Mann gewesen?

Ich kaute so stark auf meiner Unterlippe, dass sie zu bluten begann. »Die wissen von mir. Und jetzt vielleicht auch von Mitchell. In all der Zeit, in der sie eigentlich hätten ermitteln sollen, haben sie vermutlich ihren Angriff geplant.«

»Ich sage das ja wirklich nur ungern, aber über die offiziellen Kanäle wird nichts enthüllt werden. Sie sind einfach zu mächtig, zu unantastbar. Sie werden niemals die Wahrheit und Gerechtigkeit erfahren, die Sie wollen. Stattdessen sollten Sie

Ihre Energie darauf konzentrieren, einen Weg zu finden, das Ganze selbst zu enthüllen. Bevor es zu spät ist.«

Es war bereits zu spät. Gerechtigkeit war ein Irrglauben. Das Gesetz schützte die Unschuldigen nicht.

Aber ich hatte das begonnen und ich würde es verdammt noch mal auch zu Ende bringen.

Zum wiederholten Male schaute ich auf die Uhr.

Es war 18.16 Uhr und noch immer kein Anruf von Mitchell.

Ich musste los und die Beweise holen, bevor Lee erschien. Bevor noch jemand deswegen umgebracht werden konnte. Ich hatte gerade noch genug Zeit, um nach St Albans und zurück zu fahren, bevor er herkam.

Mein Auto stand in Mitchells Garage, wo ich es abgestellt hatte, nachdem ich ihm in der Nacht, in der in mein Haus eingebrochen worden war, zu seinem Haus gefolgt war.

Ich nahm meine Handtasche von der Küchentheke und fegte mit der Ecke Mitchells Portemonnaie zu Boden. Das Portemonnaie schlitterte gegen den Kühlschrankrand und öffnete sich.

Und da sah ich es.

Kapitel 47

Ich zog das kleine Foto aus dem durchsichtigen Plastikschlitz im Portemonnaie und die Welt um mich herum drehte sich.

Er war ein wunderschöner Junge. Braun gelockte Haare, blaue Augen und ein rundes Gesicht wie das von Mitchell. Mit einem Zahnlückenlächeln und einem großen roten Ballon in der Hand blickte er in die Kamera.

Alex. Und ich hatte ihn schon einmal gesehen.

Das andere Foto von ihm blitzte vor meinem inneren Auge auf, als wäre die Kamera direkt in meinem Gehirn.

Alex auf dem Boden in 10 Crompton Place. Nackt. Der Kopf zur Seite gerollt, die Augen halb geöffnet, das Gesicht schlaff, als stünde er unter Drogen. Rittlings auf ihm, mit den Händen um seinen Hals, saß Eamonn Colby, der Familienminister.

Alex war der andere anonyme Junge, den Jamie so herzzerreißend in seinem Tagebuch beschrieben hatte. Der Junge, der sadistisch vergewaltigt und vor ihnen allen ermordet worden war.

Ich bekämpfte den Drang, mich heftig zu übergeben. Dafür war keine Zeit. Das musste endlich ein Ende haben.

Ich wollte Mitchell anrufen und ihm erzählen, dass ich wusste, wer Alex ermordet hatte, aber das konnte ich nicht über das Telefon machen. Ich legte das Foto auf die Arbeitsplatte und bezwang das Zittern in meinen Beinen, damit ich mich bewegen konnte.

Es war bereits dunkel, als ich aufbrach. Im Schneckentempo bahnte ich mir einen Weg durch den abendlichen Berufsverkehr und hätte am liebsten jeden angeschrien, mir verflucht noch mal Platz zu machen.

Ich kämpfte damit, das Lenkrad ruhig zu halten, und blickte immer wieder in den Rückspiegel, aber es waren so viele Autos unterwegs, dass es unmöglich war, festzustellen, ob mir jemand folgte.

Als ich endlich die Schnellstraße erreicht hatte, fuhr ich rasant. Sprunghaft. Schlängelte mich zwischen den Fahrzeugen entlang.

Mein Nokia klingelte. Ich nahm es aus dem Ablagefach. Es war Mitchell. »Gott sei Dank! Was ist denn los?« Beim Annehmen des Gesprächs fuhr ich geradewegs auf den Bordstein zu und konnte das Lenkrad mit der Hand, die nicht das Handy hielt, gerade noch rechtzeitig herumreißen.

»Es war ein … Alarm.«

»Was? Ich hab Sie nicht verstanden.«

»Falscher …«

»Falscher Alarm?«

»Ja! Sie … Unterricht geschwänzt.«

»Sie hat den Unterricht geschwänzt? Es geht ihr also gut? Das hat nichts mit unserer Sache zu tun?«

»Nein … dann … Sie?«

»Ich höre Sie nur sehr abgehackt! Das Signal ist wirklich schlecht. Wiederholen Sie das.« Meine Hand umklammerte das Lenkrad so fest, dass sich meine Fingerknöchel gegen die Haut spannten, während ich durch einen Kreisverkehr lenkte.

»… unterwegs? Wo … Sie?«

»Ich bin unterwegs, um die Beweise zu holen. Ich konnte einfach nicht mehr warten. Die haben Alistair mundtot gemacht!«

»… nötig … eine … Kopie!«

»Wie bitte?«

»… nicht …«

Ein statisches Knacken erklang in meinem Ohr. »Ich verstehe Sie nicht. Hören Sie, ich bin in ungefähr einer Stunde zurück. Und es gibt noch etwas, das Sie wissen müssen und das ist … o Gott, Mitchell.« Ich hatte das nicht über das Telefon machen wollen, aber irgendwie platzte es einfach aus mir heraus. »Ich habe Ihr Foto von Alex gefunden und … Sie haben sich nicht alle Fotos aus Jamies Kästchen angeschaut, oder? Und Sie haben auch nicht das Tagebuch gelesen, in dem er den anderen Jungen beschrieben hat, der ermordet wurde. Die waren es. Dieselben Leute. Unter den Fotos, die Jamie von Dave hatte, war auch ein Foto von Alex in Crompton Place. Sie haben Alex ebenso getötet wie Moses. Sie haben ihn umgebracht und seine Leiche beseitigt.«

Ich hörte ein ersticktes Röcheln in der Leitung. »… Alex? … Witze? … sicher?«

»Ja, ich bin mir sicher. Ich kann es Ihnen zeigen, wenn ich mit unseren Kopien zurückkomme. Es tut mir so leid. So schrecklich leid.«

»… jetzt!«

»Was? Ich verstehe Sie nicht.«

»… hier … brauchen … Beweise.«

»Ich weiß, dass wir sie brauchen! Ich bin fast schon da.« Ich nahm die Ausfahrt auf eine Landstraße und erblickte plötzlich einen Streifenwagen in meinem Rückspiegel.

»Verflucht! Ich hab die Polizei hinter mir.«

»… Nummernschild … Markierung … von … Straße!«

»Wie bitte?«

»Ihr … Nummernschild … Markierung …«

Das Nummernschild! Na klar. Warum hatte ich daran nicht gedacht? Die hatten vermutlich eine Markierung oder einen Alarm in ihren Datenbanken, um mich zu finden. Wenn die Polizei das Nummernschild überprüfte, würden sie mich anhalten.

Und wenn sie mich anhielten, würden sie mich verhaften.

Und wenn ich verhaftet wurde, wie lange würde es wohl dauern, bis ich in der Untersuchungshaft einen Unfall hatte?

»… sie … aufhalten …«

»Ich kann Sie nicht hören!«, kreischte ich. Panik durchzuckte mich, während ich gleichzeitig versuchte, vernünftig zu fahren.

Der Streifenwagen war drei Autos hinter mir. Ich warf das Handy auf den Beifahrersitz, umklammerte das Lenkrad mit beiden Händen und mein Blick wanderte manisch von der Frontscheibe zu den Spiegeln und zurück.

Vor mir kam eine Ampelkreuzung in Sicht. Die Ampel war grün.

Der Streifenwagen kam näher.

»Verschwinde! Verschwinde!«, murmelte ich vor mich hin.

Ich beschleunigte in Richtung der Ampel.

Und dann blinkte ihr Blaulicht und ihre Sirene ertönte.

Ich umklammerte das Lenkrad und fragte mich, ob ich ihnen davonfahren könnte. Wie sollte ich in der geschlossenen Ortschaft verschwinden können? Ich würde auf keinen Fall für sie links ranfahren.

Sie kamen hinter mir immer näher.

Ich hielt den Blick auf den Rückspiegel gerichtet …

Und sah, wie der Streifenwagen plötzlich an mir vorbeizog und über die Ampelkreuzung brauste. Sah zu, wie die blauen blinkenden Lichter in der Luft tanzten und in der Nacht verschwanden.

Kapitel 48

Ich nahm die ruhigen Seitenstraßen zur Kirche, wobei ich die ganze Zeit nach weiteren Streifenwagen Ausschau hielt. Auch wenn sie nicht hinter mir her gewesen waren, durfte ich kein Risiko eingehen.

Als ich den Wagen endlich in der ruhigen Anwohnerstraße gegenüber der Kirche geparkt hatte, atmete ich so schwer, dass ich glaubte, gleich in Ohnmacht fallen zu müssen.

Ich holte mein Handy vom Beifahrersitz, nachdem mir eingefallen war, dass ich gar nicht aufgelegt hatte. Ich blickte auf den Bildschirm, aber die Verbindung zu Mitchell musste abgebrochen sein. Ich schaltete es stumm, steckte es in meine Jeanstasche und stieg vorsichtig aus dem Wagen, wobei ich mich umschaute, ob irgendwo in der Nähe jemand lauerte.

Hinter den Vorhängen in einigen Häusern leuchtete warmes Licht. Der Geruch nach Holzrauch drang aus einem der Schornsteine. Weiter vorn in der Straße kämpften zwei Katzen lautstark miteinander.

Das Kirchengelände war von keinem Tor umgeben, also marschierte ich den Pfad entlang, vorbei an dem verlassenen Gebäude, bis nach hinten zum Friedhof. In der Ferne hörte ich einen Hubschrauber in der Luft. War das ein Polizeihubschrauber? Nach wem suchten die?

Es war Neumond. Eine dünne weiße Sichel hing am schwarzen Himmel und warf kein Licht. Ich prüfte den dunklen Fleck aus Bäumen an den Grenzzäunen und die Schatten vor mir, immer in Erwartung, dass sich jemand auf mich stürzen würde.

Rechts von mir erklang der Schrei einer Eule und ich zuckte zusammen.

Als ich mich Jamies Grab näherte, schaltete ich die kleine Taschenlampe an, die ich in meiner Handtasche mit mir führte. Vielleicht war es makaber, aber meine Kopien der Fotos und des Videos waren auf dem USB-Stick in einem hohlen Plastikstein, in dem Leute oft ihre Extra-Hausschlüssel in ihrem Garten aufbewahrten, vergraben unter der Erde vor seinem Grabstein. Das hier war der einzige Ort, von dem ich mir sicher war, dass sie hier niemals suchen würden.

Ich sank auf die Knie; die kalte, feuchte Erde drang durch meine Jeans. Ich nahm die Taschenlampe in den Mund und hielt sie auf den Boden gerichtet, dann grub ich mit meinen Fingern.

In dem Augenblick überkam mich eine Erinnerung. Sie ließ mich kurz erstarren. Jamie und ich an meinem Geburtstag, bei einem romantischen Abendessen in einem Jamie-Oliver-Restaurant, in dem ich schon immer mal hatte essen wollen. Das Ganze war eine Überraschung für mich gewesen und wir waren leicht trunken von Wein und Liebe. Ich hatte ihm eine dieser dummen hypothetischen Fragen gestellt: *Welche drei Dinge würdest du auf eine einsame Insel mitnehmen?* Er hatte lange darüber nachgedacht. Ich hatte etwas Witziges oder Tiefgründiges erwartet, aber schließlich antwortete er lediglich: *Dich, dich und dich. Ich brauche nichts anderes.*

In dem Moment dröhnten die Rotoren eines Hubschraubers in der Luft, kamen näher und holten mich zurück in die Gegenwart. Durch meinen Tränenschleier grub ich weiter.

Das Nokia in meiner Tasche vibrierte. Ich ignorierte es, schlang die Finger um den Stein und zog ihn heraus, drehte ihn um und zog den Boden ab. Ich nahm den USB-Stick aus der versiegelten Tüte darin und steckte ihn in meine andere Tasche. Rasch vergrub ich den Stein wieder und glättete die Erde, bis sie genauso aussah wie vorher. Danach streute ich zur Sicherheit noch ein paar Blätter und Zweige darüber.

Ein weiteres Geräusch erklang im Dunkeln. Bewegung. Rascheln.

Ich ließ den Kopf herumschnellen. Da war niemand.

Der Wind. Es ist nur der Wind.

Ich rannte zurück zum Eingang, um das Gebäude herum, auf das Auto zu und blickte die fast schon zu ruhige Straße auf und ab.

Wieder summte mein Handy, während ich mich gerade hinter das Steuer des Jeeps setzte und den Motor startete. Ich zog das Handy aus meiner Tasche und ging ran.

»Mitchell, unsere Verbindung war unterbrochen. Geht's Ihnen gut? Es tut mir so leid, dass ich Ihnen das von Alex erzählen musste.«

»Ich hab mir die Fotos angeschaut. Ich hab Alex gesehen!«, schrie er durch den Hörer. »Diese verfickten Perversen haben meinen Jungen ermordet. Sie waren es.« Ich hörte die Tränen, die Verzweiflung und den unbändigen Hass in seiner Stimme. »Er war sieben Jahre alt! Sieben Jahre und hat nie jemandem etwas getan! Er hat das nicht verdient. Das hat er nicht.« Die Leitung war jetzt klarer. Ich stellte das Handy auf Lautsprecher und legte es in die Ablagebox, während ich fuhr.

»Ich weiß. Es ist herzzerreißend«, sagte ich sanft. Tränen schossen mir in die Augen. Tränen, die mir einen Augenblick die Sicht nahmen, sodass ich nicht sofort bemerkte, wie hinter mir ein schwarzer Van auftauchte.

Mitchell schniefte. »Wo sind Sie? Geht's Ihnen gut?« Ich stellte mir vor, wie sein Kiefer verkrampft war, er sich mit einer Hand über den Kopf fuhr und versuchte, sich zusammenzureißen.

»Ja, ich hab den USB-Stick und verlasse St Albans gerade. Ich bin bald da.« Anstatt wieder durchs Stadtzentrum zu fahren, beschloss ich, mich durch die kleineren Seitenstraßen zu schlängeln.

»Sie hätten nicht extra hinfahren müssen! Ich hatte selbst auch Kopien.«

»Was? Wie denn das?«

»Als wir die Sachen kopiert haben, wurden automatisch Kopien von allem auf meiner Festplatte gespeichert. Ich habe sie heruntergeladen und versteckt, damit wir noch ein zweites Back-up haben.«

»Warum haben Sie mir das nicht erzählt?« Ich wartete darauf, dass ein Mini eine Kreuzung überquerte, und bog in eine ruhige Straße ein.

»Das spielt doch jetzt keine Rolle«, erwiderte er ungeduldig. Wütend.

Ich spähte in den Rückspiegel, während ich durch einen Kreisverkehr fuhr. Da wurde mir mein Fehler bewusst. »Ich bin gerade unterwegs in Richtung North Orbital Road. Ich glaube, ich werde verfolgt. Ein schwarzer Van ist ungefähr vier Wagenlängen hinter mir.«

»Verdammt. Okay … okay, bleiben Sie dran. Ich sehe auf Google Maps nach und versuche, einen Weg zu finden, auf dem Sie die abschütteln können.«

Mit den schwitzenden Händen am Lenkrad beschleunigte ich. Mein Herz flatterte in der Brust.

Der Van beschleunigte ebenfalls.

»Okay, wenn Sie zum Kreisverkehr der North Orbital Road kommen, fahren Sie nicht geradeaus, wie die es vermutlich erwarten, sondern nehmen Sie den Abzweig zur A414. Versuchen Sie, erst im letztmöglichen Moment nach rechts abzubiegen, ohne zu stark abzubremsen und ihren nächsten Zug zu verraten. Dann arbeite ich den weiteren Weg aus.«

Ich beugte mich vor, meine Schultern völlig verkrampft. Da vorn war der Kreisverkehr. »Ich komme jetzt hin.«

Fünf.

Vier.

Drei.

Zwei.

Eins.

Während ich meinen Fuß vom Gaspedal nahm und etwas langsamer auf dem Kreisverkehr wurde, lenkte ich nach rechts.

Aber nichts passierte. Der Jeep reagierte nicht, er fuhr geradewegs durch den Kreisverkehr auf die zweispurige Schnellstraße der North Orbital Road.

Was?

Ich nahm meinen Fuß vom Gaspedal.

Der Jeep wurde nicht langsamer.

Ich drehte das Lenkrad leicht nach links und rechts. Die Reifen folgten nicht. Sie fuhren einfach geradeaus weiter.

Ich trat auf die Bremse. Noch immer wurde der Wagen nicht langsamer.

»Was ist los?«, fragte Mitchell. »Sind Sie abgebogen?«

»Nein! Irgendetwas stimmt mit dem Jeep nicht. Er will nicht …« Ich versuchte wieder zu bremsen. Nichts. Der Jeep fuhr stetig seine 110 km/h. Es gab keinen Seitenstreifen, aber ich versuchte, ihn in Richtung des schmalen Rands links zu lenken, doch noch immer reagierte das Lenkrad nicht. »Ich weiß nicht, was los ist. Ich habe keine Kontrolle über den Wagen. Es ist … Es ist, als würde er von selbst fahren!« Ich sah wieder in den Rückspiegel. Der schwarze Van war noch immer hinter mir.

Tränen stiegen mir in die Augen, als das Dröhnen der Reifen auf dem Asphalt bis in meinen Knochen widerhallte.

»Was meinen Sie damit, Sie haben keine Kontrolle über ihn?«

Wieder drehte ich das Lenkrad, versuchte, auf die Außenspur zu wechseln.

Nichts passierte.

Ich drehte es bis zum Anschlag.

Nichts passierte.

Trat fest mit dem Fuß auf die Bremse.

Nichts.

Zog die Handbremse.

Immer noch nichts.

Der Jeep sauste mit hohem Tempo durch den nächsten freien Kreisverkehr.

Nur, dass nicht ich ihn fuhr.

Panik überkam mich mit aller Macht. Meine Gliedmaßen erstarrten und in meinem Magen drehte sich alles, als wäre ich auf See in einem gefährlichen Sturm gefangen. »Die Bremsen funktionieren nicht. Auch nicht das Lenkrad oder das Gaspedal! Und der schwarze Van ist jetzt dicht hinter mir.«

»Wie bitte?«

»Soll ich den Motor ausschalten?« Meine Augen wanderten zum Knopf auf der Konsole.

»Lassen Sie mich kurz nachdenken! Wenn Sie den Motor ausschalten, verlieren Sie vielleicht völlig die Kontrolle.«

Der Jeep wurde etwas langsamer, als ich mich einem Ford Focus näherte, der 100 km/h auf der langsamen Fahrspur fuhr.

Erleichterung durchfuhr mich. Vielleicht war das nur irgendeine seltsame elektronische Fehlfunktion, die sich gerade von selbst behob. »Der Wagen wird langsamer.« Ich trat wieder auf die Bremse, aber der Jeep reagierte auch weiterhin nicht. Stattdessen schwenkte er auf die Überholspur, ohne dass ich irgendetwas berührt hatte, und beschleunigte wieder auf 120 km/h. »Jetzt wird er wieder schneller. Mitchell, was kann ich tun? Was passiert hier gerade?«

»Ich vermute, die haben Ihr Fahrzeug aus der Ferne übernommen und steuern es selbst.«

»Wie ist das überhaupt möglich?«

»Ich weiß es auch nicht, aber ich schätze, die haben sich irgendwie in Ihr elektronisches System gehackt.«

Ich schaute zum Van hinter mir. Der Fahrer und Beifahrer waren verschwommen und nicht zu erkennen.

Vor mir war nicht viel Verkehr und der Jeep schwenkte wieder auf die rechte Spur und erhöhte langsam das Tempo.

Ich studierte die Straße vor mir. Sie war hier völlig gerade. Wenn ich das Risiko einging und den Zündschalter betätigte, um damit hoffentlich den Motor auszuschalten, konnte ich nur darauf hoffen, dass der Wagen lediglich eine Weile ins Schleudern geraten und dann anhalten würde. Was war das Schlimmste, was passieren konnte? Tja, parallel neben mir verlief eine tiefe Böschung. Hinter der Böschung standen Bäume dicht an dicht. Der Jeep könnte die Kontrolle verlieren, die Böschung hinunterrasen, sich dabei noch überschlagen, möglicherweise in vollem Tempo einen Baum rammen und ich würde mir das Genick brechen.

Panik machte sich in meinen Eingeweiden breit, als der Tacho des Jeeps immer weiter stieg.

115 km/h.

120 km/h.

125 km/h.

Mein Herz pochte im Takt zu einem Rockkonzert zwischen meinen Rippen. »Ich muss irgendetwas tun! Das Auto wird immer schneller. Sagen Sie mir, was ich tun soll! Soll ich den Motor ausschalten und sehen, ob das funktioniert?«

»Ja. Versuchen Sie, ihn auszuschalten!«, schrie Mitchell und die Panik in seiner Stimme entsprach meiner.

130 km/h.

Ich drückte den Zündschalter und …

Keine Reaktion.

133 km/h.

Die Nacht raste an mir vorbei, mein Puls dröhnte in meinen Ohren.

Ich drückte ihn erneut.

137 km/h.

Ich umklammerte das Lenkrad, obwohl es nutzlos war, und schlug immer wieder auf den Schalter ein. Vor mir ging die Straße in eine scharfe Kurve über.

140 km/h.

145 km/h.

Und dann blinkten zwei Wörter auf dem digitalen Display des Armaturenbretts auf.

GUTE FAHRT.

Der Jeep lenkte scharf nach links, weg von der Straße.

Er flog durch die Luft. Schwerelos. Mühelos. Und es schien so, als würde die Welt gleichzeitig langsamer und immer schneller werden.

Leute, die behaupten, ihr Leben würde vor ihren Augen an ihnen vorüberziehen, wenn sie dem Tod ins Auge blicken, liegen falsch. Ich sah nicht mein Leben vor mir. Nur Gedanken blitzten in mir auf, befeuerten wie wahnsinnig jede Synapse der Zellen in meinem Körper.

Vielleicht würden ein paar Leute Fragen stellen. Misstrauisch sein. Aber die würden vermutlich als Verschwörungstheoretiker abgestempelt, durch Rufmord verleugnet oder getötet werden. Mein Tod würde der Welt als Unfall präsentiert werden. Eine müde Frau, die am Steuer eingeschlafen war.

Wenn die doch nur wüssten.

Vielleicht war ich naiv gewesen zu glauben, die Wahrheit könnte jemals ans Licht kommen. Sie war aus zu vielen Gründen eine zu große Bedrohung für zu viele Leute. Und schon bald würde das alles Schnee von gestern sein. Ich schätze, ich hatte von Anfang an gewusst, dass ich nicht gewinnen konnte.

Allerdings gab es da immer noch Mitchell. Von ihm wussten sie nichts, da war ich mir sicher. Er würde sie bloßstellen. Er hatte noch immer die Beweise. Er würde das tun, was ich nicht hatte tun können. Er würde es bis zum Ende durchziehen.

Oder nicht?

Ich verabschiedete mich innerlich von Ava. Von Jackson und meinen Eltern.

Ich traf auf der Böschung auf und der Jeep prallte von ihr ab.

Einmal.

Zweimal.

Durch die Wucht des Aufpralls wurde mein Kopf gegen das Dach geschleudert, gegen das Fenster. Der Wagen überschlug sich. Da waren ein Knirschen und Scheppern und Klirren und Ziehen und ein sengender Schmerz. Ein Zerren und Reißen und Dunkelheit und Schatten. Die Welt stand kopf und blieb nicht an einem Fleck, während der Jeep sich wieder und wieder überschlug.

Und dann mein letzter Gedanke. Bevor sich die Motorhaube in dem riesigen Baum verkeilte, dachte ich noch …

Wenigstens werde ich jetzt Jamie wiedersehen.

Teil 3

Wer einmal lügt …

»Mein Schweigen ist keine Schwäche, sondern der Auftakt zu meiner Rache.« – *Autor unbekannt*

Kapitel 49

Mitchell

Was wäre, wenn Sie jemals herausfänden, wer Alex ermordet hat? Was würden Sie dann tun?

Wieder und wieder erklangen Mayas Worte in meinem Kopf. In jeder Sekunde jedes Tages.

Über die Jahre hatte ich mir vorgestellt, ihnen dieselbe Behandlung zukommen zu lassen. Welcher Vater würde das nicht? Es hatte mich verzehrt, wie ein hungriges, sich windendes Monster, das in meinen Eingeweiden lebte und dessen Zähne und Klauen mich von innen zerrissen. Und jetzt würde das Monster entfesselt werden – eine wilde, wütende Bestie. Es ging hier um das Gleichgewicht. Ein Unrecht wiedergutzumachen. Die Waagschale in Richtung Gut kippen zu lassen, nicht Böse. Ordnung aus dem Chaos entstehen zu lassen. Das Licht in die tiefsten Tiefen der verderbten Dunkelheit zu bringen.

Die Quintessenz war, Kinderschänder und Mörder verdienten es nicht zu leben. Wir sollten die Todesstrafe wiedereinführen.

Was genau das war, was ich vorhatte.

Ich nahm Alex' Foto aus meinem Portemonnaie. Sein unschuldiges, vertrauensseliges Gesicht lächelte mich an. Seine strahlenden Augen mit den kleinen Fältchen in den Winkeln waren so voller Glückseligkeit und Vertrauen auf die Zukunft. Er hätte aufwachsen und ein komplizierter, launischer Teenager werden sollen. Ein entschlossener junger Mann mit Prinzipien. Ein ausgeglichener, erfüllter Erwachsener, der alles hatte, wofür es sich zu leben lohnte. Er hätte mittlerweile selbst Kinder haben können.

Alex. Mein größtes Geschenk. Das Einzige, was ich beinahe richtig gemacht hätte. Und mein größtes Versagen.

Ich war dafür verantwortlich gewesen, ihn zu beschützen. Für seine Sicherheit zu sorgen. Über ihn zu wachen.

Aber ich hatte ihn im Stich gelassen. Genau, wie ich so viele hilflose Menschen im Stich gelassen hatte. Hunderte von Männern, Frauen und Kindern. Auch Jamie und Maya. Ich hatte Alex nicht beschützen können, aber ich hatte geglaubt, ich könnte Maya beschützen. Nicht einmal das konnte ich richtig. An meinen Händen klebte so viel Blut.

Ich war an Massenmorden beteiligt gewesen. Zerfressen von Schuld. Ein Heuchler. Ein Versager. Ein Hochstapler.

So voller Schuld, dass ich in die Hölle gehörte. Und vielleicht würde ich dort auch landen. Letztendlich. Und wenn ich dort ankam, würde ich vielleicht endlich die Geisterstadt in meinem Herzen loswerden und nicht mehr ständig die Schatten hören, die an diesem einsamen Ort meinen Namen riefen.

Aber zuerst musste ich das hier erledigen. Erst kam die Buße. Die Rache. Die Vendetta. Die Bezeichnung war nicht wichtig. Nur ein dünner, manchmal unsichtbarer Strang trennte das alles voneinander.

Ich ließ den Kopf in die Hände sinken und versuchte zu atmen. Ich musste mich konzentrieren. Einen Plan schmieden. Es gab so viele Möglichkeiten. Es würde dauern, sie alle durchzugehen. Mich vorzubereiten. Sicherzustellen, dass alles präzise wie ein Uhrwerk ablief. Keine Ausrutscher. Keine Fehler. Nichts, was auf mich zurückfallen könnte.

Aber das war sowieso das Einzige, was ich noch hatte. Zeit.

Ich setzte mich aufrecht hin. Schlug mir selbst auf die Wangen. Schüttelte mich wie ein Tier, das Wasser aus seinem Pelz schüttelte.

Konzentrier dich.

Wieder wanderte mein Blick zu dem Zeitungsartikel …

Frau versucht, sich selbst umzubringen, nachdem ihr Freund Selbstmord begangen hat

Letzte Nacht wurde der Notarzt nach einem vermutlich tragischen Selbstmordversuch zur North Orbital Road in St Albans gerufen.

Laut mehrerer Augenzeugen fuhr Maya Morgan, 37, sehr unstet und schien ihren Jeep Cherokee dann absichtlich von der Hauptstraße abzubringen, wobei der Wagen eine Böschung herunterstürzte und in einem baumgesäumten Gebiet landete. Eine Zeugin, die im Fahrzeug hinter Ms Morgan fuhr, stoppte am Ort des Geschehens, zog die bewusstlose Frau aus dem Jeep und alarmierte den Notarzt, die Feuerwehr und die Polizei. Andere Fahrzeuge waren nicht betroffen.

Ms Morgans Schwester Ava Potter meinte dazu: »Maya hatte schwer mit dem Selbstmord ihres Freundes Jamie vor neun Monaten zu kämpfen.« Mrs Potter beschrieb Ms Morgan als depressiv, gedankenverloren und nicht willens, sich Hilfe zu besorgen. Ms Morgan war seit dem Tod ihres Freundes geheimniskrämerisch geworden und hatte sich von ihrer Schwester distanziert. Mrs Potter glaubt, ihre Schwester hätte schon länger über einen Selbstmord nachgedacht. »Unsere gesamte Familie ist natürlich am Boden zerstört«, ergänzte Mrs Potter. Ms Morgan erlitt mehrere Knochenbrüche und schwere innere Verletzungen und liegt im

Augenblick im Koma. Ms Morgans behandelnde Ärzte beschreiben ihren Zustand als kritisch.

Lee hatte mir erklärt, dass es möglich war, sich in ihren Jeep zu hacken. Die hatten einen Code in ihr elektronisches System eingeschleust und es ferngesteuert. Sie hatte keine Chance gehabt.

Ich hatte ein paar große Gefallen eingefordert und ließ Maya von ein paar guten Leuten, denen ich vertraute, rund um die Uhr bewachen. Lee hatte eine versteckte Kamera in ihrem Krankenzimmer platziert, wo es uns unmöglich war, sie direkt zu schützen. Es war lediglich eine Vorsichtsmaßnahme, denn ich glaubte nicht, dass sie noch einmal einen Mordanschlag verüben würden, es sei denn, Maya würde aufwachen. Im Augenblick würden sie sie leiden lassen, gefangen in ihrem eigenen lädierten Körper. Gleichzeitig tot und lebendig. Sie hatten mit Sicherheit schon herausgefunden, dass die Ärzte nicht sonderlich optimistisch waren, dass sie je wieder aus dem Koma erwachen würde. Aber ich wusste, dass sie stärker war. Sie war eine Kämpferin. Sie würde das durchstehen. Das musste sie. Und wenn sie das tat, würde die Person, die diesen Anschlag angeordnet hatte, tot sein, und alles wäre vorbei.

Angeblich war es gut für Komapatienten, wenn man mit ihnen redete, und ich verbrachte so viel Zeit wie möglich bei ihr, las ihr vor, redete, spielte Musik ab. Bisher hatte ich keine Reaktion erhalten. Ich hatte mich Ava und ihren Eltern als einen alten Freund von Jamie vorgestellt. Jedes Mal, wenn sie kamen, um Maya zu besuchen, unterhielten wir uns kurz höflich und ich ließ sie dann allein. Sie waren dankbar, dass ich da war, wenn sie es nicht sein konnten, um zu versuchen, Maya zu motivieren. Eines Tages, wenn das alles vorbei war, konnte Maya ihrer Familie vielleicht erzählen, wer ich wirklich war.

Zwischen meinen Besuchen bei Maya perfektionierte ich die kleinen Details in meinem Kopf. Die Jäger würden zu den Gejagten werden. Aus Plan B war jetzt Plan C geworden.

Die dreckigen Bastarde, die hinter all dem steckten, wussten noch immer nichts von mir. Sie wussten nicht, dass ich kam, um sie zu holen. Sie glaubten, sie wären jetzt sicher. Glaubten, sie hätten jeden zum Schweigen gebracht, der die Wahrheit wusste.

Selbstmord. Unfall. Natürliche Ursachen. Es gab so viele Möglichkeiten, es zu bewerkstelligen. Und die waren nicht die Einzigen, die mit einer Lüge durchkommen konnten.

Seitdem ich wusste, wer meinem Sohn wirklich das Leben genommen hatte, war es für mich damit vorbei, Gerechtigkeit und Wahrheit einzufordern. Jetzt ging es nur noch um das notwendige Ende. Jetzt ging es um Rache. Es war persönlich.

Selbstjustiz oder reine Schutzmaßnahme? Wer wusste das schon?

Wenn die Gerechtigkeit über das Rechtssystem nicht erreicht werden konnte, oblag es meiner Verantwortung, Richter und Geschworener gleichzeitig zu sein. Ich konnte die Welt retten, einen Menschen nach dem anderen.

Es gab eine Zeit, Regeln und Befehlen zu folgen. Eine Zeit, um die Ecke zu denken und den Mist zu hinterfragen. Eine Zeit, aufzuwachen und etwas zu unternehmen.

Und dann gab es eine Zeit, um zu töten.

Es wurde Zeit, meinen eigenen Krieg zu beginnen.

Kapitel 50

Geoff Barker – Heimleiter von Crossfield – TOT
Howard Sebastian – Richter am Obersten Gerichtshof – TOT
Colin Reed – Chief Constable der Bedfordshire Police – TOT
Ted Byron – Kinderheimkontrolleur – TOT
Keith Scholes – Stellvertretender Leiter von Crossfield
Eamonn Colby – Familienminister
Douglas Talbot – Verteidigungsminister
Felix Barron – Besitzer der Barron Private Banking Group etc.
Maskierter Mann im Verlies in 10 Crompton Place?

Vier tot, noch fünf übrig. Ene, mene, muh.

Ich beschloss, mich als Erstes Keith Scholes zu widmen. Das hatte mehrere Gründe, der Hauptpunkt war aber, dass er das schwächste Glied war, das einfachste und niederste Ziel. Ich wollte von unten anfangen und so viele wie möglich ausschalten, bevor ihre Alarmglocken zu läuten begannen.

Er hatte sich in einem kleinen Haus in einer ruhigen Straße zur Ruhe gesetzt, die an den Epping Forest grenzte. Wie praktisch, wirklich. Die nächstgelegenen Häuser befanden sich einen Kilometer entfernt in einem winzigen Dorf und die Bewohner würden nichts hören.

Ich errichtete einen kleinen versteckten Beobachtungsposten auf der Rückseite von Scholes' Haus. Eine dichte Dornenhecke verlief am unteren Rand des Zauns seines fünfundzwanzig Meter langen Gartens, in den ich mich über die Rückseite der Hecke hineingegraben hatte. Als Erstes hatte ich sichergestellt, dass ich eine gute Sicht auf das Haus hatte. Sobald ich damit zufrieden war, baute ich das Versteck. Mithilfe einer Gartenschere höhlte ich einen kleinen Raum aus, nutzte etwas Maschendraht, um die Dornen und Nesseln in Position zu halten, und deckte das Ganze anschließend mit einem kleinen Tarnnetz ab. Zuletzt legte ich zur Dämmung eine grüne Schaumstoffmatte aus, schon war der Beobachtungsposten fertig. In meinem Tagesrucksack hatte ich die Gerätschaften, die ich für die Observation des Ziels benötigte – ein gutes Fernglas, ein Zielfernrohr auf einem kleinen Stativ, eine hochwertige AN/PSV-7-Nachtsichtbrille, US-Ausgabe – ein weiteres illegales Souvenir aus meinen Tagen im aktiven Dienst –, und ein kleines Diktiergerät, um Zeiten und alles in Bezug auf seine Routine zu notieren, das merkenswert war.

Für weitere Routineangelegenheiten im Versteck hatte ich ein paar Sandwiches und eine Thermoskanne Tee dabei. Des Weiteren hatte ich eine leere Zweiliterflasche mit, in die ich pinkeln konnte, und ein paar Feuchttücher, Klarsichtfolie und Plastiktüten für alles andere, denn sobald ich erst mal im Versteck war, wollte ich mich nicht mehr bewegen als nötig. So still wie möglich zu liegen und ruhig zu bleiben, reduzierte die Gefahr einer Entdeckung, ob nun durch das Ziel oder etwaige Spaziergänger. Ich würde alles wieder mitnehmen, wenn ich nach einer Schicht ging. Auch den geschäftlichen Teil meiner Ausrüstung, meine Glock 19, hatte ich dabei, sicher im Steckholster an meiner Hüfte verwahrt, ebenso eine doppelte Magazinbox mit zwei weiteren Sechzehner-Magazinen, wodurch ich insgesamt achtundvierzig Schuss hatte. Mein ausfahrbarer

Schlagstock steckte in einer kleinen Tasche an meinem Gürtel. In meinem Rucksack hatte ich außerdem noch eine große Rolle schwarzes Abdeckband, zwölf stabile Handfesseln, extra haltbare Latexhandschuhe, eine Taschenlampe mit IR-Filter und ein paar Beruhigungsmittel, nur für den Fall. Um die Kälte und den Regen abzuhalten, trug ich einen einteiligen Goretex-Scharfschützenanzug in Tarnfarbe mit abnehmbarer Kapuze. Darin eingehüllt war ich sowohl vor den Elementen geschützt als auch weitgehend getarnt.

Auf der Hinterseite von Scholes' Haus befand sich eine kleine Küche mit einem Bogengang, der in ein Wohnzimmer im vorderen Hausbereich führte, daneben eine Toilette. Oben waren vorn ein kleines Bad und ein Gästezimmer untergebracht. Das hintere Schlafzimmer mit Blick auf den Garten wurde von Scholes genutzt. Er hatte eine Garage am Haus, durch die eine Tür direkt in die Küche führte.

Innerhalb der nächsten Wochen erfuhr ich so einige Dinge, die es mir ermöglichten, einen taktischen Plan in meinem Kopf auszuarbeiten und mich mit seiner Routine vertraut zu machen. Scholes stand jeden Morgen zwischen sieben und acht auf. Nach einer Tasse Tee verließ er das Haus und ging zu einem kleinen Laden direkt neben dem nächstgelegenen Haus. Eine Zeitung später wanderte er zurück und frühstückte. Meistens zwei Scheiben Toast. Manchmal Müsli. Danach verließ er das Haus wieder in seinem klassischen alten Ford Cortina, den er in der Garage parkte, wenn er ihn nicht benutzte. Nachdem ich beobachtet hatte, welche Richtung er immer zu nehmen schien, folgte ich ihm unauffällig in einem alten, abgenutzten VW Golf, den ich für fünfhundert Pfund gekauft und nicht registriert hatte. Ein kleiner Preis. Scholes fuhr regelmäßig zu einem acht Kilometer entfernten Park. Ein Park, in dessen Mitte ein großer Teich lag, in dem es viele Enten gab.

Scholes spazierte im Uhrzeigersinn um den Teich, eine Tüte Vogelfutter in der Hand. Er setzte sich auf die dritte Bank, an der er vorbeikam, öffnete die Tüte und verstreute die Körner für die Enten. Aber Scholes war kein Vogelfreund. Das sah ich daran, wie er jedes Mal zusammenzuckte, wenn die Enten seinen Füßen zu nahe kamen, und wie sich seine Lippen angewidert verzogen. Nein, Scholes war nicht wegen der Enten hier. Sein Blick war fest auf den Kinderspielplatz in der Nähe des großen Kiesparkplatzes gerichtet, direkt in Sichtlinie von seiner Bank. Er beobachtete das Treiben mit aus seinen feuchten Lippen herausragender Zunge, wie ein Reptil, das die Luft prüfte, die Augen erfüllt von einem glasigen Verlangen.

Aber nicht mehr lange, hm, Scholes? Nicht mehr lange.

Üblicherweise verbrachte er ungefähr eine Stunde im Park. Ein längerer Zeitraum würde die Frage aufwerfen, wieso ein alter Mann ohne Vogelfutter im kältesten November seit zwanzig Jahren herumsaß und einen Kinderspielplatz observierte.

Damit ging es für Scholes also wieder heim, wo er den Rest des Morgens mit Lesen in einem durchgesessenen braunen Sessel verbrachte, der an beiden Seiten dunkle Flecken aufwies. Dann ein kleines Mittagessen, wonach er seinen Laptop einschaltete und vermutlich seine Privatsammlung an Kinderpornos genoss, die ich entdeckt hatte, als ich an einem Tag, an dem Scholes unterwegs war, im Haus gewesen war. Alles war sorgfältig hinter anderen auf seinem Gerät gespeicherten Bildern verborgen.

In seinem Apothekerschrank im Bad stand eine halb leere Packung Schlaftabletten, die Scholes verschrieben worden war.

Du hast also Probleme beim Schlafen, ja? Hast du etwa doch ein Gewissen? Bereust etwas?

Es würde nachts passieren, das stand außer Frage. Sobald es gegen halb fünf nachmittags dunkel wurde, zog Scholes die Vorhänge der Fenster vorn zu, die auf die ruhige Landstraße zeigten, aber nicht die hinteren. Wer würde schließlich schon nach Einbruch der Dunkelheit aus dem Wald heraus in sein Haus schauen?

Jeden Abend gegen achtzehn Uhr werkelte er in der Küche herum und machte sich Abendessen. Manchmal Bohnen auf Toast. Manchmal eine Mikrowellenmahlzeit. Nach dem Essen nahm er ein Bad, danach hielt er sich wieder unten auf, um mit einem Glas Whisky, das er mehrfach nachfüllte, weiter in seinem Sessel zu lesen. Später ging er dann ins Bett, vermutlich mit einer Schlaftablette. Ich fragte mich, ob er Albträume hatte.

Ich hoffte es.

Ich wartete, bis Scholes für sein abendliches Bad nach oben verschwand, bevor ich in Aktion trat. *Es geht doch nichts über Sauberkeit vor dem eigenen Selbstmord.* Ein völlig normales Ritual, würde man sagen. Er hatte noch etwas Würde gehabt und wollte nicht schmutzig gefunden werden. Wollte es denen, die ihn fanden, so angenehm wie möglich machen. Auch wenn er ein einsamer Rentner war, der keine Freunde zu haben schien – abgesehen von denen online, in geheimen Chatrooms, die seine abartigen Vorlieben teilten –, dachte er bis zum Ende an die anderen.

Gott segne ihn.

Der Mann in dem kleinen Laden und sein nächster Nachbar würden sagen, dass er nur ein netter alter Mann gewesen sei, der immer für sich blieb und wohl einfach nicht mehr zurechtgekommen war.

Ich überprüfte die Plastik-Schuhüberzieher auf meinen Stiefeln mit Stahlkappe. Ballte und lockerte meine Hände, über die ich Latexhandschuhe gezogen hatte. Richtete die Maske, die ich trug, einen Millimeter nach rechts aus.

Meine Glock fühlte sich gut in meiner Hand an, als ich die Deckung des Waldes verließ. Es war Neumond und das wenige Mondlicht, das normalerweise scheinen würde, war hinter einem dichten Wolkenband verborgen.

Sogar die Wettergötter waren auf meiner Seite. Der Seite der Gerechtigkeit. Es war eine Botschaft, ein Zeichen. Natürlich war es das.

Ich kletterte über den einen Meter hohen Zaun direkt hinter der Hecke und meinem Versteck, meine Augen prüfend in das Dunkel gerichtet, meine Ohren aufmerksam auf jedes Geräusch lauschend.

Nichts. Stille.

Die Hintertür, die in die Küche führte, war versperrt, aber es war lediglich eine alte, einfach verglaste Holztür mit einem nutzlosen Schloss. Ich brauchte ungefähr dreißig Sekunden, um hineinzukommen. Oben lief das Radio. Ich hörte das Platschen von Wasser, als sich Scholes in die Wanne sinken ließ, und schloss die Tür langsam hinter mir. Es gab kein Quietschen, kein Knarzen von Holz, das mich verraten könnte.

Wie schon gesagt, ein Zeichen. Oder vielleicht die Tatsache, dass ich gestern im Haus gewesen war, um das zu verstecken, was ich brauchen würde, und die Scharniere mit etwas Öl geschmiert hatte. Vaseline war schon eine wunderbare Erfindung. Ich hatte genug Zeit gehabt, mich mit dem Aufbau des Hauses vertraut zu machen und nach sämtlichen Zeichen Ausschau zu halten, die mich verraten könnten, bevor ich bereit war.

Ich setzte mich in Scholes' Sessel, die Glock wie einen alten Freund in meiner rechten Hand, die auf meinem Knie ruhte. Meine linke Hand lag locker auf meinem linken Oberschenkel.

Und so wartete ich.

Kapitel 51

Scholes kam mit gesenktem Kopf ins Wohnzimmer geschlurft und zupfte an einem Fussel auf seiner Strickjacke. Das Alter war ihm nicht bekommen. Sein einst schwarzes Haar war jetzt grau und dünn. Sein Gesicht war schlaff und überzogen von den Adern eines Trinkers.

Er war schon halb im Zimmer, bevor er aufsah. Er entdeckte mich. Erstarrte.

Seine Augen weiteten sich. Seine Lippen öffneten sich.

Solch eine Wirkung hatte eine Waffe auf Menschen.

Ich richtete die Glock auf seinen Oberkörper. Ich hätte auch auf seinen Kopf zielen können. Der Gedanke, diesem sadistischen Scholes ein drittes Auge auf der Stirn zu verpassen, war verführerisch. Aber das hier war kein Tatort. Das war ein Selbstmord. Natürlich wusste Scholes das nicht.

Noch nicht.

»W-Was wollen Sie?«, stammelte Scholes. »Ich habe oben ein paar Pfund. Ungefähr hundert. N-Nehmen Sie das. Ich habe sonst nicht viel.«

Ich lächelte. »Ich habe da ein paar Fragen.« Ich senkte den Arm mit der Waffe, tiefer, immer tiefer. Seine Eier waren von hier perfekt zu treffen. »Wenn Sie die richtigen Antworten geben, lasse ich Sie leben. Wenn nicht …« Ich hielt inne und hob die Augenbrauen. »Schieße ich Ihnen in die Eier. Das wird natürlich ziemlich unangenehm. Viel Blut. Ganz zu schweigen von den Schmerzen. Die pure Agonie, um genau zu sein. Sie könnten verbluten, was eine Weile dauern würde. Oder vielleicht findet Sie vorher jemand, wenn Sie Glück haben. Oder Pech, je nachdem, wie Sie das betrachten. Dann wird eine Menge Wiederherstellungschirurgie erforderlich sein. Fiese Operationen, um den Schaden zu beheben.« Ich nickte in Richtung seiner Leistengegend. Lächelte wieder. »Sie haben die Wahl.«

»Aber … aber ich weiß nicht, was …« Seine Hände zitterten. »Wer sind Sie? Ich weiß gar nichts. Ich bin nur ein Rentner. Ich … ich kann keine Fragen beantworten.«

»Oh, ich denke aber schon.« Ich stand auf, die Glock weiter direkt auf ihn gerichtet. »Wie schon gesagt. Wenn Sie meine Fragen wahrheitsgemäß beantworten, bin ich im Nu wieder weg, und Sie können noch einen schönen Abend vor dem Feuer verbringen und die *Geschichte der O* lesen.«

Verwirrt runzelte er die Stirn. »Woher wissen Sie …«

»Das spielt keine Rolle.« Ich neigte den Kopf. »Also? Bereit für ein kleines Frage-Antwort-Spiel?«

Scholes' Mund öffnete und schloss sich und etwas Luft entwich hörbar daraus.

»Ich nehme mal an, das bedeutet Ja.« Ich neigte den Kopf in Richtung des Bogengangs zur Küche. »Wir gehen in die Garage.«

»W-Warum?« Entsetzen überzog sein Gesicht.

»Werden Sie schon sehen.« Ich stand auf und trat auf ihn zu. »Na los. Je schneller wir das erledigen, desto schneller haben Sie es hinter sich und ich muss Sie nie wiedersehen. Das ist ein Versprechen.«

Er trat einen Schritt zurück und hob die Hände. »Okay, okay, aber bitte … erschießen Sie mich nicht.« Er drehte sich um und schlurfte in seinen blau karierten Hausschuhen voran. »Ich weiß nicht, was ich …«

»Halten Sie die Klappe.« Ich presste die Waffe gegen sein linkes Schulterblatt. Metall auf Stoff auf Haut auf Knochen auf Herz. »Los, in die Garage.«

Zittrig eierte Scholes durch die Küche zur weiß gestrichenen Sperrholztür, die in die Garage führte.

»Öffnen Sie die Tür!«

Er nickte mehrfach, wie einer dieser dämlichen Wackelhunde, die manche Leute auf ihren Armaturenbrettern haben. Er drehte den Schlüssel. Dann zögerte er.

Ich presste die Waffe fester in seinen Rücken.

Als Reaktion drückte Scholes schnell die Tür auf und trat einen Schritt vor.

»Schalten Sie das Licht an!«

Scholes legte den Schalter an der Wand neben der Tür um. Ein gelber Streifen Neonlicht ging an. Die alte Garagentür war aus Holz und öffnete sich nach außen auf seine Einfahrt. Sie war von außen mit einem Riegel und einem Schloss gesichert. Hier würde er nicht rauskommen.

»Ich weiß nicht, was Sie von mir wollen«, jammerte Scholes. »Ich habe nichts.«

»Ich hab Ihnen doch schon gesagt, ich will kein Geld, ich will Antworten.«

Sein Hals zitterte, wodurch er wieder auf und ab nickte. »Aber ich … ich weiß doch nichts.«

Der alte Ford Cortina war inmitten der Garage geparkt, mit gerade noch genug Platz, um um die Türen herumzugehen. An der Wand links vom Eingang zur Küche, in dem wir standen, befand sich eine hüfthohe metallene Werkbank, unter der einiges an Gerümpel lag: Farbtöpfe, Silikonschläuche, alte Vorhänge, zwei zusammengeklappte Liegestühle, Kisten mit Schrott.

»Unter diesem Haufen mit den roten Vorhängen unter der Bank befinden sich eine Rolle Flexschlauch, Klebeband und eine Schere. Außerdem eine Flasche mit Ihrem Lieblingswhisky. Holen Sie das da raus.«

Scholes drehte den Kopf, wollte über seine Schulter in meine Richtung blicken, aber ich stieß ihn mit dem Waffenlauf nach vorn. »Sofort!«

Er beugte sich vor, das angestrengte Bücken eines alten Mannes, zog ein paar Farbeimer aus dem Weg, um an die Vorhänge zu gelangen, und warf die dann beiseite. Erneut zögerte er, als er den schwarzen Schlauch und das Klebeband erblickte und es ihm dämmerte. »Ich weiß nichts. Ich verstehe das nicht. Ich bin nur ein einfacher Mann. Ich bleibe für mich. Sie haben den Falschen«, greinte er.

»Das glaube ich kaum. Nehmen Sie den Whisky!«

Er holte die volle Siebzig-Zentiliter-Whiskyflasche hervor. Glenfiddich, mit einem Schuss Schlaftabletten. Nur so viel, dass alles reibungsloser ablaufen würde. Ich zeigte mit der Waffe auf den Whisky. »Diese Befragung läuft ganz nett und entspannt ab, solange Sie mir die Wahrheit sagen, okay? Warum schauen Sie mich so an? Das ist doch Ihre Lieblingsmarke, oder? Behaupten Sie nicht, ich wäre nicht rücksichtsvoll. Na dann, los, trinken Sie einen Schluck! Dann reden wir.«

Vor dem unerschütterlichen Lauf meiner Waffe drehte Scholes die Kappe ab und hob den Whisky misstrauisch an die Lippen. Er schluckte. Leckte sich über die Lippen.

»Nette Mischung, oder?«

Er nickte argwöhnisch.

»Na los, trinken Sie noch etwas mehr. Es geht doch nichts über zwei Männer, die sich bei ein paar Drinks nett unterhalten, finden Sie nicht auch?«

Scholes nahm einen größeren Zug.

Ich wartete. Lächelte. Er verstand die Botschaft und trank erneut.

»Weiter so.«

Scholes gehorchte und etwas von der bernsteinfarbenen Flüssigkeit tropfte auf seine fleckige graue Strickjacke, während er mich vorsichtig im Blick behielt. »Hören Sie, ich weiß wirklich nicht, warum …«

Ich schwenkte meinen Kopf in Richtung des Wagens. »Das Ergebnis liegt ganz bei Ihnen.«

Er nickte wieder, aber diesmal so, als versuchte er, sich selbst zu überzeugen. »Okay«, sagte er, seine Stimme ein scheues, gehorsames Flüstern. Ich stellte ihn mir in jüngeren Jahren vor, wie Jamie ihn in seinem Tagebuch beschrieben hatte, das ich nach dem Mordversuch an Maya endlich gelesen hatte. Ich wollte ihm an Ort und Stelle eins mit der Pistole überziehen. Der Drang war so verflucht stark, dass die Hand, in der ich die Glock hielt, zu zittern begann, so fest umklammerte ich den Griff. Ich durfte jedoch nicht vom Kurs abweichen. Scholes' Fingerabdrücke mussten an allem zu finden sein, damit es authentisch aussah.

»Jetzt möchte ich, dass Sie den Whisky ins Auto stellen und das hintere Beifahrerfenster öffnen, nur so weit, dass ein Ende des Schlauchs durchpasst. Dann kurbeln Sie das Fenster wieder hoch, um den Schlauch zu sichern.«

Er legte die Flasche auf dem Vordersitz ab, öffnete die Tür hinter dem Fahrersitz und kurbelte das Fenster herunter. Er schob ein Ende des Schlauchs so weit durch, bis sich ungefähr vierzig Zentimeter im Fahrzeug befanden. Dann kurbelte er das Fenster wieder hoch, sodass das Glas den Schlauch hielt, wobei ein Schlitz von ein paar Zentimetern an der oberen Fensterseite verblieb.

»Jetzt verschließen Sie den Schlitz mit Klebeband von außen.« Es sollte ja keine Lecks geben, nicht wahr? Nicht, wenn ich mich nahe am Auto aufhalten würde.

Scholes zog Stücke vom Klebeband ab und überlappte sie, bis die Öffnung versiegelt war. Er sah mich an, wartete auf die nächste Anweisung und schluckte schwer, wobei sein Adamsapfel auf und ab hüpfte. Er wusste, was kam.

»Stecken Sie das andere Ende des Schlauchs in den Auspuff und umwickeln Sie ihn mit Klebeband.«

Er nahm den Schlauch und schob ihn in den Auspuff. Seine Hände zitterten so stark, dass er vier Versuche brauchte, bis der Schlauch im Rohr stecken blieb. Mit fahrigen Bewegungen klebte er ihn ab, sodass er nicht mehr herausfallen konnte.

»Sind schon schöne Wagen, diese Oldtimer, nicht wahr?«

Scholes sah mich an, antwortete aber nicht, als wüsste er nicht, wie die richtige Antwort lauten müsste.

Ich überprüfte das Rohr und den Schlauch und lächelte. »Gut. Keine Sorge. Das alles ist bald vorbei, wenn Sie sich benehmen.«

»Ich sag Ihnen alles, was Sie wissen wollen. Alles!«, schniefte er.

»Setzen Sie sich auf den Fahrersitz.«

Scholes öffnete die Fahrertür, schlüpfte hinter das Lenkrad und starrte in die Mündung der Glock.

»Trinken Sie den Whisky.«

Scholes schluckte noch mehr.

Ich wartete.

Er trank. Es würde nicht mehr lange dauern, bis die Tablettendosis wirkte und ihn schläfrig machte.

»Okay, Folgendes wird passieren. Wenn Sie mir die Wahrheit sagen, lasse ich Sie gehen. Niemandem passiert etwas. Ich werde verschwinden und Sie können vergessen, dass ich jemals hier war. Aber sollten Sie lügen …« Ich stellte mich in den Kücheneingang, vor den Cortina, holte seine Autoschlüssel aus meiner Tasche und wackelte damit in der Luft. »Sollten Sie lügen, starten Sie den Motor und schließen die Türen und ich lasse Sie erst raus, wenn Sie mir die Wahrheit sagen. Kapiert?«

Er nickte, wieder begleitet von seinem Halswackeln.

»Gut. Trinken Sie noch einen Schluck.«

Er schluckte mehr Whisky. Jetzt war bereits ein Viertel der Flasche ausgetrunken.

»Das Crossfield-Kinderheim«, begann ich langsam.

Scholes' Augen traten vor Überraschung fast aus ihren Höhlen. Vor Schreck.

»Sie waren für diese Kinder verantwortlich. Ihre Pflicht war es, sie zu schützen. Und stattdessen haben Sie sie unvorstellbarem Missbrauch und Qualen ausgesetzt. Außerdem waren Sie an ihren Ermordungen beteiligt. Was Sie und die anderen getan haben, geht über normale menschliche Schlechtigkeit weit hinaus.«

»Das war ich nicht! Ich habe damals nichts davon gewusst. Erst … Erst später habe ich etwas von dem erfahren, was einige Leute vom Personal getan haben …«

»Beleidigen Sie nicht meine Intelligenz. Sie wollen doch leben?« Ich neigte den Kopf und klapperte mit den Schlüsseln.

»Ja, n-natürlich will ich das. Ich …« Seine Augen waren jetzt feucht, glänzten im harschen Licht, das durch die Frontscheibe fiel.

»Nehmen Sie noch einen Schluck.«

Er nickte heftig und machte einen kräftigen Zug.

»Versuchen wir es noch mal. Das Crossfield-Kinderheim. Sie und Barker haben diese Kinder missbraucht. Und dann haben Sie sie sadistischen VIPs in 10 Crompton Place zugeführt, wo sie vergewaltigt, gefoltert und ermordet wurden.«

Scholes schloss kurz die Augen. Tränen liefen ihm über die Wangen.

»Stimmt das etwa nicht?«

Mein Tonfall brachte ihn dazu, die Augen wieder zu öffnen.

Er nickte erbärmlich. »Sie haben mich dazu gezwungen. Ich musste es tun. Musste es.«

»Das Einzige, was Sie im Leben *müssen*, ist sterben. Der Rest liegt bei Ihnen. Ihre Entscheidung. Ihre Taten.«

»Es tut mir leid, es tut mir leid.«

»Dafür ist es zu spät.« Ich verengte die Augen. »Wer war der maskierte Mann auf den Partys?«

»W-was meinen Sie?«

»Crompton Place. Richter Sebastians Haus. Dort hielt sich mehrere Male ein maskierter Mann mit Kapuze auf. Wer war das?«

»Das weiß ich nicht.«

Ich hob die Waffe und zielte damit durch die Frontscheibe direkt auf seine Stirn. »Wer war das?«

»Ich weiß es nicht! Ich *weiß* es nicht!« Heftig schüttelte Scholes den Kopf. Tränen und Rotz liefen ihm über sein jämmerliches Gesicht.

»Trinken Sie.«

Er kippte noch mehr Whisky herunter.

»Das müssen Sie doch wissen. Sie wussten, dass diese Kinder dort prostituiert wurden, gefoltert, *ermordet*!« Ich sprach ganz langsam. »Wer. War. Der. Maskierte. Mann?«

Scholes' Atem ging schnell und keuchend, während er in den Lauf meiner Glock starrte. »Ich weiß es nicht. Ich schwöre, ich weiß es nicht. Ich war nie bei den Partys. Ich wusste nur, dass das Haus dem Richter gehört, aber ich wusste nicht, wer dort ein- und ausgegangen ist. Das schwöre ich! Wirklich, Sie müssen mir glauben. Ich sage die Wahrheit.«

Ich brauchte einen Augenblick, um meine aufkeimende, heftige Wut zu unterdrücken. Atmete tief ein. Hielt den Atem an. Traf eine Entscheidung.

»Sie lügen mich an. Barker hatte beim ersten Mal eine Party in seiner Unterkunft in Crossfield veranstaltet. Wollen Sie mir nicht erzählen, wer dort die Gäste waren?«

»Ich … ich kann mich nicht mehr daran erinnern. Das ist schon so lange her. Ich war noch nicht mal dabei!« Diesmal trank Scholes verzweifelt noch mehr Alkohol, ohne dass er aufgefordert wurde, als wäre das sein Lebensanker.

»Na gut. Die Zeit ist abgelaufen.«

Ich trat vor zur offenen Fahrertür und hielt ihm den Zündschlüssel hin. »Sie werden den Motor starten und die Tür schließen. Ich werde im Eingang zur Küche stehen und noch ein paar mehr Fragen stellen, bis ich überzeugt bin, dass Sie die Wahrheit sagen. Falls dem so ist, können Sie raus, bevor das Kohlenmonoxid Sie bewusstlos macht und Sie sterben. Ist das klar oder brauchen Sie noch weitere Anweisungen?«

Er schniefte irgendeine Antwort, die keinen Sinn ergab.

»Ich interpretiere das als ein Ja.« Ich wackelte mit dem Schlüssel in meiner linken Hand und hielt mit der rechten weiter meine Glock auf ihn gerichtet.

Scholes starrte mich an, aber ich war mir nicht sicher, ob er mich wirklich wahrnahm oder direkt durch mich hindurchsah.

»Nehmen Sie den Schlüssel. Jetzt.«

Er blinzelte und seine Lider wurden schwer, aber er machte keine Anstalten, den Schlüssel zu nehmen. »Sie töten mich doch sowieso.«

»Tja, nun ja, das ist ein großes Dilemma. Und die Entscheidung liegt natürlich bei Ihnen.« Ich grinste ihn schief an. »Nummer eins, ich kann Ihnen den Schwanz und die Eier abschießen und Sie schmerzvoll sterben lassen. Nummer zwei, ich lasse Sie im Wagen, bis das Kohlenmonoxid Sie umbringt. Oder Nummer drei, und das ist vermutlich Ihre beste Option, Sie können mir die Wahrheit sagen und ich lasse Sie den Motor wieder ausschalten und aussteigen, bevor irgendetwas passiert. Wie klingt das?«

Scholes starrte auf die Whiskyflasche in seinem Schoß und seine Lippen bewegten sich, ohne dass ein Wort dabei herauskam. Gelegentlich schniefte und schnaubte er wie ein Schwein. Was, wenn ich so darüber nachdachte, eine ziemliche Beleidigung für die Schweine war.

»Wie soll es ablaufen, Scholes? Ich muss allerdings heute Abend noch meine Haare waschen, also …« Ich zuckte mit den Achseln. »Ich muss hier bald wieder weg.«

»Tut mir leid«, murmelte er und nahm dann noch einen Schluck Whisky. »Ich habe diese Kinder geliebt.«

»Es tut Ihnen leid?« Ich schnaubte. »Nehmen Sie den Schlüssel und das hier ist bald vorbei.« Ich trat näher zu ihm. Zielte mit der Waffe auf seinen Schritt.

Geschlagen streckte Scholes eine zitternde Hand aus.

Ich ließ den Schlüssel in seine Hand fallen. »Starten Sie den Wagen. Wenn Sie den Motor ausschalten oder auszusteigen versuchen, werde ich Sie erschießen.«

Er war jetzt fügsam und unterwürfig und startete den Motor.

Ich trat einen Schritt zurück. »Jetzt schließen Sie die Tür.«

Scholes zog am Türgriff und ließ sie zufallen.

Ich nahm wieder meine Position im Kücheneingang ein. Scholes würde mein Anzeiger sein. Falls doch Kohlenmonoxid aus dem Fahrzeug entwich, würde er als Erstes ohnmächtig werden, was dann mein Signal wäre zu verschwinden.

Ich starrte durch die Frontscheibe und übertönte den Motorenlärm. »Okay, dann helfe ich Ihrem Gedächtnis mal auf die Sprünge. Howard Sebastian, Colin Reed, Douglas Talbot und Felix Barron sind zu der Party gekommen, die Barker in Crossfield abgehalten hat. Sie wussten, was vor sich geht, also müssen Sie auch gewusst haben, wer die Leute vom Freitagsclub waren. Sie waren ebenfalls in das Ganze involviert.«

»Ich war nie auf den Partys.« Scholes schwankte ein wenig auf seinem Sitz. Er trank noch einen Schluck Whisky. Die Flasche war noch etwas mehr als halb voll.

»Versuchen wir es noch mal. Wer war der maskierte Mann?«

Mit einer Hand umklammerte Scholes das Lenkrad, als könnte es ihn retten. »Ich weiß es nicht! Wirklich nicht, das müssen Sie mir glauben.«

»Das ist eine Lüge, Scholes!«

»Nein, nein«, widersprach er und seine Lider schlossen sich kurz. Er zuckte wieder hoch, versuchte, wach zu bleiben, aber die Tabletten entfalteten langsam ihre Wirkung, noch verstärkt durch den Alkohol. Eine Spur grauen Rauchs wirbelte im Wagen. Es sah beinahe so aus, als würde etwas Lebendiges in der Luft tanzen. Ein faszinierender Anblick.

»Wer war er?«

»Die … die werden mich umbringen. Die werden mich alle umbringen.« Sein Kinn senkte sich in Richtung seiner Brust.

»Ich sag's ja nur ungern, aber Sie können nicht zweimal umgebracht werden, oder? Und wie es aussieht, war ich zuerst hier. Scholes! Bleiben Sie wach!«

Er riss die Augen auf.

»Wer ist der Mann?«

»Was? Ich kann Sie nicht hören!«, wimmerte er, sein Gesicht panikverzerrt.

»Sie wissen, wer das ist. Sie wissen, was er getan hat. Ich will einen Namen. Ich will einen Namen, dann lasse ich Sie raus.«

»Er … nein … er …« Er murmelte etwas Unverständliches.

Ich legte mir eine Hand ans Ohr. »Wer ist der Mann?«

»Sie wussten, dass ich … ich hatte denselben …« Er verstummte und hustete von den Abgasdämpfen. Ich wartete darauf, dass er weitersprach, und beobachtete den Rauch.

Tränen strömten ihm über das Gesicht. Vielleicht vom Rauch. Vielleicht vor Angst. Vielleicht aus Reue. Obwohl das ziemlich unwahrscheinlich schien. Und es spielte auch keine Rolle. Für so etwas war es viel zu spät.

»Sie …« – er hustete – »wussten von Barker und mir. Sie haben gesagt … ich … sie« – wieder hustete er – »würden.« Verwirrt hielt er mitten im Satz inne. »Würl wir wissen«, lallte er. »Bloß … Bloß … bloßgestellt.« Er brach ab und hustete so heftig, dass es klang, als würde er gleich seine Lunge heraushusten.

»Sagen Sie mir den Namen.«

Scholes blinzelte schnell und sein Kopf schwankte von einer Seite zur anderen, als hätte er Probleme, ihn aufrecht zu halten. »Ich weiß es nicht. Ich …«, lallte er, seine Augen schlossen sich flatternd und sein Kinn rollte ihm auf die Brust.

Ich glaubte ihm. Scholes war nie bei den Partys gewesen. Ich hatte gehofft, Barker hätte es vielleicht gewusst und es Scholes erzählt, aber anscheinend nicht. Er wusste es wirklich nicht.

Ich schaute zu, bis er schließlich aufgrund der Drogen, des Alkohols und des Kohlenmonoxids das Bewusstsein verlor.

»Übrigens habe ich gelogen«, sagte ich noch, bevor ich das Haus verließ und auf demselben Weg durch den Garten verschwand, den ich gekommen war.

Fünf tot, noch vier übrig.

Kapitel 52

Ben Scree.

Keine Person, sondern ein siebenhundert Meter hoher, kegelförmiger Berg in Schottland. Die Aussicht vom Gipfel war atemberaubend. Und atemberaubend im völlig wörtlichen Sinne für den Nächsten auf meiner Liste.

Die Wanderung auf den Ben Scree führte über einen fast acht Kilometer langen Weg durch meist sehr angenehmes Gelände. Unten war es noch leicht sumpfig, aber sobald ich das hinter mir hatte, führte ein schmaler Pfad durch die Heide und das Gras bis zum Gipfel. Der felsige Pfad aus Feuerstein und Kieseln war an einigen Stellen, wo er direkt an der Felskante entlanglief, etwas tückisch. An diesen Punkten sollte man wirklich nicht ausrutschen. Falls jemand das Pech hatte, hier zu stürzen, würde er nach einem steilen Absturz gegen die Felsen prallen. Das Beste, was einem dann noch passieren konnte, waren ein Genickbruch, eine gebrochene Wirbelsäule oder beides. Das Schlimmste beides plus die inneren Organe zu Suppe verflüssigt und die Weichteile sowie die Knochen zermalmt. Und das wäre nun wirklich ein äußerst tragischer Unfall.

Ben Scree war außerdem deshalb interessant, weil Eamonn Colby, der Familienminister, nur sechs Kilometer entfernt ein Ferienhaus besaß, das er gern aufsuchte. Eine geräumige und rustikale Blockhütte, auch wenn es schon eher eine Villa als eine Blockhütte war. Vermutlich finanziert durch einen Aufwendungsbetrug. Und definitiv bezahlt von den Steuerzahlern. Eamonn Colbys Hauptfreizeitaktivitäten, wann immer er sich im Ferienhaus aufhielt, bestanden aus dem Ersteigen des Ben Scree und dem Trinken des besten schottischen Highland-Malt-Whiskys. Die Medien berichteten, dass das Wandern Colby beim Entspannen vom täglichen Stress in Westminster half und ihn fit hielt. Was dann wiederum dafür sorgte, dass er mit neuer Energie zurück ins Parlament kommen konnte und nach seinem Wochenende oder seiner Woche Pause in Schottland wieder richtig durchstartete. Und das Beste daran war, dass der Ben Scree in Wanderkreisen relativ unbekannt war. Verlässliche Quellen hatten mir berichtet, dass man hundertmal auf den Berg wandern konnte und keine Menschenseele antreffen würde. Und auch, dass er gern allein wanderte. Das war genau der Ort, an dem ich Colby finden, bearbeiten und umbringen würde.

Scholes' Selbstmord war in den Medien erwähnt und wie erwartet als Selbstmord eines einsamen alten Mannes deklariert worden. Nicht überraschend gab es keinerlei Erwähnung der widerlichen Bilder und Filme auf Scholes' Laptop. Vielleicht war das von den verbliebenen Mitgliedern des Freitagsclubs vertuscht worden. Oder vielleicht hatten die Polizei oder der Gerichtsmediziner sich auch gar nicht die Mühe gemacht, so genau nachzuforschen, um die versteckten Bilder zu finden. Das spielte für mich keine große Rolle. Wichtig war nur, dass Scholes sich am unteren Ende der Nahrungskette befunden hatte. Er hatte nicht in derselben Liga gespielt wie der Rest von ihnen. Daher würde sein Selbstmord vermutlich nicht hinterfragt werden. Soweit ich das wusste, war Scholes seit der Schließung von Crossfield in den 90ern und seiner Pensionierung mit keinem von ihnen mehr in Kontakt gewesen. Er war nicht wichtig für sie. Er war nur eine Schachfigur.

Aber wenn es um die anderen ging – Colby, Douglas Talbot, Felix Barron und den maskierten Mann – dann würde garantiert jemand aufmerksam werden. Was bedeutete, dass es graduell schwieriger werden würde, nahe an sie heranzukommen.

Aber nur wer wagt, gewinnt, richtig?

Und diesen Krieg *würde* ich gewinnen.

Der Abschnitt in Jamies Tagebuch über Alex' letzte Augenblicke hatte sich in meinem Gehirn eingebrannt …

Der Familienminister schnappte sich eine leere Whiskyflasche vom Tisch in der Ecke des Zimmers und ging auf den Jungen zu. »Halt ihn fest«, sagte er an den Banker gewandt.

Der Banker kniete sich auf den Rücken des Jungen und drückte seinen Kopf in den Teppich. Der Junge wehrte sich, weinte, flehte.

Ich drehte mich zur Tür, wollte fliehen, aber meine zitternden Beine waren wie erstarrt. Die Schreie des Jungen wurden lauter, waren aber gleichzeitig durch den Teppich gedämpft. Und dann stieß er einen gequälten Schrei aus und ich wusste, was passierte, da er das auch bereits mit mir und den anderen getan hatte. Mir drehte sich der Magen um. Ein Schwindel überkam mich, mir war, als würde ich schweben. Ich kauerte mich auf dem Boden zusammen, die Knie an den Körper gezogen, und vergrub mein Gesicht in meinen Schenkeln, drückte mir die Hände auf die Ohren, um alles auszublenden, aber dennoch konnte ich es weiterhin hören.

Nach und nach hörten die Schreie auf und wurden ersetzt durch ein dumpfes Schlagen auf dem Boden. Unerklärlicherweise fühlte ich mich dazu gezwungen, wieder hinzuschauen. Der Junge lag flach auf dem Rücken, und der Familienminister saß rittlings auf seiner Brust, einen dämonischen Ausdruck in den Augen. Er hatte seine Hände um die Kehle des Jungen gelegt und die Arme und Beine des Jungen klatschten auf den Teppich, Todesangst in jedem keuchenden Atemzug. Er kämpfte um sein Leben und seine Augen traten ihm aus den Höhlen, bevor sie schließlich zurück in seinen Kopf sanken und plötzlich leer aussahen, als sein gesamter Körper erschlaffte.

Natürlich hatte ich mich gezwungen nachzusehen, als Maya mir erzählt hatte, dass es unter den Fotos, die Jamie von Dave bekommen hatte, welche von Alex in Crompton Place gab. Mich gezwungen, mir die brutalen Bilder anzuschauen, von denen Jamie geschrieben und die sich in jener Nacht abgespielt hatten. Soweit ich das herausfinden konnte, hatte wohl Douglas Talbot mit der Polaroidkamera fotografiert und den brutalen und gnadenlosen Mord an meinem Sohn aufgenommen, sodass sie später darüber lachen konnten, als würden sie sich mit etwas völlig Unbedeutendem befassen, wie dem Tod einer Ameise, die sie unter ihrem Schuh zerquetscht hatten.

Also war Eamonn Colby ganz unvermeidlich als Nächster an der Reihe.

Kapitel 53

Ich hatte den Berg in den letzten Wochen, während Colby in London war, schon ein paarmal bestiegen und den perfekten Ort gesucht, an dem das Ganze stattfinden konnte. Und ich hatte ihn gefunden. Wieder war der *so* perfekt, dass es eine Botschaft oder ein Zeichen von einer höheren Macht sein musste, die auf meiner Seite war. Von Alex.

Kurz vor dem Gipfel verwandelte sich der Pfad in einen schmalen Kamm vor einer Biegung, hinter der ich bis zur letzten Minute versteckt bleiben würde. Über die Jahre hatten Wind und Wetter den Kies und die Steine am Boden gelockert. Außerdem führte der Kamm weg vom Berg, in Richtung eines tödlichen Abhangs. Wenn ich vom Rand des Abgrunds zu den spitzen Felsen weit unter mir blickte, erinnerte mich das an den Gipfel des Pen y Fan, des berüchtigten Bergs in den Brecon Beacons, den ich während der unglaublich harten Geländephase der SAS-Selektion vor all diesen Jahren so oft hoch- und runtergeklettert war. Hätte ich nur damals schon gewusst, was ich heute wusste.

Bereits unter normalen Umständen war der Kamm keine leichte Strecke für einen nervösen Wanderer, besonders bei starkem Wind. Er war breit genug, dass ihn eine Person bequem passieren konnte. Aber wenn sich dort zwei Menschen begegneten? Tja, Unfälle passierten immer wieder, nicht wahr?

Ich stieg aus dem unauffälligen weißen Opel Astra, den ich zwei Kilometer entfernt geparkt hatte. Am Fuß des Bergs gab es einen kleinen Kiesparkplatz, aber das war viel zu nahe. Der Astra war zwanzig Jahre alt, das Nummernschild gefälscht. Ich hatte ihn für zweihundert in bar bei einem Privatverkauf erstanden und würde ihn auch nicht registrieren – Überraschung. Er würde an einem entfernten Ort verbrannt werden, genau wie der Golf, den ich benutzt hatte, als ich Scholes auflauerte.

Ich brauchte dreieinhalb Stunden, um meinen Überwachungspunkt kurz vor dem Gipfel zu erreichen, wo ich in meiner armeegrünen Tarnhose und Goretex-Jacke mit dem Berg verschmolz. Ich hatte die tarnfarbene Sturmmütze auf meinem Kopf zusammengerollt, sodass sie wie eine Beanie-Mütze aussah.

Ich setzte mich auf eine Felsnase und genoss den Ausblick. Die Reiseführer hatten schon recht, was diesen Ort anging. Es war wirklich schön hier. Und ich hatte den perfekten Blick auf den Parkplatz am Fuß des Bergs und konnte nach Eamonn Colbys schwarzer Mercedes E-Klasse Ausschau halten.

Als ich meinen Aufstieg begonnen hatte, war es noch sonnig gewesen, aber nach einer Weile zogen schieferfarbene Wolken tief über den Himmel. Der Wind toste wild in meinen Ohren.

Es war zehn Uhr morgens.

Ich wartete.

Kapitel 54

Ich erblickte Eamonn Colby ganze vier Stunden, bevor er mich sah. Ich wusste, dass es heute passieren würde, da er nur zwei Nächte in seinem Ferienhaus verbrachte, bevor er wieder zurück nach London wollte. Er war den Tag zuvor am späten Nachmittag angekommen.

Ich kauerte mit dem Rücken an den Berg gelehnt und schaute ihm dabei zu, wie er stetigen Schrittes Richtung Kamm marschierte. Mein Kamm, wie ich ihn mittlerweile insgeheim nannte. Oder Alex' Kamm.

Als er näher kam, stieg ich langsam weiter in Richtung Gipfel, um die Biegung herum, sodass er mich erst in letzter Minute sehen würde, wenn wir uns endlich von Angesicht zu Angesicht gegenüberstanden.

Ich hörte Alex' Stimme in meinem Kopf flüstern: *Daddy, rette mich*. Ich hörte Maya sagen: *Ich will sie drankriegen, Mitchell.* Und die Worte in Jamies Tagebuch hallten in meinen Eingeweiden wider.

Ich stand mit dem Rücken gegen die Felsen gepresst, ballte die Fäuste und lockerte sie wieder. Und wartete noch etwas.

Bis ich endlich Colbys Keuchen hörte und seine Wanderstiefel, die auf dem Kies und den Steinen knirschten. Die Zeit war gekommen.

Ich umrundete den Felsen, betrat den schmalen Kamm, und da war er, ein paar Meter vor mir, gekleidet in eine leichte wasserfeste Hose und eine Jacke von North Face, stabile Stiefel an den Füßen und in der Hand eine Wasserflasche. Sein Gesicht war gerötet von der Anstrengung und dem Wind.

Der Plan in meinem Kopf hatte darin bestanden, ohne Vorwarnung zuzuschlagen und Colby einfach vom Kamm zu stoßen. Er wäre schneller nach unten gekracht, als man *Kindsmörder* rufen könnte. Er hätte nicht wirklich registriert, was mit ihm passiert. Ein einfacher und unglückseliger Wanderunfall. Wahrlich eine Schande.

Aber als er plötzlich stoppte, das Kinn gereckt, überrascht vom Anblick eines anderen Menschen, änderte sich mein Plan.

»Oh, hallo.« Er lächelte. »Ich habe nicht erwartet, hier oben jemandem zu begegnen.«

Ich lächelte zurück und verdrängte die in mir brodelnde Dunkelheit. »Nein. Ich hab gehört, es kommen nicht allzu viele Leute her.« Ich blickte nach rechts, über den Abgrund hinweg in Richtung der breiten Ausdehnung schottischer Seen und Täler. »Wirklich zu schade. Die Aussicht ist atemberaubend.«

Colby folgte meinem Blick. »Ja, ist sie. Ein toller Ort, von allem wegzukommen und den Kopf freizubekommen.«

Ich presste die Kiefer zusammen und nickte.

Der Familienminister schnappte sich eine leere Whiskyflasche vom Tisch in der Ecke des Zimmers.

»Sind Sie nicht Eamonn Colby?« Ich neigte den Kopf, ein interessiertes und freundliches Lächeln in meinem Gesicht fixiert.

»Ja.« Er schenkte mir das typische eingeübte Politikerlächeln. Das Lächeln einer Schlange. »Sind wir uns schon mal begegnet?« Er runzelte die Stirn, während er versuchte, mich irgendwie zuzuordnen. Gott bewahre, er könnte einen potenziellen Wähler vergessen haben.

»Halt ihn fest«, sagte er zu dem Banker.

»Nein. Aber Sie sind jemandem begegnet, den ich kenne, Alex Butler.«

Der Banker kniete sich auf den Rücken des Jungen und drückte seinen Kopf in den Teppich.

»Alex Butler?« Colby schürzte die Lippen. »An diesen Namen erinnere ich mich leider nicht.«

»Sie sind ihm in London begegnet.«

Er lächelte. »Ah, nun ja, in London begegne ich natürlich vielen Leuten.« Er gluckste verschwörerisch.

Der Junge wehrte sich, weinte, flehte.

»Tatsächlich kannten Sie seinen Namen vermutlich gar nicht«, erklärte ich.

Der Junge lag ausgespreizt auf dem Rücken und der Familienminister saß rittlings auf seiner Brust, einen dämonischen Ausdruck in den Augen.

Colby hob eine Augenbraue. »Oh? Ist Mr Butler einer meiner Wähler?«

Ich atmete tief durch. Hielt den Blick fest auf ihn gerichtet und wartete darauf, dass ihm die Erkenntnis dämmerte. »Nein. Sie sind ihm in 10 Crompton Place begegnet.«

Er hatte seine Hände um die Kehle des Jungen und die Arme und Beine des Jungen klatschten auf den Teppich, Todesangst in jedem keuchenden Atemzug.

Für den Bruchteil einer Sekunde blitzte etwas in Colbys Augen auf, bevor er sich wieder zusammenriss. »Tut mir leid, diese Adresse ist mir nicht vertraut. Ich vermute, Sie verwechseln mich mit jemandem.« Er trank einen Schluck Wasser.

»Das glaube ich kaum.« Ich trat einen Schritt näher auf ihn zu. »Sie erinnern sich doch sicherlich noch an Crompton Place.«

Er kämpfte um sein Leben und seine Augen traten ihm aus den Höhlen, bevor sie schließlich zurück in seinen Kopf sanken und plötzlich leer aussahen, als sein gesamter Körper erschlaffte.

»Habe noch nie davon gehört«, sagte Colby unsicher und trat auf dem Kamm einen kleinen Schritt zurück. »Tut mir leid, aber ich glaube, da liegt ein Fehler vor.« Er blickte auf seine Uhr. »Verflucht. Mir war gar nicht klar, wie spät es schon ist. Ich muss wirklich weiter, wenn ich noch rechtzeitig für eine Telefonkonferenz zurück sein will.« Er lächelte wieder dieses Lächeln, seine Augen völlig emotionslos wie die eines Hais, und drehte sich um, um den Kamm entlangzugehen. Den Berg wieder hinunter.

Und in dem Augenblick zerbrach alles in mir, das ich bis zu diesem Augenblick noch zusammengehalten hatte.

Ich lief auf ihn zu, drehte mich auf meinem rechten Fuß und trat mit meinem linken zu. Mein Stiefel traf seine Kniekehle und ich hörte ein Schnappen. Es klang wie Musik in meinen Ohren.

Der Aufprall schleuderte Colby vorwärts. Er fiel nach vorn auf Hände und Knie, gefährlich nahe an den Rand des Kamms; seine Wasserflasche polterte über die Felskante. Er drehte sich auf den Rücken, weg vom Rand, das Gesicht mir zugewandt und voller arroganter Entrüstung und Schmerzen. »Bleiben Sie mir fern! Wie können Sie es wagen! Das ist ein tätlicher Angriff.« Er umschlang sein Knie mit beiden Händen und stöhnte. »Tja, jetzt haben Sie es ja geschafft. Dafür lasse ich Sie einsperren, Sie Verbrecher.« Er nahm sein Handy aus der Tasche und drückte ein paar Tasten.

Ich bin hier der Verbrecher? Ha! Ein guter Witz, Colby.

Ich trat gegen seine Hand und mein Fuß erzeugte ein zufriedenstellendes Knirschen von Knochen und Plastik. Das Handy flog in einem Bogen aus seiner Hand über die Felskante. »Sie rufen hier niemanden an.«

Colby wand sich rutschend weiter nach hinten, wie die Schlange, die er war, und versuchte, den Schmerz in seinem Knie und seiner Hand zu ignorieren, von der der Daumen mittlerweile in einem unnatürlichen Winkel abstand. Schweißperlen glänzten auf seiner Stirn. Sein Gesicht war nicht mehr rot, sondern kränklich blass. Das Adrenalin, das im Augenblick durch seinen Körper schoss, schützte ihn wohl noch vor dem schlimmsten Schmerz. Er blickte zu mir auf. »Sie begehen hier einen großen Fehler. Ich habe mächtige Freunde. Sie werden damit nicht davonkommen.« Seine Stimme klang widerspenstig.

»Ach, wirklich? So, wie ich das sehe, sind Sie hier oben auf einem Berg, mit einem vermutlich gerissenen Band in Ihrem Knie, einem gebrochenen Daumen, keinem Handy und kilometerweit niemandem in der Nähe.«

Colby schluckte schwer und die Arroganz wich langsam aus seinem Gesicht, als er in meinen Augen las und ihm klar wurde, in was für einer Situation er sich gerade befand. Seine Körpersprache sprach von Verwirrung, während er zu verstehen versuchte, was gerade passierte und warum. »Was wollen Sie? Ich habe Geld. Ich kann Sie bezahlen! Ich habe viel Geld.«

Ich schnaubte. »Reden wir doch mal über Alex.«

»Ich hab's Ihnen doch schon gesagt, ich kenne keinen Alex!«

»Falsche Antwort. 10 Crompton Place. Der Freitagsclub.«

Vehement schüttelte Colby den Kopf. »Ich habe überhaupt keine Ahnung, wovon Sie da sprechen. Bitte hören Sie mit diesem Unsinn auf! Wenn Sie mich gehen lassen, werde ich auch keine Anzeige erstatten.«

Ich holte das Foto von Alex aus der Innentasche meiner Jacke und warf es ihm zu. Es landete verkehrt herum auf dem Kies.

»Heben Sie es auf!«, befahl ich.

Vorsichtig und schwer atmend blickte Colby in Richtung des Fotos.

»Heben. Sie. Es. Auf.«

Colby streckte seine unverletzte Hand danach aus. Hob es hoch. Drehte es um. Für den Bruchteil einer Sekunde weiteten sich seine Augen. Seine Lippen zuckten, aber der Rest seines Körpers wurde völlig still.

»Erinnern Sie sich jetzt an ihn?«

»Das ist eine Fälschung! Irgendjemand versucht, meinen Ruf zu ruinieren. Das bin nicht ich. Das dementiere ich!«, tobte er.

»Okay. Damit ich das richtig verstehe. Das da sind nicht Sie mit Ihren Händen um Alex' Hals, die ihn erwürgen?«

»Das ist gefälscht. Ganz eindeutig nur dazu da, um irgendeine Hetzkampagne gegen mich zu führen. Das ist nicht echt. Nur eine Lüge.«

»Mhm.« Ich nickte. »Und was ist mit dem Rest von ihnen?«

Colby leckte sich die Lippen. Schluckte. »Dem … Rest?«

Ich warf ihm ein kaltes Lächeln zu. »Hunderte davon. Alle beim Freitagsclub aufgenommen. Und die Videoaufnahme? Der Snuff-Film, der zeigt, wie Sie alle Moses foltern und ermorden, genauso, wie Sie Alex gefoltert und ermordet haben. Wie Sie und Ihre psychopathischen Kumpane all die anderen so sadistisch für Ihre eigene verdorbene Befriedigung missbraucht haben. Sind die auch alle gefälscht?«

Colby blinzelte schnell. Seine Lippen bewegten sich, aber erst kam kein Geräusch heraus. Schließlich sprach er. »Ich kann Sie reich machen. Was immer Sie wollen, ich kann es Ihnen geben.«

»Wirklich?«

»Jeder will Geld! Jeder ist käuflich. Die werden dafür sorgen, dass das nicht herauskommt – das ist Ihnen doch klar, oder?« Erneut ersetzte Arroganz seine Furcht. »Sie wissen überhaupt nicht, mit wem Sie es hier zu tun haben. Ich werde geschützt.«

»Oh, glauben Sie mir, das weiß ich. Wie kommt ihr kranken Perversen nur dazu, unschuldigen Kindern so etwas anzutun?«

»Was kümmert Sie denn eine Bande debiler, wertloser Blagen aus Kinderheimen? Die waren alle entbehrlich! Sie haben verdient, was sie bekommen haben. Niemand hat sich für sie interessiert! Wo waren denn ihre Eltern, hm? Anscheinend waren sie ihnen egal, also, was geht Sie das an?«, schrie er.

Ich sah ihm direkt in die Augen, erkannte die Boshaftigkeit darin, und seine Worte ließen eine Granate in meinem Kopf detonieren. Der Rand meines Blickfelds wurde rot.

Mit einer barbarischen Wut stürzte ich mich auf Colby, setzte mich rittlings auf ihn und mein Gewicht hielt ihn am Boden, genau wie er es bei Alex getan hatte. Mit den Fäusten hieb ich auf Colbys Gesicht ein, während seine Arme wild herumflatterten, weil er versuchte, sich zu schützen. Seine Fingernägel gruben sich in die Haut meiner Wange. »Ich sag Ihnen, wo die Eltern gerade sind. Alex war mein *Sohn*! Er wurde von euch Bastarden entführt!«, spie ich ihm ins Gesicht.

Colby brüllte »Aufhören! Aufhören!«, wand sich unter mir und bemühte sich vergeblich, meinem Hagel aus Faustschlägen zu entgehen.

Mit beiden Händen umklammerte ich den Kragen seiner Jacke und klatschte seinen Hinterkopf gegen den Felsboden. »Ich war beim Militär, während Sie meinen Sohn umgebracht haben! Ich habe für Bastarde wie Sie mein Land verteidigt. Habe idiotische Kriege für Verräter ausgefochten, die alles und jeden verkaufen würden, um das zu bekommen, was sie wollen!«

»Nein, bitte! Warten Sie! Sie bekommen Geld von mir! Alles!« Seine Stimme klang nasal, verzerrt durch seine mittlerweile gebrochene Nase.

Ich stand wieder auf und zerrte den benommenen Colby am Schlafittchen hoch, drehte ihn so, dass ich mit dem Rücken am Berg war und seine Füße sich gefährlich nah am Rand des Kamms befanden, während meine Hände seinen Kragen umklammert hielten.

Colbys Augen begegneten meinen, eins schloss sich bereits durch die Schwellung, und Blut aus seiner Nase tropfte sein

Kinn herunter. Voller Panik sah er über den Rand. Sah zurück zu mir. »Wie viel wollen Sie? Wie viel Sie auch wollen, Sie bekommen es.«

»Wie viel ist Ihr Leben wert, Colby?«, höhnte ich.

»Fünfzigtausend! Ich gebe Ihnen fünfzigtausend, wenn Sie mich gehen lassen.«

»Ist das alles?«

»Hunderttausend! Wie viel wollen Sie?«

»Es geht nicht immer ums Geld. Ich will einen Namen. Ich will wissen, wer der maskierte Mann war.« Ich umklammerte seinen Kragen fester. Schob ihn etwas weiter zurück, sodass seine Fersen nun leicht über dem Abgrund hingen.

»Das kann ich Ihnen nicht sagen!« Colby keuchte, als er erkannte, wie tief es nach unten ging. Er versuchte, sich mit seinen Stiefelspitzen in den Boden zu graben, dabei stürzten ganze Kiesbrocken über die Kante. Ein animalisches Heulen entfuhr seinen Lippen.

»Wer ist der Mann? Geben Sie mir einen Namen oder Sie gehen fliegen.«

Durch sein gutes Auge wanderte Colbys Blick noch einmal in Richtung Abgrund. Seine Lippen bebten. Speichel sammelte sich in den Rändern, vermischt mit Blut.

Ich drängte ihn weiter nach hinten. »Sagen Sie es mir oder Sie sind ein toter Mann.«

»Okay! Aber Sie dürfen niemandem verraten, dass Sie es von mir haben!« Verzweifelt rief Colby einen Namen.

Ich sog scharf die Luft ein, als mir die zwei Wörter entgegengeschleudert wurden.

Verflucht. Kein Wunder.

»Schauen Sie mal nach unten, Colby. Sie wollten doch reich und mächtig werden, oder? Der König der Welt?« Ich schob ihn weiter nach hinten. »Und jetzt, wo Sie ganz oben sind, war es das wert?«

»Sie können mich jetzt gehen lassen. Ich … Ich hab Ihnen gesagt, was Sie wissen wollten. Ich besorge Ihnen das Geld!« Die Angst, die von ihm ausströmte, war beinahe greifbar.

Ich verengte meine Augen. »Wie fühlt es sich an zu wissen, dass Sie sterben werden? Haben Sie sich das jemals gefragt? Haben Sie sich je gefragt, wie sich diese Jungen gefühlt haben? Gefangen? Ohne einen Ort, an den sie gehen, jemanden, an den sie sich wenden können? Behandelt wie Dreck? Ein Leben in der Hölle führend, weil Sie sich dachten, Sie können sich einfach das nehmen, was Sie wollen, von wem Sie es wollen?«

»Hören Sie … Ich …«

»Und Sie glauben, meinen Sohn zu ermorden zieht keine Konsequenzen nach sich? Sie glauben wirklich, Sie wären unantastbar?«

»Bitte … Ich …«

Jetzt sind wir nicht mehr so arrogant, nicht wahr, Colby?

»Na schön, ich habe eine Nachricht für Sie, von Alex. Und von Jamie und Maya und Dave und Sean und Moses und all den anderen da draußen.«

»Lassen Sie mich gehen. Wir hatten eine Abmachung. Ich besorge Ihnen die Hunderttausend. Ich …«

»Scheiß auf Sie und Ihr Geld!« Ich löste meine Hände von seiner Jacke und diese plötzliche Veränderung ließ ihn leicht nach hinten schwanken.

Dann schwang ich meinen rechten Arm nach hinten und unten. Und schlug mit all der Kraft eines nutzlosen Vaters, eines schuldigen Soldaten, eines gepeinigten Versagers nach vorne und nach oben.

Der Aufwärtshaken traf Colby am Kinn und zwei Dinge passierten gleichzeitig.

Sein Kiefer wurde zerschmettert und sein Kopf wurde zurückgeworfen.

Und die Kraft des Schlags hob ihn vom Boden.

Für einen kurzen Augenblick sah es so aus, als würde er in der Luft hängen, völlig schwerelos, totenstill. Im Nichts.

Und dann fiel er nach hinten und die Schwerkraft erledigte den Rest.

Ich blickte über die Felskante auf das, was einst Colbys Körper gewesen und jetzt nach dem tiefen Sturz nur noch eine blutige, zermalmte Masse war.

Aber ich hatte es vermasselt. Ich hatte darin versagt, das Ganze professionell durchzuziehen. Ich hatte mich in einem Ansturm entfesselter Emotionen verloren.

Wenn sie Colbys Überreste geborgen, alles zusammengesetzt und die Einschlagspunkte beim Sturz an seinem Körper rekapitulierten – der zerschmetterte Kiefer, der gebrochene Finger und das gerissene Band im Knie – würde man das als normale Sturztraumata einordnen. Aber würden sie vielleicht meine Haut unter seinen Nägeln von den Kratzern auf meiner Wange finden? Würden sie auf dem Kamm irgendwelche Spuren von Colbys Blut entdecken, die ich nach der Reinigung übersehen hatte? Würden sie einen Mord vermuten oder würde es als einfacher Wanderunfall eingestuft werden, wie ich es eigentlich geplant hatte?

Und würde ich sie alle erwischen, bevor sie mich erwischten?

Die Zeit würde es zeigen.

Ich rollte die Sturmmütze herab und zog sie mir über das Gesicht. Ein fantastischer Schutz vor dem frostigen Winterwind, den jeder Bergwanderer in seinem Set haben sollte. Und noch besser, damit ich auf dem Abstieg nach unten anonym blieb.

Ich warf noch einen letzten Blick auf den Mörder meines Sohns und richtete Colby in der Stille die Nachricht von Alex aus. »Von wegen unantastbar.«

Ich stieg den Berg hinunter.

Sechs tot, noch drei übrig.

Kapitel 55

Als ich das Krankenhaus betrat, kam gerade Ava heraus, den weinenden Jackson im Arm. Sein Gesicht war rot, die Augen verquollen und Tränen strömten ihm über die Wangen. Ava war so damit beschäftigt, ihm mit der Hand über den Kopf zu streicheln, um ihn zu beruhigen, dass sie mich erst gar nicht bemerkte.

»Hallo«, sagte ich.

»Oh, hallo!« Erschöpft lächelte sie mich an. »Ich hab Sie schon ein paar Tage nicht mehr gesehen. Sie sehen aus, als hätten Sie etwas Sonne abbekommen – waren Sie unterwegs?«

»Nur eine kurze Geschäftsreise. Ich freue mich schon darauf, Maya davon zu erzählen.«

»Ich muss den Kleinen nach Hause bringen, damit er etwas Schlaf bekommt. Er hat das ganze Haus niedergebrüllt. Wenn das Maya nicht aufgeweckt hat, weiß ich nicht, was es schaffen könnte. Mum und Dad sind müde und zu mir gefahren, um etwas zu schlafen. Wir kommen nachher alle wieder her.«

»Es gibt also keine Veränderung?«

Sie lächelte traurig, Tränen traten ihr in die Augen. »Wir hatten heute Morgen ein Gespräch mit den Ärzten. Sie sagen, dass sich ihr Zustand verschlechtert. Sie …« Sie blinzelte und sah einen Augenblick weg.

Ich legte ihr eine Hand auf die Schulter und sie wandte sich mir wieder zu, nicht in der Lage, die Tränen noch zurückzuhalten.

»Sie glauben nicht, dass sie wieder aufwachen wird. Sie glauben, dass sie aufgibt.« Ihr Gesicht verzog sich vor Kummer. »Ich will doch nur, dass es ihr wieder besser geht. Ich will, dass sie den Kleinen aufwachsen sieht. Will ihr Lachen wiedersehen. Das ist so unfair. Ich bin noch nicht bereit, Lebwohl zu sagen.«

»Ich auch nicht. Es gibt viele Fälle, in denen die Menschen aus dem Koma wieder wach werden. Der Verstand ist etwas Mächtiges, wissen Sie, und niemand versteht genau, wie er funktioniert. Ärzte haben nicht immer recht. Sie müssen sich an diesem Gedanken festhalten.«

»Sie glauben also wirklich, dass Wunder passieren können?«

Ich glaubte, dass das ganz von Maya abhing, aber ich war mir ziemlich sicher, dass Ava das nicht hören wollte. Stattdessen wollte ich ihr Mut machen: »Sie ist stärker, als Sie glauben.« Ich ließ die Hand sinken und zeigte ihr die Zeitung, die ich bei mir hatte. »Ich werde ihr etwas vorlesen. Hier drin ist ein Artikel, von dem ich glaube, dass Maya ihn gern hören wird.«

Sie setzte Jackson auf einer Hüfte um und berührte meinen Arm. »Noch einmal danke, dass Sie sie besuchen. Das ist so nett von Ihnen. Ich kann mit dem Kleinen nicht so oft herkommen, wie ich möchte, und die Ärzte meinen, dass jede Art von Stimulation ihr dabei helfen kann, sich aus diesem Zustand zu lösen.«

»Das ist wirklich kein Problem. Ich möchte es. Geben Sie die Hoffnung einfach noch nicht auf.«

Jackson stieß einen durchdringenden Schrei aus.

Ava wechselte seine Position erneut. »Danke noch mal. Wir sehen uns sicherlich bald.« Dann ging sie in Richtung Parkplatz, während sie Jackson etwas zumurmelte und seine Stirn küsste.

Ich betrat den Fahrstuhl und fuhr hoch zur Intensivstation. Einen Augenblick lang blieb ich im Türrahmen zu Mayas Zimmer stehen und beobachtete die Maschinen, die für sie atmeten, piepten und flackerten. Die blauen Flecken verblassten langsam, aber sie wirkte so zart und zerbrechlich. Falls sie wieder aufwachte, hatte sie einen langen Weg vor sich. Intensive Physiotherapie war erst der Anfang. Die Ärzte meinten, ihr Gehirn könnte Schäden erlitten haben, aber das wusste man erst mit Sicherheit, wenn sie aufgewacht war. Falls sie aufwachte. Sie müsste möglicherweise erst wieder lernen zu gehen und zu sprechen.

Ich setzte mich auf den Stuhl neben ihrem Bett, legte die Zeitung auf ihre Decke und nahm ihre Hand in meine. Sie war warm und trocken und völlig reaktionslos.

Ich hielt sie, während ich redete. »Wie geht's Ihnen heute? Tut mir leid, dass ich eine Weile nicht da war. Ich hatte etwas Wichtiges zu tun, das ich nicht verschieben konnte. Es gibt wieder einen interessanten Artikel in der Zeitung, Maya. Ich lese Ihnen den vor, ja?«

Ich schaute kurz zu ihrem Gesicht. Kein Zeichen hinter den geschlossenen Lidern. »Verteidigungsminister Douglas Talbot und der Eigentümer der Barron Private Banking Group, Felix Barron, werden beide vermisst und sind vermutlich tot. Barrons Jacht, die *Invincible Storm*, wurde vor zwei Tagen verlassen in den Gewässern vor Korsika aufgefunden. Talbots Frau Melissa berichtete, dass Talbot auf einem kurzen Wochenendurlaub mit seinem engen Freund Barron an Bord seiner Jacht gewesen sei, um etwas zu angeln, bevor er sich wieder seinen Regierungstätigkeiten widmen wollte. Mrs Talbot wurde unruhig, als sie ihren Mann per Handy nicht mehr erreichen konnte, und alarmierte die Behörden.

Der Küstenwache zufolge lief der Motor der *Invincible Storm* noch, als sie entdeckt wurde, allerdings war an Bord niemand aufzufinden. Barrons Familie gab an, dass sowohl er als auch Talbot erfahrene Segler waren und sich zu diesem Zeitpunkt keine weiteren Crewmitglieder an Bord der Jacht befunden hatten. Sie sind schockiert und verwirrt darüber, was geschehen sein könnte. Die Suche nach beiden Männern wird fortgesetzt.«

Ich beobachtete Maya genau, hoffte auf irgendeine Regung, dass meine Worte in ihren schlafenden Verstand vorgedrungen waren. Es hatte allerdings auch vorher schon nicht funktioniert, als ich ihr die Artikel zu Scholes' und Colbys Tod vorgelesen hatte. Ich starrte zur Decke hoch, überlegte, was ich sagen konnte, um sie zurück in das Land der Lebenden zu holen. »Die Ärzte geben Sie auf, aber Ava und Ihre Eltern wollen Sie zurück. Und ich weiß, dass Sie mich hören können, Maya. Ich weiß, dass Sie noch da drin sind.«

Frustriert stieß ich den Atem aus, als es keine Reaktion gab, beugte mich vor und flüsterte ihr ins Ohr. »Einer ist noch übrig. Der maskierte Mann ist Xavier Wentworth. Gehört zur reichsten und mächtigsten Familie der Welt, den einflussreichsten Marionettenspielern, die von hinter den Kulissen aus einfach alles manipulieren. Sie lenken die Oberhäupter von Staaten und Industrie. Sie haben ein Vermögen von mehreren Billionen Dollar und kontrollieren einfach alles, von globalen Finanzen bis hin zu Strom, Bergbau, Rüstungsunternehmen, Pharmafirmen, Gesundheitswesen, Medien, Immobilien und noch vieles mehr über Hunderte verschiedener Banken und Konzerne. So reich wird man nur, wenn man überall seine Finger im Spiel hat. Sie sind tief in die Weltpolitik und das Weltgeschehen verstrickt und können mit einem Fingerschnippen einen Krieg starten oder eine globale Veränderung herbeiführen, die ihnen passt. Aber ich habe einen Plan. Es wird nicht mehr lange dauern. Halten Sie noch so lange durch? Sie dürfen jetzt nicht aufgeben. Nur noch einer, dann sind Sie sicher.«

Sanft drückte ich ihre Hand und stellte mir noch einmal den letzten Anschlag vor. Lee hatte sich in Wentworth' E-Mails, ärztliche Unterlagen, Geschäftspläne, Reisearrangements und alle möglichen anderen Dinge gehackt, die mir dabei geholfen hatten, einen Durchführungsplan zu erstellen. Bei Xavier Wentworth war vor Kurzem ein B12-Mangel festgestellt worden – er war bei einem Arzt gewesen, der ihm intramuskuläre B12-Injektionen über die nächsten drei Monate hinweg verschrieben hatte. Aber Wentworth hatte nicht viel Zeit für Ärzte. Er war viel zu sehr damit beschäftigt, seine Hedgefonds zu verwalten und Jungen zu vergewaltigen, um sich die Spritzen von jemand anderem geben zu lassen, also hatte er sich zeigen lassen, wie man sie setzt, und sich entschieden, sie sich selbst ganz im Privaten zu verabreichen. Er war kürzlich für ein Treffen mit einigen wichtigen Geschäftsführern einer der vielen Banken seiner Familie in London gewesen und war im Claridge's in der Penthouse-Suite abgestiegen, die er immer mit seiner Anwesenheit beehrte, wenn er in der Stadt war. Er hatte nie geheiratet – kaum überraschend, wo sein Geschmack doch sehr vom Standard einer Ehefrau und 2,4 Kindern abwich –, daher reiste er allein, abgesehen von einigen Bodyguards, die ihn immer begleiteten, wenn er ausging, und bei seiner Rückkehr vor seinem Penthouse stationiert blieben. Anscheinend war ihm seine Privatsphäre zu wichtig, als dass seine Männer im selben Raum wie er sein durften, wenn er anwesend war. Ich musste nicht lange raten, warum das wohl so war. Der Kram auf seinem Laptop war eine Wiederholung des Freitagsclubs und Schlimmeres.

Für Lee war es ein Klacks gewesen, eine Zugangskarte für Wentworth' Suite zu produzieren. Lee hatte die Suite zuvor unter Annahme einer falschen Identität gemietet und vor Wentworth' Ankunft versteckte Kameras installiert. Als ich wusste, dass Wentworth bei einer Vorstandssitzung war, hatte ich mir Zugang zur Suite verschafft und seine Spritze mit dem B12 darin gegen eine schnell wirkende und starke Dosis Insulin ausgetauscht. Er nahm sie immer abends vor dem Schlafengehen, daher würde es zu spät sein, wenn er begann, sich krank zu fühlen. Er würde in ein hypoglykämisches Koma fallen und sterben. Zu schade. Und das Beste daran? Zwar würde jeder Pathologe die Nadeleinstiche in seiner Haut bemerken, aber natürlich annehmen, dass sie vom selbst injizierten B12 stammten. Und selbst wenn sie während der Autopsie Insulin auffinden würden, gab es keine Spuren von meiner Anwesenheit in seiner Suite. Lee hatte sämtliche Aufnahmen vom Hotel und den nahe gelegenen Überwachungskameras gelöscht.

Wentworth war bereits ein toter Mann. Er wusste es nur noch nicht.

Ich war so sehr in meine Gedanken versunken, dass es mir nicht sofort auffiel, aber als es das tat, schlug mein Herz schneller vor Hoffnung.

Mayas Augen waren noch geschlossen, aber bewegten sich jetzt schnell unter den Lidern, als befände sie sich in der REM-Phase des Schlafs. Das war das erste Mal, dass ich auch nur irgendeine Art von Veränderung bei ihr wahrgenommen hatte. Sicher war das doch ein gutes Zeichen, daher sprach ich weiter und rieb dabei mit meinem Daumen sanft über ihre Handfläche.

»Ich weiß, dass Sie müde sind. Und ich schätze, Sie müssen wählen, ob Sie das mit mir zusammen bis zum Ende durchstehen wollen, oder ob Sie jetzt loslassen und bei Jamie sein wollen. Aber wofür auch immer Sie sich entscheiden, ich werde Sie nicht verurteilen, das verspreche ich. Und ich verspreche auch, dass Gerechtigkeit existiert, auch wenn wir sie selbst in die Hand nehmen müssen.« Ich hauchte ihr einen Kuss auf die Stirn.

Als ich mich zurückzog und ihr Gesicht erneut musterte, waren ihre Augen wieder still. Kein Zeichen einer Bewegung. Die Maschine machte ihre üblichen Piepgeräusche.

Hatte ich mich geirrt? Mir etwas vorgestellt, das nicht da war? Traf sie gerade eine Entscheidung? Ich hielt den Atem an und wartete darauf, dass sie aufwachte. Ein Geräusch von sich gab. Eine Bewegung. *Tu* doch irgendetwas.

Und dann drückte ihre Hand plötzlich sanft meine.

Epilog

Ich gehe einen langen Krankenhauskorridor entlang. Ich weiß, dass ich Schmerzen habe, aber ich spüre sie nicht, also weiß ich nicht, ob das wahr ist. Ich erinnere mich an ein paar Dinge. Ich weiß beispielsweise, dass ich Maya heiße. Aber mein Gehirn fühlt sich an, als wäre es durch etwas Juckendes und Schwammiges ersetzt worden.

Die harschen Lichtstreifen über mir blinken fortwährend. An und aus, an und aus. Sie werfen pulsierende Schatten. Alles läuft langsam ab. Das Atmen fällt mir schwer. Ich laufe und laufe und komme doch nirgendwo an. Und ich weiß sowieso nicht, wohin ich eigentlich laufe. Ich schaue ständig hinter mich, weil ich glaube, dass mir jemand folgen könnte, aber da ist niemand. Nur ein endloser, leerer Korridor. Ich weiß nicht, ob ich anhalten und zurückgehen oder einfach weitergehen soll. Ich habe das Gefühl, wenn ich zurückgehe, wird der Korridor über mir zusammenbrechen, und das kann ich nur verhindern, indem ich mich weiter in die Richtung bewege, in die ich schon die ganze Zeit laufe.

Manchmal spüre ich etwas auf meiner Haut, eine leichte Berührung, ein sanfter Druck, aber das bilde ich mir wohl nur ein. Ich höre auch Stimmen, aber die kommen nicht aus dem Korridor. Sie kommen von weiter entfernt. Ich weiß, dass eine

Stimme zu jemandem namens Mitchell gehört, aber ich weiß nicht, woher ich das weiß oder warum mir der Name so vertraut ist. Und da ist noch die Stimme einer anderen Frau, aber die habe ich vorher noch nie gehört. Ich kenne diese Frau nicht. Keine Ahnung, was sie von mir will, aber sie redet schnell.

Ich laufe weiter, aber der Korridor vor mir wird jetzt dunkler und die Lichter verblassen dort hinten. Es ist unheimlich. Gruselig. Ich rieche etwas Verwesendes und Ranziges. Und ich glaube nicht, dass ich dorthin weitergehen möchte, aber ich bin mir auch nicht sicher, ob ich noch zurückkann.

Ist da jemand?

Hallo?

HALLO?

Die Worte bilden sich in meinem Mund, aber weiter komme ich nicht. Ich kann nicht sprechen. Die Buchstaben vermengen sich miteinander. Meine Lippen funktionieren nicht.

Etwas weiter voraus entdecke ich einen zweiten Korridor, der nach rechts abzweigt. Er ist ebenfalls lang. Aber an dessen Ende befindet sich eine Tür, die von hier aus winzig aussieht. Die Tür ist leicht geöffnet und unter ihr hindurch und an ihren Seiten fällt Sonnenlicht herein. Es sieht warm aus hinter dieser Tür und mir ist kalt. Ich zittere.

Ich stehe still da, schaue von einem Korridor zum anderen und frage mich, welcher Weg wohl der richtige ist. Ich glaube, wenn ich einen Fehler mache, gibt es kein Zurück mehr. Und wenn ich mich nicht entscheide, werde ich für lange Zeit in diesen Korridoren umherwandern. Ich weiß nur nicht, woher ich das weiß.

Ich kann keine Entscheidung treffen, also lausche ich Mitchells Stimme von dem weit entfernten Ort. Ich höre Freude darin, Aufregung. Ich bin mir sicher, dass ich auch mal wusste, wie sich das anfühlt.

»Warten Sie einen Augenblick, Maya. Es läuft gerade. Ich drehe die Lautstärke höher, damit Sie den Fernseher hören können.«

Ich warte. Das kann ich. Ich gehe noch nirgendwo hin. Und die Stimme der anderen Frau ist lauter, sie spricht von diesem Fernseher aus, aber ich bin mir nicht ganz sicher, was ein Fernseher ist.

Sie spricht Worte, die zu schnell ineinander übergehen. Xavier. Wentworth. Plötzlich gestorben. Von seiner Sekretärin gefunden. Reichste Familie. Geschäfte. Erbe.

Plötzlich macht etwas in mir klick, wie die zusammenpassenden Teile eines Puzzles. *Klick. Klick*!

Ich spüre Wärme in meinem Herzen. Als würde das Sonnenlicht von dieser Tür bis zu mir reichen. Ich drehe mich um und blicke den endlosen dunklen Korridor entlang, dann zurück zu dem sonnigen.

Jetzt höre ich Jamies Stimme. Ich glaube, ich weiß, am Ende von welchem Weg er wartet, aber ich weiß nicht, ob ich schon zu ihm gehen oder noch warten soll. Ich wünschte, jemand würde eine Entscheidung für mich treffen, denn mir tut der Kopf weh vom vielen Denken.

Ich lehne mich gegen die Wand, aber je mehr ich versuche, die richtige Entscheidung zu treffen, desto unmöglicher scheint es zu werden.

Und dann begrüßt Mitchell jemanden. Eine andere Frau. Ava antwortet ihm. Sie ist meine Schwester, richtig? Woher weiß ich das, aber andere Dinge nicht? Ich höre ein Baby weinen und spüre einen Kuss auf meiner Stirn.

Als hätte jemand gerade einen Schalter in meinem Kopf umgelegt, ist die Entscheidung jetzt so klar. Ich weiß ganz sicher, welchen Weg ich nehme.

Ich mache einen Schritt nach vorn …

Danksagung

Sämtliche Ereignisse und Charaktere in diesem Buch sind völlig fiktional, allerdings wurde »Unantastbar« durch all die schrecklichen Vorwürfe rund um die folgenden polizeilichen Ermittlungen in Großbritannien inspiriert: Operation Midland, Operation Yewtree, Operation Hydrant, Operation Fairbank, Operation Fernbridge und Operation Rectangle, um nur ein paar zu nennen, bei denen es um tief verwurzelten und institutionellen Kindesmissbrauch bis hin zu Mord durch VIP-Pädophile ging.

Als Erstes möchte ich meinen Lesern ein riesengroßes Dankeschön aussprechen, dass sie meine Bücher lesen! »Unantastbar« war ein Buch, das zu schreiben für mich nicht einfach war, und das aus mehreren Gründen – schließlich ist ein Buch über Kindesmissbrauch auch keine leichte Lektüre. Viele Leute haben bezweifelt, dass sich dieses grausame Thema in einem Roman verarbeiten lässt, und ich habe es selbst auch viele Male angezweifelt. Während ich im Zuge meiner Vorbereitungen viele Nachforschungen anstellte, war das gigantische Ausmaß institutionellen Kindesmissbrauchs, der physischen und mentalen Auswirkungen auf die Überlebenden, der verhinderten Ermittlungen, Anfragen, der

Vertuschungen und nicht stattgefundenen Verurteilungen, der geringen Strafen und der wenigen Verurteilungen für Täter für mich einfach nur verheerend und herzzerreißend. Daher musste ich meinem Herzen folgen. Meine Absicht war es, für dieses Thema zu sensibilisieren, denn wenn man den Kindesmissbrauch tabuisiert, nimmt man den Überlebenden damit die Macht und gibt sie stattdessen den Tätern. Schweigen und Leugnen sorgen dafür, dass die Verwundbaren noch hilfloser sind. Ich hoffe wirklich, dass ich dem Thema gerecht werden konnte, und widme dieses Buch den Überlebenden auf der ganzen Welt. Falls Ihnen das Buch gefallen hat, würde ich mich freuen, wenn Sie eine Rezension dazu schreiben oder es Freunden und Familie weiterempfehlen. Ich höre immer gern von meinen Lesern, also her mit den E-Mails und Facebook-Nachrichten (Kontaktdetails sind auf meiner Website zu finden: www.sibelhodge.com). Ich freue mich über jede einzelne!

Mein großer Dank gilt meinem Mann Brad für seine Unterstützung, dafür, dass er mein wichtigster Testleser ist, zusammen mit mir Ideen durchgeht und mir geholfen hat, das Licht am Ende des Tunnels zu sehen, als ich von diesem Buch völlig überwältigt wurde!

VIELEN DANK an JY für all die Ratschläge und Informationen über den SAS und dafür, Jamies und Mitchells Militärhintergrund zum Leben erweckt zu haben. Ihr wisst, wen ich meine!

Ein herzliches Dankeschön an meine Testleser Karen Lloyd, Sue Ward, Tom Elder, K'Tee Bee, Dianne Wallace, Joo und Joseph Calleja für euer Feedback. Es hat mir sehr geholfen.

Danke an Angela und Jill und Red Adept Editing dafür, die Dinge gefunden zu haben, die ich übersehen hatte.

Ein riesiger Dank geht an Emilie Marneur für die Lektoratsvorschläge, ebenso an Sammia. Tut mir leid, dass es mit diesem Buch so schwierig war!

Und schlussendlich, danke an all meine Autorenfreunde und -freundinnen. Schreiben ist manchmal ein einsamer Job, daher ist es toll zu wissen, dass man nicht verrückt wird!

Sibel xx

FSC
www.fsc.org
MIX
Papier aus verantwortungsvollen Quellen
Paper from responsible sources
FSC® C141904

Druck:
Customized Business Services GmbH
im Auftrag der
KNV Zeitfracht GmbH
Ein Unternehmen der Zeitfracht - Gruppe
Ferdinand-Jühlke-Str. 7
99095 Erfurt